rowohlt
KINDLER

ANNE GRIFFIN

WELLENGANG

ROMAN

Aus dem Englischen
von Martin Ruben Becker

KINDLER

Die englische Originalausgabe erschien 2023
unter dem Titel «The Island of Longing»
bei Sceptre, UK.

Deutsche Erstausgabe
Veröffentlicht im Rowohlt Verlag, Hamburg, August 2024

Redaktion Susann Rehlein

Satz aus der Rosart bei Pinkuin Satz und Datentechnik, Berlin
Druck und Bindung GGP Media GmbH, Pößneck
ISBN 978-3-463-00057-2

FSC www.fsc.org MIX Papier | Fördert gute Waldnutzung FSC® C014496

Für Adam:
Mögest du mir nie verloren gehen

TEIL I

Sie erkannte das Mädchen wieder.
Sie erkannte das Mädchen ohne jeden
Zweifel wieder.

Die Gesäßtasche meines Vaters ist immer ausgebeult wegen der ganzen Gummibänder und Sicherheitsnadeln darin. Man kann nie wissen, wann man so was mal gebrauchen kann, sagt er gern und übersieht großzügig, dass ich mich darüber lustig mache, schaut zum Sims des Küchenfensters hinüber, wo der Teekessel steht, der gerade nicht benutzt wird. Oder wenn wir auf der Fähre sind, schaut er hinüber zu Cairn Rock, den er schon tausendmal beim Passieren des nördlichen Endes der Insel gesehen hat. In seinem Blick liegt all die Weisheit, die ihm ganz unbestreitbar eigen ist. Ihm, Danny Driscoll, siebenundsiebzig, Fährmann, Vater, Großvater, krummbeinig und kreuzlahm.

Mein Vater hat anderen ihre Unverfrorenheiten immer verziehen. Er hat Verständnis dafür, dass man in dieser Welt nur durchkommt, indem man mal die eine oder andere Grenze überschreitet. Na und, was macht das schon, sagt er dann. Haben wir uns nicht alle der Überheblichkeit schuldig gemacht? Solange dabei niemand bestohlen, getötet oder gequält wird, ist doch alles gut.

Aber dieses letzte Jahr hat ihn samt seiner beneidenswerten Einstellung verändert, wie es auch mich verändert hat.

Ich habe meinen Vater und seinen Glauben an sich und seine fehlerbehaftete Existenz vom ersten Augenblick an geliebt – damals vor neunundvierzig Jahren. Nicht dass ich mich an meine Geburt erinnern könnte oder an das erste Mal, als ich ihn sah. Aber es kommt mir so vor, als könnte ich genau das. Genauso wie daran, dass ich in unserem kleinen Häuschen auf der Insel in West Cork geboren wurde und Patsy

Regan an der Seite meiner Mutter war und ihr sagte, dass sie eine Tochter zur Welt gebracht hat, genau wie sie's vorhergesagt hatte, mit allen zehn wundervollen Fingerchen und winzigen Zehen und einem Wuschelkopf voller schwarzer Haare, die sich nicht bändigen ließen, ganz gleich, wie entschlossen meine Mutter und meine beiden neugierigen Brüder es in den folgenden Tagen auch versuchten.

Sie tauften mich auf den Namen Rosie Driscoll. Zwanzig Jahre später wurde ich Fährkapitänin, so wie mein Vater Kapitän war. Und noch einmal neunundzwanzig Jahre danach kehrte ich gebrochen, aber willens, wieder das Ruder zu übernehmen, aus Dublin auf die Insel zurück. Noch immer Ehefrau – auch wenn mein Mann zu Hause in der Stadt wohl seine eigene Meinung dazu hatte – und Mutter.

Mutter.

Der Wohlklang dieses Wortes ließ mich anlässlich meiner Rückkehr an diesen Ort frösteln, da ich gar nicht mehr überzeugt war, diese Bezeichnung noch zu verdienen. Ich habe zwei Kinder: Colmán, Cullie genannt, dreiundzwanzig, immer noch in Dublin, und Saoirse, zwei Jahre älter. Saoirse pflegte als kleines Mädchen ihrem Großvater auf Schritt und Tritt zu folgen, als wäre sie an ihm festgebunden. Wenn wir im Urlaub hier waren, stolperte sie in ihren Gummistiefeln hinter ihm her, versuchte, die Stufen zum Steuerhaus zu erklimmen, und lachte vergnügt, wenn er das Signal zum Ablegen gab.

Beide sind meine Kinder, und beide müssen schon lange ohne mich auskommen.

Vor acht Monaten nahm ich Zuflucht auf diesem zwei Meilen langen und eine Meile breiten Landstrich, an der Seite all der anderen verlorenen Seelen, die er in die Arme geschlossen hat. Ich nehme an, dass die Insel schon immer Zufluchtsort für jene gewesen ist, die es aus der Bahn geworfen hat – so wie die sibirischen und amerikanischen Vögel, die auf unseren Klippen und in unserem Buschwerk Schutz suchen vor den Verheerungen des Atlantiks und sich für eine Weile zurückziehen müssen, um Wunden zu heilen oder zumindest zu lindern. Auch wenn ich diese Insel schon mein ganzes Leben liebe, hatte ich nie zuvor das Gefühl gehabt, dass ich mich schlicht auflösen würde, wenn ich ihre reine Luft nicht atmen dürfte, nicht dem Wasser lauschen, das ihre Küsten umspült, aber so ist es jetzt gekommen.

Hier hat sich sehr wenig verändert, seit ich mit zweiundzwanzig Jahren fortgegangen bin. Die Sprache unserer Gemeinschaft aus gebürtigen Insulanern und Zugezogenen ist immer noch geprägt von den gälischen Rachenlauten, sodass sich die Gäste manchmal fragen, ob das, was wir sprechen, überhaupt Englisch ist. Es gibt bei uns eine Grundschule, ältere Schüler müssen aufs Festland. Wir haben eine Kirche und eineinhalb Pubs – der eine ist Páidíns im Hafen, und der halbe ist der Wagtail, der theoretisch von Ende Frühjahr bis Herbstanfang aufhat, was allerdings davon abhängt, ob der Besitzer, mein Onkel Michael-Fran, in der passenden Stimmung ist und nicht zu sehr abgelenkt durch seine Tiere. Wir haben zwei Hauptstrände, einen am Hafen, der den einfallsreichen Namen An Trá trägt – Gälisch für Strand – und einen im Südosten, den Carhoona Beag. Auch an anderen Stellen der Küste finden sich schmale Sandstreifen, aber von denen ist keiner groß genug, dass man sich hinlegen oder auch nur eine Sandburg bauen könnte. Es gibt Klippen und Seevögel, zudem Kühe, Schafe, Pferde und einen Esel. Außerdem haben wir Traktoren und Aufsitzmäher. Drohnen wurden umgehend verboten – denn keiner fand es angebracht, dass irgendjemand anders als er selbst oder sein Viehzeug die Wäsche auf seiner Leine begutachtete. Wir sind eine Insel der Fischer und Schriftsteller, Bauern und Töpfer, Fährleute und Imker. Es gibt uns in allen Schattierungen und Größen. Wir sind so mürrisch, wie es nur geht, und so milde und sehnsuchtsvoll wie die sanfte Brise, die im Juni über das Land weht und uns daran erinnert, dass wir die glücklichsten Menschen Irlands sind.

Die Insel ist voller Geräusche. Angenehme Laute unterbrechen die verlässliche Stille: das Meckern einer von Críostóirs Ziegen, der liebliche Gesang der Lerche oder das Plaudern der Spaziergänger, die den Hare Hill hochmarschieren und die man so deutlich versteht, als stünden sie neben einem, wobei sich die Stimme jedes einzelnen vom anhaltenden Rauschen des Meeres abhebt. Einem Rauschen, das jeden aus dem Wasser ragenden Felsen und jede Bohle der Hafenmauer umspült und uns mit Sand und Kieseln beschenkt, über die wir laufen, um auf die Pracht des Ozeans zu schauen. Und dann hört man auch das Brummen eines Automotors in einer Meile Entfernung, eine einzigartige Kakofonie, die sich da Laut verschafft, sodass wir schon wissen, wer da kommt, bevor er knatternd um die Kurve biegt. Wir stehen nicht auf teure Autos. Unsere Straßen sind nicht breiter als anderswo Wege – und außerdem gewunden und voller Schlaglöcher und Schotter. Man wäre blöd, hier mit einem brandneuen Audi herumzukurven. Wir fahren Autos, deren Inneres schon lange keinen Staubsauger mehr gesehen hat, die Blinker funktionieren nach Lust und Laune, und der Kofferraum lässt sich nur noch mit einem Stück Strick schließen, der Motor braucht eigentlich dringend Hilfe und heult seine Not heraus, die wir ignorieren, bis er mitten auf der Straße bockt und sich weigert, noch einmal anzuspringen, ganz gleich, wie sehr wir auch betteln und flehen mögen. Aber da hat der Wagen dann auch wirklich seine Pflicht erfüllt und uns weit häufiger von A nach B gebracht, als jeder Automechaniker auf dem Festland es je für möglich gehalten hätte.

All diese Geräusche sind mir jetzt vertraut, trösten mich, geben mir Sicherheit.

Die Personenfähre ist unsere Lebensader, denn sie bringt uns die Lebensmittel und Einkäufe vom Festland. Sie bringt die Kinder freitagabends von der weiterführenden Schule zurück und jeden Sommer Feriengäste mit Taschen voller Geld, das sie mit beiden Händen bei uns ausgeben werden. Wenn sie wieder abreisen müssen, verlassen sie uns nur widerstrebend und mit dem sehnlichen Wunsch, bald zurückzukehren. Nun haben sie die Taschen voller Honig und Töpferwaren von der Insel, Souvenirs für Verwandte und Freunde, denen sie damit auf den Geist gehen werden, dass sie auf Roaring Bay völlig vergessen hatten, welcher Wochentag war und welche Katastrophe die Welt gerade heimsuchte. Und dass sie ihre Handys in ihrem Airbnb liegen gelassen hatten und zum Hafen hinuntergeschlendert waren, um stundenlang auf der niedrigen Mauer zu sitzen, die sich in einem weiten Bogen von Diarmuids Laden-Restaurant bis zum Ende des Kais erstreckt, und ihren Kindern beim Spielen im Wasser zuzuschauen, um dann vielleicht einen zweiten Kaffee zu trinken oder im Páidíns einzukehren für einen ersten Cider, wenn die Tageszeit das denn gestattete.

Roaring Bay liegt acht Meilen vom Festland entfernt. Mit der Fähre sind es fünfundvierzig Minuten bis West Cork. In den letzten Jahren musste die Fähre – inzwischen ist es die *Aoibhneas II*, die *Aoibhneas I* gab 1985 den Geist auf – mehr Stürmen standhalten als je zuvor, muss Überfahrten bewältigen, bei denen kein Passagier draußen auf Deck stehen darf, um aufs Meer hinauszuschauen und zuzusehen, wie die Insel immer näher kommt. Wenn die Stürme richtig heftig toben, wird bei der Überfahrt wenig oder gar nicht gesprochen, und die Inselbewohner beschließen, sich auf die Bänke zu legen und sich eine Mütze Schlaf zu gönnen, während Touristen ein tapferes Lächeln aufsetzen oder sich an die Sitze krallen und aushalten, dass sich ihnen vom Heben und Senken des Schiffes der Magen umdreht. Und dann gibt es Zeiten, in denen es so gefährlich wird, dass die Fähre gar nicht mehr ablegen kann. In den letzten paar Jahren hat es mehr solcher Tage am Stück gegeben als in der ganzen Zeit zuvor, sagt er. Das Klima hat sich verändert. Deshalb sind die Schränke und Gefriertruhen der Insulaner voller Trockenfutter und Dörrfleisch, und in jedem zweiten Garten steht ein Generator für den Fall, dass der Strom ausfallen sollte.

Mehr als alles andere liebe ich es, im Steuerhaus der Fähre zu stehen und auf das weite Meer hinauszuschauen, während ich die Wellen durchpflüge. Ich gehöre genau dorthin, auf dieses Schiff, es ist mir wie auf den Leib geschneidert. Die Fähre und die Insel sind mir so zur Notwendigkeit geworden, dass ich gar nicht mehr glauben kann, dass ich sie einst verlassen habe. Natürlich war das damals die richtige Entscheidung, gar keine Frage. Für das größte Geschenk, das mir je zuteilgeworden ist, habe ich diese Inselufer verlassen, für die Liebe. Und ich habe nicht zurückgeblickt, bis die Verheerungen des Schicksals mich wieder zur Insel und der Fähre zurückgebracht haben.

Als ich im letzten Mai zurückkehrte, ging es mir, wenn ich nicht gerade am Steuer der *Aoibhneas* stand, schlecht. Ich war eine Mutter, der man ihr Liebstes geraubt hatte, Saoirse, meine Älteste, die vor acht Jahren in Dublin direkt vor unserer Haustür verschwunden war, als hätte es das Schicksal so für sie vorgesehen.

Auf dem Meer aber spürte ich ihren Verlust nicht auf eine derart niederschmetternde Weise wie daheim in Dublin. Stattdessen hatte ich das Gefühl, sie wäre ganz nah, wir wären beisammen. Am Steuerruder stehend, konnte ich sie buchstäblich neben mir spüren. Manchmal war sie immer noch siebzehn, manchmal jünger, aber immer voller Selbstvertrauen mit ihrem schwarzen Haar und ihrer blassen Haut. Lächelnd erzählte sie mir, dass, sobald sie ihren Abschluss an der Filmhochschule in der Tasche hätte, jeder ihrer zukünftigen Filme vom Meer handeln würde.

Ich hatte nicht damit gerechnet, sie da draußen auf dem Wasser so intensiv zu spüren. Außerdem dachte ich plötzlich, dass ich sterben müsste, wenn ich nicht das Schiff steuern dürfte. Niemand hatte mit so etwas gerechnet, weder mein Vater, der mich gebeten hatte, nach Roaring Bay zurückzukehren, noch mein Sohn, der mich ermutigt hatte, noch der Mann, mit dem ich seit sechsundzwanzig Jahren verheiratet war und der geradezu darauf bestanden hatte.

Niemand.

Sie war beinahe mit dem Fahrrad gestürzt, als der Wagen vor ihrem Haus gehalten hatte. Sie musste auf den Bürgersteig ausweichen.

Ich hatte überhaupt nicht vorgehabt, nach Roaring Bay zurückzukehren. Nichts hatte mir an jenem Morgen im letzten April zu Hause in Dublin ferner gelegen, als das Telefon klingelte und ich auf dem Display Dads Nummer erkannte. Kaum hatte ich Hallo gesagt, legte er auch schon los, in einem einzigen, langen, panischen Redeschwall erzählte er mir, dass er es immer schwieriger und schwieriger finde, nach Mammys Tod im vorigen Oktober alleine zurechtzukommen, und dass er sich jetzt, da seine Rückenschmerzen schlimmer würden, auch nicht mehr sicher sei, ob er noch lange die Fähre steuern könne. Sollte er sie also seinem Bruder Michael-Fran überlassen, der sie ganz sicher steuern würde, wenn ihm gerade danach war, und ansonsten lieber mit seinen Kühen unten auf den Feldern zusammenhockte – was würde dann aus all dem gefrorenen Fisch werden, der auf dem Festland wartete und den ganzen Rossban-Kai volltropfte? Nein, nein, vielleicht war es Zeit, die Fähre zu verkaufen. Oben auf White Island gab es einen Mann, der schon seit Jahren interessiert war. Klar, er könnte sie ihm auch leasen, wenn es keine andere Möglichkeit gab. Denn es gab keine andere Möglichkeit, oder? Er hielt inne, um die Bedeutung dieser Frage auf mich wirken zu lassen, wartete auf meine Reaktion.

Trotz meiner düsteren Stimmung hatte ich mich gezwungen, den Anruf anzunehmen, war hinausgetreten und hatte versucht, das Chaos in unserem zugewucherten Garten zu übersehen, indem ich mich auf die Seemöwen konzentrierte, die auf den Dächern der Nachbarhäuser hockten und ihr typisches Krächzen hören ließen, das wie quietschende Gartentore klang. So machte ich es immer, wenn es draußen trocken war, ich ging mit dem Telefon raus, wenn mein Vater anrief, damit ich die Kreaturen der Irish Sea hören konnte, die nicht einmal eine halbe Meile von meiner Haustür entfernt die Küste des Dorfes Blackrock säumte. Irgendwie fühlte ich mich ihm dann näher.

«Du meinst Coady Maguire, Dad? Ich dachte, du hältst ihn für einen Gauner, der bloß an seinem Profit interessiert ist und sich nicht darum schert, für einen sicheren und zuverlässigen Betrieb zu sorgen.»

«Tja, aber wer soll es denn sonst machen? Glaubst du, ich kann deine Brüder in den Staaten anrufen und sie bitten, die Fähre zu übernehmen? Die interessieren sich so wenig für das Schiff wie ich für die Wolkenkratzer, die sie bauen.» Sobald meine Brüder alt genug gewesen waren, hatten sie einer nach dem anderen meiner Mutter das Herz gebrochen, indem sie den Flieger nach L. A. genommen hatten, um dort in der Baubranche zu arbeiten. Zu Mammys Begräbnis waren sie natürlich nach Hause gekommen. Leider viel zu spät, wie sie gesagt hätte, wenn sie da noch am Leben gewesen wäre. «Und hier bei uns hat keiner eine Ahnung, wie man so eine Fähre steuert. Die vermurksen das total, das weißt du doch.»

Das war überhaupt nicht typisch für Dad, so über andere Menschen zu sprechen, dachte ich, während ich in die Bläue dieses klaren Apriltages blickte. Normalerweise behandelte er sie weitaus großzügiger, als sie es verdient hatten.

«Was ist denn mit Liam? Oder hast du ganz vergessen, dass er die Fähre will?» Liam Ó'Kiersey, mein Erzfeind, war ebenfalls Kapitän und bediente die Fähre schon seit Langem im wöchentlichen Wechsel mit Dad.

«Dann müsste ich auswandern», sagte Dad, «ich könnte es nicht ertragen, ihm dauernd dabei zuzusehen, wie er ohne

Rücksicht auf Verluste mit der *Aoibhneas* gegen die Hafenmauer kracht. Wir zwei wissen doch, dass es außer mir nur noch einen Menschen auf der Welt gibt, der das alte Mädchen mit gebührendem Respekt behandelt. Du steuerst sie so sanft, bei dir würde nicht mal ein Ei zerdeppern, wenn du am Kai anlegst.»

Während ich wegen des Kompliments noch lächeln musste, dachte ich schon darüber nach, wie sehr meinen Vater seine Einsamkeit und seine Rückenschmerzen von der wohlwollenden Güte abgebracht hatten, mit der er normalerweise Liams Fähigkeiten als Fährkapitän beurteilte. Die Grausamkeiten des Lebens strapazierten uns beide, wie es schien, machten uns reizbar, vielleicht sogar ungnädig. Oder brachten sie uns vielmehr dazu auszusprechen, was Sache war?

«Ich glaube nicht, dass Liam dir da zustimmen würde, Dad. Wie auch immer, ich habe jetzt nicht die Zeit, hier alles stehen und liegen zu lassen, um nach Roaring Bay zu kommen, falls du darauf hinauswolltest. Es gibt nämlich ... Also hier ist eine Menge los.»

Aber in Wahrheit hätte ich nicht eine einzige Sache nennen können, die so furchtbar dringend war. Ich musste einfach bloß den Redefluss meines Vaters stoppen.

«Also, daran hatte ich überhaupt noch gar nicht gedacht», sagte er, als könnte er kein Wässerchen trüben, «aber jetzt, wo du es sagst: Das ist gar keine schlechte Idee. Ich meine, du hast alle notwendigen Kurse gemacht, und dein Ticket ist noch zwei Jahre gültig.» Ticket ist der Fachjargon für ein Kapitänspatent. Er hatte recht. Ich hatte mich auf dem Laufenden gehalten, hatte die Kurse gemacht – unter anderem Überlebenstraining auf See und Erste Hilfe – weil er mich immer ermuntert hatte. Eines Tages wirst du vielleicht froh sein, hatte er gesagt, als wäre er ein Seher oder so was.

«Wie sieht es denn mit dem Sommer aus?», fuhr er fort. «Du könntest erst mal nur für ein paar Wochen kommen. Mein oller Rücken erholt sich bestimmt, wenn ich mal Pause machen kann. Und vielleicht tut es dir ja auch gut. Vielleicht ist das hier genau das, was du brauchst – mal eine Ablenkung.»

«Eine *Ablenkung*?»

«Also, Liebes, ich will dich wirklich nicht verärgern. Es ist nur ... Also, weißt du ... Ich mache mir Sorgen um dich. Das war eine ganz schön harte Zeit für dich und Hugh, besonders das letzte Jahr.»

Einen Moment lang konnte ich gar nicht antworten – wenn Leute einfach geradeheraus sagten, wie es um uns stand, traf mich das oft völlig unvorbereitet. Saoirse war schon seit acht Jahren verschwunden, aber im letzten Jahr waren wir, oder vielmehr ich, unter der Last ihres Verlustes schließlich zusammengebrochen. Ich schloss die Augen, ließ den Kopf hängen.

«Und du liebst das Schiff doch auch, Rosie. Irlands einzige weibliche Kapitänin. Du lieber Gott, was habe ich an dem Tag gestrahlt, als du dein Kapitänspatent bekommen hast. Kannst du es dir nicht wenigstens mal durch den Kopf gehen lassen? Nur darum will ich dich bitten. Ich kann noch ein oder zwei Monate durchhalten, bevor ich mit Maguire reden muss. Ich wollte es nie so weit kommen lassen, aber ...»

«Ach, Dad.» Ich spürte seine Verzweiflung, als ich mich zur Terrassentür umdrehte und mich gegen den Rahmen lehnte, in dem Spinnweben hingen. «Gibt es denn keine andere Lösung?» Ich rieb mir so heftig die Stirn, dass es wehtat. «Wirklich», zog ich einen Schlussstrich unter die Erörterung dieses albernen Dilemmas, «ich kann das jetzt gerade gar nicht gebrauchen.»

Ich hatte damit gerechnet, dass er mich daraufhin in Ruhe lassen würde. Dass er sagen würde, mach dir keine Gedanken, Liebes, ich hätte dich damit gar nicht behelligen sollen. Ich werde schon eine Lösung finden.

Aber das tat er nicht.

«Rosie», sagte er in meine Panik hinein. «Bitte. Red einfach mal mit Hugh.»

Ich hatte nicht die Absicht, das zu tun. Sobald unser Gespräch beendet war, ging ich wieder nach drinnen und legte das Telefon auf unser L-förmiges Sofa, von dem aus man in den Garten sah, und schwor mir, es für den restlichen Tag nicht mehr anzurühren. Stattdessen blickte ich wieder aus dem Fenster, wanderte durch unsere Zimmer oder starrte auf die Zeitung, ohne ein Wort zu lesen.

Nein, zu Hugh würde ich kein Wort darüber sagen.

Und doch kam es dazu.

«Irgendwelche Anrufe?», hatte er gefragt, als wir uns an jenem Abend zum Essen zusammensetzten, was wir nur noch selten taten.

Ich sagte, es gebe wie üblich keine Neuigkeiten über Saoirse.

«Und sonst hat auch niemand angerufen? Cullie oder dein Vater?»

Es war nicht ungewöhnlich, dass mein Vater anrief, aber dass wir so beim Abendessen saßen und Hugh danach fragte, das war ungewöhnlich. Wie naiv von mir zu glauben, dass es eine Art Kismet war, ein göttlicher Plan, und nicht ein heimlich und ohne mein Zutun geschmiedeter.

«Er will, dass ich komme und den Sommer über aushelfe.»

«Dass du wieder die Fähre steuerst», hatte er erwidert, eher eine Feststellung denn eine Frage. Selbst diese Präzisierung kam mir nicht seltsam vor, jedenfalls nicht in dem Moment.

Ich hatte bloß dabei zugesehen, wie sich Hugh mit einem Tuch von der Küchenrolle, die ich auf dem Tresen der Kücheninsel gelassen hatte, den Mund abwischte. (Hugh hatte, lange bevor sie dann total angesagt waren, eine Kücheninsel bei uns eingebaut; der Vorteil, wenn man mit einem Architekten verheiratet ist: Man ist den anderen immer Jahre voraus.)

«Es ist wegen seinem Rücken, weißt du, und wegen Mammy.»

Hugh knüllte das Tuch von der Küchenrolle zusammen und legte es neben seinen Teller, den er nun konzentriert betrachtete, als wäre er fasziniert von der Pfütze roter Soße in der Mitte.

«Ich habe Nein gesagt, er kommt schon klar. Mach dir keine Sorgen.» Ich schämte mich derart, das Thema überhaupt zur Sprache gebracht zu haben, dass es mich von meinem Hocker drängte. Ich hatte schon angefangen, das Geschirr zur Spüle hinüberzutragen, kippte den Rest Bolognese in einen Plastikbehälter und ließ heißes Seifenwasser in den Topf laufen.

«Rosie, kannst du das mal für einen Moment lassen?» Seine Frage kam leise, aber entschlossen, und als ich mich umdrehte, zeigte er auf meinen Hocker. Entnervt schüttelte ich mir die Tropfen von den Händen und griff nach einem Geschirrtuch, um sie mir abzutrocknen. Dabei fiel mein Blick durch die offene Tür auf Hughs E-Piano in der umgebauten Garage. Ich dachte an den Abend vor zwei Jahren, als er es mitgebracht hatte. Ich war in die Diele gekommen und hatte den großen Karton entdeckt, der am Treppengeländer lehnte, darauf das Bild einer jungen Frau, die völlig versunken auf einem Keyboard spielte. Ich hatte die Verpackung gemustert und dann ihn, der gerade noch einmal vom Auto mit einem Klapphocker hereinkam, den er neben den großen Karton legte. Ich brauche einfach etwas, hatte er gesagt, als er seine

Schlüssel in die Keramikschale auf unserem Dielentisch legte. Sonst sagte er nichts, nur das – ich brauche etwas –, und sah dabei mich an, als wäre ich diejenige gewesen, die ihm das, was er brauchte, die ganze Zeit verweigert hatte. Und dann schleppte er den Karton durch die Küchentür und hinein in den kleinen Raum, der einmal unsere Garage gewesen war, nun Ablageplatz für lauter Krimskrams und überflüssig Gewordenes. Im Türrahmen lehnend, hatte ich zugesehen, wie Hugh alles auspackte und aufstellte. Er trat einen Schritt zurück, um das Piano eindringlich zu mustern, bevor er das Kabel einstöpselte, den Hocker auseinanderklappte und zum ersten Mal die Hand aufs Keyboard legte. Seither saß er an jedem Abend davor, nachdem er gegessen und abgeräumt hatte.

Ich setzte mich wieder an den Küchentresen und musterte ihn besorgt. Ich konnte die kleine weiße Stelle sehen, die mitten auf seiner Stirn erschien. Wenn er bekümmert oder aufgewühlt war, tauchte sie auf, eine alabasterfarbene Insel, umgeben von rosa Haut.

«Ich finde, du solltest gehen», sagte er.

Ich lachte auf, war mir sicher, dass er mich irgendwie missverstanden hatte. Ich ließ meine Finger auf der Marmorplatte kreisen, während ich die Worte zu formen begann, um es noch einmal zu erklären, aber er kam mir zuvor.

«Das ist alles viel zu viel.» Es kam fast nur als ein Flüstern heraus. Er saß jetzt kerzengerade und fuhr sich durch sein graues Haar, das einmal schwarz gewesen war. «Ich kann das nicht länger, Rosie, ich kann einfach nicht mehr.» Er sah zur Terrassentür hinüber, hinter der unser ungeliebter Garten lag, in Frühlingssonnenschein gebadet. «Jede wache Minute dreht sich alles immer nur darum, noch eine neue Möglichkeit aufzutun. Einen neuen Blickwinkel. Eine weitere Chance,

Saoirse doch noch zu finden. Du hast ja mehr mit Mick gesprochen als mit mir.»

Mick. Kommissar Mick Malone, der leitende Ermittler im Fall Saoirse.

«Aber ...», setzte ich an, ganz durcheinander von seiner Reaktion, als wäre er nicht auf dem Laufenden, was das Leben anbelangte, zu dem wir gezwungen waren, als wäre er bloß die Zweitbesetzung, die viel zu spät in einer Geschichte auftauchte, während alle anderen das Drehbuch längst auswendig konnten. «Ich ... ich musste doch immer wieder Druck machen, sonst hätten sie irgendwann aufgegeben. Das *weißt* du doch.» Sobald ich das ausgesprochen hatte, wusste ich schon, dass es nicht so ganz stimmte, zumindest, was das letzte Jahr anbelangte. Aber davor war es unzweifelhaft so gewesen, waren diese Aktionen, das Suchen und Befragen mein Leben gewesen.

«Ich weiß, ich weiß.» Er schloss die Augen und strich sich mit der Hand übers Gesicht und über den Hals, fast bis zum Schlüsselbein hinunter. «Aber es fühlt sich so an, als könnte ich, als könnten *wir* einfach nicht mehr, Rosie. Wir haben, na ja, so gekämpft, und wir sind einfach nicht mehr die, die wir mal waren, oder?»

Zusätzlich zu unserer täglichen Belastung auch noch meine Mutter zu verlieren und dann mein Zusammenbruch. Einst war ich eine Kriegerin gewesen, jetzt war ich nur noch der Schatten dieser Frau von damals.

«Nein», stimmte ich leise zu. «Wir sind nicht mehr die, die wir mal waren.»

«Und es hört einfach nicht auf, oder? Ich möchte einfach ... ich möchte eine Pause. Ich möchte wieder mal meine Ruhe haben.»

Ruhe? Was hatten wir denn überhaupt noch außer dieser

Totenruhe?, dachte ich. Wir redeten nicht mehr miteinander, außer es ging um etwas Praktisches, das mit der Ermittlung zusammenhing. Eine Frage von Mick, eine Entscheidung, die wir treffen mussten. Wir verbrachten unsere Abende getrennt, er an seinem Piano, ich im Wohnzimmer, unfähig, unseren Kummer miteinander zu teilen, gingen wir uns in diesem Haus aus dem Weg.

«Ich will überhaupt nicht aufgeben.» Seine Stimme klang nicht mehr zittrig, sondern wieder gewohnt zentriert und kräftig. «Ich weiß, du glaubst das.»

«Nein, das glaube ich überhaupt nicht.» Aber er hörte mich nicht oder hatte beschlossen, mich nicht gehört zu haben.

«Ich habe nicht einen Moment lang vergessen, dass sie irgendwo da draußen ist, ohne mich, Rosie.» Er deutete auf die Terrassentür. «Ich werde nie aufhören, nach ihr zu suchen. Darum geht es hier nicht. Verstehst du? Aber für mich ist es wichtig, dass sich etwas verändert, über das wir tatsächlich die Kontrolle haben. Wir sehen das Ganze völlig unterschiedlich, oder? Und das ist so anstrengend, denn du glaubst ja, dass sie ...»

«Nicht, Hugh», sagte ich, «bitte. Nicht noch mal. Ich kann das nicht.»

Ich ließ den Kopf sinken. Hugh hatte längst den Glauben aufgegeben, dass wir Saoirse jemals lebend wiederfinden könnten, während ich wusste, dass sie irgendwo dort draußen war und auf ihre Chance wartete, zu uns zurückzukehren.

«Ich glaube, dass wir beide jetzt eine Auszeit brauchen. Freiraum, Rosie. Wir brauchen Freiraum.»

Es dauerte einen Moment, bis ich ganz begriff, was er da sagte. «Also», begann ich vorsichtig, «du *willst*, dass ich gehe?»

«Das könnte uns beiden helfen.» Er musste gemerkt haben, dass seine Worte auch missverstanden werden konnten, und so bemühte er sich, sie zu präzisieren. «Ich meine damit nicht, dass wir uns trennen sollten. Es geht hier nur um eine Phase, einen kurzen Zeitraum, damit wir wieder zu Atem kommen. Du hast doch selbst gesagt, es ist erst mal bloß für den Sommer.»

«Aber Cullie?», antwortete ich, kaum in der Lage, seine Ehrlichkeit zu ertragen.

«Colmán ist dreiundzwanzig und hat sein eigenes Leben. Außerdem wohnt er hier ja gar nicht mehr.»

«Ich weiß, aber er wird doch glauben, dass ich ihn verlasse ... genau wie Saoirse.»

«Himmel noch mal, Rosie, wie oft denn noch? Nichts davon war deine Schuld. *Ich* glaube das nicht, *Colmán* glaubt das auch nicht. Du bist die Einzige, die je auf diesen Gedanken gekommen ist.»

Ich war unfähig, diese Worte zu akzeptieren, mit denen er mich schon so viele Male zu trösten versucht hatte.

«Er wird es verstehen. Er hat immer alles verstanden.»

«Er ist wie du. Ich bin wie Saoirse, und er ist wie du. Dann soll ich also gehen?», fragte ich, und in dem nun folgenden Schweigen wartete jedes Molekül, jedes Staubkorn, jedes Spinnennetz mit mir auf seine Antwort.

Hugh wandte sich um, warf noch einmal einen Blick durch die Terrassentür auf den Garten. Dann nickte er.

Da das Beifahrerfenster heruntergelassen war,
konnte sie erkennen, dass es das Mädchen
aus dem Laden war, von Angelo's, wo es die besten
Klamotten gab.

Und so kehrte ich Anfang Mai widerstrebend an einen Ort zurück, von dem ich einst geglaubt hatte, dass ich ihn niemals verlassen würde. Während der Fahrt dachte ich mehrmals daran umzukehren. In Tipperary, meinem ersten Stopp, stand ich, an die Fahrertür gelehnt, an der belebten Tankstelle und sah zu, wie die Lastwagen und Pkw heran- und wieder wegfuhren, trank Wasser und biss von einem fettigen Croissant ab, legte es zurück in die Tüte, war überzeugt, dass ich, wenn ich mich wieder ins Auto setzte, den Abzweig zurück nach Dublin nehmen würde. Keine zehn Minuten später verharrte ich vor der Kreuzung, während der ungeduldige Prius hinter mir angesichts meines Zögerns angesäuert hupte. Das war nicht richtig, sagte ich mir, während ich im Rückspiegel nach dem Fahrer hinter mir spähte. Einfach wegzufahren, davonzulaufen, das war nicht richtig. Und dennoch setzte ich meine Reise fort.

In Innismahon hielt ich wieder an, wieder an einer Tankstelle, diesmal an einer kleinen und weniger überlaufenen. Ich stieg aus und spazierte auf der Auffahrt hin und her, blieb immer mal wieder stehen und beobachtete den Verkehr, wobei ich die Hand wegen der grellen Sonne schützend über die Augen hielt, während der entzückte Schrei eines Kindes weiter oben an der Straße Richtung Kirchhof meine Aufmerksamkeit erregte. Ich heuchelte Interesse, Konzentration, Normalität à la also hier bin ich, eine ganz normale Frau, die vielleicht gerade zum Einkaufen fährt oder sogar in die Ferien, während ich in Wirklichkeit ganz und gar verloren war. «Das ist ...», sagte ich wiederholt und gestattete mir nicht einmal vor mir selbst, das Wort auszusprechen, das mir mein Handeln ziemlich präzise zu beschreiben schien: Wahnsinn.

Und dennoch fuhr ich abermals weiter, fuhr durch Boyerstown, Clonrath, Clonkill. Ich erreichte Rossban und saß bei laufendem Motor im Wagen vorm Parkplatz am Hafen und wartete darauf, dass jemand wegfuhr. Klappte es nicht, sagte ich mir, wäre das ein Zeichen umzudrehen. Aber innerhalb von zwei Minuten winkte ich einem Mann dankend zu, der an meinem Fenster vorbeitrabte und mir mit seinem Autoschlüssel zu verstehen gab, dass er rausfahren würde. Ich sah zu, wie er seine Schwimmweste auszog und auf den Rücksitz warf und dann das Gaspedal durchtrat, als wäre er zu spät für seine eigene Hochzeit.

Als ich aus dem Auto stieg, zog ich den Reißverschluss an meinem Hoodie zu, obwohl die Sonne schien und es recht warm war. Es war fast fünf, und schon bald würde die *Aoibhneas* mit ihrer blauen Flanke und der weißen Brücke an der Biegung bei No Man's Haven auftauchen. Dann wüsste ich es ganz sicher. Sobald ich sie auftauchen sähe, wüsste ich, ob es denn so sein sollte.

«Rosie? Du lieber Gott, du bist es *wirklich*», rief Patsy Regan zu meiner Rechten. «Ich hab schon gedacht, also das sieht mir aber ganz nach Rosie Driscoll aus, aber andererseits, was sollte sie hier um die Jahreszeit machen? Und jetzt bist du es. Unverkennbar. Deiner Mutter wie aus dem Gesicht geschnitten.»

Ich wurde aus meinen Gedanken gerissen und in die Arme der Frau geschlossen, die vor neunundvierzig Jahren mitgeholfen hatte, mich zur Welt zu bringen. Patsy musste inzwischen in ihren Achtzigern sein, hatte aber immer noch ihre adrette Eleganz. War sie überhaupt eins fünfzig groß? Alles an ihr war winzig: ihre Taille, die Handgelenke, die Finger, die

Nase. Und alles, was sie trug und von dem ich immer angenommen hatte, es müsse aus der Kinderabteilung stammen, bis Rita, die Postbotin der Insel, mir erzählte, es sei alles von einer Frau in Galway maßgeschneidert, saß perfekt an ihr. Sie stach unter uns grauen Mäusen hervor, wie die erste Osterglocke in einem wintergrauen Garten. Ihre ovale Brille mit Goldrand lief an den Seiten so geschwungen aus wie eine schöne Welle in ihrem Scheitelpunkt.

«Besuchst du uns für ein paar Tage?»

«Na ja», als sie mich aus ihrer Umarmung entließ, zuckte ich mit den Schultern, «so etwas in der Art.»

«Das ist aber wunderbar.» Entzückt klatschte sie in die Hände. «Außerdem ist das Wetter perfekt für dich. Es ist einfach prächtig. Hugh ist nicht mitgekommen?»

«Nein, nein. Diesmal nicht. Er muss arbeiten.»

«Natürlich muss er das. Er wird ja dann später im Jahr nachkommen, so der liebe Gott es will.» Ich war dankbar, dass Patsy sich selbst eine Antwort gegeben und mich damit vom Haken gelassen hatte. «Ist das deiner?» Sie zeigte auf mein Auto.

«Oh, ja.» Auch ich deutete auf meinen Golf und sorgte für mehr Bestätigung, als eigentlich nötig war.

«Der Bus ist dir eine ganze Zeit hinterhergefahren, und ich habe mir den Kopf zerbrochen, wessen Nummernschild das wohl sein könnte. Bei den Dubliner Nummern kenne ich mich noch nicht so gut aus. Nächstes Mal weiß ich dann aber Bescheid. Dann kann ich dich schon an der Clonkill Road heranwinken und mich von dir mitnehmen lassen, statt den Bus zu nehmen. Obwohl ich wirklich nichts gegen den Bus habe. Ein Schwatz mit Tim ist immer gut. Kennst du den neuen Busfahrer überhaupt schon?»

Ich schüttelte den Kopf, obwohl ich mir nicht sicher war,

ob Patsy das überhaupt bemerkte oder zwischendurch auch mal atmete.

«Netter Mann. Aus Liverpool. Ist rein zufällig hier gelandet. Hast du viel Gepäck dabei, Rosie?»

«Oh, ähm, bloß einen Koffer», sagte ich, verblüfft von ihrem Themenwechsel.

«Das passt aber gut. Wärst du so lieb, mir mit meinen Einkäufen zu helfen? Ich habe sie drüben an der Bushaltestelle stehen gelassen, als ich dich gesehen habe.»

«Natürlich.» Ich folgte ihr zu der Stelle, wo sechs Einkaufstüten vom SuperValu aufgereiht standen.

«Tim bestand darauf, sie mir bis zum Boot zu tragen, aber sein Ischias wird wieder schlimmer, und da habe ich ihm eine kleine Notlüge aufgetischt, dass die nette Frau drüben an der Mauer versprochen hätte, mir zu helfen. Dabei wusste ich gar nicht, dass du das bist, kannst du dir das vorstellen? Es hat so sein sollen, Rosie, es hat so sein sollen. Also, in der da sind die Eier, also sei vorsichtig mit der.»

«Warum hast du denn nicht einfach per Telefon eine Bestellung aufgegeben, Patsy, wie alle anderen auf der Insel?» Ich nahm zwei Tüten und Patsy eine, und dann sahen wir in beide Richtungen, bevor wir die Straße überquerten.

«Ich wollte eigentlich nur Brot kaufen, aber dann konnte ich all den guten Sachen einfach nicht widerstehen. Und die sind ja auch so hilfsbereit da, die haben mir ein junges Mädchen geschickt, das mir die Tüten bis zur Bushaltestelle getragen und dann mit mir gewartet hat, bis der Bus kam, und mir die Tüten auch noch hineingetragen hat. Aber die müssen auch so nett sein, Rosie», sagte sie und blieb stehen, um ihre Theorie zu erläutern, «wir Insulaner sind doch unser ganzes Leben lang ihre treuesten Kunden, oder? Eine Hand wäscht die andere, so sagt man doch?»

Wir gingen weiter, stellten die Tüten ab und holten die anderen. Als wir alle Einkaufstüten am Kai abgestellt hatten, lief Patsy wieder mit mir zum Auto zurück, wobei sie die ganze Zeit weiterplauderte, während ich meinen Koffer und eine kleine Reisetasche auslud, die sie, meinen Protesten zum Trotz, unbedingt tragen wollte. Als wir schließlich an der Kaimauer angelangt waren und all unsere Habseligkeiten beisammenhatten, hatte auch die *Aoibhneas* angelegt, ihre Passagiere ausgeladen und war bereit, uns aufzunehmen. Das Niedrigwasser bedeutete für die Fahrgäste, dass sie, um die Fähre zu betreten, immer die Kaitreppe nehmen mussten. Beim Hinuntersteigen stützte ich Patsy am rechten Ellbogen, während sie sich mit der linken Hand am Geländer festhielt. Erst als ich in der Kabine saß und von Patsy auf den neuesten Stand gebracht wurde, was Ritas Knöchel anbelangte, den sie sich bei einem Sturz im Gemeindezentrum im Februar verstaucht hatte, und das Brummen der *Aoibhneas* beim Ablegen vom Kai einsetzte, begriff ich, dass ich jetzt nicht mehr umkehren konnte.

Es war Liam, der heute am Ruder stand, aber noch hatte er mich nicht bemerkt. Während Patsy mit einem jungen Paar zu unserer Rechten zu plaudern begann, das ich nicht kannte, fragte ich mich, ob Dad ihm gegenüber erwähnt hatte, dass ich in diesem Sommer zurückkehren würde, um mich mit ihm abzuwechseln. Ich stellte mir vor, wie er daraufhin die Augen verdreht hatte. Ich zog die Beine an, um einen schlaksigen Mann in meinem Alter vorbeizulassen. Er hatte Patsy doch tatsächlich zugezwinkert.

«Warte mal, Iggy», rief Patsy ihm hinterher und entschuldigte sich bei der jungen Frau für die Unterbrechung, indem sie ihr den Arm tätschelte. «Das hier ist Rosie. Dannys Tochter. Eine von uns. Und der da ist Iggy. Unsere neueste Anschaffung. Ein Mann, der einfach alles kann.»

Iggy lächelte. «Ich wüsste nicht, was ich ohne diese Frau tun würde. Seit ich hierhergezogen bin, hat sie mir so viel Arbeit verschafft. Die Regierung sollte sie anwerben. Arbeitslosigkeit wäre eine Sache der Vergangenheit.»

Er sprach mit einem Akzent, der auf den Norden deutete, aber zugleich weich klang. Ich tippte auf Donegal.

«Rosie, vom ersten Augenblick an wusste ich, das ist einer von den Guten. Du weißt ja, ich kann so etwas spüren.» Sie hob den Zeigefinger.

Abgesehen davon, dass sie lauter gesunden Babys zu ihrer Geburt verholfen hatte, verfügte Patsy über einen siebten Sinn, und wir Inselbewohner machten allzu gern Gebrauch von ihrer Gabe, wenn wir angesichts irgendeiner Tragödie einen winzigen Hoffnungsschimmer brauchten. Anfangs, als Saoirse gerade als vermisst gemeldet worden war, hatte Patsy gesagt: «Ich kann sie noch nicht sehen, aber ich weiß, sie ist da, und sie wird wieder auftauchen.» Ihre Meinung hatte sich nie geändert. Von dem Augenblick, als ich sie vier Tage nach Saoirses Verschwinden angerufen hatte, bis zu diesem Moment, in dem ich jetzt neben ihr auf der Fähre saß, waren ihre Worte unverändert geblieben. Und ich wusste, dass sie recht hatte. Ganz gleich, was der Rest der Welt dachte, ich wusste, eines Tages würde ich meine Saoirse wiederhaben, und zwar lebendig.

«Wie lange sind Sie schon in Roaring Bay, Iggy?», fragte ich.

«So vier, fünf Monate.»

«Er arbeitet für Diarmuid und für Christa im B&B und ...»

«Und für jeden, der mich sonst noch braucht.»

«Und er ist ein sehr guter Schwimmer. Glaub mir, Rosie, kaum bricht der Morgen an, pflügt der schon durch die Wellen wie Neptun persönlich.»

«Ach, na ja.» Bei diesem Kompliment strahlte Iggy. «Schwimmen Sie auch gern?»

«Oh, ich ... früher schon. In letzter Zeit allerdings nicht mehr so oft.» In Wahrheit hatte ich seit Saoirse nicht mehr mit der alten Unbekümmertheit schwimmen können, aber davor hatten wir, so kam es mir jetzt vor, das Wasser so gut wie gar nicht mehr verlassen, wenn wir einmal auf der Insel waren.

«Wirklich?» Er setzte sich neben mich. «Weil es mich überrascht hat, dass die Inselbewohner eben *nicht* schwimmen gehen. Ich bin immer auf der Suche nach jemandem, dem es auch Spaß macht.»

«Ja, also ...» Ich bereute, ihn auf mich aufmerksam gemacht zu haben. Meine Zweifel, die Patsy, einfach indem sie sie selbst war, vorübergehend ausgeräumt hatte, stiegen wieder in mir auf. Ich blickte durch die Kabinentür hinaus und sah das Festland in der Ferne, meine Chance auf einen schnellen Abgang war nun definitiv zerronnen.

«Ich habe schon eine Petition gestartet», sagte Patsy und lehnte sich an mich, «dass wir ihn nicht wieder ziehen lassen. Ich hab ihm gesagt, ich halte nichts von Leuten, die an die Bay kommen, um hier zu leben, und dann verliebe ich mich in sie, und als Nächstes sind sie weg. Liam und dein Vater sind schon vorgewarnt, dass sie ihn nicht aufs Boot lassen, wenn sie so was wie einen Koffer bei ihm entdecken.»

«Sie verschwenden Ihre Zeit, Patsy. Ich reise mit leichtem Gepäck, das würden die niemals merken.»

«Aber du gehst ja eh nicht weg, Iggy. Das weiß ich einfach, mein Lieber, das weiß ich.» Sie kicherte und nahm das Gespräch mit dem Mädchen zu ihrer Rechten wieder auf.

Bis zum Ende der Überfahrt hatte ich bereits mit Críostóir, Phelan, Dads Crewmitglied, und Nancy, seiner Frau, und mit der Inseltöpferin Sarah gesprochen. Anders als befürchtet, hatte keiner von ihnen mir einen wissenden Blick zugeworfen. Falls sie vermuteten, dass ich eine gebrochene Frau war, die nach Hause zurückkehrte, dann hatten sie es sich nicht anmerken lassen, wofür ich ihnen dankbar war. Wir redeten über Alltägliches: Über Críostóirs Ziegenfarm, den Benzinpreis, Fangquoten, Familien und darüber, welche Kinder in welcher Klasse waren. Sie wollten wissen, wie es Cullie und Hugh ging, und zwei Mutige hatten nach Saoirse gefragt. «Also keine neue Entwicklung?», fragten sie.

«Nein», antwortete ich, und dabei beließen wir es. Keiner schien auch nur zu ahnen, dass ich wieder die Fähre steuern sollte. Dad hatte, so schien es, kein Wort darüber verloren.

Als wir anlegten, wollte ich Patsy helfen, aber Iggy war mir zuvorgekommen und trug alle sechs Tüten auf einmal vom Boot. Ich griff mir meine eigenen Sachen und stellte mich in die Schlange, um die Steintreppe zum Kai hinauf zu erklimmen. Als ich fast schon oben war, sah ich zum Steuerhaus hinauf, wo sich Liam gerade über die Reling beugte und uns beim Aussteigen zusah. Der Ruck, mit dem er sich plötzlich aufrichtete, ließ mich vermuten, dass er nichts von meiner Rückkehr gewusst hatte. Wir nickten uns kurz zu, bevor wir uns jeweils wieder um unsere eigenen Angelegenheiten kümmerten.

Dad wartete schon auf mich und umarmte mich so fest, dass ich den Koffer fallen ließ.

«Du scheinst dich ja wirklich auf mich gefreut zu haben», sagte ich, lächelte, als er mich losließ, und strich meine Kleidung glatt.

«Himmel, Liebes, aber ganz sicher.» Er errötete, schniefte und rieb sich das Kinn. «Dann wollen wir dich mal nach Hause bringen», sagte er und griff nach meiner Tasche.

«Dein Rücken, Dad.»

Ich tätschelte ihm die Hand, scheuchte ihn voraus und folgte ihm, der noch langsamer humpelte, als ich erwartet hatte, den Kai hinauf. Ich winkte Patsy zu, die gerade in das Inseltaxi stieg, das sie und all ihre Einkaufstüten die ganzen fünfhundert Meter bis zum Anfang des Kais und direkt vor ihre Haustür bringen würde.

«Komm auf einen Tee oder was Stärkeres vorbei.» Sie kicherte.

Iggy war viel schneller unterwegs als mein Vater und ich. «Morgen früh um Punkt sieben», rief er mir im Vorbeigehen über die Schulter zu. «Drüben bei Diarmuid's. Bei Regen, Hagel oder Sonnenschein.»

Ich lachte, und es fühlte sich an, als wäre ich ein ganz anderer Mensch, eine Hochstaplerin, eine Schauspielerin, die mein Leben übernahm und so tat, als wäre alles in schönster Ordnung. Diejenigen, die mir entgegenkamen, weil sie von der Fähre ihre Einkäufe abholen wollten, riefen mir zu: «Da bist du ja. Gut, dich wiederzuhaben.»

«Wo hast du denn bloß geparkt?», fragte ich Dad. «Vor unserm Gartentor?»

Er zeigte hoch zu seinem Ford Cortina, der oben am Kai stand. «Ich kann da unten einfach nicht mehr so schnell reagieren, wenn diese Idioten rausfahren, ohne nach links und rechts zu gucken.»

Als ich auf dem Beifahrersitz saß und keiner mehr lauschen konnte, war es mir endlich möglich, das Offenkundige zur Sprache zu bringen. «Anscheinend weiß noch niemand, dass ich wieder die Fähre steuern werde.»

«Nein, ich dachte, ich warte noch ab.»

«Weil du erst sehen wolltest, ob ich auch wirklich komme? Kluger Mann, ich war mir selbst gar nicht so sicher.»

«Jetzt bist du hier, und nur das zählt. Und nun sei ein liebes

Mädchen und schau dich einmal um, ob da einer kommt.» Außenspiegel waren ein Luxus auf der Insel.

«Alles frei.»

Wir fuhren an Diarmuids Laden vorbei, in dem, sogar für Mai, ordentlich was los war.

«Und wie wollen wir das angehen?», fragte ich. «Ich tauche einfach auf der Fähre auf und rufe ‹Überraschung!›. Ist das der Plan?»

«Na ja, ich könnte auch bei den Nachrichten anfragen, ob noch Platz für eine Schlagzeile ist, aber doch, so in etwa habe ich mir das gedacht.»

«Dann weiß Liam also auch noch nichts davon?»

«Das geht den doch einen Scheißdreck an.»

In seinen Worten lag eine solche Schärfe, dass ich ihn anblickte, um zu sehen, ob das noch derselbe Mann war, der all die Jahre kein böses Wort über Liam verloren hatte, selbst damals nicht, als Liam auf dem Schulhof «Fähre» gespielt hatte, ein Spiel, das er erfunden hatte und bei dem er mich nicht mitspielen ließ und das unter anderem umfasste, die Leinen von der Fähre zu klauen und über den Schuppen mit den Sportgeräten zu werfen, als würde er die *Aoibhneas* vertäuen.

«Du kannst nicht mitspielen», hatte er mich das einzige Mal abgewiesen, als ich selbst einen Versuch unternommen hatte.

«Also, ich muss das schließlich auch üben. Das Schiff gehört meinem Dad, und er sagt, ich darf für ihn arbeiten, wenn ich älter bin.»

«Mädchen dürfen nicht auf Fähren arbeiten – die sind zu schwach. Und außerdem wird sie, wenn ich größer bin, *meine* Fähre, nicht deine. Das sagt mein Onkel auch. Und ich lass dich bestimmt nicht für mich arbeiten.»

Liam hatte damals bei seinem Onkel Tommy gelebt, dem Bruder seines Vaters, damals der zweite Fährkapitän. Liams

Mutter war bei der Geburt gestorben und sein Vater, ein Alkoholiker, vier Jahre später. Tommy war weicher als sein Bruder, hatte aber trotzdem noch einiges von dieser Ó'Kiersey-Härte. Er fischte, fuhr die Fähre und brachte seinem Neffen bei, dass es im Leben darum ging, dem Meer abzuringen, was nur irgend möglich war.

«Nein, das wird nicht deine Fähre!», schrie ich voller Panik bei Liams Andeutung, dass die *Aoibhneas* uns eines Tages nicht mehr gehören würde. Nach der Schule war ich so schnell wie möglich zum Hafen gelaufen, um meinen Vater zu finden.

«Ist ja gut», hatte Dad gesagt, nachdem er mich angehört hatte. Er zog mich an sich und umarmte mich fest. «Schau mal, du weißt doch, dass Liams Daddy und Mammy gestorben sind, und so etwas ist für jedes Kind furchtbar traurig, und deshalb sagt er Dinge, die grausam sein können. Aber das ist nicht seine Schuld.»

«Aber er hat gesagt, die *Aoibhneas* gehört dann ihm», brachte ich schniefend heraus.

«Das wird sie nicht, meine Kleine, das kann ich dir hier und heute garantieren. Das Schiff gehört uns und wird immer uns gehören. Das verspreche ich dir. Okay?»

«Okay.» Ich ließ mich überzeugen, hauptsächlich, weil ich ihn so liebte und ihn nie infrage gestellt hätte.

In den Jahren darauf versuchte ich Liam gegenüber so verständnisvoll zu sein wie mein Vater, aber es gelang mir nicht, weil Liams ständige Kommentare, dass ich nie so gut sein würde wie er und es eines Tages auch selbst merken würde, mich immer wieder fertigmachten.

Während der Fahrt ignorierte Dad meine Blicke, schaute auf die Straße und gab auch nicht für einen Moment zu erkennen, wieso sich seine Einstellung Liam gegenüber verändert hatte.

Dad schaltete einen Gang herunter, machte sich bereit für die steile letzte Wegstrecke Mac's Hill hinauf nach Hause.

Seit ich es zuletzt bei Mammys Beerdigung vor sieben Monaten gesehen hatte, hatte sich nichts im Haus verändert. Alles war noch genauso, wie sie es bei ihrem Tod hinterlassen hatte. Allerdings wirkte es jetzt trauriger, als wären alle Farben darin verblichen. Ich setzte mich aufs Sofa und ließ den Blick vom Kamin hinüber zu Dads Sessel schweifen, der wie immer unter der Treppe stand, die zu den beiden Zimmern im ersten Stock führte und deren untere Stufen eine perfekte Ablage für eine Tasse Tee, ein Guinness oder ein Glas Bailey am Weihnachtsmorgen boten. Im Laufe der Monate, die ihn gebeugt hatten, hatte er die Sitzhöhe mit Kissen immer mehr aufstocken müssen, damit er leichter aufstehen und sich wieder hinsetzen konnte. Ich sog die Luft ein, scharf und unvermittelt, und spürte wieder diese Einsamkeit, diese Verzweiflung anlässlich der völligen Kehrtwende, die mein Leben genommen hatte. Plötzlich konnte ich mir nicht mehr vorstellen, wie ich es auch nur eine Nacht hier aushalten sollte, geschweige denn einen ganzen Sommer.

«Ich finde, du solltest morgen anfangen.» Dad kam ins Zimmer und stützte sich dabei auf einen Stock, den er auf dem Kai nicht benutzt hatte. Mich abzuholen, hatte ihm offenbar weitaus mehr Schmerzen bereitet, als ich mitbekommen hatte.

«Auf der Fähre, meinst du?»

«Nein, Rosie, im Laden von Diarmuid, wo du mit ihm zusammen Scones servieren kannst», nahm er mich hoch. «Natürlich auf der Fähre.»

«Okay ...»

«Liams wöchentliche Schicht ist vorbei, morgen beginnt meine. Ich bin an deiner Seite, mach dir keine Sorgen.»

Ich betrachtete diesen auf seinen Stock gestützten Mann, dessen Gesicht schon bei der kleinsten Bewegung zuckte, dessen Körper gerade noch so funktioniert hatte und der nun unbedingt eine Pause brauchte.

Da kratzte es an der Hintertür. Ergo, der Hund, wollte herein.

Dad lächelte. «Da ist er ja höchstselbst. Das Begrüßungskomitee.» Er wollte sich umdrehen, zuckte aber sofort zusammen. Er tastete mit seiner freien Hand nach dem Treppengeländer, aber ich war schon aufgesprungen.

«Himmel, Dad. Setz dich bitte hin. Komm mal.» Ich lotste ihn zu seinem Sessel, wollte ihn aber nicht schieben oder stützen, damit ich es nicht noch schlimmer machte. Er bewegte sich behutsam zu seinem Zufluchtsort unter der Treppe und stieß einen tiefen Seufzer aus, als er endlich saß.

«Du bleibst mal sitzen.» Ich hockte mich neben ihn, rieb ihm mitfühlend das Knie. «Und morgen werde ich auch allein sehr gut zurechtkommen. Ich kenne die *Aoibhneas* in- und auswendig, und du musst dich ausruhen. Deshalb wolltest du doch, dass ich zurückkomme, oder? Jetzt lass ich den guten Kerl mal rein, dann mache ich uns einen Tee und wir ruhen uns erst mal alle aus.»

Er sah mich so traurig an, als könnte er sie in mir sehen: meine Mutter und Saoirse. Ich fühlte mich schuldig, weil meine ganze Erscheinung eine ständige Erinnerung an all das war, was wir verloren hatten. Schließlich senkte er den Kopf, schloss seine müden Augen und nickte.

Es war sehr schwer, wieder an diesem Ort zu sein, ohne dass auch meine Mutter da war. Als ich an jenem Abend ins Bett ging, strich ich mit dem Finger über die Rücken der Bücher, die sie mir gekauft hatte, als ich jünger gewesen war, und die immer noch in meinem alten Zimmer standen. Sie war nicht die typische irische Allerwelts-Mammy, weder was Hausarbeit noch was Backen anbelangte. Nein, wenn sie ein bisschen Zeit hatte, wählte sie statt des Staubwedels lieber ein Buch, ließ sich in all dem Chaos mit ihren zwei Jungs und dem einen Mädchen irgendwo zufrieden nieder und las aus dem Roman vor, den sie gerade aus der Stadtbücherei ausgeliehen oder im Secondhandladen in Clonkill gekauft hatte. Einkäufe im normalen Buchladen waren uns Kindern vorbehalten und fanden nur statt, wenn sie genug Geld angespart hatte. Einmal im Jahr oder auch zweimal, wenn die Zeiten gut waren, fuhren wir in die Stadt. Sie stieß die Ladentür auf und sagte zu uns, dass es keine Preisgrenze gebe und wir uns aussuchen dürften, was wir wollten, nur dass es in den Büchern auch Worte geben musste, nicht bloß Bilder von Baggern und Lastwagen – das war an meinen Bruder Nathan gerichtet, der mir altersmäßig am nächsten war und die Liebe meiner Mutter zum geschriebenen Wort nicht übernommen hatte, sondern zum Geschäftsführer einer der größten Baufirmen Kaliforniens aufsteigen sollte. Ich liebte die Welten, die sie mir in diesen Romanen aufgetan hatte und in die ich mich flüchten konnte, wann immer ich es wünschte.

Ich beugte mich hinunter, um Ergos schwarz-weiß gescheckte Mähne zu streicheln, als er sich, bereit für seinen Nachtschlaf, auf den Läufer neben meinem Bett legte.

«Wir vermissen sie beide, was, Ergo?»

Er hob den Kopf, blickte mich aus seinen blauen Augen an, deren schwarze Lider ein wenig herabhingen, und ließ ein Winseln hören.

Ergos vollständiger Name lautet Ergonomie. Die Geschichte der Namensfindung geht so: Als Onkel Michael-Fran ihn, ganz in seine Jacke gekuschelt, vor ungefähr zehn Jahren vorbeibrachte, hatte Dad gerade den Wirtschaftsteil der *Irish Times* in der Hand, las darüber, wie wichtig eine ergonomische Gestaltung von Arbeitsplätzen sei, und fragte sich, ob man wohl Änderungen im Steuerhaus vornehmen müsste.

«Mighty hat ihre Jungen bekommen», erklärte Michael-Fran und reichte ihm das Hündchen. «Ich hab dir ja einen Welpen aus ihrem Wurf versprochen. Weißte noch? Das ist ein Hübscher, was? Der ist reinrassig.»

«Reinrassig? Und woher, Michael-Fran, soll diese reine Rasse wohl stammen?»

«Das haben sie mir im Tierheim so gesagt, dass sie reinrassig ist. Und ihr Vater auch. Kannst du dir vorstellen, dass jemand eine trächtige Hündin aussetzt? Ich meine, das ist doch nicht recht, oder?» Michael-Frans einziges Laster sind Tiere, ganz besonders Streuner und ausgesetzte Tiere. Er muss sich wirklich zwingen, nicht jedes Mal ins Tierheim zu gehen, wenn er aufs Festland fährt, weil er am liebsten alle Hunde mitnehmen würde. Er weinte beinahe, als sie einen Gnadenhof für Esel eröffneten, nicht nur wegen der armen, vernachlässigten Klienten, sondern hauptsächlich um all die Male, an denen er vorbeifahren würde und nicht hineingehen durfte. Am Ende tat er es natürlich doch und brachte Tallulah mit nach Hause, die von nun an unter seinen Kühen und Schafen leben sollte, wo sie gern den Kopf über die Hecke reckt, um jedem, der vorübergeht, ihr vollständiges Gebiss verfärbter Zähne zu zeigen. Michael-Fran behauptet, dass sie lächle und dass es ihre Art sei, die Passanten um ein Büschel von dem grünen Gras zu bitten, das auf der anderen Straßenseite wächst.

«Wir haben einen Hund», verkündete Dad Mammy, als er

von der Terrasse hereinkam, von der Michael-Fran beinahe geflohen war, aus lauter Angst, dass seine Schwägerin sich weigern könnte, das arme kleine Ding zu nehmen.

Mammy hatte nicht einmal den Kopf von ihrem Buch gehoben. «Hast du ihm denn nicht gesagt, dass ich Nein gesagt habe?»

«Das hätte nichts gebracht, mein Liebling, das weißt du doch. Michael-Fran denkt, dass die Menschen erst merken, wie sehr sie sich ein Tier wünschen, wenn sie eins haben. Und er hat das Gefühl, dass es seine Pflicht ist, genau das der Menschheit beizubringen, besonders den Leuten vom Festland.»

Dad hat es immer gefallen, Mammy daran zu erinnern, dass sie vom Festland kam, als wäre das ein Makel, mit dem sie leben musste.

Mammy sah jetzt von ihrem Buch auf. «Wie willst du ihn nennen?»

«Keine Ahnung.»

Dad setzte sich wieder. Mit der Zeitung im Schoß beobachtete er den Welpen, der versuchte, es sich darauf bequem zu machen. «Ergonomie», sagte er mit einem traurigen Seufzer wegen des Artikels, den er nun nicht mehr zu Ende lesen konnte.

«Merkwürdiger Name für einen Hund», antwortete Mammy, deren Aufmerksamkeit wieder vollkommen ihrem Buch galt.

Dad hatte gelacht und dann von dem Hündchen zu seiner Frau geblickt und verkündet, das sei dann wohl so.

Das Mädchen winkte sie heran.
Schnell, hatte sie sie angetrieben. Komm schnell.

Am Morgen nach meiner Rückkehr umkreiste Dad zum Takt seines Stocks den Küchentisch, Ergo immer munter hinterher, während ich frühstückte und Dad mir eine Anweisung nach der anderen gab, wie ich die Überfahrt bewältigen sollte. Ich hatte mehr in meinem Porridge gerührt, als davon zu essen, weil mein Appetit in dem Maße nachließ, in dem die Instruktionen sich vervielfältigten, und hinterließ Ergo einen ordentlichen Klecks von der Pampe in seiner Schüssel, damit er nach seinem Tagwerk, der Kaninchenjagd auf der Insel, noch etwas in seinem Napf vorfinden würde – einer Margarine-Dose in Großhandelsgröße, die nach beinahe zehnjährigem Gebrauch eine kränklich gelbe Farbe angenommen hatte.

«Dad, wirklich, ich *weiß*, was ich zu tun habe.» Nachdem er mir sogar ins Badezimmer gefolgt war, um seine Lektion fortzusetzen, und ich mir Zahnpasta auf den Hoodie gekleckert hatte, verlor ich allmählich die Geduld. Eine Fähre zu lenken war eine schmutzige Arbeit, bei der man kaum sauber bleiben konnte, aber jetzt schon? Ich rieb an dem weißen Fleck herum. In Wahrheit versuchte ich, mich selbst zu beruhigen. Dad hatte mit seinen Bedenken vollkommen recht: Es war eine ganze Weile her, seit ich die *Aoibhneas* allein gesteuert hatte. Damals, vor Saoirses Verschwinden, als die Kinder noch klein waren, hatte ich oft ein paar Tage übernommen, wenn wir unsere Sommerferien hier verbrachten, aber das hier war etwas anderes. Alles war jetzt anders.

Trotz meiner Zusicherung folgte mir Dad zu meinem Jeep, den ich vor vielen Jahren gekauft hatte, damit wir ein Auto hatten, wenn wir auf die Insel kamen.

«Kannst du es jetzt bitte mal gut sein lassen, Dad?», fragte ich so höflich, wie meine strapazierten Nerven es gestatteten, während er immer noch in der geöffneten Fahrertür stand und redete. «Willst du nicht reingehen und dich ausruhen?»

«Vielleicht sollte ich mitkommen, jedenfalls beim ersten Mal.»

«Dad, das hatten wir doch schon besprochen. Dein Rücken macht das nicht mit. Und außerdem hast du immer gesagt, dass ich der beste Skipper bin, den die *Aoibhneas* je hatte.»

«Natürlich bist du das. Aber man kann nie vorsichtig genug sein.»

«Hör mal, alter Mann, du weißt, dass ich dich liebe, aber wenn du jetzt nicht die Hand von meiner Autotür nimmst, werde ich dein Schiff direkt nach Rossban fahren und mich von da aus auf den Weg zurück nach Dublin machen.»

Er ließ los und trat einen Schritt zurück. Ich hatte nicht grob klingen wollen, doch wegen meiner Nervosität war es ziemlich angesäuert rübergekommen. Ich lächelte, um das Gesagte zu entschärfen.

«Ehrlich, Dad, ich habe nichts vergessen. Das verspreche ich dir. Und schau mal, sollte es irgendein Anzeichen für ein Flattern des Motors oder so geben, bin ich sofort am Telefon, bevor ich auch nur versuche, wieder von der Kaimauer abzulegen, okay? Und außerdem wird Phelan da sein, nicht? Du hast doch selbst immer gesagt, dass er das beste Crewmitglied ist, das man nur haben kann. Der wird mir sofort helfen, Dad, das weißt du doch.»

«Er weiß es übrigens», räumte Dad ein. «Er ist der Einzige, dem ich erzählt habe, dass du zurückkommst.»

«Gestern, als ich ihn auf der Fähre getroffen habe, hat er das mit keinem Wort erwähnt.»

«Dem Mann kannst du dein Leben anvertrauen.»

«Dann siehst du ja, dass wir zurechtkommen werden. Phelan und ich werden die Fähre hüten.»

«Ich mache mir nicht nur um sie Gedanken.» Er warf mir einen ahnungsvollen Blick zu. «Dann fahr jetzt», sagte er, schob die Tür zu und hob zum Abschied die Hand.

Phelan wartete schon auf mich, als ich die *Aoibhneas* erreichte.

«Skipper», rief er und salutierte mir, als ich aus meinem Jeep stieg und auf ihn zuging. «Gut, dass du wieder da bist.»

«Danke, Phelan.» Ich machte eine kleine Verbeugung. «Mein Vater hat mir erzählt, dass er dich in dieses Geheimnis eingeweiht hat, aber das ist kein dauerhaftes Arrangement. Ich bin nur für den Sommer hier.»

Wir waren schon auf unserem Weg die Kaitreppe hinunter, schoben den Riegel des Fährentors auf, schlossen ihn hinter uns wieder und stiegen zum Steuerhaus hinauf.

«Ein Tag, ein Sommer, ein ganzes Leben, das ist mir ganz egal. Ich freue mich bloß, dich zu sehen.»

Ich öffnete die Tür zum Steuerhaus und stand einen Moment nur da und blickte auf das Bedienpult, bevor ich mich auf den Hocker sinken ließ.

«Ehrlich gesagt, Phelan, ich habe nie gedacht, dass ich noch mal hierher zurückkehre. So sollte mein Leben eigentlich nicht verlaufen.»

«Ich weiß, es ist schwer, Rosie, es ist schwer. Aber das Leben hat manchmal so eine seltsame Art, einen an Orte zu führen, zu denen man nie wollte. Ich meine, wer hätte gedacht, dass ich auf eine Kreuzfahrt durch die norwegischen Fjorde gehen würde, aber im September, wenn ich in den Ruhestand gehe, mache ich das. Es war Nancys Idee, sollte ich vielleicht hinzufügen.» Er seufzte in Gedanken an besagte Kreuzfahrt, ob in Vorfreude oder eher schaudernd, konnte ich nicht erkennen, seine Hände waren tief in seinen Taschen vergraben. «Skipper, du kommst schon klar», fügte er hinzu. «Ich habe dem Kapitän versprochen, dass ich diesen Sommer gut auf dich aufpasse und sowieso erst in den Ruhestand gehe, wenn sein Rücken wieder gut ist und du wieder nach Hause fährst.» Mit *Kapitän* bezog sich die ganze Crew auf Dad, ein Zeichen des Respekts für die vielen Jahre seines Dienstes an dieser Insel. Bis auf Liam natürlich. Denn obwohl mein Vater ihn die meiste Zeit seines Lebens immer verteidigt hatte, war ihm dieses Wort nicht ein einziges Mal über die Lippen gekommen. «Also, weißt du, was wir jetzt machen werden? Wir werden das Öl checken, das Wasser und die Keilriemen, und wenn das erledigt ist, lassen wir die Sirene ertönen und die Welt wissen, dass wir bereit sind.» Er gab mir einen Stups in die Rippen. «Na, wie hört sich das an?»

«Okay», sagte ich und gestattete mir ein vorsichtiges Lächeln.

«Gut so. Dann lass uns mal loslegen, hat keinen Sinn, auf Fergal zu warten, der kommt gern auf den letzten Drücker.» Fergal war ein Cousin Phelans und nur ein Drittel so alt, kaum fünfundzwanzig, und nur halb so motiviert, zumindest, wenn es um die Fähre ging. Sein Einsatz galt vollständig seinen friesischen Rindern oder seinen *frierenden Rindern*, wie der fünfjährige Cullie die Bezeichnung verstanden und gefragt hatte, warum sie nicht einfach Mäntel bekamen. Die Rinder waren sein Leben. Auf der Fähre arbeitete er bloß, um das Geld zu verdienen, das er für sie brauchte.

Eine halbe Stunde später, nachdem alle Checks vorgenommen worden waren, wir die ganze Crew an ihrem Platz und alle Passagiere an Bord hatten, war es schließlich an der Zeit, das zu tun, wofür ich gekommen war. Ich holte tief Luft, drehte den Zündschlüssel, und da war sie wieder mit ihrem vertrauten Brummen, ihrer tiefen sonoren Stimme, die mich willkommen hieß. Ich lachte. Ich hatte ganz vergessen, wie sehr ich es geliebt hatte, im Herzen ihrer Anlage zu sein, ihr Leben, ihre Kraft zu spüren, mit der sie sich in der Welt zu erkennen gab.

«Ist sie nicht eine Schönheit?» Phelan tätschelte mir die Schulter. «Wenn du so weit klarkommst, Rosie, dann lass ich euch zwei mal allein. Diese Taue lösen sich nicht von selbst.»

«Natürlich», antwortete ich enthusiastisch, hatte nichts mehr gemeinsam mit der Frau, die anfangs die Kabine betreten hatte. Ich war sicher, wenn ich mich umgedreht hätte, um einen Blick auf Phelans Gesicht zu werfen, hätte ich dort ein Lächeln entdeckt, vielleicht sogar gesehen, wie er nach dem Handy griff, um meinem Vater eine SMS zu schicken, dass alles gut lief. Dieser Augenblick war der einzige in den letzten acht Jahren, der einem Glücksgefühl nahekam. Ich prüfte Wasserstand und Temperatur, meine Blicke wanderten nach rechts zum Navigationsgerät, dann nach links zum Radar, alles war dem Auge und den Händen vertraut, während ich sicherstellte, dass wir bereit zum Ablegen waren. Dann musste ich unwillkürlich lächeln, als ich uns aus dem Hafen steuerte, die Maschine gedrosselt, bis wir das offene Meer erreichten. Fergal erschien mit den Passagierzahlen, und kurz darauf gab ich sie an die Mercier-Station durch – sie begrüßten mich mit einem «Willkommen zurück!», hatten schon gehört, dass ich wieder da war. Die Logstände kamen regelmäßig, ich lauschte auf die Wettervorhersagen auf der Ultrakurzwelle, checkte das GPS.

Ich hatte nichts vergessen.

Ich lenkte die *Aoibhneas* durch tiefes Wasser und ließ sie uns durch die Wellen tragen. Ich war wieder zwanzig, unbeschwert wie eine Feder im Wind.

Und während ich die Seemeilen bis Rossban herunterzählte, war sie wieder bei mir – Saoirse, in meiner Vorstellung noch am Leben, sechs Jahre alt, staunend und begeistert sah sie mir zu, wie ich die *Aoibhneas* steuerte, als ich in jenem Jahr in den Sommerferien Dad vertrat.

«Mummy», verkündete sie, nachdem wir den Hafen verlassen hatten, während Hugh sie im Steuerhaus in den Armen hielt, «Sophies Mummy kann nur ein Auto fahren. Aber du kannst ein *Schiff* fahren.» Ihre Stimme war ganz hoch vor Staunen, sie hatte die Hände ausgebreitet, mit den Handflächen nach oben, um zu zeigen, wie außergewöhnlich das war. Dann beugte sie sich so plötzlich vor, um ihre Arme um meinen Hals zu legen, dass Hugh sie beinahe fallen gelassen hätte. Ich genoss ihre Aufmerksamkeit so lange wie möglich, während ich unsere Weiterfahrt im Blick behielt, bis ich mich ihr schließlich entwinden musste, um unsere Sicherheit gewährleisten zu können.

Ich beantwortete geduldig all ihre Fragen, als stellte sie sie zum ersten Mal.

«Wofür ist denn das?» Sie hatte auf das automatische Identifikationssystem gezeigt.

«Das sagt den anderen Schiffen, dass wir hier sind, damit wir nicht zusammenstoßen.»

«Kann ich da draufdrücken?»

«Nein. Lass das mal, das GPS muss anständig funktionieren, damit wir wissen, wo wir hinfahren.»

«Was passiert denn, wenn wir einen Delfin anfahren?»

«Das passiert nicht. Dafür sind die zu schlau.»

«Was ist ein ‹Haven›?», hatte sie gefragt, als wir No Man's Haven umrundeten.

«Das bedeutet ‹ein sicherer Ort›. Sollte man ins Wasser fallen, kann man da hochklettern, aber der Fels ist ziemlich spitz, und wenn dann die *Aoibhneas* kommt, um einen zu retten, tut einem wahrscheinlich der Hintern weh.»

Ich meinte, immer noch ihre Wangen und ihre Haare berühren zu können, die ihr pausbäckiges Gesicht rahmten.

«Und jetzt pass mal auf», sagte ich zu ihr, als ich die *Aoibhneas* schließlich in den Hafen von Rossban steuerte und das erste Mal in acht Jahren wieder die Erregung verspürte, die Fähre so behutsam anlegen zu lassen, dass kein Passagier etwas davon merkte. Ich berührte leicht das Ruder, den Gang heruntergeschaltet, die Drosselung stumm, und schob das Schiff Stück für Stück vorwärts, bis ich spürte, wie die *Aoibhneas* am Gummifender zu liegen kam, den Fergal über die Schiffsflanke geschleudert hatte.

«Yay!», hatte Saoirse ausgerufen, begeistert von meinem Können. Ich ließ diesen Moment wieder vor meinem geistigen Auge ablaufen. Ich lachte so laut, dass ich mir peinlich berührt die Hand vor den Mund hielt und mich nach der Tür umdrehte.

Als ich schließlich vor dem Steuerhaus an der Reling lehnte, war ich beinahe euphorisch, winkte den Passagieren zu, die von Bord gingen und vor denen ich mich zu Beginn unserer Überfahrt hinter der verschlossenen Tür des Steuerhauses noch versteckt hatte.

«Toll, dass Sie wieder da sind, Skipper.»

«Prächtig sehen Sie aus da oben.»

«Die Piratenkönigin, was?»

Alle riefen mir etwas zu.

Die Fahrt zurück nach Roaring Bay war in vielerlei Hinsicht ähnlich. Als wir anlegten, hätte ich direkt wieder umkehren und zurückfahren können. Ich sah vor mir, wie ich regelmäßig hin und her fuhr, ohne Unterlass, ohne loszulassen, froh, das Leben auf dem Festland meiden und bis ans Ende meiner

Tage einfach dort am Ruder stehen bleiben zu können, allein mit meinen Erinnerungen und Vorstellungen. Aber vor der nächsten Ausfahrt gab es eine Pause von einer Stunde. Statt Phelan zu folgen und die *Aoibhneas* abzuschließen, begann ich das Bedienpult zu reinigen und das Steuerhaus auszufegen, solche Angst hatte ich, all das, was ich wiedergefunden hatte, erneut zu verlieren – Saoirse, aber auch mich selbst, das Gefühl, mich in meiner Haut wohlzufühlen.

Phelan musterte mich, wie ich das Glas der Kabinentür mit Ajax blank polierte. «Also, das war ja dringend nötig.»

«Was? Das ist total verdreckt. Man muss im Steuerhaus immer gute Sicht haben.»

«Jetzt ist Pause», stellte er klar und deutete auf den Ausgang.

«Mir geht's gut. Du kannst gern gehen.»

«Ich habe dem Kapitän gesagt ...»

«Hier muss mal anständig sauber gemacht werden.»

«Er wartet.»

«Wer wartet?»

«Dein Vater. Drüben bei Diarmuid's.»

Ich blickte aus dem Panoramafenster, und tatsächlich, drüben auf einer der Bänke, konnte ich das weiße Haar meines Vaters sehen, der in unsere Richtung blickte. Er sah auf seine Uhr, dann wieder auf die *Aoibhneas*.

Phelan nahm mir das Tuch und das Spray aus der Hand und legte beides auf den Hocker.

«Komm», drängte er mich. «Das passt jetzt schon. Du kriegst das hin.»

«Ich dachte, wir sollten mal anstoßen auf diesen Tag, muss ja kein Alkohol sein», rief Dad uns zu, als wir uns ihm und den drei dampfenden Bechern näherten, zweimal Tee und einmal heiße Schokolade, und einem Berg Schinken-Tomaten-Sandwiches, der groß genug war, um die ganze Mannschaft der *LÉ Eithne* zu versorgen, des Patrouillenboots der irischen Marine.

«Wie in alten Zeiten, Kapitän», sagte Phelan, als wir uns setzten, auf damals anspielend, als ich sechzehn war und wir in den Pausen so wie jetzt auf den Hafen geblickt und gegessen hatten.

«Warum bist du denn nicht zu Hause geblieben, um dich auszuruhen?», fragte ich.

Mein Vater zog es vor, meine Frage zu ignorieren. «Na, und war es nun so, als wärst du nie weg gewesen?»

«So was in der Art», antwortete ich mit einem schüchternen Lächeln.

«Keiner ist so wie sie, Danny. Wir haben immer schon gesagt, sie ist die Beste.»

Phelan und Dad ergriffen ihre Becher, um mir zuzuprosten. Ich hob meinen schüchtern.

«Die Beste? Ist das so?» Eine vertraute Stimme hinter mir störte die Feierstimmung. Liam. Als hätte er sich unter einem der Tische versteckt, in Diarmuids Laden gelauert oder hinter der Mauer gekauert, um meinen Auftritt an diesem Morgen im Blick zu behalten. «Rosie», sagte er, «gut, dass du wieder da bist.»

Ich sah auf, um in seinem Gesicht zu lesen, aber da war kein sarkastisches Grinsen zu entdecken, nichts Boshaftes in seinem Blick.

«Geht es dir gut, Liam?» Ich schüttelte ihm die Hand und lächelte, um ihm zu zeigen, dass ich in Frieden kam und nicht die Absicht hatte, unsere frühere Rivalität fortzusetzen.

«Könnte gar nicht besser sein. Du bist also wieder da, sehe ich.»

«So ist es.»

«Und steuerst auch wieder die Fähre. Danny hat das gar nicht angekündigt.»

Mein Vater betrachtete konzentriert das Meer zu seiner Rechten und ignorierte Liams Starren.

«Wie geht es Teresa und den Jungs?», fragte ich, um das Gesprächsthema zu wechseln.

Liams Frau Teresa war Rektorin der Grundschule, obwohl ich immer das Gefühl gehabt hatte, dies sei ein Verlust für die Geschäftswelt. Auf dem College in Limerick hatte sie sehr clever ihr eigenes kleines Business betrieben und in den Prüfungsphasen Sandwiches vom Spar-Markt an die gestressten Büffelnden in der Bibliothek verkauft. Ursprünglich aus Tipperary, hatte sie sich ungefähr zur gleichen Zeit in Liam verliebt, als ich begann, mit Hugh auszugehen. Sie hatten zwei Söhne, Lar und Paul, Teenager, die noch zur Schule gingen.

«Geht allen gut, nichts zu beanstanden.»

«Und die Jungs wollen immer noch Fährschiffer werden?» Vielleicht ging ich zu weit, aber ich hatte gerade einen Lauf, redete selbstbewusst und freundlich mit Liam, wie ich es noch nie getan hatte.

«Ganz genau! Sobald die Schule aus ist, sind sie mit mir auf dem Schiff. Jede freie Minute und jeden Tag, wenn ich sie lasse.»

«Erinnert dich das an jemanden? Genauso waren wir doch auch, du mit Tommy und ich mit Dad.» Ich gab mir so viel Mühe.

Tommy hatte allerdings, sobald sein Neffe mit einundzwanzig sein Patent erworben hatte, aufgegeben, die Fähre zu steuern.

«Natürlich, so war das.»

Aber mehr sagte er nicht, würgte mich zu schnell ab, fand ich. Hätte er sich auf ein kleines Geplänkel über unsere Jugend und unsere Wünsche eingelassen, dann hätten wir die erbitterte Rivalität, die tatsächlich immer zwischen uns geherrscht hatte, ein wenig abmildern können. Stattdessen sah er hinüber zur *Aoibhneas*, mit dem ernsten und strengen Blick, den ich eigentlich von vornherein erwartet hatte und der die Wärme des Maitages um ein paar Grad abkühlte.

«Also, dann sag mir mal, soll das ein Dauerzustand werden, oder war das heute Morgen bloß ein Anfall von Nostalgie, sodass du mal eine Runde gefahren bist?»

Ich öffnete den Mund, um ihm zu versichern, dass ich nicht lange bleiben würde, kam aber nicht dazu, etwas zu sagen.

«Rosie ist auf meine Bitte hier, Liam», antwortete Dad mit fester Stimme. «Mein Rücken, verstehst du. Ich muss mich ein bisschen ausruhen. Es war ein hartes Jahr, und so hat Rosie sich bereit erklärt, mir zu helfen. Sie wird so lange bleiben, wie ich sie hier brauche.»

So lange, wie er mich brauchte? Ich war nicht der Meinung, dass wir das so vereinbart hatten, aber mir war klar, dass ich das mit Dad nicht hier vor Liam ausdiskutieren konnte, der nickte, aufmerksam den Boden betrachtete und mit seiner Schuhspitze die Erde aufscharrte. «Verstehe», sagte er. «Was immer du meinst, Danny», fügte er nach einer langen Pause hinzu und erwiderte Dads Blick. «Ein hartes Jahr. Das war es ganz bestimmt.»

Phelan hustete und strich sich mit der Hand über den Mund.

Eigentlich mussten sich beide in erster Linie auf den Tod meiner Mutter beziehen, aber in Liams Ton lag noch etwas anderes, etwas, das ich nicht zu deuten vermochte. Er erklärte es aber nicht, sondern wandte sich jetzt an mich.

«Ich richte Teresa aus, dass du nach ihr gefragt hast, Rosie.»

«Ja, dank dir.»

Mit gesenktem Kopf ging er weg.

Ich wandte mich den beiden Männern zu, Phelan, der sich seinem Sandwich widmete und sorgsam meinen Blick mied, Dad, der angestrengt auf die *Aoibhneas* starrte.

«Das lief ja richtig gut», sagte ich sarkastisch.

«Ach, du kennst Liam doch», antwortete Dad. «Er glaubt, er ist hier der King. Hat es nicht gern, wenn man seinen Herrschaftsanspruch infrage stellt.»

Vielleicht hätte ich in dem Moment nachhaken, dranbleiben und Dad festnageln sollen, tat es aber nicht. Hätte das irgendetwas gebracht? Ich fand es dringender zu klären, was Dad über die Dauer meines Aufenthalts gesagt hatte.

«Du weißt schon, Dad, dass ich nur bis Ende August, höchstens Anfang September bleibe, dann bin ich wieder weg. Selbst wenn dein Rücken noch nicht wieder hundertprozentig in Ordnung ist. Hugh und ich haben vereinbart, dass es nur für den Sommer ist.»

«Das weiß ich doch. Habe ich das nicht schon gesagt?»

«Doch, aber Liam hast du gerade gesagt, dass ich so lange bleibe, bis du keine ...»

«Du weißt doch, dass es völlig egal ist, was ich zu Liam sage. Manchmal muss man bestimmte Dinge auf eine bestimmte Weise formulieren, um deutlich zu machen, wer hier das Sagen hat.»

Ich suchte nach einem Flattern in seinem Blick, aber er sah mich ruhig und unverwandt an. «Dann ist ja gut», gab ich nach. «Ich wollte das nur noch mal klarstellen.»

«Gut», sagte er abschließend. «Und nun trink aus. Wir wissen ja alle, wie sehr du kalten Kakao hasst.»

«Jemand noch ein Brot?» Phelan hielt den Sandwich-Berg zwischen uns hoch.

Ich griff nach einem Sandwich und legte es auf meinen Teller, nahm einen Schluck von meinem inzwischen lauwarmen Kakao. Ich trank schnell aus, um noch einen Rest seiner seidigen Wärme zu schmecken. Und während ich das tat, konnte ich nicht umhin zu denken, dass Dad nicht ganz ehrlich gewesen war und dass ich, wenn der August kam, vielleicht auf einen Streit mit ihm zusteuerte.

Es schien so dringend zu sein, dass sie ihr Fahrrad liegen ließ und zum Auto eilte, um herauszufinden, was passiert war.

Den restlichen Mai war ich, wenn ich nicht die *Aoibhneas* steuerte, gereizt und unsicher. Ich hielt mich von den Leuten fern. Dad konnte mich nicht einmal an den Tagen, an denen sein Rücken besser war, zu einem Scone bei Diarmuid überreden. Für die typische Konversation hatte ich keine Kraft. Ich mied Páidíns, wo sich die meisten abends versammelten. Mein Vater und mein Onkel, wenn er mal vorbeikam, bildeten die Gesamtheit meiner menschlichen Kontakte. Nicht einmal bei Patsy hatte ich geklopft, seit ich wieder auf der Insel war. Wenn ich jemanden auf der Straße traf, blieb ich auf einen Schwatz stehen und war so lange entspannt, wie es im Gespräch darum ging, wie es für mich war, wieder am Ruder der Fähre zu stehen. Danach eilte ich mit einem Lächeln und winkend weiter und behauptete, mich dringend um Dads Abendessen kümmern zu müssen. Das war ein schlechter Witz. Das Essen, das ich Dad hinstellte, war oft öde und in letzter Minute zusammengehauen – irgendein Fisch aus der Tiefkühltruhe und eine Dose Bohnen von Diarmuid.

«Ein Festessen», sagte mein Vater dennoch immer und rieb sich den Bauch.

«Sicher», spottete ich, sah aus dem Küchenfenster auf die bunten Farben der langen Sommerabende, die alles in ihr Licht tauchten, und dachte an Hugh und Cullie.

Wenn ich nicht arbeitete, wanderte ich die Inselwege entlang. Am frühen Morgen, am späten Abend oder auch mitten an den trägen Sommernachmittagen machte ich es mir zur Aufgabe, jede Ecke der Insel zu erkunden, jeden Klippenrand, über den ich noch nie gespäht, jede Böschung, die ich noch nicht umgangen hatte, bis ein jäher Abgrund, der sich vor mir auftat, mich zum Stehenbleiben zwang. Ich konnte nicht still sitzen bleiben. Ich kletterte über Gatter, an denen ein Schild «Stier auf der Weide» hing, weil ich genau wusste, dass es auf der ganzen Insel nur den einen Stier gab, der eine halbe Meile entfernt auf Críostóirs Weide stand.

Ich lief vor meinen Gedanken davon, aber sie holten mich immer wieder ein. Dann griff ich nach meinem Handy. Ich dachte an Hugh und stellte mir vor – nein, sehnte herbei –, dass ein richtiges Gespräch zwischen uns möglich wäre, wenn ich nur den Mut hätte, ihn anzurufen. Der Mann, den ich hören wollte, war der, in den ich mich hier auf Roaring Bay verliebt hatte und der mich in eine andere Welt entführt hatte. Der Mann, der mich liebte und den ich so sehr wiederliebte, dass ich sicher war, daran würde sich nie mehr etwas ändern. Aber der Mensch, der ranging, wenn ich es probierte und anrief, war immer derjenige, der mir gesagt hatte, ich solle ruhig gehen. Er klang erschöpft und gebrochen. Ich wollte ihm erzählen, dass ich auf dem Schiff das Gefühl gehabt hatte, Saoirse wäre bei mir, aber ich hatte Angst, dass er es nicht würde hören wollen. Wir waren die Champions der peinlichen Pausen. Schweigen, unterbrochen von endlosen «also» und «ja». Ich fragte nach dem Wetter und ob er was von Cullie gehört hatte, selbst dann, wenn ich an dem Tag vielleicht schon mit ihm telefoniert hatte. Ich fragte, wie die Arbeit lief, hatten sie auf seiner täglichen Route noch mehr Fahrradwege angelegt? Wir sprachen auch über den Fall – gab es neue Entwicklungen? Irgendwelche Neuigkeiten von Mick? Solche kleinen und großen Themen füllten die Lücken und gestatteten uns, so zu tun, als würden wir zwei, Mann und Frau, immer noch miteinander kommunizieren. Wenn ich das Gespräch beendet hatte, schwor ich mir, nicht noch mal anzurufen, uns nicht wieder diesem Stress auszusetzen. Aber dann kam ein neuer Tag, wieder fühlte ich mich verloren am Rand einer Klippe, sehnte mich nach dem festen Boden, auf dem wir einmal gestanden hatten, und rief Hugh an.

Cullie rief ich noch häufiger an. Cullie, der mit Nina zusammenwohnte, seiner großen Liebe, die er ekstatisch anbetete. Es war Saoirse gewesen, sagte Cullie immer, die die beiden zusammengebracht hatte. Bis dahin waren sie eher Schulkameraden gewesen. Aber an dem Tag, an dem seine Schwester als vermisst gemeldet worden war, hatte Nina nach seiner Hand gegriffen und sie seither nicht mehr losgelassen. Sie wohnten im Zentrum von Dublin in einem Häuschen von der Größe einer Hundehütte. Ich hatte dort sehr oft Flugblätter und Poster abgegeben. Flugblätter, auf denen HABEN SIE DIESES MÄDCHEN GESEHEN? stand, die wir eine Zeitlang an jeden Laternenpfahl klebten, an jede Anschlagtafel hefteten und skeptischen Passanten auf belebten Straßen in die Hände drückten, auch noch lange nachdem viele es wohl nicht mehr als zielführend erachteten. Nina ist Cullie sehr ähnlich, rücksichtsvoll, mitfühlend und gütig, sodass ich mir manchmal Sorgen mache, dass die beiden vielleicht nicht genug auf sich selbst aufpassen. Jeden Freitagabend teilen sie ehrenamtlich Essen an Obdachlose aus. Sie arbeitet für eine Umweltschutzorganisation und er in der städtischen Jugendarbeit. Sie sind glücklich. Sie wollen keine Kinder. Sie sind sich selbst genug.

Ich hörte ihm aufmerksam zu, hielt mir das Handy ans Ohr, während Cullie mir das Neueste von den Jugendlichen erzählte, mit denen er arbeitete. Oft ging es um Sorgenkinder, bei denen er befürchtete, sie aus dem Blick zu verlieren. Er suchte sie auf, um sie zu drängen, wieder in den Jugendklub zu kommen, darauf sagten sie, er solle sich verpissen, tauchten aber dann zwei Wochen später vielleicht doch wieder auf. Er hatte Schuldgefühle, weil er die anderen, die Woche für Woche erschienen, nicht genauso liebte, aber er konnte es nicht ändern: *Sie* waren es, für die er diese Arbeit machte. Dann reichte er das Handy an Nina weiter, die mir erzählte, wie zerstört die Umwelt schon war, und fragte, ob es so eine gute Idee war, auf einer Insel zu leben, wenn der Meeresspiegel immer weiter anstieg? Du lebst doch auch auf einer Insel, sagte ich dann lachend, worauf sie antwortete, dass ich recht hätte und dass wir, wirklich, ohnehin zum Untergang verurteilt waren. Aber, apropos, wie ging es mir eigentlich?

Und manchmal rief ich Maggie an.

Maggie Buggie, die Mutter von Claire, die seit dem Jahr 2000 vermisst wurde, als sie in ihrem Ferienhaus in Killarney waren. In einem anderen Leben wären Maggie und ich Freundinnen geworden, glaube ich. Sie hatte vor nichts Angst, war eine typische Dublinerin, die keine Gefangenen machte. Wir sprachen über unsere Töchter, verglichen nicht nur die beiden Fälle, sondern erzählten uns vor allem, wie sie gewesen waren, was sie dachten, wie sie uns verblüfft, aber auch verrückt gemacht hatten.

«Nein, aber ernsthaft, Rosie, du hättest sie sehen sollen. Sie lief in ihrem Pyjama aus dem Haus, frech wie Oskar, und sagte zum Müllmann: ‹Stellen Sie die Scheißtonne wieder hin.› Ich meine, ich bin fast tot umgefallen. Ich war fix und fertig. Aber so war sie, hatte kein bisschen Angst. Ich weiß gar nicht, wo ich dieses Mädchen herhabe.»

«Oh, Maggie», sagte ich dann und wischte mir eine Lachträne ab. «Da war dieses eine Mal», erzählte ich ihr, «wo Saoirse bei einem Theaterstück im Arts Centre mitgemacht hat. Und sie war wütend, hatte sie dem Regisseur doch gesagt, dass sie nur das Bühnenbild gestalten wolle. Und darauf hatte er gesagt: ‹Nur Bühnenbild geht nicht. Um zu verstehen, wie ein Stück funktioniert, muss man es spielen.› Und so kommt sie stinkwütend an dem Abend nach Hause und knallt ihre Tür hinter sich zu. Ich denke, na toll, und was mache ich jetzt? Also gehe ich hoch, klopfe an die Tür und frage sie zuckersüß, ob alles in Ordnung ist und ob ich irgendetwas für sie tun kann. Und sie blafft mich nur an: ‹Nein. Mir geht's gut. Ich lerne meinen Text.› Und ich denke, na, meinetwegen. Und sie zieht das durch, drei Abende in Folge, macht sich, sobald sie aus der Schule kommt, ein Sandwich und geht nach oben in ihr Zimmer. Und ich kann bloß an die Küchendecke starren, während sie oben auf und ab geht. Natürlich mache ich mir Sorgen, frage mich, hat sie genug zu essen, geht sie überhaupt mal ins Bett, sollte ich ihr ein Glas Wasser vor die Tür stellen. Also, der vierte Tag ist dann ein Freitag, Theatertag am Arts Centre, wohin sie direkt von der Schule aus geht. Sie kommt später heim als gewöhnlich, und ich mache mir Sorgen und denke, oh Gott, es ist total schiefgelaufen. Wie auch immer, schließlich ist sie zu Hause, und ich sage so lässig, wie ich nur kann: ‹Na, alles in Ordnung mit deiner Rolle?› Und sie sagt: ‹Also, das ist so gelaufen: Ich habe den Text auswendig gelernt, und dann bin ich da hin und habe vor dem Regisseur den ganzen Part gespielt. Ich meine, keiner, absolut niemand, konnte in diesem Stadium schon seinen ganzen Text auswendig, aber ich konnte alles, und in der ersten Reihe sitzt der Regisseur und kriegt den Mund nicht mehr zu. Der hört mir wirklich zu, und als ich fertig bin, steht er auf und klatscht und dreht sich zu den anderen um und sagt: ‹Seht ihr, *das* nennt man Theaterspielen!› Und da sage ich: ‹Toll, kann ich jetzt also das Bühnenbild gestalten?› Und als er sich wieder eingekriegt hatte, so sehr musste der lachen, kam er zu mir, schüttelte mir die Hand und sagte, okay. Also jetzt mache ich das Bühnenbild. Was gibt's denn zum Abendessen? Ich bin am Verhungern.› Und da blieb dann mir der Mund offen stehen, aber irgendwie brachte ich ‹Lasagne› heraus. Aber die ganze Zeit frage ich mich, wer zum Teufel bist du eigentlich, und wie bist du derart clever geworden?»

Ich hätte stundenlang mit Maggie über unsere Mädchen reden können und war nie müde geworden, immer wieder dieselben Geschichten zu hören.

Eines Abends Anfang Juni, bei einem meiner späten Gewaltmärsche, verschlug es mich in Michael-Frans Pub. Zu dem Zeitpunkt hatte ich schon einen ganzen Monat überstanden, mich auf dem Meer ganz lebendig fühlend, verloren an Land. Es muss beinahe elf Uhr gewesen sein, als ich am Wagtail vorbeikam, und weil es mich amüsierte, dass so spät noch geöffnet war, beschloss ich hineinzugehen, um mich ein bisschen mit ihm zu unterhalten. Nur dass er gar nicht da war. Stattdessen bediente Iggy die Gäste, der Meerschwimmer, dessen Einladung ich, unnötig, das extra zu betonen, natürlich nicht angenommen hatte. Ich wollte gerade wieder gehen, aber er kam schon auf mich zu. Ich war eine zurückhaltende Insulanerin auf Heimatbesuch, aber ich war nicht ungehobelt. Also setzte ich mich auf den Hocker an der Tür.

«Rosie, da sind Sie ja endlich», sagte er, als hätte er all die Tage und Wochen auf mich gewartet.

Wir hatten seit jener ersten Begegnung auf der Fähre nicht mehr miteinander gesprochen. Ich hatte ihn hier und da auf meinen Spaziergängen gesehen, wie er seine frühmorgendlichen Runden im Hafen schwamm, aber ich war nie stehen geblieben, um mit ihm zu reden.

«Was kann ich Ihnen bringen?» Dienstwillig trommelte er mit seinen Fingern auf den Tresen.

«Ich weiß nicht. Kaffee vielleicht?» Ich trank keinen Kaffee, aber irgendwie fand ich diese Wahl passender als meinen üblichen Kakao. Aus irgendeinem Grund schien es wichtig zu sein, was dieser Mann von mir dachte, und ich nahm an, dass er eher der Kaffee-Typ war.

«Aha. Tja, also, alles, was wir haben, ist, das muss ich zu meiner Schande gestehen, das hier.» Er griff unter den Tresen und holte ein Glas löslichen Kaffee hervor.

«Ist der zufällig koffeinfrei?» Für diese späte Stunde war meine Getränkewahl vielleicht nicht optimal, ich litt sowieso schon unter Schlaflosigkeit.

Er sah mich an und dann das Glas mit dem löslichen Kaffee. «Ich finde es schade, wenn Leute koffeinfreien Kaffee trinken. Ich meine, ich will nicht voreingenommen klingen oder so, aber wenn man das Zeug schon trinken will, dann sollte man es richtig tun und die volle Dröhnung nehmen. Obwohl, eigentlich ist das hier vielleicht sogar das Äquivalent eines koffeinfreien Kaffees.» Er sah mit einer derartigen Enttäuschung auf das Glas, dass ich lächeln musste. «Entschuldigung», sagte er dann, als ihm seine Barkeeper-Pflichten wieder zu Bewusstsein kamen.

Belustigt sagte ich: «Ich nehme trotzdem einen.»

Den Rest des Abends passierte nichts mehr zwischen uns. Ich überraschte mich selbst damit, dass ich meinen Kaffee nicht sofort austrank und nicht gleich wieder ging. Stattdessen ertappte ich mich dabei, wie ich mich an einem Getränk festhielt, das ungefähr so eklig schmeckte, wie Iggy angedeutet hatte, von seinen schnellen und dennoch eleganten Bewegungen am Tresen entlang regelrecht eingelullt, während er die anderen Gäste bediente, die alle auf die letzte Runde zusteuerten. Iggy bewegte sich lässig. Hinten im Bund seiner Kaki-Shorts, die irgendwie von seinen spitzen Hüftknochen an Ort und Stelle gehalten wurden, steckte ein Buch, allerdings umgedreht, sodass ich nicht lesen konnte, was es war.

Hin und wieder kam er zurück an mein Ende des Tresens und deutete bloß auf meinen Becher. Meist lehnte ich ab, aber einmal nickte ich, und er stellte den Wasserkessel wieder auf den Herd.

Als der letzte Gast gegangen war und er sauber zu machen begann, zeigte ich auf seinen Hosenbund und fragte: «Was lesen Sie da?»

Als würde es ihn selbst überraschen, dass da ein Buch steckte, zog er es heraus und legte es auf den Tresen.

«Das», sagte er und strich mit der Fingerspitze vorsichtig über den mit Tesafilm geflickten Rücken von *Tess von den D'Urbervilles* von Thomas Hardy, «sollte meine stille, abendliche Lektüre werden. Aber dann kamen lauter Leute rein und bestellten Sachen wie löslichen Kaffee.»

Ich lächelte.

«Sind Sie auch eine Leserin?», fragte er.

«Nicht mehr so intensiv wie früher. Aber Sie lesen viel?» Ich zeigte auf sein Buch.

«Aye. Ich schreibe auch ein bisschen.»

Eines der Dinge, die ich immer mehr an Iggy zu mögen begann, war, dass es ihm ganz egal war, ob Leute sich wegen solcher Bemerkungen über ihn lustig machen könnten.

«Nichts Großartiges, Gott bewahre, aber genug, um den Kopf frei zu bekommen. So krieg ich wieder Luft zum Atmen.»

«Gibt es hier nicht genug gute Luft?»

«Stimmt, aber das reicht leider nicht, nein. Schreiben heißt, sich so sehr in den Sog der Worte zu vertiefen, dass das Atmen ganz mühelos geschieht, ganz ungehemmt. Und wenn ich lese, lerne ich dabei auch, wie ich selbst besser schreiben kann. Ich verliere mich darin, wie der Autor einen

Satz konstruiert oder wie er etwas ganz Alltägliches auf eine Weise beschreibt, die mir nicht eingefallen wäre. Ich gehe mit einem ganz neuen Interesse spazieren, sehe den Schotter mit neuen Augen, die Sträucher, die weggeworfene Cola-Dose. Es ist meine Art zu meditieren, nehme ich an.»

«Gott, meine Mutter hätte Sie geliebt.» Ich musste auf meine beiden Becher hinunterblicken, so stark war mein Drang, diesen Fremden zu umarmen, an dessen Fingern lauter Silberringe steckten und dessen sonnengebräunte Haut nie einen Tropfen Sonnenmilch gesehen hatte. Er ließ meine Mutter in diesem Moment deutlich vor mir wiedererstehen.

«Ach, die berühmte Evie. Ich glaube, ich bin zwei Monate zu spät hier angekommen, um sie noch kennenzulernen. Aber ich mag die Plakette sehr, die man für sie an der Bücherei angebracht hat.»

Meine Mutter war die Insel-Bibliothekarin gewesen. Ich muss ungefähr fünf gewesen sein, als sie über die verspäteten Rückgaben mit dem Enthusiasmus eines Polizeianfängers zu herrschen begann, den sie auch nach dreißig Jahren im Dienst nicht eingebüßt hatte. Sie war elf Jahre vor ihrem Tod in den Ruhestand gegangen, aber das hatte sie nicht daran gehindert, auch danach beinahe jeden Tag freiwillig weiterzuarbeiten. Darcy, ihre Nachfolgerin, hatte nicht die gleiche überschäumende Liebe zur Literatur wie meine Mutter, war aber dennoch, wie Mammy bei vielen Gelegenheiten eingeräumt hatte, *sehr bemüht*. Vielleicht auch darum bemüht, nicht dauernd die frühere Bibliothekarin um sich herumschwirren zu haben, während sie sich einarbeitete, hatte ich oft gedacht, aber nie gesagt. Aber es war die ungeheuer geduldige Darcy gewesen, die in der vorigen Woche eine kleine Feier organisiert hatte, um die Renovierung der Inselbücherei, eines schlichten Bürocontainers, zu würdigen – jetzt mit neuem Dach, durch das es nicht mehr reinregnete, neuen Regalen und gemütlichen Sesseln und Stühlen, die flachen orangefarbenen Sitzsäcke meiner Jugend waren nun endgültig Geschichte. Man hatte Dad gebeten, das Band vor der Plakette zu zerschneiden, die man Mammy zu Ehren angebracht hatte.

Für unsere verehrte Evie, die wir sehr vermissen
und die Sie weiterhin daran erinnern möchte,
Ihre Bücher zurückzubringen.

Es waren auch Reden gehalten worden. Ich hatte mich aus Angst, ich könnte anfangen zu weinen, abgelenkt, indem ich zugesehen hatte, wie es von der *neuen* Regenrinne herunter- und direkt in einen strategisch platzierten Topf tropfte. Wir standen auf dem kleinen halbkreisförmigen Rasenstück, das wegen all der Bücherei-Besucher nie so richtig ergrünt war, und lauschten, während Dad zu reden versuchte, dann aber ins Stocken geriet. Es war Michael-Fran, der hervorgetreten war, um ihn zu erlösen, und allen erzählte, dass es nie eine Person vom Festland gegeben hätte wie Evie, dass die Bewohner der Insel dank ihr Leute mit größeren Herzen und größeren Hirnen und einem erlesenen Literaturgeschmack geworden waren und dass er selbst, der in der Schule das Lesen noch gehasst hatte, es gar nicht mehr erwarten konnte, bis die neue Anne Tyler erschien. Woraufhin alles gejohlt, geklatscht und gejauchzt hatte.

«Ich bin selbst ein großer Anne-Tyler-Fan», fuhr Iggy fort, während er *Tess* zurück in seine Tasche schob und den Tresen wischte. «Sie schreibt mit so viel Humor über das normale, alltägliche Leben, dass ich oft lachen muss. Das ist dann nicht bloß so ein leises Kichern, sondern ein richtig lautes Gewieher.»

Er sagte tatsächlich «Gewieher». Wieder musste ich lächeln und wünschte, Mammy hätte neben mir gesessen und es auch gehört.

«Ich habe Sie nicht bei der Neueröffnung gesehen», sagte ich. «Ich habe allerdings sowieso nicht richtig mitgekriegt, wer alles da war. Ich war ein bisschen abgelenkt.»

«Wo immer irgendwas mit Büchern zu tun hat, bin ich anwesend. Ich stand weiter hinten.»

«Dann sind Sie aus Donegal, wenn ich raten darf?»

«Aye, und Sie sind aus Dublin hierhergekommen, um Danny mit dem Schiff zu helfen.» Er warf mir einen kurzen Blick zu.

«Mit dem Schiff, ja. Ich bin hier, um mit dem Schiff auszuhelfen.»

Der Sarkasmus in meiner Stimme überraschte mich selbst. Die plötzliche Erinnerung daran, dass ich in Wirklichkeit hier war, um mein Leben wieder aufs Gleis zu setzen, meine Ehe zu retten, mein ramponiertes Herz zu heilen, hatte mich bitter klingen lassen. Ich brummelte die Tränen fort, die zu fließen drohten, hustete und schenkte Iggy dann ein schmallippiges Lächeln, mit dem ich ihn darum bat, keine weiteren Fragen zu stellen.

Mit meiner Erlaubnis nahm er meinen Becher und befüllte ein letztes Mal an diesem Abend den Geschirrspüler. Ich sah zu, wie er die Kasse und die Lichter abschaltete, die die Flaschen auf den Regalen hinter der Bar beleuchteten. Dann kam er um den Tresen herum, um sich auf den Hocker zu meiner Linken zu setzen.

«Ich weiß nicht, wie es Ihnen geht, Rosie, aber ich bin hier an diesem Ort, um wieder ruhig atmen zu können, das ist alles. Da ist nichts Geheimnisvolles dran. Wir tragen alle unser Päckchen, oder? Ich weiß, dass meins tonnenschwer ist.»

Das Rauschen des Geschirrspülers füllte die Stille, die seine Worte erzeugt hatten. Ich versuchte das Gefühl zu ignorieren, dass dieser Mann mein Innenleben erfasst, sich darin umgesehen und verstanden hatte, wer die Frau war, die er dort entdeckt hatte. Genauso war Hugh damals gewesen, als wir uns kennengelernt hatten, und in all den Jahren darauf, als wir ein gemeinsames Leben geführt hatten, das wir beide liebten. Ich fühlte sie deutlich, seine Empathie und das gütige Verständnis. Ich blinzelte die Erinnerung weg, peinlich berührt davon, dass ich diesen Mann mit jemandem verglich, den ich so liebte. Einen Augenblick später stand er auf und holte die Schlüssel aus seiner Hosentasche. Als er an mir vorbeiging, legte er die Hand auf meine Schulter und ließ sie dort liegen.

«Kommen Sie», sagte er, «wir sollten besser abschließen, bevor Ihr Onkel noch denkt, dass ich die Sperrstunde missachte.»

Ich stand auf und folgte ihm.

«Ich gehe übrigens immer noch», fügte er hinzu, als wir in die frostige Nachtluft hinaustraten und er die Tür abschloss.

«Gehen?» Ich zitterte.

«Schwimmen. Gleiche Zeit, gleicher Ort, jeden Morgen. Ich suche immer noch nach einem Mitschwimmer.»

Ich lächelte unverbindlich.

«Es hilft.»

«Ich hab schon vor langer Zeit damit aufgehört.»

«Haben wir das nicht alle? Waren wir im Mutterleib nicht die geborenen Schwimmer, und jetzt sind wir hier draußen und scheinen vergessen zu haben, wie es geht?»

«So habe ich das nicht gemeint.»

«Sie sind Frühaufsteherin. Ich habe gesehen, wie Sie zu den unchristlichsten Zeiten die Straßen und Wiesen durchstreifen. Warum kommen Sie nicht runter und schwimmen mit mir? Oder Sie setzen sich einfach nur auf einen Felsen und schauen sich meinen Schmetterlingsstil an. Normalerweise performe ich den für Patsy – sie sagt, der wäre ihre Lieblingsdisziplin bei den Olympischen Spielen. Wobei ich das nicht so recht an einem Montagmorgen im eiskalten Ozean empfehlen möchte, wenn man vorher die Nachtschicht im Páidíns hatte.»

Ich lachte leise.

«Was meinen Sie? Ich bin immer da, wissen Sie, wenn Sie das Bedürfnis nach einem anderen Menschen haben, aber nicht reden wollen.»

«Ich weiß nicht. Vielleicht.»

«Ein Vielleicht reicht mir schon. Und wenn Sie tatsächlich kommen, spendiere ich Ihnen einen Kaffee, aber einen richtigen. Nicht so einen Mist wie den, den Sie heute Abend getrunken haben.»

«Hier in der Gegend, um sieben Uhr morgens? Wo wollen Sie den denn herkriegen?»

«Ah», sagte er und tippte sich an die Nase, «das, Skipper, ist ein Rätsel, das Sie wohl noch lösen müssen.»

Im Weggehen winkte er mir zu. Ich sah ihm nach, bevor ich die Straße zum Mac's Hill nahm, wo ich grinsend die Steigung zu erklimmen begann.

Was ist denn los?, hatte sie gefragt und sich zum Beifahrerfenster hinuntergebeugt, um einen besseren Blick auf das Mädchen werfen zu können und den Mann auf dem Fahrersitz.

Aus Neugierde, weil ich diesen Mann ein bisschen besser kennenlernen wollte, fuhr ich drei Tage später mit meinem Jeep vor, als er bereits durch das Hafenbecken pflügte. Er musste an diesem Morgen besonders früh losgegangen sein, denn mein Handy teilte mir mit, dass es genau 7:00 Uhr war. Ich setzte mich auf den abgeflachten Felsbrocken hinter Diarmuids Laden-Restaurant, neben der schmalen Helling, wo Iggy sein Handtuch und seine Kleidung abgelegt hatte und wo wir als junge Familie bei unseren kleinen Schwimmausflügen in den Sommerferien ebenfalls unsere Sachen deponiert hatten. Er hatte recht, er war ein glänzender Schwimmer, zog durchs Wasser, als wäre das gar nichts. Seine Schwimmzüge waren elegant, keine Bewegung zu viel. Ihm zuzusehen hatte etwas Hypnotisierendes, und ich war froh, dass er für seinen Rückweg die ganze Breite des Hafens zurückzulegen hatte, sodass ich ihm weiterhin gebannt zuschauen konnte.

Als er aus dem Wasser kam, bemerkte er mich nicht oder zeigte es zumindest nicht. Er wandte sich wie zum Abschied noch einmal dem Meer zu und fuhr sich mit den Händen durchs Haar. Im Heraufkommen rief er mir zu, ich solle ihm sein Handtuch zuwerfen.

«Na», sagte er, als er sich neben mich setzte. «Ich glaube, Patsy hat das heute gefallen.»

Wir drehten uns zum Haus um und sahen Patsy mit einem Fernglas am Fenster im ersten Stock. Wir winkten ihr zu, und sie winkte zurück.

«Ist es kalt?»

«Auf jeden Fall wärmer als im Mai.»

«Also wie in der Ostsee.»

«Aye. Aber prächtig.»

Sein Kopf verschwand für eine Sekunde unter dem Handtuch, während er sich kräftig abrubbelte.

«Wissen Sie», sagte er bei seinem Wiederauftauchen, «normalerweise ist das Angebot für einen frischen Kaffee daran gebunden, dass die andere Person auch geschwommen ist, aber für Sie mache ich eine Ausnahme. Die anderen kommen nicht so leicht davon.»

«Die anderen?» Ich sah mich nach den Horden abgängiger Mitschwimmer um und lächelte.

«Sie haben mich an einem guten Tag erwischt, mehr wollte ich gar nicht sagen.» Und dann sprang er auf und wickelte sich das Handtuch um seine Körpermitte. «Wollen wir?», fragte er und war schon auf dem Weg zu meinem Jeep.

Minuten später saßen wir auf dem Flachdach seines kleinen Mietshauses, ließen die Beine über die Kante baumeln, schauten auf nichts als Wasser. Da war kein Festland, sondern nur die unendliche Weite.

Was ich bislang nicht gewusst hatte, aber nun erfuhr, war, dass das Geld, das Iggy in diesem Sommer bei seinen diversen Jobs erwarb, nicht bloß dazu diente, ihn auch durch den Winter zu bringen – er weigerte sich, Arbeitslosengeld zu beantragen, sagte, er wolle nichts von irgendjemandem annehmen, das er nicht durch eigener Hände Arbeit verdient hatte –, nein, dieses Geld finanzierte auch sein einziges Laster: Kaffee, den er liebevoll selbst zu mahlen und sorgfältig und hingebungsvoll in seine Espresso-Tassen aus geblümtem Porzellan zu gießen pflegte, die er aus seinem Prä-Roaring-Bay-Leben herübergerettet hatte. Er sagte, er würde eher den ganzen Tag Haferschleim essen, als auf seine Bio-Fair-Trade-Kaffeebohnen zu verzichten.

Iggy brachte die hauchdünnen Tassen auf einem Holztablett heraus und kletterte vorsichtig die Leiter hoch – eine Leiter, die er anscheinend von Michael-Fran geliehen hatte, eine für die Insel typische Dauerleihgabe, was bedeutete, dass man, wenn man je etwas zurückhaben wollte, sich danach auf die Suche machen musste, es sei denn, der Ausleiher war ein Deutscher oder manchmal auch ein Engländer, in diesen Fällen wurde der ausgeliehene Gegenstand prompt an den Besitzer zurückgegeben, was diesen angesichts solcher Effizienz und Rücksichtnahme sprachlos zurückließ.

«Wow», sagte ich an jenem ersten Morgen, als ich den vollen, bitteren Geschmack seines Kaffees auf mich wirken ließ und ein wenig husten musste.

«Schmeckt doch fantastisch, oder?»

«Ja, also ... auf jeden Fall sehr stark.»

«Na klar.»

«Wissen Sie, ich sollte Ihnen sagen, dass ich eigentlich keinen Kaffee trinke. Ich weiß gar nicht, warum ich neulich Abend im Wagtail überhaupt um einen gebeten habe.»

«Das gefällt mir.» Er zeigte ein breites Lächeln. «Um etwas außerhalb der Norm zu bitten, das zeigt wahren Sportsgeist.»

«Ja, allerdings bin ich mir gar nicht so sicher, ob es wirklich darum ging.»

«Schauen Sie, so ein Kaffee wie dieser, das ist ein erlernter Geschmack, Gewohnheitssache. Sie müssen ihm nur Zeit geben. Jeden Schluck genießen, ihn einen Moment auf der Zunge zergehen lassen.» Er nickte aufmunternd.

«Oh, richtig, Entschuldigung, Sie möchten, dass ich das jetzt tue.»

Ich behielt den Schluck einen Moment lang im Mund, wie er mir erklärt hatte. Der Geschmack war derart stechend, dass ich meinte, niesen zu müssen. Als er mir schließlich mit einer eleganten Handbewegung zu verstehen gab, ich dürfe nun schlucken, tat ich es erleichtert. Erwartungsvoll sah er mich an.

«Hmm, lecker», sagte ich.

«Das kommt mir nicht so ganz echt vor, Rosie. Aber ich gebe mich bei Ihnen noch nicht geschlagen. Es ist wie mit dem Schwimmen im Meer, es braucht Übung.» Er nahm einen Schluck, schloss die Augen.

«Ich mag wirklich nur Tee und Kakao», gab ich schüchtern zu.

Vor Schreck spotzte ihm ein Tropfen Kaffee aus dem Mund. Er schluckte und wischte sich den Mund ab.

«Wie alt sind Sie – zehn? Nein, also das kann ich nicht akzeptieren. Sie gehören jetzt mir, sind mein ganz eigener aussichtsloser Fall. Ich werde Sie vor sich selbst bewahren, Rosie, das verspreche ich. Sagen Sie Ihren Kakaos schön auf Wiedersehen! Die sind jetzt Geschichte.»

Es machte mich glücklich zu hören, dass dieser Mann mich unter seine Fittiche nahm. «Also gut», fügte ich mich und ließ entzückt die Beine baumeln, als wäre ich wirklich erst zehn Jahre alt.

Danach wurde es zu einem regelmäßigen Ritual, dass ich morgens dort mit Iggy saß, ohne ihn allerdings zu bedrängen, mir seine Geschichte zu erzählen. Nicht dass ich mir nicht doch manches hatte zusammenreimen können: Iggy war offenbar ein verlorener Elternteil geworden, etwas, was auch mir hätte passieren können. Er hatte drei erwachsene Kinder, von denen das jüngste mit zwanzig noch bei seiner Ex-Partnerin Hannah in Donegal lebte. Die anderen beiden waren fortgegangen, nach Perth und nach Amsterdam. Er war Großvater einer Enkeltochter, die er, wie er mir erzählte, noch nie gesehen hatte. Er verriet mir nicht, warum, und ich fragte auch nicht danach. Aber wann immer wir das Thema auch nur streiften, sah er weg, als könnte er es einfach nicht ertragen. Niemand auf der Insel wusste, was geschehen war. Oh, natürlich gab es Theorien, eine Affäre von ihm oder seiner Frau oder von beiden, Alkohol, Drogen – all das war eifrig diskutiert worden. Aber ich kümmerte mich nicht darum und entzog mich schlicht und einfach diesen Gesprächen, wenn sie im Pub aufkamen, wohin ich im Verlauf des Sommers mit Dad für das eine oder andere Pint zu gehen begann, oder in einer dieser Versammlungen vorm Laden, die sich manchmal bildeten und denen ich nicht länger auswich.

Iggy fragte mich nie direkt nach Saoirse. Stattdessen erzählte ich von ihr, wenn ich es nötig hatte, und er hörte zu und lachte, wenn die Geschichten komisch waren, und umarmte mich, waren sie traurig. Aber ich wollte nicht immer über sie sprechen. Ich genoss es, mich wieder jung mit ihm zu fühlen, etwas seit Langem Verlorenes zurückerlangt zu haben, das ich einst mit Hugh geteilt hatte, als das Leben noch nicht groß Gelegenheit gehabt hatte, mich zu verletzen. Iggy und ich lachten miteinander, als hätte keiner von uns etwas verloren, besonders wenn wir auf seinem Hausdach saßen und der Regen gerade woanders fiel, seinen geliebten Kaffee tranken und auf das Meer schauten. Manchmal gingen wir hinüber auf die andere Seite des Hauses, von wo wir einen perfekten Blick auf die Glen Road hatten und sehen konnten, wie sich die Autos einander blind von beiden Seiten der Kurve näherten, und dann wetteten wir, wer zurücksetzen musste. Der Verlierer musste den nächsten Kaffee machen, wofür ich eine gewisse Neigung zu entwickeln begann.

Als der Juli kam, hatten wir folgendes Programm entwickelt: An den meisten Morgen holte ich ihn, da Iggy kein Auto besaß, um fünf vor sieben ab und brachte ihn zum Hafen. Ich ging nicht mit ihm schwimmen. Erst mal nicht. Ganz gleich, wie sehr er mich auch dazu ermunterte. Ich schüttelte ein ums andere Mal den Kopf und setzte mich stattdessen auf den Felsen und sah ihm dabei zu, wie er quer durchs Hafenbecken zur Kaimauer und wieder zurückschwamm.

«Du weißt ja gar nicht, was du verpasst», rief er mir zu, wenn er aus dem Wasser kam.

Normalerweise warf ich ihm einfach nur das Handtuch zu, während er vorsichtig die Helling hochlief.

Aber dieses eine Mal antwortete ich ihm. Es war der sechzehnte Juli, Saoirses achter Jahrestag.

«Doch», sagte ich. «Ich weiß ganz genau, was ich verpasse, aber es ist mir egal.»

Er war verblüfft, setzte sich neben mich, um seine Füße abzutrocknen und sich seine Sandalen anzuziehen. Doch er fragte nicht weiter. Er wusste, ich würde reden, wenn mir danach war. An jenem Tag wollte ich reden.

«Ich bin jeden Tag geschwommen, wenn wir mit den Kindern die Ferien hier verbrachten. Jedes Jahr waren wir ungefähr einen Monat lang hier. Und jeden Morgen sagten sie als Erstes: ‹Wann können wir zum Hafen fahren?› Weißt du, in dem Jahr, in dem sie verschwand, wollte sie, anders als alle anderen Siebzehnjährigen um uns herum, immer noch mit uns in die Ferien fahren. Sie hatte gerade das Abitur gemacht und war völlig fertig. Sie redete nur noch davon, sich hier auf dem Rücken im Wasser treiben zu lassen, während die Sonne herunterbrannte, und einfach die Augen schließen zu können. Sie fing schon an zu packen. Wir wollten erst in zwei Wochen fahren, aber sie hatte ihre Koffer schon offen auf dem Fußboden in ihrem Zimmer stehen. Ihre Badeanzüge, und zwar *drei*, lagen schon im Koffer. Gott, wie oft ich über den gestolpert bin, wenn ich in ihr Zimmer kam. Ich sagte ihr immer wieder: ‹Kannst du den nicht einfach an die Wand schieben, statt ihn mitten im Zimmer stehen zu haben, sodass man sich den Hals bricht?› Aber das hätte ich mir genauso gut sparen können.» Bei der Erinnerung daran musste ich lächeln. «Weißt du, zu Hause schwamm sie in Seapoint und Forty Foot, aber sie sagte immer, hier wäre es noch mal was anderes. Etwas Besonderes.»

Jenseits von uns mündete die Hafenzufahrt in eine endlose Weite dunklen Wassers, mächtig und einladend, in dem Cullie, Saoirse und ich einst gepaddelt waren.

«Ich bin eine gute Schwimmerin. Dad hat angefangen, es mir beizubringen, als ich drei Jahre alt war. Er sagte zu mir, er wolle aus mir die beste Schwimmerin in West Cork machen. Und ich glaube, das bin ich auch geworden. Ich habe Cullie und Saoirse das Schwimmen beigebracht. Schwimmen war unser Ding. Das hat uns drei zusammengeschweißt. Hugh war nicht so der Freund des Wassers. Durch das gemeinsame Paddeln ist er allerdings ein bisschen auf den Geschmack gekommen. Aber er hat uns enorm unterstützt, uns Sandwiches gemacht, wenn wir beschlossen, zum Carhoona Beag zu fahren. Wenn wir hierblieben, besorgte er uns bei Diarmuid's etwas zu essen. Er fand es toll, drei Wasserratten zu haben.»

Das Wasser leckte am Fuß des Felsens, als wollte es mich hineinlocken.

«Seitdem bin ich nicht mehr geschwommen. Jedenfalls nicht so, nur aus Vergnügen. Für die Fähre musste ich das Sicherheitstraining absolvieren. Aber sonst kann ich mich einfach nicht mehr dazu durchringen. Auf halber Strecke würde ich einfach loslassen, ich weiß das. Ich würde mich vom Meer verschlingen lassen, würde mich von meinem schweren Herzen in die Tiefe ziehen lassen. Das kann ich aber nicht zulassen. Noch nicht. Erst wenn ich weiß, wo sie ist. Deshalb kann ich nicht mit dir schwimmen gehen, verstehst du?»

Ich wartete auf seine Antwort und konzentrierte mich auf meine Hände, die vor Kummer und Scham zuckten.

«Okay», sagte er schließlich. «Ich verstehe. Mir wird kein weiteres dummes Wort mehr über die Lippen kommen.» Das war so typisch für ihn, keine Fragen, keine Schmeicheleien, kein Nachbohren, nur rückhaltlose Akzeptanz.

«Ich ... also, ich wollte nur, dass du es weißt, das ist alles. Nicht dass du mich nicht mehr fragst. Ich finde es schön, dass du schwimmen gehst und mich damit nicht in Ruhe lässt. Das macht mich glücklich. Ich bin gerne hier, wenn es so friedlich ist, mit jemandem, der die ganze Leere füllt. Gott, was rede ich da bloß. Ist ja längst Zeit für einen Kaffee», sagte ich und stand auf, um zurück zu meinem Jeep zu gehen. Ich wusste, Iggy war nur ein paar Schritte hinter mir.

An jenem Abend, da es ihr Jahrestag war, hinterließ Hugh eine Nachricht auf meiner Mailbox. Ich hatte gesehen, dass er anrief, seinen Namen auf dem Display gelesen, aber nicht rangehen können.

«Rosie», sagte er leise, als ich schließlich all meinen Mut zusammengenommen hatte, um seine Nachricht abzuhören. «Ich ...», und dann folgte eine lange Pause, und ich dachte schon, er hätte aufgelegt, und ich hätte es fast schon selbst getan, aber gerade rechtzeitig sprach er weiter. «Ich wollte heute deine Stimme hören.» Er lachte traurig und leise. «Und das habe ich», fuhr er fort. «Es genügt, dass ich gehört habe, wie du sagst, ich soll eine Nachricht hinterlassen. Ist das idiotisch von mir? Du musst nicht zurückrufen. Mach es gut.»

Ich habe ihn wirklich nicht zurückgerufen. Er hatte recht, es war genug.

Dads Rücken erholte sich. Dass er das Schiff nicht steuern musste, führte tatsächlich zu einer Besserung, wie er es mir versprochen hatte. Der Inselpfleger Steve, seit fünf Jahren Diarmuids Partner, hatte ihm außerdem einige einfache Yogaübungen gezeigt, die dieser, wenn es sein Tagesplan erlaubte, für eine Viertelstunde morgens mit Dad zusammen machte. Da standen sie dann im Wohnzimmer, während ich in der Küche beim Frühstück saß und so tat, als wäre ich gar nicht da. Innerhalb von ein paar Wochen hatte er die Yogamatte in Besitz genommen, die ich online bestellt hatte, und sprach über nichts anderes mehr als «die Haltung des Kindes» und «die halbe Schmetterlingshaltung». Er sagte mir gern, ich solle meine innere Mitte finden, das nervte, hatte er doch seine innere Mitte noch lange nicht gefunden. Aber es war gut zu sehen, dass er sich noch für etwas anderes interessierte als für seine auf Abwege geratene Tochter.

Ende Juli machten wir schon regelmäßig Morgenspaziergänge auf dem Kai, Dad nun schon häufiger ohne Stock, wobei die Belohnung in Form eines Frühstücks bei Diarmuid ein guter Ansporn war. Wenn das Wetter dieses Trainingselement nicht erlaubte, war Dad trotzdem erpicht auf die zweite Hälfte des Programms. Eines gewittrigen Morgens steuerten wir schon auf besagtes Laden-Restaurant zu, um festzustellen, dass unabhängig voneinander Patsy und Michael-Fran bereits dort eingetroffen waren, weil sie gemeint hatten, ein Kaffee und ein Scone seien eine gute Idee, solange die Touristen noch eingekuschelt in ihren Betten lagen und darauf warteten, dass der Regen abzog. Sie saßen an getrennten Tischen, waren aber dennoch in ein angeregtes Gespräch vertieft. Das mochte ich an uns Inselbewohnern: Wenn ein Lokal nicht überfüllt war, legten wir alle Wert auf unseren eigenen Tisch, führten aber gern quer durch den Raum nette Gespräche.

«Wunderschöner Tag», rief uns Michael-Fran zur Begrüßung zu und hob seine Tasse in unsere Richtung, als wir eintraten.

Iggy stand hinter dem Tresen und schwang einen Kartoffelschäler, mit dem er sich an den Kopf tippte, als er uns erblickte. Der Tresen war lang und halbkreisförmig, groß genug, damit zwei oder drei Mitarbeiter dahinter Platz fanden.

«Also dann, Patsy, erklär mir mal», setzte Iggy das Gespräch fort, das durch unseren Eintritt für einen Moment unterbrochen worden war, «würde ich mir eine goldene Nase verdienen, wenn ich zum Beispiel mein enormes Vermögen hier in Diarmuids Laden investierte?»

Diarmuid stand neben ihm und sah sorgenvoll zur Decke hoch. «Eines Tages stürzt das Dach ein, so viel ist klar.»

«Zweimal das Übliche, Diarmuid, und ein paar Scones», sagte Dad und ignorierte die Sorgen des Besitzers.

«Tja nun, mein lieber Iggy», antwortete Patsy, «ich bin nicht so ganz auf dem Laufenden, was den Börsenstand anbelangt, und weiß nicht so genau, was ich dir da raten soll. Da musst du schon Danny fragen.»

«Mich?», fragte mein Vater amüsiert und setzte sich an einen Tisch.

«Ich kenne mich besser damit aus, ob es ein Junge oder ein Mädchen wird, wenn jemand schwanger ist, oder ob jemand ...», Patsy zögerte für einen Moment und versuchte, die richtigen Worte zu finden, das Unfassbare zu erfassen, «... *bei einem* ist, in einem spirituellen Sinn, wenn du mich verstehst.»

«Und um es ganz klar zu sagen, Iggy», unterbrach Diarmuid sie und brachte uns unsere zwei dampfenden, weißen Becher. «Ich suche im Moment nicht nach einem Investor. Das Geschäft hier läuft optimal mit mir als Alleininhaber.

Mich interessiert mehr, dass diese Kartoffeln bis elf geschält sind, wenn dir das recht ist.»

«Ach, Patsy, du siehst doch, ich werd nicht noch mal Vater.» Iggy schüttelte in gespielter Enttäuschung den Kopf. «Ich meine, ich weiß, ich sehe wie der Inbegriff der Jugend aus, aber ich bin tatsächlich schon dreiundfünfzig.» Er lud uns mit einer ausgreifenden Geste, die seinen ganzen Körper umfasste, dazu ein, sein Erscheinungsbild zu würdigen. «Ich weiß, kaum zu glauben, oder? Das kommt vom Schwimmen.»

«Wir werden hier in Kürze selbst schwimmen, wenn dieser Scheißregen nicht mal 'ne Pause macht.»

Diarmuids Blick richtete sich wieder gen Ladendecke, und zwischen seinen Brauen bildete sich eine tiefe Sorgenfalte.

«Nimm mir das nicht übel, Diarmuid, aber ich finde, dass du heute einen ziemlich angespannten Eindruck machst», sagte Michael-Fran.

«Und wie auch nicht, wenn die Mutter aller Tiefdruckgebiete meinen Laden bedroht und die Kundschaft fernhält?» Diarmuid lehnte sich auf der Gästeseite an den Tresen und blickte aus der Tür, vor der auf dem Weg keinerlei Neuankömmlinge zu entdecken waren.

«Wir sind doch hier», sagte ich, stolz darauf, dass ich wirklich zwischen diesen wundervollen Menschen saß.

«Ich meine die, die das fette Geld ausgeben, weißt du, die Steak-und-eine-Flasche-Wein-Crew, nicht bloß die mit ein paar Tees und Scones.» Diarmuid deutete in unsere Richtung. «Nichts für ungut, Danny.»

«Kein Problem.»

«He, ja, für mich auch kein Problem, Diarmuid, besten Dank», fügte ich hinzu und tat so, als wäre ich empört.

Da stand Patsy auf und nahm zu dessen Überraschung Diarmuids Hand in ihre, und er sah so nervös aus wie der damals vierjährige Cullie, als ich ihn einmal beim Klauen eines KitKat erwischt hatte, und zwar genau hier, in diesem Laden. Patsy sah ihm in die Augen.

«Ist es Stella, Diarmuid, ist sie der Grund?»

«Stella?»

«Ja, du weißt ja, ich kann das spüren. Da ist doch irgendetwas nicht ganz in Ordnung, oder? Ist sie krank?» Wie oft hatte ich das schon mit Patsy erlebt, wie sie etwas verkündete, das den Betreffenden total überraschte?

«Na ja, tatsächlich», räumte Diarmuid ein, «sie isst nicht mehr richtig. Heute Morgen hat sie gar nichts gegessen und gestern Abend nur die Hälfte.»

Stella war Diarmuids und Steves West Highland Terrier.

«Ich wusste es!», sagte Michael-Fran. «Ich dachte gestern, als ich vorbeiging, dass sie nicht so gut aussieht. Normalerweise kommt sie raus und will das Leckerli, das ich immer in der Tasche habe, aber gestern wandte sie den Kopf ab, als hätte sie mich noch nie gesehen.»

«Vielleicht wäre ein Besuch bei Ted Boyd angebracht», schlug Patsy vor und drückte Diarmuid noch mal die Hände, «nur um sie mal durchchecken zu lassen. Um sicherzugehen.»

«Aber ich habe heute nicht genug Personal, das mich vertreten kann. Bloß Iggy und ich. Und Steve hat Bereitschaft.»

«Ich bringe sie hin», bot Michael-Fran an, der, wann immer er auf dem Festland war, beim Tierarzt vorbeiging, um einen Schwatz zu halten und einen neugierigen Blick auf die im Wartezimmer Versammelten zu werfen – nicht die Menschen, sondern die Tiere.

Einen Augenblick lang herrschte gespannte Stille, während wir auf Diarmuids Antwort warteten, die nur zögerlich kam.

«Na gut ... Ich denke, du kannst sie hinbringen.»

«Na bitte, Diarmuid, mein Lieber», sagte Patsy. «Du gehst

mal eben und holst sie mit ihrem ganzen Kram, und wir passen auf, dass hier alles in Ordnung ist.»

«Okay», antwortete er, legte seine Schürze ab und reichte sie an Iggy weiter, der ihm ein aufmunterndes Lächeln schenkte.

«Kartoffeln», sagte Diarmuid, um ein Minimum an Autorität zurückzugewinnen.

«Keine Sorge, Boss.»

Bevor er den Laden verließ, umarmte ihn Patsy und sagte ihm, sie wisse, dass alles in Ordnung komme. Ich wusste, dass sich Patsy niemals irrte.

Und in diesem Moment wurde mir klar, dass dieses wiedererlangte Leben und diese Menschen mir immer mehr ans Herz wuchsen. Hatte ich anfangs versucht, mich vor ihnen zu verstecken, mich in meinem alten Zimmer zu verbarrikadieren oder auf entlegenen Wegen zu wandern, damit sie mich nicht abpassen konnten, so hatte ich jetzt begonnen, sie für Augenblicke wie diese gezielt aufzusuchen.

Während ich noch vor mich hin lächelte, wanderten meine Blicke nach links. Ich sah aus dem kleinen Fenster, das auf die Bucht führte und auf dessen breitem Sims lauter Arbeiten lokaler Künstler und Kunsthandwerker zum Verkauf ausgestellt waren, und erspähte dort draußen Liam, der gerade die *Aoibhneas* ins Hafenbecken steuerte. Keine zehn Minuten später, während sich Iggy, Michael-Fran und Patsy in ein Gespräch vertieften, von dem ich keine Notiz nahm, und mein Vater gelegentlich seine Kommentare dazwischenrief und gleichzeitig seinen von Sahne und Marmelade triefenden Scone aufaß, während ich meinen noch gar nicht angerührt hatte, kam Liam hereinspaziert.

«Einen Tee, Iggy», rief er und nickte allen zur Begrüßung zu.

«Mit nur einem Tropfen Milch», bestätigte Iggy, der bereits einen Teebeutel in einen Becher gehängt hatte und heißes Wasser darübergoss.

«Genau so.» Liam drehte sich um und wandte sich uns zu, mit dem Rücken zum Tresen, auf den er sich mit den Ellbogen stützte. «Ziemlich raue See heute.»

«Aye», bestätigte Dad. «War es schwierig reinzukommen?»

«Du kennst das ja. Nichts, was ich nicht hinkriegen würde.»

Als Liam in die Runde blickte, um sich von allen Anwesenden seine Meisterschaft bestätigen zu lassen, warf mir mein Vater einen schnellen Blick zu, verbunden mit dem Anflug eines Feixens. Liam ließ nie eine Gelegenheit aus, der Welt mitzuteilen, was für ein grandioser Skipper er war – öffne ihm die Tür nur einen Spalt, und er marschiert breitbeinig hindurch.

«Sind aber nicht viele Passagiere heute, Danny.» Liam kam zu uns herübergeschlendert, nachdem ihm Iggy seinen Tee gereicht hatte, und stellte sich neben unseren Tisch.

«Ich vermute, da ist der Regen dran schuld, Liam. Heute würde ich nicht mit den üblichen Zahlen rechnen. Aber es werden wieder mehr, wie immer.»

«Wenn du das sagst, Danny.» Liam nahm einen ordentlichen Schluck von seinem Tee. Dann seufzte er und betrachtete die Flüssigkeit, als wäre es das erste Pint des Tages, und sagte: «Das habe ich gebraucht.»

«Übrigens, Liam», sagte mein Vater, der es bei dem letzten Wortwechsel nicht einfach belassen wollte, «Rosie hat ein paar gute Ideen, wie man die Passagierzahlen vielleicht erhöhen könnte, nicht wahr, Liebes?»

Damit hatte ich nicht gerechnet. Ich sah meinen Vater an und fragte mich, warum ich jetzt zum Opferlamm gemacht wurde.

«Na ja, ich meine ja nichts Großartiges oder Weltveränderndes oder so», sagte ich und versuchte, die vielen Vorschläge, die ich Dad in den letzten Monaten gemacht hatte, herunterzuspielen.

«Na, na, Rosie, jetzt mach dich mal nicht kleiner hier, erzähl Liam doch mal von diesem Informations-Ding, das du dir überlegt hast.»

Jetzt richtete Liam seine ganze Aufmerksamkeit auf mich.

«Na ja ... ich habe mir überlegt, dass es für die Touristen im Sommer vielleicht nett wäre, wenn sie ein paar Informationen über die Sehenswürdigkeiten erhielten, an denen sie bei der Überfahrt vorbeikommen. Cairn Rock, Shelley Island, Farnroe Lighthouse. Das könnte interessant für sie sein – ein Zusatzbonus für den gleichen Ticketpreis.»

«*Informationen über die Sehenswürdigkeiten?* Ist das dein Ernst, Danny? Ich glaube nicht, dass das den Umsatz erhöht.»

Dad ließ sich nicht zu irgendetwas hinreißen, sondern nahm einfach noch einen Schluck Tee.

«Wie auch immer», fuhr Liam fort und ignorierte das Ignoriertwerden durch meinen Vater, «ich dachte, unsere Aufgabe sei der sichere Transport der Passagiere, nicht ihre Unterhaltung. Den Leuten hier würde so was ziemlich auf die Nerven gehen. Die wissen doch genau, wo sie hinfahren und welche verdammten Felsen da draußen aus dem Meer ragen!»

«Also mir würde das nicht auf die Nerven gehen», rief Iggy vom Tresen herüber, wo er jetzt Kartoffeln schälte. Irgendwie war er, ohne dass ich es bemerkt hatte, in die Küche gegangen und mit einem gewaltigen Topf voller Kartoffeln wieder herausgekommen.

Hätte ich neben ihm gestanden, hätte ich ihm jetzt vielleicht einen Kuss gegeben.

«Siehst du? Das würden die Leute für die paar Monate bestimmt okay finden. Das könnte die Zahlen doch etwas nach oben treiben, die dir solche Sorgen bereiten. Mehr Touristen bedeuten mehr Geld. Darüber wird sich doch niemand hier beschweren. Ich bin sicher, Teresa wäre froh, wenn noch ein paar Leute mehr ihre Karten kaufen würden.» Der Geschäftsgeist, den sie seinerzeit auf dem College gezeigt hatte, war ihr nicht abhandengekommen: Neben ihrer Tätigkeit als Rektorin entwarf Teresa auch Grußkarten mit den einheimischen Pflanzen darauf, die sie die Wintermonate über trocknete. Sie waren wunderschön. Wenn der Sommer kam, verkaufte sie sie hier im Laden. Ich hatte in den letzten Monaten mehrere davon erworben und sie an Cullie und Nina, an Maggie und sogar an Hugh geschickt. Ich verspürte allerdings keinerlei Neigung, das Liam zu erzählen.

«Der Sommer ist doch beinahe vorbei, was soll das jetzt also noch?»

«Na ja, vielleicht für nächstes Jahr. Ich meine, ich könnte das auf Band aufnehmen, bevor ich wieder fahre, und dann hättest du es zur Verfügung und müsstest bloß noch auf einen Knopf drücken.»

«Oh, wäre das nicht wunderbar», warf Patsy vom Tresen aus ein, «wenn du auf diese Weise immer bei uns wärst? Als wärst du nie fortgegangen!»

Bei ihren Worten hatte sich Liam kurz umgedreht, gleich darauf wandte er sich aber wieder mir zu. «Dann fährst du also *tatsächlich* wieder nach Hause, Rosie? Du bleibst nicht länger?»

Ich sah Dad an, der in der letzten Woche mehr als bloß einige Male angedeutet hatte, dass ich meinen Aufenthalt doch verlängern könnte, eine Woche oder sogar zwei oder vielleicht noch länger. Beim ersten Mal hatte ich Nein gesagt. Das nächste Mal hatte ich gesagt: «Dad, wir hatten das besprochen.» Beim letzten Mal tat ich einfach so, als hätte er gar nichts gesagt.

Im Laufe des Sommers hatte mein Vater immerhin irgendwann damit aufgehört, mich aus den Augenwinkeln zu mustern, worüber ich froh war. Selbst ich merkte, dass es mir gut ging dank der *Aoibhneas* und meiner Freundschaft mit Iggy. Ich lief nicht mehr so oft ziellos umher, seufzte nicht mehr so häufig. Ich hatte mich wieder in diesem Ort eingelebt und mich seinem Rhythmus angepasst. Dennoch erinnerte ich Dad immer wieder daran, dass ich Ende August nach Dublin zurückkehren würde, zurück zu Hugh. Dass ich meine Suche nach Saoirse neu starten konnte, ohne ihn und uns beide dabei zu verletzen, wie es in der Vergangenheit geschehen war. Natürlich war all das absolut machbar, wie ich an meinen guten Tagen in aller Naivität dachte. Wir waren es uns schuldig, es wenigstens zu versuchen.

Auf jeden Fall würde ich wieder zurückfahren.

Nur dass ich jedes Mal sehen konnte, wie traurig mein Vater wurde, wenn ich meine Rückreise erwähnte, obwohl er seine Trauer zu verbergen versuchte, indem er die Schlagzeilen des *Southern Sound* ein zweites Mal las oder noch mal nachprüfte, ob Ergos Napf nachgefüllt werden musste. Ich wusste, dass seine Enttäuschung mich weichzuklopfen vermocht hätte, wenn ich nicht aufpasste, also wandte auch ich mich jedes Mal ab.

«Das war allerdings nicht ihre einzige gute Idee, Liam», sagte Dad, bevor ich antworten konnte. «Sie meint, wir sollten in ein zweites Boot investieren, um abendliche Touren zum Farnroe-Leuchtturm anzubieten.»

Das war tatsächlich ein weiterer Vorschlag von mir. Aber der Enthusiasmus, mit dem Dad jetzt davon sprach, überraschte mich doch. Denn an dem Abend zu Anfang des Sommers, an dem ich das Gespräch darauf gebracht hatte, hätte man meinen können, ich hätte vorgeschlagen, die *Aoibhneas* gegen einen Fischkutter einzutauschen, so sehr hatte er sich aufgeregt und gesagt, er hätte weiß Gott genug Sorgen mit einem Boot, als dass er sich auch noch ein zweites aufhalsen wollte.

«Touren! Das wird ja immer besser.» Liam grinste mich böse an. «Du bist ja eine echte Expertin, Rosie, oder?, kommst hierher und erzählst uns, wie man es richtig macht? Haben sie dir das drüben in Dublin beigebracht?»

«Liam», sagte ich müde, «ich versuche doch nur zu helfen.»

«Ach ja, Rosie? Wolltest du auch helfen, als du vor meiner Schicht die Fähre überprüft hast? Meinst du nicht, ich weiß selbst, wie ich meinen Job zu machen habe?»

Dad hatte mich gewarnt, das zu tun. Aber in diesen ersten Wochen versuchte ich so dringend auf andere Gedanken zu kommen, und nach einer weiteren schlaflosen Nacht war ich um fünf auf den Beinen und versuchte, irgendeine Beschäftigung zu finden, um diese Leere in meinem Leben zu füllen, egal mit was. Also prüfte ich den Öl- und den Wasserstand auf der Fähre, selbst wenn es gar nicht meine Schicht war, reinigte die Toiletten und fegte den Passagierbereich. In den letzten Wochen hatte ich damit aufgehört, weil ich wie durch ein Wunder ganze Nächte hintereinander durchgeschlafen hatte.

«Es ist nicht so, wie du denkst, Liam ...»

«Also ist es nicht das, was du immer schon getan hast: nämlich die Beste sein zu müssen und es mir aufs Butterbrot zu schmieren?»

«Mensch, Liam, nicht schon wieder. Das ist dreißig verdammte Jahre her. Es war doch nicht meine Schuld, dass ich das Patent vor dir bekommen habe.»

«Wirklich nicht? Komisch, wie perfekt das Timing damals funktioniert hat, oder?»

Während Liam nach dem Abitur für zwei Jahre auf den großen Fähren in Schottland hatte arbeiten wollen, war ich auf der Insel geblieben. Dad hatte vorgeschlagen, auch andere Fähren auszuprobieren, falls ich wirklich Skipper werden wollte. Also arbeitete ich in den nächsten zwei Jahren auf den Fähren von Galway zu den Inseln, sehr zum Amüsement meiner männlichen Kollegen, die wie Liam nie gedacht hätten, dass eine Frau sich für diese Arbeit interessieren könnte oder genug Muskeln und Intelligenz dafür besäße. Anscheinend war der Besitz eines Penis ganz wesentlich in dieser Angelegenheit. Aber trotz aller Vorbehalte schleppte und manövrierte ich nicht nur so gut wie jeder Mann, ich lernte unablässig und bestand ein Examen nach dem anderen, um mein Patent zu erlangen. Ich war gerade zwanzig geworden, als ich zurückkehrte, um auf der *Aoibhneas* meine Abschlussprüfung zu bestehen. Onkel Michael-Fran öffnete zur Feier das Wagtail. Zufälligerweise war es auch eine der seltenen Gelegenheiten gewesen, an denen Liam von einer seiner Touren nach Hause kam. Aber in der ganzen Zeit, in der er auf der Insel war, begegnete ich ihm nicht ein einziges Mal. Er kam auch nicht, um an jenem Abend sein Freigetränk in Anspruch zu nehmen, das ist mal sicher. Später erfuhr ich, dass sein Onkel Tommy ihn, als sein Urlaub zu Ende war, mit seinem Fischkutter zurück zum Festland gebracht hatte, damit er nicht die Fähre mit mir als Skipper nehmen musste.

«Mal ehrlich, Rosie?», fuhr Liam fort, als ich auf seine Provokation nicht reagierte. «Man könnte doch meinen, du hättest in Dublin weitaus mehr, mit dem du dich beschäftigen solltest, anstatt hier unten deine Nase in lauter Sachen zu stecken, die dich nichts angehen.»

Patsy rang nach Luft. Iggy kam um den Tresen herum, den Kartoffelschäler noch in der Hand, nur um von Michael-Fran aufgehalten zu werden, der ihn beim Arm nahm. Obwohl Iggys Empörung durch das Eingreifen meines Onkels ein wenig gebremst wurde, traten beide Männer dennoch beschützend und wachsam einen Schritt vor.

«Liam, um Himmels willen, reiß dich zusammen», sagte Dad.

Mir reichte es. Ich schoss von meinem Stuhl hoch, der dabei umfiel, und machte die zwei Schritte, die es brauchte, um dem Mann in die Augen zu starren.

«*Wag* es nicht, über mein Leben zu reden, Liam. Du hast nicht das Recht, dir irgendein Urteil zu erlauben. Hast du mich verstanden?»

Als die Nachricht von Saoirses Verschwinden vor acht Jahren zur Insel durchgedrungen war, hatte mir Liam sogar eine SMS geschickt, das erste Mal überhaupt, schrieb, wie leid es ihm tue und dass Teresa und er für ihre unversehrte Rückkehr beteten. Ich hatte ihm mit einem schlichten, aber tief empfundenen *Danke* geantwortet, hatte gedacht, dass sich die Dinge an jenem Tag verändert hätten. Aber nein: Als ich jetzt vor ihm stand, begriff ich, dass meine Rückkehr für ihn so schlimm war, dass er wirklich alles, selbst Saoirse, benutzen würde, um mich zu verletzen.

Er gab keine Antwort, sondern wandte sich ab und stellte seinen Becher auf einen Tisch in der Nähe, als existierte ich gar nicht. «Danny», sagte er, «ich bin angestellt, um dieses Boot zu steuern, und das werde ich auch tun, so wie ich es immer getan habe. Aber ich werde nicht damit anfangen, mich für dich oder irgendjemand anders zu verbiegen.»

Damit ging er aus der Tür.

Alle Aufmerksamkeit richtete sich wieder auf mich. Um mein pochendes Herz und meine zitternden Hände etwas zu beruhigen, hob ich meinen Stuhl auf und setzte mich hin.

Aber als sich die Tür erneut öffnete, saß ich kerzengerade, wappnete mich für Runde zwei.

«Gut», verkündete Diarmuid, der mit der lethargischen Stella in seinen Armen hereinspazierte, «diese Lady ist reisefertig. Wenn du dich beeilst, Michael-Fran, erreichst du Liam noch, er startet gleich.»

Es geht um Aimee, sagte das Mädchen.
Aimee, meine Freundin?, hatte sie verwirrt
geantwortet.

Ende August hatte ich mich, nach dem konfusen Auftakt Anfang Mai, wieder richtig eingewöhnt in meinem Elternhaus und genoss die stillen Abende in Gesellschaft meines Vaters.

«Heute kommt nichts in der Glotze», sagte er oft. «Ich verstehe gar nicht, wofür ich Gebühren bezahle. Wollen wir eine Runde Karten spielen? Fünfundvierzig, was meinst du?»

«Wenn du das Risiko eingehen willst, obwohl ich dir gestern Abend erst eine Abreibung verpasst habe», antwortete ich dann, während heißes Wasser für den Abwasch in die Spüle lief.

«Ich warte bloß auf den richtigen Zeitpunkt und locke dich in die Falle. Sobald es um die Scheinchen geht, lernst du mich richtig kennen, Mädchen.»

Wir spielten mit Zehn- und Zwanzig-Cent-Münzen, und wenn wir besonders mutig waren, warfen wir auch mal eine Fünfzig-Cent-Münze auf den Tisch. Bislang waren wir nicht zu Geldscheinen übergegangen, aber Dad redete davon, als würde dieser Augenblick in die Annalen von Roaring Bay eingehen.

«Du alter Spinner.» Ich kicherte.

Dann kam Michael-Fran vorbei, oder besser noch, beide, Phelan und er, und dann redeten alle drei, als hätten sie das abgesprochen, über das Meer und gaben all die alten, schon so oft erzählten Geschichten über Fährschiffe zum Besten, sodass es das langsamste Fünfundvierzig-Spiel wurde, das je gespielt worden war. Ich lehnte mich auf meinem Stuhl zurück und schloss die Augen, um ihrem Gemurmel zu lauschen und dem plötzlichen Anstieg der Lautstärke, wenn einer dem anderen widersprach oder sich eine Geschichte ihrem dramatischen Schluss näherte, und ihrem feinen, ungläubigen Gelächter, wenn sie sich an etwas Wunderbares erinnerten.

«Das denkst du dir jetzt aber aus, oder?», sagte Phelan dann manchmal.

«Das ist die reine Wahrheit.» Michael-Fran hatte erzählt, wie er angeblich auf einem Fischkutter eine Stute vom Festland auf die Insel gebracht und dabei die ganze Zeit neben dem Tier gestanden und ihm leise die Nationalhymne vorgesungen hatte, als wäre sie ein Liebeslied und nicht der Ruf zu den Waffen.

«Ihr hättet das Wetter sehen sollen. Lieber Gott im Himmel, jemand muss an dem Abend irgendeine Todsünde begangen haben, denn ich sage euch, das Meer war total aufgewühlt, und da stand ich nun, allmählich war meine Kehle rau wie Schmirgelpapier, aber ich sang immer weiter. Hab die Gute beruhigt, bis wir, Gott sei Dank, endlich den Hafeneingang erreicht hatten.»

Noch eine Runde Tee. Die Karten neu gemischt.

«Wisst ihr noch, wie die *Aoibhneas* plötzlich gebockt hat?» Dad meinte die *Aoibhneas I* und das Jahr 1974. «Mitten auf der Überfahrt ging der Motor aus und wollte um keinen Preis mehr anspringen, dabei war sie noch ganz neu. Wir wurden nach Rossban abgeschleppt. Und ich bin den ganzen Abend bei der Fähre geblieben. Weißt du noch, Phelan, dass meine Frau Danny junior mit meinem Abendessen in deinem kleinen Trawler rübergeschickt hat, ein Teller über dem anderen und alles in ein Geschirrtuch eingewickelt? Ich war derart aufgebracht und besorgt wegen der Fähre, als wäre sie mein Lieblingslamm. Ich habe alles von oben bis unten durchgecheckt, aber ich konnte einfach nicht herausfinden, was los war. Und kurz bevor ihr wieder aufbrechen und mich dort für die Nacht zurücklassen wolltet, beschloss ich, es einfach noch mal zu versuchen, und sie brummt doch tatsächlich munter vor sich hin, als wäre nie etwas gewesen! Sie hat mich damals und noch einige Male danach ganz schön verarscht. Aber mir war das egal. Darum geht es doch, oder? Man muss das Leben nehmen, wie es kommt.»

Eine Woche vor meiner Rückkehr nach Dublin ging ich das erste Mal mit Iggy schwimmen. Dabei war das gar nicht geplant gewesen. Er war schon auf halber Strecke durch die Bucht und hatte mir den Rücken zugewandt, als ich plötzlich wusste, ich sollte jetzt die Sandalen wegschleudern und ins Wasser gehen. Und das tat ich auch. In voller Montur sank ich unter die Wasseroberfläche, schloss die Augen und blieb so lange unter Wasser, wie ich Luft hatte, und ließ mich ganz davon einhüllen. Und als es sich richtig anfühlte, tauchte ich wieder auf, sah, dass Iggy auf der anderen Seite angekommen war und sich umwandte, um in die Richtung zu winken, wo ich normalerweise saß. Ich streckte die Arme aus und schwamm, und mein Herz weigerte sich, mich untergehen zu lassen, wie ich es immer befürchtet hatte. Ich glitt völlig unbeschwert über die Felsen und trieb über das Seegras dahin.

Iggy machte, wie es so seine Art war, nicht viel Aufhebens davon, als er zurückkam und mich ganz durchnässt und in sein Handtuch eingewickelt vorfand.

«Du hast da ein bisschen Wasser», sagte er und deutete lächelnd auf mein Kinn, und dann brachen wir in Gelächter aus, in ein wunderbar warmes Gelächter.

Später, als wir unseren letzten Kaffee zusammen tranken,

den weiten Horizont von seinem Hausdach aus betrachteten – ich hatte mir ein paar trockene Sachen von ihm geliehen –, stieß er mich sanft mit seiner Schulter an und fragte: «Mit wem soll ich denn jetzt schwimmen gehen?»

Ich konnte ihm keine Antwort geben.

An jenem Abend fragte mich mein Vater, ob ich mir ganz sicher sei, was meine Rückkehr nach Dublin anbelangte.

«Hier geht es dir doch gut. Anfangs war es hart, ich weiß, aber schau dich doch jetzt mal an. Ich habe dich lange nicht mehr so guter Dinge gesehen, Liebes. Hugh hätte nichts dagegen. Ich könnte mit ihm reden.»

«Das ist alles abgemacht, Dad. Ich habe schon mit Hugh gesprochen.»

An jenem Nachmittag, nach dem Schwimmen mit Iggy, war ich so optimistisch gestimmt, dass ich Hugh angerufen hatte. Ich sagte ihm, ich hätte vor, am kommenden Samstag nach Dublin zurückzukehren.

«Dads Rücken ist wieder gut, und, weißt du … mir geht's besser», sagte ich.

«Gut.» Er räusperte sich. «Wann willst du denn ankommen? Soll ich was für dich zu essen bestellen, oder … Ich weiß nicht genau, wann ich zu Hause sein kann. Im Moment stapelt sich die Arbeit, und ich wollte das Wochenende eigentlich durcharbeiten …»

«Nein, nein, mach dir keinen Kopf», sagte ich ein wenig ernüchtert. «Ich weiß noch nicht genau, wann ich ankomme. Ich esse unterwegs etwas.»

Es würde keine Fanfaren bei meiner Rückkehr geben, so viel war schon mal klar. Aber dennoch, sagte ich mir, musste ich den Versuch machen, für uns, für Saoirse.

An jenem Abend lächelte ich meinen Vater in der Hoffnung an, dass er mich nicht weiter bedrängen würde. Er kam durch die Küche zu mir herüber und gab mir einen Kuss auf den Scheitel. «Okay», flüsterte er. «Na gut.»

Es hat einen Unfall gegeben. Ein Stück die Straße rauf. Und ich hab dich auf deinem Fahrrad gesehen und Dad gesagt, er soll dir hinterherfahren. Wir können dich zu ihr bringen, sagte das Mädchen.

Als ich das Wochenende darauf nach Dublin zurückkehrte, lief ich durchs Haus wie ein Gast, der zu früh zur Party gekommen war, setzte mich schließlich auf die Couch und befahl mir, mich zu entspannen – vergeblich.

«Da bist du ja», sagte Hugh, als ich ihm im Hausflur entgegenkam.

«Hier bin ich.»

Nervös küssten wir einander auf die Wangen.

«Und wie war die Fahrt?» Er ging um mich herum und nahm seinen Fahrradhelm ab. Ich folgte ihm, als er durch die Küche zur Waschküche ging. Blieb stehen und gab den üblichen Bericht ab: wie lange ich insgesamt gebraucht hatte, der Verkehr am Jack-Lynch-Tunnel, die grässliche Ring Road und wo ich angehalten hatte, um Pause zu machen. Ich sagte das alles zur halb geschlossenen Waschküchentür, hinter der er seine Fahrradsachen auszog.

«Klasse», sagte er, als er in die Küche kam, steckte die Hände in die Taschen, blieb dann stehen und wippte auf den Zehen auf und ab.

«Und wie war dein Tag?», fragte ich.

«Alles bestens.»

«Gut.»

Es gab nichts mehr zu sagen, und so beschloss ich zu gähnen. Ich muss zugeben, dass es nicht echt war.

«Ja, ja, natürlich», sagte er. «Du musst müde sein.»

«Das war ein ziemlicher Ritt.»

«Ich habe dir kein ... ähm, ich habe dir kein Bett gemacht. Ich wusste nicht, wie du es haben willst.»

«Erst mal wäre Cullies Zimmer gut, oder?» In den vier Monaten, in denen ich fort gewesen war, war Hugh anscheinend im Gästezimmer geblieben, wo er schon das ganze vorige Jahr geschlafen hatte. Unser Schlafzimmer stand leer, ein Relikt vergangener Gemeinsamkeit.

«Sicher.»

Ich ging zum Wäscheschrank, um mir Bettwäsche zu holen, weinte leise vor mich hin, während ich Laken und Bezüge aus ihrem Dunkel zog. Ich wollte das alles nicht. Obwohl ich auf Roaring Bay zuletzt so hoffnungsvoll gewesen war, wollte ich nicht mit meinem Mann zusammen sein, der von meiner Anwesenheit in diesem Haus, in das wir nicht mehr so recht gehörten, ganz aus dem Konzept gebracht schien.

«Gib euch Zeit», sagte ich zu mir selbst, als ich Cullies Bett bezog, «ihr braucht einfach nur Zeit. Du musst da jetzt durch, und wenn es nur für Saoirse ist.»

Wie sehr wir uns in der folgenden Woche bemühten, alles wieder ins Lot zu bringen und unsere Beziehung zu kitten.

Am nächsten Tag, einem Sonntag, bestand Hugh darauf, mit mir einkaufen zu gehen, und zeigte voll angestrengter Hoffnung auf alles Mögliche, was ich noch nie gegessen hatte. Wir spazierten die Gänge rauf und runter und füllten den Einkaufswagen mit Sachen, die wir beide nicht wollten, nur um uns zu beweisen, dass wir das konnten, zusammen sein, und wenn wir es einer Packung von zwölf Monate abgehangenem Serrano verdankten. Später führte er mich ins *Leaf* aus, das einmal mein Lieblingsrestaurant in unserem Stadtteil gewesen war. Wir aßen Zackenbarsch und tranken Weißwein, als hätte er mich nie darum gebeten zu gehen. Wir lächelten einander an, wenn das Gespräch versandete, und dann füllte er die Lücke mit einem Vortrag darüber, wie komplex es war, ein Gebäude im Stadtzentrum in der Nähe des Kanals entwerfen zu müssen. Er fragte mich, wie es gewesen war, wieder Skipper zu sein.

«Gut», antwortete ich und widerstand dem Drang, mehr zu erzählen, ihm zu sagen, wie es sich wirklich anfühlte, aus Angst, er könnte mich fragen, warum ich dann überhaupt zurück nach Hause gekommen war.

Ich sagte ihm nicht, dass meine Schlaflosigkeit wieder da war und dass ich in der vorigen Nacht auf Cullies Bett gesessen und an all das gedacht hatte, was ich verloren hatte, als ich die Insel und mit ihr die Fähre verließ: das Gefühl der Nähe zu Saoirse, meinen ruhigen Atem, meinen gleichmäßigen Herzschlag.

«Du siehst gut aus, Rosie.»

Seine Worte überraschten mich. Das hatte ich nicht erwartet. Sein schüchternes Lächeln sagte mir, dass er es wirklich so meinte.

«Und du auch», antwortete ich, ermuntert durch sein Kompliment, und meinte es auch so. Er sah zum ersten Mal, seit ich nach Hause gekommen war, wirklich entspannt aus. «Was macht das Pianospiel?», fragte ich.

«Na ja, ich kann stolz berichten, dass ich beinahe alles von *Blue Lights on the Runway* spielen kann, also die ganze Platte, nicht bloß den Song.»

«Wow, ich bin beeindruckt.»

«Ja, es war echt gut.»

Und an dieser Stelle entglitt uns alles wieder. Dieser kurze Augenblick der Entspannung war uns durch die Hände geronnen, als er zu begreifen schien, dass er meine Abwesenheit genossen und mir das zu allem Überfluss auch noch gesagt hatte. Er begann mit großer Entschlossenheit und Geschwindigkeit zu essen.

Ich brachte eilig neue Themen auf, füllte die Pausen, versuchte immer noch uns zu retten. Ich hatte schließlich ebenfalls mein Glück in seiner Abwesenheit gefunden.

«Ich habe daran gedacht, nach Dún Laoghaire zu fahren, um zu sehen, ob ich meinen Job im Hafen wiederhaben kann.» Am Schalter für Fährtickets im Hafen von Dún Laoghaire, der erste und einzige Job, den ich in Dublin jemals ausgeübt hatte. Ein Jahr zuvor hatte ich schließlich meine Kündigung eingereicht, nachdem ich jahrelang, seit Saoirses Verschwinden, immer wieder Auszeiten genommen hatte. Die Idee war mir eben erst gekommen, aber ich dachte, es würde ihm vielleicht gefallen.

Während er an einer etwas zu großen Portion Zackenbarsch und italienischen Cocktailtomaten herumkaute, nickte er kurz und gab mir damit zu verstehen, dass er mich unterstützte.

«Ich dachte, ich sollte es zumindest versuchen», fuhr ich fort, optimistisch gestimmt von seiner positiven Reaktion. «Ich denke, ich bin wieder in der Lage dazu.» Aber dann ging ich einen Schritt zu weit. «Und ich sollte Mick anrufen und schauen, was zu tun ist.»

Wie sehr hatte ich überschätzt, was wir einander zumuten konnten.

Schließlich gelang es Hugh herunterzuschlucken, während er sein Messer und seine Gabel noch einen Moment in der Luft schweben ließ, bevor er beides vorsichtig und leise wieder auf seinem Teller ablegte.

«Aber es kann nicht wieder so werden wie vorher, Rosie, das weißt du. Du kannst nicht wieder in hundert verschiedene Richtungen auf die Suche gehen. Ich würde das nicht mehr ertragen, nicht noch einmal.»

Ich spürte Wut in mir aufsteigen. Ich sah ihn wieder vor mir, wie er damals im April an unserem Küchentresen gesessen und mich gebeten hatte zu gehen.

«Ich kann doch nicht hier sein und nichts tun, Hugh. Du kannst doch nicht von mir verlangen, dass ich die Wände anstarre wie im letzten Jahr.» Ich schwitzte unter den Achseln, und mein Magen brannte.

«Du hattest einen Zusammenbruch, Rosie. Du solltest dir selbst verzeihen können. Du brauchtest Ruhe.»

«Ich weiß, dass ich einen verdammten Zusammenbruch hatte, Hugh, herzlichen Dank.»

«Okay», sagte er gedehnt. «Jetzt atme bitte einfach mal durch. Du bist schon so weit gekommen. Ich kann sehen, wie gut du dich erholt hast. Mach das jetzt nicht wieder alles kaputt.»

«Ach, das kannst du wirklich sehen? Du brauchst mir nur ins Gesicht zu sehen und kannst sofort erkennen, wie es für mich dort unten war? Du hast keine Ahnung, wie hart es war, von dir weggeschickt zu werden. Zu wissen, dass du mich weghaben wolltest. Nicht mal anständig telefonieren konntest du mit mir, verdammt noch mal.»

Ich stand auf, und meine Serviette fiel auf den Boden.

«Rosie, bitte, setz dich wieder hin.»

Ich wollte gehen. Ich wollte hinausstürmen, wie ich es schon einmal gemacht hatte am Anfang besagten Zusammenbruchs, aber die Erinnerung an diese Zeit traf mich so hart, dass ich gezwungen war, mich wehmütig und verloren wieder hinzusetzen. Er streckte eine Hand aus, aber ich reagierte nicht darauf, bis er sie wieder zurückzog, um einen letzten Schluck Wein zu trinken.

«Ich weiß nicht, wieso wir jetzt hier gelandet sind, Rosie», sagte er, stellte das Glas wieder auf den Tisch und starrte es an.

«Nein», stimmte ich traurig zu. Unser romantischer Abend war an sein Ende gelangt, und keiner von uns beiden hatte mehr den Willen, ihn zu retten. «Ich auch nicht.»

Stille breitete sich aus, wir überlegten, was zu tun wäre, bis Hugh schließlich nach dem Kellner winkte und um die Rechnung bat. Statt danach die Meile zu Fuß nach Hause zu gehen, wie wir es sonst immer gemacht hatten – beieinander untergehakt, ein bisschen beschwipst über die kleinen Alltäglichkeiten des Lebens lachend –, winkte ich ein Taxi heran, in dem wir dann schweigend saßen und aus gegenüberliegenden Fenstern hinausstarrten.

Am folgenden und am darauffolgenden Tag hielt die Anspannung zwischen uns an, alle Versuche, zu einer neuen Geborgenheit und Trost zu gelangen, scheiterten. Am Dienstag war ich schon völlig ausgelaugt. Nachdem ich in der Nacht wieder kaum geschlafen hatte, fuhr ich am Mittwoch raus und spazierte die Küste entlang, kletterte über Mauern und Zäune, die sich mir in den Weg stellten, entfernte mich dabei nie allzu weit vom Meer, beobachtete die großen Tanker hinten am Horizont, spazierte stundenlang vor mich hin und kehrte erst zurück, als ich annahm, dass Hugh zu Hause war und Piano spielte oder vielleicht, wenn ich Glück hatte, bereits ins Bett gegangen war. Aber nein, im Haus brannte kein Licht. Zehn Uhr abends, und Hugh war immer noch nicht da.

Cullie kam am Freitag vorbei. Meiner Freude, ihn zu sehen, meiner herzlichen Zuwendung und der vielen Fragen, mit denen ich ihn löcherte, zum Trotz durchschnitt er meine aufgekratzte Stimmung mit der Präzision einer Rasierklinge. «Du wirkst nicht glücklich, Mum.»

«Was meinst du damit?» Ich lachte falsch. Dabei hatte er eine solche Heuchelei nicht verdient.

«Nun, korrigier mich, wenn ich mich irre, aber ich dachte, die Insel würde dir guttun.»

«Ja, das hat sie auch, und jetzt bin ich wieder hier, voll ausgeruht, bereit für neue Taten», log ich.

«Bereit für neue Taten? Was für Taten denn?»

«Also … wieder zurück zur Normalität.»

«Und das wäre?» Wir standen im Wohnzimmer, oder, besser gesagt, ich wanderte darin herum, klopfte die Kissen zurecht und wischte die Armlehnen der Couch ab.

«Ich war überrascht, dass du zurückgekommen bist. Ehrlich, ich habe gedacht, dass du dableibst.»

Ich hielt inne und sah ihn fragend an.

«Mum, um da durchzukommen, musst du tun, was gut für dich ist, selbst wenn das heißt, dass du nicht hier lebst.»

Allem zum Trotz, was er seit seinem fünfzehnten Lebensjahr hatte ertragen müssen, hatte er sich sein ungewöhnlich liebenswürdiges Wesen bewahrt. Aber nun hatte er endgültig meine dürftige Abwehr durchbrochen.

«Du hast recht. Ich weiß einfach nicht weiter, Cullie. In dieser Familie, bei deinem Dad, für dich, was kann ich für euch machen …» Wie dünn meine Stimme klang, als hätte ich schon den ganzen Tag geredet und meinen Speichel, meine Atemluft und meinen Willen gänzlich verbraucht.

«Mum, hör mir zu. Du musst gar nichts für mich tun. Mir geht es gut. Nina und ich kommen wunderbar zurecht.»

«Aber deine Schwester? Ich lasse sie im Stich.» Ich schämte mich, wenn ich daran dachte, wie lange es schon her war, dass ich ihretwegen einen Anruf getätigt hatte. «Ich muss hier sein.» Ich deutete quer durchs Wohnzimmer, wie um zu verdeutlichen, was ich mit «hier» meinte. «Um die Dinge voranzubringen, die Polizei dazu zu bringen, dass sie mir zuhört. Ich muss wieder ins Fernsehen und ins Radio gehen, wie ich das sonst immer gemacht habe, muss die Leute daran erinnern, dass sie irgendwo da draußen ist und immer noch unsere Hilfe braucht.»

Schon als ich diese Worte aussprach, wusste ich, dass ich

in Wahrheit in Panik geraten wäre, wenn Cullie mir gesagt hätte, ich solle sofort eine Radiobotschaft verfassen. Die Person, die acht Jahre lang einen Krieg gegen die Welt geführt hatte, die ihr ihr Kind geraubt hatte, war eine vollkommen andere als die, die ich jetzt war, so verloren und rastlos.

«Mum ...»

«Nein, hör mir zu. Es gab eine Zeit, da galt jede wache Minute des Tages meiner Liste von Dingen, die zu tun waren. Leuten, die wir anrufen mussten: Hauptkommissaren, Sorgentelefonen. Radio- und Fernsehinterviews schüttelte ich aus dem Ärmel. Und jetzt? Schau mich doch an, komme ich dir wie die Frau vor, die bei *Prime Time* auftreten konnte? Wenn ich es schaffe, mir morgens die Haare zu bürsten, grenzt das schon an ein Wunder.»

«Mum, es ist ...»

«Und wieder hier zu sein, erinnert mich daran, dass ich versagt habe. Ich habe mich dort unten auf der verdammten Insel bloß versteckt, das hab ich da getan. Und ich habe ignoriert, dass ich nach meiner verschwundenen Tochter suchen muss.»

«MUM. HÖR MIR ZU!»

Ich hielt inne. Normalerweise wurde Cullie nie laut.

«Ich habe schon meine Schwester verloren. Ich möchte nicht auch noch meine Mutter verlieren.»

Mein armer Sohn hatte keine Ahnung, dass er mich bereits verloren hatte. Ich war nicht bei ihm, nicht so, wie ich es hätte sein sollen.

«Was ich meine, Mum, ist, dass wir dich verloren hätten, wenn du so weitergemacht hättest. Und keiner von uns wollte das, weder Dad noch Granddad noch ich.»

Ich wollte nicht an meinen Zusammenbruch denken, an meine Zeit in der Klinik nach Mammys Beerdigung. Ich konzentrierte mich auf den Teppich, wünschte, Cullie würde das Thema wechseln.

«Willst du wissen, was ich denke, Mum? Unsere Leben sind schon seit Langem nicht mehr normal. Hör bitte auf, uns und dich selbst so unter Druck zu setzen. Fahr zurück nach Roaring Bay. Du musst nicht mit Dad im selben Bett schlafen oder im selben Haus wohnen oder auch nur in derselben Stadt. Wir sind nicht mehr diese glückliche Vorstadtfamilie. Wir sollten aufhören, in dieses Muster passen zu wollen. Als Saoirse verschwand, haben wir ein völlig anderes Script zugeordnet bekommen.»

Wie war er so weise geworden? Ich legte ihm eine Hand an die Wange, küsste ihn auf die andere. Und dann umarmte ich ihn, während ich in Gedanken an ein sechs Kilometer entferntes Büro dachte, an Hugh, den ich mir an seinem Schreibtisch sitzend vorstellte, wo er aus dem Fenster aufs Meer starrte, den Ellbogen auf die Stuhllehne gestützt, während er sich mit den Fingern auf die Lippen tippte und sich fragte, wie lange er die Arbeit noch ausdehnen konnte, um nicht nach Hause fahren zu müssen.

Als er schließlich an jenem Abend nach Hause kam, trat ich ihm schon im Hausflur entgegen, umarmte ihn, bevor er überhaupt die Chance hatte, seinen Fahrradhelm abzunehmen. Ich flüsterte ihm ins Ohr, dass ich wieder gehen würde. Er protestierte nicht, nahm aber meine Hand und verschränkte seine Finger mit meinen, bevor er mich schließlich freigab. Ich stieg die Treppe hoch, um meinen Koffer zu packen, und wartete auf dem Gästebett, bis das Morgenlicht hell genug war, um den Wagen zu beladen und gen Südwesten zu lenken, ein weiteres Mal fort von ihm, von dem Mann, ohne den ich einst geglaubt hatte, nicht leben zu können.

TEIL 2

Vielleicht sollte ich schnell … Sie sah zurück zum Haus und fragte sich, ob sie noch Zeit hatte, es ihrer Mutter zu erklären.

Ich war sechzehn, als ich 1984 Hugh kennenlernte. Er war siebzehn und auf der Insel, um in Diarmuids Laden zu jobben. Keiner von Diarmuids Saisonkräften konnte so guten Kakao machen wie er selbst. Schon lange bevor Hugh dort anfing, hatte ich mit Diarmuid ausgemacht, dass dieser mir samstags meine heiße Schokolade höchstpersönlich zubereitete. Dann kam er immer aus der Küche und sagte: «Meinst du nicht, ich habe Besseres zu tun, als dir deine perfekte heiße Schokolade zu machen, Rosie?»

«Ist doch nicht meine Schuld, wenn du es deinen Leuten nicht anständig beibringst.»

Diarmuid war damals Ende zwanzig und aus Cork City zurück nach Hause gekommen, um den Laden und das dazugehörige Restaurant von seiner Mutter zu übernehmen.

«So schlecht machen die es nun auch wieder nicht.»

«Oh doch. Diese Frau aus Rathkilly ist ein hoffnungsloser Fall. Das letzte Mal war es eher eiskalte Schokolade. Wo steckt sie denn überhaupt? Ich hab sie lange nicht mehr gesehen.»

Ich folgte ihm auf den Fersen, als er sich die Hände an dem Geschirrhandtuch abwischte, das an seinen Schürzenbändern hing, und zur Ladenfront ging. Da es erst Saisonanfang war, hatte er bislang nur eine Hilfskraft eingestellt.

«Weg. Irgendein Notfall in der Familie. Ihr Plan, den Sommer über am Meer zu schreiben, hat sich schon in Luft aufgelöst, bevor sie überhaupt anfangen konnte – sie bekam einen Anruf und fing gleich zu weinen an, da drüben bei den Knorr-Brühwürfeln.»

«Ist wahrscheinlich besser, dass sie weg ist.»

Diarmuid war daran gewöhnt, dass Dinge nicht klappten. Es passierte häufiger, dass Leute dachten, sie könnten mit den langen Arbeitsstunden und der Hektik klarkommen, um recht schnell festzustellen, dass sie es eben nicht konnten, selbst dann nicht, wenn sie gratis Kost und Logis bekamen. Ihre Fantasien von langen Spaziergängen und kreativen Schüben wurden bald durch die Realität von Erschöpfung und zu vielen Abenden im Pub ersetzt. Und es wollte auch nicht jeder auf einer Insel arbeiten. Diarmuid musste seine Anfragen immer sehr breit streuen, um Personal zu finden, rief seine Tanten auf dem Festland an, um zu hören, ob vielleicht eins der Enkelkinder das Geld gebrauchen konnte, oder Freunde aus der Zeit, als er seinen Foodtruck im Hafen von Cork City gehabt hatte. Jemand, der wie Diarmuid gleichzeitig Verkäufer und Gastgeber sein und den Touristen lächelnd selbst gemachte Scones servieren konnte, um dann zurückzuflitzen und den ungeduldigen Kindern einen Becher von Críostóirs Ziegenmilch-Eis zu verkaufen, nahtlos dazu überzugehen, das Mittagsmenü, bestehend aus Krabbensandwiches, Fischsuppe und einem Glas Wein, zu servieren, gleichzeitig aber darauf zu achten, dass Patsy ihre *Irish Times* und ein halbes Dutzend Eier bekam, um diesen hektischen Tag dann mit der Abendschicht im Restaurant abzuschließen, wo es Diarmuids Lachs *en croûte* und Steak oder Pizza gab, und schließlich, wenn der letzte Gast nach Hause gegangen war, die Küche und den Ladenboden zu wischen, um zu guter Letzt ins Bett zu fallen, – so jemand war nicht leicht zu finden, das wusste Diarmuid.

«Vielleicht kannst du mir zeigen, wie dein Wunderapparat funktioniert, dann mache ich mir den Kakao selber», schlug ich vor. «Auf die Weise muss ich dich im Sommer, wenn es voll ist, nicht damit nerven. Dann hast du einen pingeligen Insulaner weniger, um den du dich kümmern musst.»

«Ich kann hier niemanden ranlassen, Rosie, dafür könnten die mich drankriegen.»

«Wer denn? Die Polizei? Ich glaube nicht, dass die sich extra auf den Weg machen, um dich deswegen festzunehmen.»

«Es gibt so etwas wie Hygienevorschriften. Und außerdem habe ich an die ganze Insel gedacht. Dann wollen die plötzlich alle hier hinter den Tresen und sich ihre eigenen Sachen machen, oder?» Er griff unter den Tresen nach seiner Dose mit Marshmallows, nahm den Deckel ab und hielt sie in meine Richtung. «Zwei oder drei?»

«Vier. Dann stell mich doch ein. Ich könnte dein Kontakt zur Crew sein. Stell dir vor, keiner von uns würde mehr hier am Tresen bestellen und mit den Gummistiefeln alles schmutzig machen. Stattdessen komm ich hier schnell rein, mache uns Tee, und fertig ist der Lack. Die Mannschaft kann ja schlecht bei dir Schlange stehen, wenn die ganze Insel von unserer Pünktlichkeit abhängt, oder? Ich flitze schnell rein und raus.»

«Ich gebe aber keinen Rabatt, Rosie, auch nicht bei Selbstbedienung.»

«Ich weiß.» Ich war ein bisschen beleidigt, besann mich dann aber. «Vielleicht wäre ja eine gratis heiße Schokolade im Monat drin, weißt du, dann kannst du jedem Gesundheitsbeamten, der gegebenenfalls aufkreuzt, beweisen, dass ich sozusagen zum Personal gehöre.»

Ich grinste, nahm dann einen ersten Schluck aus dem Becher, den er mir gereicht hatte. Ich konnte sehen, dass er nicht abgeneigt oder zumindest belustigt von meinem Vorschlag war. Er lehnte sich an den Tresen, während ich glücklich über die cremige heiße Süße meines Getränks seufzte.

«Und was ist mit der Woche, wenn du freihast und Tommy und seine Gang dran sind?» Damit meinte er die andere Crew oder die «Scheißcrew», wie ich sie zu nennen pflegte, sehr zu Dads Verdruss, und die aus Tommy Ó'Kiersey, Éamon und Séamus Ó'Kiersey, Liams älteren Cousins, und Liam selbst bestand, der wie ich am Wochenende arbeitete. «Ich will nicht, dass Éamon hier mit seinen dreckigen Pfoten rumpfuscht. Der Himmel weiß, wo er die überall stecken hatte – mindestens in seinen Ohren, soweit ich das sehen kann. Ich sag ihm immer, er soll zu Dr. McArthur gehen, wenn die ihm dermaßen jucken.»

«Die Jungs von der anderen Crew stehen gern Schlange», sagte ich grinsend, wobei wir beide wussten, dass ich mir gerade selbst ins Knie geschossen hatte, was meine Argumentation anbelangte, dass es für die Fährleute schnell gehen musste und die Crew den anderen Kunden nicht in die Quere kommen sollte. «Und sollten sie sich beschweren, regele ich das.»

«Und all dieser Aufwand, nur weil du deine heiße Schokolade nicht eine Spur kälter trinken magst?»

«Ganz genau.»

Als Hugh Dunne, der Sohn eines Freundes von Diarmuids Cousin zweiten Grades, Ende Juni eingetroffen war, arbeitete ich Vollzeit auf der Fähre und machte mir regelmäßig meine heiße Schokolade selbst: direkt von der Fähre, sobald alle Passagiere um elf ausgestiegen waren, ein Sprint zu den Shop-Toiletten, ordentlich die Hände abgeschrubbt und dann hinter den Tresen geflitzt, schnell rein und wieder raus, um niemandem im Weg zu sein. Am Anfang der Woche zahlte ich immer im Voraus und sorgte dafür, dass keine unnötige Zeit mit der Abrechnung verschwendet wurde.

«Rosie», sagte Diarmuid an Hughs erstem Tag, «das ist

Hugh. Hugh: Rosie. Hugh kommt aus Dublin und wird bis August hier aushelfen.»

Wir nickten einander zu, ohne dass irgendetwas Besonderes zwischen uns geschah. Es war nicht so wie bei Dad, als er Mam am Tresen von O'Sullivan's Supermarkt in Clonkill kennenlernte, wo sie jobbte, und ihr am nächsten Tag einen Strauß triefnasser Osterglocken überreichte, die er für sie im Stadtpark gepflückt hatte. Nein, mit uns ging es sehr zögerlich los.

«Also, Hugh, um die hier brauchst du dich nicht zu kümmern. Rosie macht sich ihre heiße Schokolade selbst.» Er hob die Augenbrauen. «Überlass ihr das bitte, aber sieh zu, dass du das Geld dafür kriegst.»

«Geht klar.» Hugh notierte sich das in dem kleinen Büchlein, das er mit sich herumtrug und in dem er alle möglichen Informationen aufschrieb, etwa wie viel eine Flasche Wein kostete, aus irgendeinem Grund waren sie nicht ausgepreist, den Code zum Lagerraum und wo sich das Soßengranulat befand – er war an jenem Morgen danach gefragt worden und hatte es nicht finden können.

Er sah auf: «Wie viel kostet sie?»

«Kostet was?»

«Die heiße Schokolade.»

«Oh, ein Pound.»

Hugh schrieb es sich auf.

Diarmuid zwinkerte mir zu. Ich konnte nicht genau sagen, ob er mir mitteilen wollte, dass sein großartiger neuer Mitarbeiter mich im Auge behalten würde, oder ob sein Blick besagte, schau mal, wen ich da für dich gefunden habe: einen gut aussehenden, schwarzhaarigen und blauäugigen Adonis. So oder so, ich schenkte ihm ein sarkastisches Lächeln und bereitete mir weiter meine heiße Schokolade zu, unsicher, ob dieser ernste, gewissenhafte Junge das Zeug dazu hatte, hier zurechtzukommen. Aber ich hätte das nicht anzuzweifeln brauchen.

In meiner morgendlichen Pause kam ich rein, um mein Ding zu machen. Hugh war hinterm Tresen beschäftigt.

«Rosie.» Er hatte sich meinen Namen gemerkt.

«Hugh», antwortete ich.

«Wie geht's der Seefahrerin heute?»

«Oh, bestens.»

«Na, das ist doch wunderbar.»

Und das wär's beinahe gewesen. Aber als ich die Tür mit dem Rücken aufstieß und mit den Händen die drei Becher umklammerte, sah ich, wie er dieses Notizbuch herausholte und wohl, wie ich vermutete, meine heiße Schokolade und die beiden Tees vermerkte, der perfekte kleine Angestellte. Als ich Dad und Phelan erreicht hatte, kochte ich regelrecht vor Wut, weil jemand, der nicht mal eine schlappe Woche hier war, derart genau Buch über mich führte. Als müsste man mir misstrauen. Der sollte sich mal an die eigene Nase fassen! Ein Dubliner hier am Arsch der Welt – wenn das nicht wirklich ein Grund für Misstrauen war, dann wusste ich auch nicht.

Dad und Phelan saßen immer auf der niedrigen Mauer oben am Kai. Sie mochten diesen Platz, weil sie von dort einen guten Blick auf die *Aoibhneas* hatten, falls wir aus irgendeinem Grund dringend gebraucht wurden. Hinter uns, an der Straße, die vom Kai aus direkt ins Herz der Insel führte, stand Patsys Haus, und auf der anderen Seite der Kreuzung war Páidíns Pub, der allerdings um diese Zeit am Morgen noch nicht geöffnet war. Das Gespräch auf der Mauer beschränkte sich zumeist auf Kommentare zur Tagesform oder zu den Passagieren, die wir an diesem Tag hatten.

Ungefähr einen Monat nach Hughs Ankunft und genau an

diesem Platz, wo wir gerade an unseren Getränken nippten, fiel mir plötzlich eine Gestalt in unserer Nähe auf. Der Hafen war an heißen Sommertagen der überfüllteste Ort auf der Insel, und obwohl wir am Ende der wuselnden Menge saßen, war immer irgendjemand in der Nähe, blickte wie wir auf den Hafen oder wartete darauf, dass ein Kind aufholte, oder gar jemand, der sich für die Störung entschuldigte, aber wann denn die nächste Fähre ginge.

«Ähem, Rosie?» Ich hob die Hand, beschirmte meine Augen gegen die Sonne und sah, dass Hugh vor mir stand. «Entschuldige die Störung», sagte er und wirkte etwas besorgt, «aber ich habe eine Strichliste deiner heißen Schokoladen und Tees in letzter Zeit geführt ...»

«Ja», sagte ich, «ist mir aufgefallen.»

Neben mir konnte ich beinahe spüren, wie mein Vater Phelan einen schnellen Stoß in die Rippen gab, ohne Zweifel begeistert über den Wagemut dieses Jungen und in Vorfreude auf die Abfuhr, die er gleich bekommen würde. Phelan hustete und blickte schnell zur anderen Hafenseite, damit ich nicht das Grinsen sehen konnte, das jetzt, wie ich sehr wohl wusste, auf seinem Gesicht lag. Als ich mich wieder Hugh zuwandte, bemerkte ich, dass Dad schon ewig lange einen Schluck aus seinem Becher nahm, damit sein Grienen nicht zu sehen war.

«Und?», fragte ich schließlich, ohne noch mal zu Hugh aufzusehen. Er betrachtete das als Einladung, und nachdem er sich gesetzt hatte, holte er sein Notizbuch heraus, in dem er aufgeschrieben hatte, wann ich jeweils hereingekommen war und wie viele Getränke ich bestellt hatte. Es stand alles da: *25. Juni, 1 hei Schok 2 Tee, 26. Juni* etc. Er war gewissenhaft, das musste ich ihm zugestehen – gewissenhaft und furchtlos, obwohl Furchtlosigkeit unangebracht war.

«Also, wie du sehen kannst, habe ich hier alles festgehalten. Und da scheint es eine Diskrepanz zu geben.»

«Eine Diskrepanz?» Ich stellte meinen Becher auf der kleinen Fläche ab, die er schlauerweise zwischen uns frei gelassen hatte, und verschränkte die Arme, worauf mein Vater und Phelan beide in meine Richtung schauten. «Inwiefern?» Ich hatte ja noch mein Ass im Ärmel, nämlich dass ich ebenso in gewisser Weise eine Angestellte war, was Diarmuid offenbar vergessen hatte zu erwähnen einschließlich meiner kostenlosen heißen Schokolade einmal im Monat, auf die wir uns ganz klar geeinigt hatten, was in seiner Dubliner Gewinn-und-Verlust-Rechnung dringend berücksichtigt werden müsste.

«Na ja, es ist mir ein bisschen peinlich, das sagen zu müssen, aber ...»

«Muss es nicht», unterbrach ich ihn, «ich meine, mir war nicht klar, dass es auf dieser Insel jetzt schon so weit gekommen ist. Ich weiß, Dublin ist ein ganz anderes Paar Schuhe mit eurer ganzen Pfennigfuchserei, doch hier bei uns haben wir es nicht so mit Kleinlichkeit. Aber wenn das jetzt so ist, kein Problem.» Beleidigt zog ich einen Fünfer aus der Tasche, zusammen mit einem Lippenbalsam, einem Taschentuch und ein paar Pound-Münzen. Eine rollte am Rand der Mauer entlang und drohte schon auf den Sandstrand hinunterzufallen, aber der Herr Wirtschaftsprüfer rettete sie gerade noch, indem er seine Hand darauflegte. «Wie viel?», fragte ich. Ich hatte schon beschlossen, dass ich nie wieder hinter diesen Tresen gehen und mir stattdessen jeden Morgen von zu Hause einen Flachmann mit heißer Schokolade mitnehmen würde, auch wenn eine Gabel oder der große Spiralbesen meiner Mutter nicht dasselbe Ergebnis erzielte wie Diarmuids winziger Schneebesen, und dass ich den Rest des Sommers lauwarme milchige Schokolade würde trinken müssen.

In diesem Moment begann er breit zu lächeln. «Nein, wir sind es, die dir noch Geld schulden. Die Diskrepanz besteht tatsächlich darin, dass du zu viel bezahlt hast. Und was ich mich gefragt habe, ist: Möchtest du das so weiterlaufen lassen als eine Art flexibles Guthaben, um das mal so auszudrücken, oder soll ich dir das Geld hier und jetzt zurückzahlen?»

An diesem Punkt brach mein Vater in Gelächter aus, und wenn er nicht ein Stück entfernt gesessen hätte, hätte er Hugh ganz gewiss auch noch ordentlich auf die Schulter geklopft. Stattdessen beugte er sich vor und hob seinen Becher, um die Courage des Jungen zu feiern.

«Also, mein Gott, Junge, ich dachte, du bist ein hoffnungsloser Fall. Aber in Wahrheit bist du ein Held.» Er lachte erneut, schüttelte dann ehrfürchtig den Kopf. «Eine Diskrepanz, das ist wirklich gut.»

Ich sah an Hugh vorbei zum Laden hinauf, wo Diarmuid in der Ladentür stand und ebenfalls lachte. Hugh hatte genau gewusst, was er tat, als er zu mir herüberspaziert war, meinen Vater direkt neben mir, mit seinem ernsten Gesichtsausdruck und dieser Strichliste. Die hatten sich einen Spaß mit mir erlaubt.

«Ich bringe ihn um», sagte ich und stopfte mir meine Habseligkeiten wieder in die Hosentasche, bevor ich mit einem Lächeln einlenkte. «Sag ihm, dafür kriege ich diesen Monat statt einer zwei kostenlose heiße Schokoladen.»

«Sag ich ihm», antwortete Hugh, stand auf und ging zum Geschäft zurück, wo er sich mit Diarmuid abklatschte.

Man musste Hugh für seine Beherztheit bewundern. Siebzehn Jahre alt, keine Ahnung, wie diese Insel tickte, und hier war er, nahm sein Herz in die Hand und tat wie Diarmuid ihm geheißen. Allerdings war, wie ich später herausfinden sollte, alles Hughs Idee gewesen. Er meinte, ich sei für einen Scherz zu haben. Wochenlang hatte er mich dabei beobachtet, wie ich in den Laden geschlüpft war und wieder hinaus und mit jedem, der gerade da war, herumalberte oder feixte. Und außerdem, sagte er, habe er sich ein wenig gelangweilt.

«Wieso das denn?», fragte ich am Donnerstag in der Woche darauf, als wir um zehn Uhr abends wieder auf der Hafenmauer saßen, diesmal aber mit Pints von Páidíns in unseren Händen. «Du kannst dich doch bei Diarmuid nicht wirklich langweilen. Du kommst sicher kaum zum Luftholen.»

Ich hatte Hugh allein auf der Hafenmauer sitzen sehen, wie er an einem seiner seltenen freien Abende auf das dunkle Wasser schaute, als ich auf dem Weg zu meinem Bruder Nathan und dessen Freunden im Pub vorbeikam, in einer seiner letzten Wochen auf der Insel, bevor er sich auf den Weg in die USA machen würde, wie Daniel es getan hatte, sobald er die Berufsschule beendet hatte. Ich war stehen geblieben und hatte kurz mit Hugh geplaudert und ihm angeboten, ihm ein Bier runterzubringen. Obwohl es dann Nathan bezahlen musste, da ich noch nicht volljährig war.

«Ja, nein, ich meine nicht gelangweilt auf *diese* Art. Ich meine, eher im Kopf. Man kann nur so und so lange geschnittenes Brot und Tütensuppen verkaufen, ohne irgendwann mal das Gefühl zu haben, innerlich einzugehen.»

«Und da dachtest du, ein Lacher auf meine Kosten wäre doch eine willkommene Abwechslung.»

«Na ja, da ging es mehr darum, das Eis zu brechen, dich ein bisschen besser kennenzulernen. Du bist immer so schnell reingerauscht und wieder raus, dass ich dachte, ich brauche irgendwas Durchschlagendes, damit du mal stehen bleibst und mich bemerkst.»

«Oh.» Ich begriff, dass es in der Tat offenbar um mehr ging als nur Langeweile.

Wir tranken beide unser Bier und ließen dieses Geständnis auf uns wirken.

«Aber was ich *wirklich* nicht begreife», sagte er und lenkte von diesem peinlichen Augenblick ab, in dem zwei Teenager bemerkten, dass sie Neuland betraten, «ist, wie du dieses Zeug jeden Tag in dieser Hitze trinken kannst. Ich meine, heiße Schokolade, das ist ja, als würde man im Sommer Glühwein trinken.»

«Ich habe noch nie Glühwein getrunken, deshalb kann ich das nicht vergleichen. Aber ich sehe nicht ein, warum ein bestimmtes Getränk nur für eine bestimmte Jahreszeit reserviert sein soll. Warum soll man sich etwas verbieten, das man mag?»

Er hatte sich mir zugewandt und schien beeindruckt von meinem Nonkonformismus. «Hm. Finde ich gut.»

Mein Magen kribbelte, als er sein Kinn hob, um mich zu betrachten. Ich verspürte den Drang, die Hand auszustrecken und die kleine Kerbe dort zu berühren. Ich veränderte beschämt meine Körperhaltung und umklammerte mein Glas für den Fall, dass meine Finger beschlossen, abtrünnig zu werden.

«Und, Rosie, was sind deine Pläne für dein Leben?»

«Die Fähre fahren.» Ich zeigte in Richtung der *Aoibhneas*.

«Echt? Ist die Fähre nicht bloß ein Sommerjob?»

«Im Moment schon, aber sobald ich mein Patent habe, nicht mehr. Was ist denn daran so überraschend?»

«Na, ja, ich meine ... Ich kenne außer dir keine Leute, die so was beruflich machen wollen. Aber ich find's großartig. Geht es bloß um *diese* Fähre, oder planst du auch größere Schiffe an anderen Orten zu fahren?»

«Oh, nein, nur hier. Die hier ist alles, was ich will.»

«Das heißt, du hast keine Lust, die Welt zu sehen? Was ja

ziemlich leicht wäre angesichts der Branche, in die es dich zieht?»

Ich hatte schon darüber nachgedacht, viele Male sogar, dass ich ja, wenn ich wollte, wesentlich größere Schiffe steuern könnte, an den exotischsten Orten der Welt. Aber jedes Mal, wenn ich mich am Ruder eines Tankers auf dem Sueskanal sah oder auch nur beim Überqueren der Irischen See, fühlte es sich nicht richtig an.

«Nein, die hier genügt mir.»

«Aber im Winter muss es hier doch ziemlich still sein. Bin nicht sicher, dass ich das ganze Jahr hindurch auf der Insel leben könnte.»

«An anderen Orten ist es auch nicht immer aufregend.»

«Du hast ja auch schon so viele gesehen.»

«Nein, du Klugscheißer. Wenn du weißt, dass du glücklich bist, dann weißt du es eben. Und warum sollte man dann was ändern?»

«Na gut, okay.» Aber er wirkte nicht ganz überzeugt.

«Oh, komm schon. Dublin ist also nicht gut genug für dich, oder was?»

«Doch, du hast sicher recht, ich liebe es dort. Du weißt ja gar nicht, was du verpasst, wenn du nicht in einer Stadt lebst. Ich meine, da ist sozusagen alles! Kino, Klubs ...»

«Wir haben auch ein Nachtleben.» Ich deutete auf Páidíns.

«Ja, und was für eins!» Er lachte.

«Also, warum bist du dann hier und nicht dort und versuchst da, einen ahnungslosen Fremden hochzunehmen?»

«Ja, weißt du, die Leute in Dublin sind nicht so gutgläubig, also musste ich das wohl hier machen.»

«Ein Mann mit einem Talent für Komplimente.»

Er lachte wieder, nahm dann einen Schluck von seinem Bier. «Ehrlich gesagt, was ich mit meinem Leben anfangen will, ist nicht halb so interessant wie bei dir. Ich möchte Architekt werden und für eine der großen Firmen in Dublin arbeiten oder vielleicht ein eigenes Büro gründen, mal sehen. Ich hoffe, ich kriege einen Studienplatz für Architektur am UCD. Ich bin hier, weil ich das Geld für die Studiengebühren zusammenkriegen will.»

«Architektur am UCD? Ganz schön ehrgeizig.»

«Wir werden sehen. Es ist eigentlich ganz praktisch, weißt du. Ich wohne in Blackrock, und mein Dad arbeitet als Security am College, und da gibt es dieses Angebot mit reduzierten Studiengebühren.»

«Blackrock? Ziemlich schick.»

«Ja, klar, na bitte, du denkst also auch, jeder, der da wohnt, stinkt vor Geld. *Wir* nicht. Wir wohnen in einer Sozialwohnung.»

«Ich wusste nicht, dass sie die in dem Teil der Welt auch gebaut haben.»

«Doch, es gibt ein paar. Aber sie verstecken sie hinter den Privatgrundstücken mit den fetten Villen, damit niemand sie sehen kann. Wir dürfen nur nachts rauskommen, wenn es dunkel ist. Ich brauchte ja auch ein Extra-Visum, um hierherkommen zu dürfen.»

«Na ja, wir können ja schließlich nicht das ganze Lumpengesindel hier reinlassen.»

«Ich weiß. Ich meine, das sieht man ja sofort. Allein die Autos beweisen, was für vornehme Leute ihr seid.»

Er drehte sich um und zeigte auf Phelans Nissan, der direkt an der Mauer geparkt war. Er war grün, die Motorhaube allerdings schwarz und die Fahrertür rot, das Fenster permanent heruntergedreht. Bis der Winter kam, musste er es repariert haben, aber im Moment hatte er es bloß mit Plastikfolie zugeklebt, um den Sommerregen abzuhalten.

«Ne, ich kapier's immer noch nicht. Du beschließt, dein geliebtes Dublin und all deine Buddys zu verlassen, um hier den Sommer zu verbringen. Da muss es doch um mehr gehen als nur um Geld?»

«Wirklich, wieso? Mir hat sich ganz einfach die Gelegenheit geboten. Weißt du, wie schwer es ist, in Dublin einen Job zu finden? Außerdem werden meine Kumpel, wie es aussieht, immer noch da sein, wenn ich zurück bin. So viel verpasse ich auch nicht.»

«Wow, angesagt bist du wahrscheinlich auch noch.»

Er stellte sein inzwischen leeres Bierglas zwischen seine Schenkel, ließ eine Hand um den oberen Rand kreisen und sah auf seine Daumen, die jetzt ans Glas trommelten. «Also, mit so vielen Leuten bin ich nun auch wieder nicht befreundet.» Er blickte auf das Meer hinaus, das jetzt in der aufkommenden Dämmerung von den Lichtern aus Páidíns Pub links von uns und von Diarmuid's rechts von uns, wo die abendlichen Gäste noch für Betrieb sorgten, angestrahlt wurde. «Ein oder zwei. Aber die sind wie ich. Wir treffen uns, wenn wir Lust dazu haben, aber wir geben uns gegenseitig auch Raum. Ich denke, es gibt Zeiten, wo wir alle mal eine Pause brauchen, weißt du. Ich bin eigentlich eher introvertiert.»

«Ja, sicher. Ich glaube nicht, dass introvertierte Menschen völlig Fremden gern Streiche spielen.»

«Du wärst überrascht! Wir sind schon eine kuriose Bande. Auch Introvertierte genießen es, mit anderen menschlichen Wesen ein wenig Spaß zu haben. Aber dann gibt es wieder Zeiten, da müssen wir für uns sein, ein bisschen Zeit allein haben. Das ist nicht seltsam, das bin bloß ich.»

Diese Ehrlichkeit und dass er schon mit siebzehn wusste, wer er war und wie er tickte, verbunden mit der Fähigkeit, es mir direkt und ohne ein Gefühl von Peinlichkeit zu sagen, das war typisch Hugh. Er präsentierte sich mir wie auf einer Speisekarte, ganz offen mit allen Zutaten und Allergenen, und erlaubte mir zu wählen, ob ich ihn wollte oder nicht.

«Noch eins?», fragte er und hielt sein leeres Glas hoch. Unsere Blicke begegneten sich für einen schlichten, angenehmen Moment, bevor wir beide lächelten.

«Klar», antwortete ich und gab ihm mein Glas. Er schwang seine Beine über die niedrige Mauer und steuerte auf die Bar zu.

Wir saßen den Rest des Abends zusammen und danach an jedem seiner freien Abende, den ganzen Sommer über.

Wir müssen jetzt los, sagte das Mädchen und behielt sie im Blick. Steig ein, mach schon, steig ein.

Wann immer Michael-Fran dabei gesehen wurde, wie er seinen Pub öffnete, verbreitete sich die Nachricht wie ein kräftiger Südwind schnell über die ganze Insel. Bald schon saßen Leute auf den Barhockern an seinem Tresen, wobei sie manchmal nur einen Becher Tee tranken und dazu etwas von der lila Cadbury-Schokolade aßen, die Michael-Fran dahatte, und die Abwechslung genossen, die sich ihnen für dieses Mal an einem Samstagnachmittag bot.

Das Wagtail, am Fuße des Hare Hill gelegen, blickte auf das Tal, in dem unten die Schule, die Kirche und ein Kreis von Häusern lagen und wo sehr wenig passierte, abgesehen von der Ankunft einheimischer und exotischer Vögel, die an diesem stillen Rückzugsort am Rande des Atlantiks eine sichere Zuflucht fanden. Michael-Fran zündete selbst im Sommer das Kaminfeuer an, da es seine feste Überzeugung war, dass bei Sonnenschein niemand drinnen sein sollte (oder auch im frostigen Vorfrühling, wenn es nach ihm ging, aber dafür konnte er seine Besucher kaum erwärmen). Da sie nicht in der Hitze schmoren wollten, ganz gleich, wie kalt das Bier war, bevölkerten seine Gäste sehr zu Michael-Frans Freude über kurz oder lang das Mäuerchen gegenüber, das er selbst errichtet hatte, um die Vögel zu beobachten, die das Tal bevölkerten.

«Und was hat dich diesmal inspiriert?», fragte Phelan, der spannend fand, warum Michael-Fran ausgerechnet diesen Tag gewählt hatte, den 14. April 1990, sechs Jahre nachdem Hugh und ich uns kennengelernt hatten, um mal wieder den Pub zu öffnen.

«Ehrlich gesagt habe ich keine Ahnung. Ich bin heute Morgen aufgestanden, hatte wie üblich mein Ei von Fidelma, und dann kam mir dieser Gedanke: Öffne ihn. Heute wird etwas Gutes geschehen, wenn du das tust. Da bin ich nun. Und warte darauf, dass es losgeht.»

«Könnte es ein Lottogewinn sein?», fragte Phelan. «Vielleicht solltest du auf einen Sprung zu Diarmuid's und dir ein Los kaufen.»

«Ach, nein. Ich nehme doch an, dass es ein bisschen was Spezielleres sein müsste. Mehr so wie die Sichtung dieses Wiedehopfs, der offenbar im Moment hier herumfliegt. Patsy sagte, gestern sei er bei ihr im Garten gewesen. Das würde mich glücklich machen», sagte er sehnsüchtig.

Aber es war weder ein Geldsegen noch ein Vogel. Es war meine Verlobung.

Ich hätte nie gedacht, dass ich mich einmal in jemanden verlieben würde, der so viel Macht über mich hatte, dass er mich von der *Aoibhneas* und Roaring Bay fortbringen könnte. Aber genau das war passiert.

Dafür, dass Hugh gedacht hatte, bloß für einen Sommer auf die Insel zu kommen, war er schnell zurück. Schon Weihnachten nach unserem Kennenlernen kam er wieder und wohnte im inzwischen leeren Zimmer meiner Brüder bei uns zu Hause. Im nächsten Sommer, als ich die Schule beendet hatte und auf den Schiffen in Galway jobbte, kam er mit in den Westen und teilte sich das schäbige Häuschen mit mir. Danach, sobald ich meine Berechtigung hatte, kam er wieder an seinen freien Wochenenden auf die Insel, während er seinen Master machte und Praktika in Dubliner Architekturbüros absolvierte. Ich fuhr auch nach Dublin und übernachtete in seinem Zimmer, allerdings ohne ihn. Obwohl seine Eltern aus Dublin stammten, einem viel liberaleren Ort als Roaring

Bay, waren Robert und Ursula keineswegs so aufgeschlossen, uns gemeinsam in einem Zimmer übernachten zu lassen. Also bezog ihm Ursula die Couch, wenn ich zu Besuch war, da sie ihm nicht zutraute, das selbst hinzukriegen.

Es machte ihm großen Spaß, mir die Stadt zu zeigen, die Bars, die Klubs und die Kinos. Ich brachte ihn dazu, mir ein paar Buchläden zu zeigen, damit ich zu Hause Mam vorschwärmen konnte, wie groß sie waren. Wir spazierten nach Seapoint in Monkstown, setzten uns auf einen Felsen und unterhielten uns über alles und nichts, gerieten tiefer und tiefer in die Welt des anderen, sodass es sich, als meine wenigen Tage vorüber waren, so anfühlte, als müssten wir einander für immer verlassen.

«Ist es nicht grandios?», sagte er und schaute über die Bucht hinweg auf Howth, und ich lächelte und wusste genau, worauf er hinauswollte: Ich sollte mich genauso in Dublin verlieben wie in ihn.

Ich lächelte und nickte, aber nicht so überzeugend, wie er es sich erhofft hatte, weil er dann seufzte, was wohl hieß, du hast ja keine Ahnung.

Sechs Jahre lang reisten wir durch das Land, um einander zu sehen. Diese dauernden Abschiede zermürbten uns. Er bat mich immer wieder, nach Dublin zu ziehen.

«Aber warum ich?», antwortete ich dann. «Warum kannst du nicht hierherziehen?»

Diesmal saßen wir auf der Couch, schauten *Inspector Morse* und überlegten, ob wir zu Morton's in Donnybrook fahren sollten, wo sich einige seiner Arbeitskollegen auf ein paar Biere trafen, oder noch zu einer Spätvorstellung ins Kino in Stillorgan, als das Thema wieder aufkam.

«Okay, dann sag mir mal», sagte er, «wie viele Architekturbüros es in Clonkill gibt.»

«Aber du hast doch immer gesagt, du willst dein eigenes Büro aufmachen, also warum nicht dort?»

«Ja, aber zunächst einmal muss ich mich doch beweisen, vor allem vor mir selbst, oder? Es ist wichtig, dass ich bei Kiran arbeite – die sind eins der großen Büros. Wenn ich mit deren Arbeitsaufkommen Schritt halten kann, dann weiß ich, dass ich es auch alleine schaffe. Ich will nicht so enden wie der typische kleine Architekt, der nebenbei noch ein bisschen Landwirtschaft betreiben muss, um über die Runden zu kommen. Aber wer hat denn da unten heutzutage das Geld, um einen Architekten für seinen Hausbau zu bezahlen? Und ich sag dir gleich, ich hab überhaupt keine Lust, diese Art von Bungalows zu entwerfen, die im ländlichen Irland offensichtlich der Hit sind. Für die braucht man im Übrigen auch keinen Architekten – jeder Bauunternehmer entwirft dir so was.»

Ich antwortete gar nicht erst darauf, sondern schaute wieder *Inspector Morse*, wo ich völlig den Faden verloren hatte.

«Aber weißt du, was wir hier in Dublin im Überfluss haben?», fragte er und gab mir einen kleinen Stoß.

«Nicht schon wieder.»

«Wasser. Meer. Jede Menge davon. Und wir haben Fähren. Riesige Teile.»

«Kein Interesse.»

«Tja, was schlägst du dann also vor?»

«Können wir das Thema wechseln?» Ich ließ meinen Kopf auf die Couch sinken.

«Okay, aber du weißt, dass ich recht habe. Hier können wir doch beide machen, was wir wollen. Dort unten nur du. Ich müsste Fischer werden, aber diese Hände hier sind dafür geschaffen, kreativ zu sein, nicht dafür zu töten.» Er wackelte mit den Fingern.

Dieses Gespräch hätten wir bis in alle Ewigkeit wieder und wieder führen können, wenn Hugh dem nicht einen Riegel vorgeschoben hätte, als seine Großmutter starb. Granny Pat war im Februar gestorben, und als ihre drei Söhne in den folgenden Monaten ihren Nachlass sichteten, stellten sie zur allgemeinen Überraschung fest, dass sie einen Sparstrumpf besaß, der weniger ein Strumpf als vielmehr ein Wäschekorb voll 150 000 Pfund war, deren Herkunft sich keiner von ihnen erklären konnte. Sie hinterließ jedem ihrer Söhne dreißigtausend und den drei Enkelkindern jeweils zwanzigtausend. Dieses Erbe erlaubte Hugh, endlich sein Leben anzufangen, wie er sich ausdrückte.

Und so sagte er am 14. April 1990, ich war zweiundzwanzig, in Michael-Frans Pub: «Heirate mich.»

«Was?» Meine spontane Reaktion, die versehentlich ein bisschen lauter ausfiel, sorgte für Stille im ganzen Pub. Ich wischte mir den Tropfen Bier ab, der mir am Kinn herablief, weil ich mitten im Trinken mit einem Ruck mein Glas gestoppt hatte.

«Ich bitte dich, mich zu heiraten. Ich möchte, dass du uns eine Chance gibst, uns und Dublin. Ich weiß, das ist nicht das, was du dir wünschst, aber was sollen wir machen? Gib mir fünf Jahre. Wenn ich dich bis dahin nicht davon habe überzeugen können, dass das die richtige Wahl ist, dann, schwöre ich dir, ziehen wir hierher, und ich werde Farmer, wenn es sein muss. Aber bitte heirate mich. Bitte erlöse mich von dem Elend, ohne dich sein zu müssen. Ich möchte, dass du jeden Augenblick des Tages an meiner Seite bist, Rosie Driscoll. Das war's, was ich sagen wollte.»

Ich blinzelte ihn an, immer noch nicht ganz sicher, ob dies hier gerade wirklich geschah.

«Es ist mein Ernst, Rosie.»

Und so waren wir schließlich an dem Punkt angelangt, an dem eine Entscheidung getroffen werden musste. Obwohl ich wusste, dass es zu spät war, ging ich panisch meine Optionen durch, etwa ein Leben, das wir halb in Dublin, halb hier führen würden. Aber sosehr ich es mir auch gewünscht hatte, andere realistische Optionen hatten wir nicht. Es hieß Dublin oder den Mann zu verlieren, der mich glücklicher machte, als ich je zuvor gewesen war. Und so hatte ich letztlich keine Wahl. Ich liebte ihn. Vom Scheitel meiner schwarzen Haare bis zur Spitze meiner großen Zehen an meinen irrsinnig kleinen Füßen hatte er mich für sich eingenommen. Ich würde alles für ihn tun, ihm überallhin folgen, nur damit wir zusammen waren.

«Ja», sagte ich mit einem schüchternen Lächeln, und der ganze Pub atmete aus. Jubel brandete auf, und er lachte, und ich lachte, als er mein Gesicht zwischen seine Hände nahm und mich für einen Kuss an sich zog.

Mein Onkel rief praktisch die ganze Insel an, und alle kamen, um uns zu gratulieren. Runden wurden uns von uns völlig Fremden spendiert, Vogelbeobachter, die nicht umhinkonnten, sich von der fröhlichen Feier anstecken zu lassen, wobei es, wenn ich jetzt so darüber nachdenke, für sie vielleicht sogar eher darum ging, das Wagtail einmal geöffnet zu erleben, nachdem es ihnen Jahr für Jahr nicht geglückt war. Ich stelle mir gern vor, dass unsere Verlobung in dem Logbuch mit ihren Vogelbeobachtungen an diesem Tag einen besonderen Eintrag erhielt.

«Und dann erklär mir mal», fragte mein Vater Hugh, nachdem meine Eltern eingetroffen waren, um meinem Verlobten die Hand zu schütteln und mich zu umarmen, «wie, glaubst du, wirst du mit dem Inselleben klarkommen? Ich meine, ich weiß, du hast schon ein paar Sommer hier verbracht, aber im

Winter ist es nicht dasselbe. Es ist eine ganz andere Sache, wenn der Wind einem durch Mark und Bein bläst.»

«Oh ... richtig», antwortete Hugh mit einer gewissen Beklommenheit. «Also, tatsächlich dachten wir, dass wir es vielleicht erst mal mit Dublin versuchen. Mal schauen, wie wir dort zurechtkommen.»

Ich schenkte meinem Vater ein kleines Lächeln, um ihm zu versichern, dass es das war, was ich wollte, aber ich konnte sie sehen: die Trauer, dass das, was er in den letzten Jahren befürchtet hatte, Realität wurde. Zu diesem Zeitpunkt waren es nur Liam und ich, die die *Aoibhneas* im Wechsel fuhren: Dad hatte eher eine Managerfunktion inne. Jetzt müsste er wieder im Wechsel mit Liam fahren.

«Natürlich, Hugh. Ich mache doch nur Spaß.» Dad klopfte Hugh kräftig aufs Knie und verbarg perfekt seine Enttäuschung, wofür ich ihm dankbar war. «Lass uns noch ein Bier trinken, und dann erzählst du uns von deiner Familie in Dublin, in die wir einheiraten werden, besonders von der wunderbaren Millionärs-Oma, Gott hab sie selig!»

Liam traf kurze Zeit später ein und war nur zu erfreut, angesichts meiner bevorstehenden Abreise das Glas auf mich erheben zu können. «Ich hab ja schon gar nicht mehr damit gerechnet», sagte er und trug noch ein ganzes Tablett voller Schnapsgläser herbei, die er neben die vielen anderen stellte, die noch gar nicht angerührt worden waren. Teresa, die damals in Limerick studierte und übers Wochenende nach Hause gekommen war, stand neben ihm, von Fremdscham befallen, wie mir schien, wegen Liams Jubel.

«Das ist wirklich sehr nett von dir, Liam.» Dad deutete mit dem Kinn auf die Gläser. Ich rang mir ein Lächeln ab.

Liam schüttelte Hugh die Hand. Hugh kannte unsere Vorgeschichte, da er mir jahrelang so intensiv zugehört hatte, um auch das, was unausgesprochen blieb, zu verstehen. Aber sie waren immer gut miteinander ausgekommen. Von dem Augenblick an, in dem unsere Beziehung vor sechs Jahren bekannt geworden war, wusste ich, was Liam in Hugh sah: einen Mann, der mich endlich von hier wegbringen würde. Bis dahin war ich für ihn wie eine Klette gewesen, die sich an ihn geheftet hatte: Er konnte mich nicht abschütteln, ganz gleich, wie sehr er sich auch bemühte. Aber jetzt stand die Lösung für dieses lästige Problem direkt vor ihm, eine Lösung, die ich selbst herbeigeführt hatte, ohne dass er auch nur einen Finger hatte rühren müssen.

Er schüttelte auch mir die Hand, aber ziemlich schlaff, verglichen mit dem kräftigen Händedruck, den er mit Hugh getauscht hatte.

«Dann werdet ihr also nach Dublin ziehen?», fragte er Hugh ohne einen Hauch von Scham.

«So ist es geplant», sagte der und legte seine Hand unter dem Tisch beschwichtigend auf mein Knie.

«Es gibt schlimmere Orte, an denen man landen könnte.» Die Lippen des Mannes mussten unter enormer Spannung gestanden haben, so breit, wie sein Lächeln jetzt war. «Teresa will immer nach Dublin, wenn wir ein paar Tage zusammen freikriegen, nicht?» Die nette Teresa lächelte pflichtbewusst, sagte aber nichts. «Sie liebt die Grafton Street. Wir spazieren an einem Tag zehnmal rauf und runter. Anschließend bin ich total erschöpft.»

«Natürlich ziehen die beiden nach Dublin», warf Dad ein und erhob sich. «Ach, Liam, wo du schon hier bist, dachte ich, ich könnte dich mal mit was behelligen?» Dad zog Liam von uns fort und entschärfte die Lage mit einer Eleganz, die so typisch für ihn war. Sie landeten an der Bar, wo Michael-Fran, Liam und er sich in ein Gespräch vertieften.

«Also», sagte Teresa schüchtern. «Dann will ich euch mal nicht länger stören. Noch mal herzlichen Glückwunsch.»

«Als Nächstes seid ihr dran», antwortete ich als eine Art Friedensangebot.

«Oh». Sie lachte. «Wir werden sehen.» Dann verließ sie uns und trat zu Dad und Liam an den Tresen.

Am nächsten Tag nahm Hugh das letzte Schiff zurück ans Festland. Liam, der gerade Dienst hatte, kam extra aus dem Ruderhaus, um mit ihm zu sprechen. Ich beobachtete, wie sie über irgendetwas lachten. Dann schaute Liam auf seine Uhr und drehte sich um, stieg, zwei Stufen auf einmal nehmend, die Treppe hoch, blickte dann zu mir herüber und zwinkerte mir zu. Der Mann hat mir in seinem ganzen Leben noch nie zugezwinkert. Beinahe hätte das genügt, um mich umzustimmen.

In der Bücherei kauerte ich später in einem der beiden Sitzsäcke in der Kinderecke, die andauernd geflickt oder mit neuen Überzügen versehen werden mussten.

«Was ist denn los, mein Schatz?», fragte Mammy, die an ihrem Schreibtisch saß. «Ich dachte, du freust dich heute wie eine Schneekönigin.»

Ich seufzte deprimiert und sah Mammy dabei zu, wie sie die Ausleihkarten der Inselbewohner durchging. Als ich noch kleiner war, hatte ich ihr das manchmal abgenommen. Ich fand es schön, dafür zu sorgen, dass alles alphabetisch sortiert war und hinter den richtigen Trennkärtchen stand, ich mochte es herauszufinden, was längst überfällig war, und hielt mich für eine unverzichtbare Hilfskraft im Kampf gegen verspätete Rückgaben.

«Patsy. SCHON WIEDER. Wie oft habe ich das dieser Frau schon gesagt? Zwei Wochen, sage ich immer. Und dann rauscht sie mit diesem Ausdruck, als könnte sie kein Wässerchen trüben, mit ihrer Beute hier raus, und ich würde das Buch nie wiedersehen, wenn ich nicht persönlich bei ihr vorbeiginge, um es abzuholen.»

«Ist das die Aufgabe von Bibliothekarinnen? Ich meine, ich bezweifle, dass sie das auf dem Festland so machen.» Im Laufe der Jahre hatte meine Begeisterung etwas nachgelassen, und ich amüsierte mich eher über die Art, wie meine Mutter mit den schlechten Ausleih-Angewohnheiten der Inselbewohner umging.

«Wir sind nicht auf dem Festland, Rosie, und ich bin auch nicht die typische Nullachtfünfzehn-Bibliothekarin.»

«Nein, ganz bestimmt nicht.»

«Und mir gefällt auch deine Andeutung nicht, dass die Art, wie wir die Dinge hier handhaben, irgendwie unangebracht ist. Regeln sind Regeln. Zwei Wochen. Die müssen doch nicht meilenweit laufen, um die Ausleihe zu verlängern, oder? Ich meine, ein schlichter Anruf genügt. Diese Bücher gehören allen.»

«Ich weiß, ich wollte doch bloß sagen ...»

«Lass es einfach, Liebling.»

Schließlich sagte ich, was mir schon den ganzen Morgen durch den Kopf gegangen war. «Es ist die richtige Entscheidung, nach Dublin zu ziehen, oder?»

Mammy legte für einen Moment die Karte ab und musterte mich mit einem Lächeln, das mich an die Zeit erinnerte, als ich klein war und mich in der Mitternachtsmesse unter ihren Arm gekuschelt hatte, an ihre warme, weiche Brust geschmiegt, und den Chor singen hörte, während mir die Lider zufielen, ganz gleich, wie sehr ich mich auch anstrengte, sie offen zu halten. Ein Augenblick vollkommener Liebe und Sicherheit.

«Hier geht es um Liebe, oder, Rosie? Ich meine, du hast uns doch all die Jahre nichts vorgemacht?»

«Natürlich!» Ich fühlte mich angegriffen, weil sie das überhaupt anzweifelte.

«Na, dann muss das so sein, fürchte ich. Ganz egal, wie sehr du das liebst, was du tust, wie großartig deine Eltern sind und wie niederschmetternd es sein wird, uns zu verlassen, du musst deinem Herzen folgen. Und wenn du mich fragst, ich weiß, dass Hugh ein guter Mann ist, und das ist für jede Mutter etwas Wunderbares, wenn sie das über den Zukünftigen ihrer Tochter sagen kann.»

Ich blickte auf meine Knie, die zur Decke des Bücherei-Containers zeigten, auf dessen Dach sich Regenwasser vom letzten Sturm gesammelt hatte, das eines Tages seinen Weg hindurchfinden und all ihre kostbaren Bücher aufweichen würde, wenn nicht sehr bald etwas dagegen unternommen wurde.

«Und du kannst jederzeit in den Ferien hierherkommen. Wir gehen doch nicht von hier weg. Ich werde immer noch hier sitzen und versuchen, den Leuten die Bücher wieder zu entreißen.» Sie stand auf, kam um ihren Tisch herum, hockte sich vor mich hin, wobei ihre Knie hörbar knackten, und nahm meine Hände.

«Ich kann das sehen», sagte sie. «Ich sehe diesen Ausdruck in deinen Augen, wenn du mit Hugh zusammen bist. Und ich kenne das auch. Ich hatte oft genug denselben Blick. Deine Großmutter hat sich immer darüber lustig gemacht. Sie sagte, ich habe schon morgens so geguckt, wenn dein Vater kommen sollte, um mich zu einem Spaziergang abzuholen, lange bevor er an unsere Tür klopfte, ja womöglich noch bevor er überhaupt die Fähre betreten hatte. Ich weiß, woher dieser Blick rührt, und sich diesem Sog zu widersetzen, ist Zeitverschwendung. Glaubst du, ich wollte hierherziehen und fort aus der Stadt, wo ich kriegen konnte, was ich wollte, wann immer ich es wollte, und nicht eine ganze Woche lang darauf warten musste?»

«Aber was, wenn Hugh hierherziehen würde?», fragte ich, als wäre das eine echte Option und nicht bloß ein Hirngespinst.

«Will er das denn?» Sie ließ meine Hände los und zog den anderen Sitzsack heran, sodass wir uns nun gegenübersaßen, jede in ihrem Sitzsack, die Knie fast aneinander, in der leeren Bücherei, die sich bald füllen würde, da die Fähre demnächst eintraf.

«Nein», sagte ich enttäuscht. «Er weiß nicht, ob er genug verdienen kann, wenn er alle zehn Jahre mal ein Haus entwirft, das sich jemand hier vielleicht bauen will.»

«Aha.»

«Ihm fehlt auch diese ... *Verbindung* mit diesem Ort.»

«Na ja, auch ich hatte die nicht sofort. In den ersten Jahren, nachdem ich hierhergezogen war, schaute ich zum Festland rüber und wollte nichts als weg. Dieses Leben ist nicht für jeden geeignet.»

«Aber schließlich hat es dich doch gepackt, oder?»

«Sicher, aber das ist nicht bei jedem so. Und ich glaube, ein Teil von einem bleibt immer dort, wo man herkommt, wo auch immer das sein mag, und das ist auch in Ordnung so. Das wird dir in Dublin auch so gehen. Aber du wirst dich genauso daran gewöhnen wie ich, und am Ende wirst du das Leben dort lieben.»

«Aber ...» Ich verstummte.

«Aber was, mein Schatz? Sag schon, raus damit.»

«Ach, es ist, äh, wenn ich gehe, dann kriegt doch Liam alles, oder? Genauso wie er es gesagt hat, als wir noch klein waren.»

«Liam? Hier geht es um Liam?»

Zu beschämt, um auch nur in ihre Richtung zu schauen, blickte ich auf ein Hardcover im Regal, das hervorstand und nicht ordentlich zwischen den anderen eingereiht war, und ich verspürte den Drang, aufzuspringen und ihm zu Hilfe zu eilen. Ich tat es nicht, aber seine missliche Lage blieb in meinem Kopf haften und nervte mich wie ein Sandkorn unter dem Fingernagel.

«Mal ernsthaft, Liebling. Du musst wirklich damit aufhören, dir von diesem Mann dein Leben diktieren zu lassen.»

«Ich lasse mir nicht von ihm mein Leben diktieren.» Ich war beleidigt, weil sie annahm, dass er eine solche Macht über mich hatte. «Ich kann bloß den Gedanken nicht ertragen, dass er die *Aoibhneas* ganz allein für sich hat und sie wie den letzten Dreck behandelt. Sie ist ihm scheißegal, weißt du. Er will bloß die Macht haben.»

«Jetzt hör mir mal zu, Rosie.» Mam beugte sich ein wenig vor. «Du vergisst, dass dein Vater immer noch da ist. Die *Aoibhneas* gehört ihm.»

«Aber ich liebe sie, Mam. Ich liebe sie wirklich. Ich bin dafür geboren. Schon der bloße *Gedanke*, sie verlassen zu müssen, tut mir weh. Wie soll ich mich denn fühlen, wenn ich jetzt gehen muss?»

Mam antwortete nicht sofort. Wir saßen schweigend da, ich schniefte, und sie rieb mir das Knie und sah mich voller Mitgefühl an.

«Wir hatten früher einen Hund, damals, zu Hause», sagte sie schließlich. «Sandy. Gott, wie ich Sandy geliebt habe. Sie war wunderschön, herrlich und glücklich. Und, weißt du, sie war meine beste Freundin, was ich Nuala Doran aber nie gesagt habe – sie hätte nie wieder ein Wort mit mir gesprochen. Ich konnte stundenlang mit Sandy über die Wiesen und Felder marschieren. Selbst als ich schon siebzehn war und bei O'Sullivan's jobbte, war sie es, auf die ich mich freute, wenn ich nach der Arbeit nach Hause ging. Mehr als auf das Essen deiner Granny, und die war, wie du weißt, die beste Köchin in ganz Cork. Als ich deinen Dad kennenlernte und mich in ihn verliebte und mich bereit erklärte hierherzuziehen, dachte ich, es würde mir das Herz brechen. Ich überlegte, ob ich fragen sollte, ob ich Sandy mitnehmen könnte, aber sie gehörte mir nun mal nicht. Sie gehörte deiner Granny, und ganz sicher hätte sie sie hergegeben, aber das wäre einfach nicht fair gewesen. Welche Wahl hatte ich denn? Ich liebte diesen Mann, der mein Kassenband mit seinen geklauten Osterglocken völlig überschwemmt hatte, die er mir immer noch, wie du weißt, jeden Frühling bringt, bevor er anschließend mit mir durch die Küche tanzt, dieser verrückte Kerl. Und so ließ ich Sandy nach viel Überlegen, wie ich denn beides haben könnte, sie und ihn, zurück und begann hier mit deinem Vater ein neues Leben. Ich sah sie, wann immer ich zu Hause zu Besuch war, und weißt du, das war genug. Ich hatte immer noch beides, was ich in meinem Leben haben wollte, sie und deinen Vater, nur nicht mehr im selben Ausmaß. Was ich damit sagen will, ist, dass du die *Aoibhneas* immer noch haben kannst, sie wird hier sein, und du kannst sie fahren, aber das Entscheidende ist, dass du Hugh hast. Das, mein Schatz, ist das Wichtigste.»

«Wow», sagte ich und versuchte, damit klarzukommen, dass ich die *Aoibhneas* sehr viel weniger haben würde, aber auch nicht ganz loslassen müsste. «Es tut mir leid wegen Sandy. Ich wusste gar nicht, dass du einen Hund gehabt hattest.»

«Sie starb lange vor deiner Geburt.»

«Und wir haben immer gedacht, dass du keine Hunde

magst und deshalb jedes Mal Nein gesagt hast, wenn Michael-Fran uns einen aus dem Tierheim mitbringen wollte.»

«Sandy war unersetzlich. Kein anderer Hund hätte sich mit ihr messen können. Ich wäre zu enttäuscht gewesen, weißt du, und das wäre diesem Welpen gegenüber nicht fair gewesen. Außerdem hatte ich mit euch genug zu tun.»

«Das verstehe ich.» Und das tat ich wirklich: Es würde nie ein anderes Schiff wie die *Aoibhneas* geben, nicht für mich.

«Also», fragte Mam nach einem Augenblick der Stille, «was denkst du jetzt?»

Ich nickte halbherzig. «Alles gut. Zumindest glaube ich das.»

«Lass dir Zeit», sagte Mammy mit einem Stöhnen, während sie versuchte, sich wieder aus dem Sitzsack hochzustemmen. «Gib den Dingen Zeit, und alles wird gut. Das verspreche ich dir.»

Ich lächelte, immer noch nicht gänzlich getröstet, aber mit mehr Zuversicht. Dann stand ich auf und schob das abtrünnige Buch in Reih und Glied, umarmte meine Mutter und trat rechtzeitig hinaus in den noch kühlen Tag, um Liam zu erblicken, der am Ruder stand, während die *Aoibhneas* in den Hafen einlief. Dass er sie bekam, tat mir immer noch weh, aber ich musste einfach auf das vertrauen, was meine Mutter gesagt hatte. Und so wandte ich mich ab und setzte meinen Weg nach Hause fort.

An jenem Abend gab es die berühmte Shepherd's Pie meiner Mutter zum Abendessen, mein Lieblingsgericht – ja, das der ganzen Insel. Dieses gefeierte Gericht wurde von Mammy jedes Mal dort vorbeigebracht, wo jemand krank oder gestorben war. Es kam vor, dass Leute so etwas vortäuschten, um an eine solche Gabe zu kommen. Crístóir hatte meine Mutter nicht korrigiert, als sie geglaubt hatte, seine Lieblingsziege

Geraldine sei gestorben. Er wollte es eigentlich richtigstellen, behauptete er später, hätte aber, als er sie sagen hörte, sie wolle ihm eine Shepherd's Pie vorbeibringen, plötzlich seine Stimme verloren.

Während Dad auf seinem Teller herumstocherte, warf er mir kurze Blicke zu, senkte dann aber wieder die Lider wie jemand, der drauf und dran ist, ein Geständnis zu machen. Schließlich räusperte er sich, ließ die Gabel voller Pie zwischen Teller und Mund schweben und begann: «Ich wollte dir sagen, Rosie, dass die *Aoibhneas*, auch wenn du jetzt mit Hugh fortgehst, was vollkommen richtig ist, immer die deine bleiben wird. Sie wird auf dich warten, wann immer du Zeit hast, zu uns zu kommen. Ich weiß, du liebst sie, und das wird sich auch nie ändern, genauso wenig wie die Tatsache, dass du die beste Skipperin bist, die sie je hatte. Wir werden traurig sein, wenn du uns verlässt, aber jedes Mal glücklich, wenn du uns besuchst, genauso wie sie. Sie ist die deine, Rosie. Nichts und niemand wird das je ändern. Da hast du mein Wort darauf.»

Ich stand auf und umarmte meinen Vater, der die ganze Zeit seine Gabel vor dem Mund hielt, und zeigte ihm meine Dankbarkeit, dass Mammy und er und das Schiff immer meins bleiben würden.

Das ist mein Vater. Und ich bin Tara, sagte
das Mädchen, das sie schon so oft in Angelo's
Klamottenladen in Dún Laoghaire bedient hatte.
Und ich bin Saoirse.

Ein paar Wochen später verließ ich Roaring Bay. Dad und Michael-Fran fachsimpelten, wie man am besten alle Sachen, die ich mitnehmen wollte, in Hughs Wagen bekam, Handtücher, Vorhänge, Kissenbezüge und Kissen, einen Kessel, eine Daunendecke, Besteck und einen Besen – Mammy hatte mir eine richtige Aussteuer geschenkt. Hugh und ich standen an die Kaimauer gelehnt und ließen die beiden machen. Als alles ins Auto gequetscht worden war, musste Hugh auf der ganzen Strecke nach Dublin seine Außenspiegel statt des Rückspiegels benutzen.

Wir fuhren direkt nach Glasthule, das Dorf neben Dún Laoghaire, wo wir das Reihenhaus von Hughs Großmutter für einen Appel und ein Ei bekommen hatten. Es hatte oben zwei winzige Zimmer, im Erdgeschoss ein Wohnzimmer mit offener Küche und einen Duschanbau. Es war hübsch, aber dunkel, und musste komplett renoviert werden. Ich hatte mich nie für eine Innendekorateurin gehalten, aber ich lenkte mich mit dem Streichen, den Polsterarbeiten, der Auswahl der Heimtextilien – allem, was wir anfangs tun konnten, um das Haus etwas komfortabler zu machen – davon ab, dass ich die Insel, meine Mutter, meinen Vater und die *Aoibhneas* verlassen hatte. Es war die Medizin, die ich mir selbst verordnet hatte, um meine Gedanken beschäftigt zu halten.

Nach einer Woche hatte ich auch den Job am Ticketschalter im Fährhafen von Dún Laoghaire bekommen. Ich mochte ihn. Mochte das Team. Robert, Billy, Dorothy und Dymphna waren gute Menschen. Es gab genügend Gespräche und Gelächter, um mir über die Trennung von all dem, was mir vertraut gewesen war, hinwegzuhelfen. After-Work-Drinks im Cavern, Popkonzerte, Weihnachtsfeiern und im Laufe der Jahre Verlobungspartys, Hochzeiten und Taufen füllten meine Tage aus und sorgten dafür, dass die stille Sehnsucht nach zu Hause allmählich nachließ, genau wie Mammy es vorhergesagt hatte.

Ich lernte die Kapitäne der Fähren kennen und unterhielt mich mit ihnen, und wenn sie mitkriegten, dass ich selbst einen nautischen Hintergrund hatte, führten sie mich durch ihre Steuerhäuser. Dennoch hatte ich nie das ganz große Verlangen. Ich war wie meine Mutter, die keinen neuen Hund wollte, denn ich liebte im Grunde nur eine Fähre. Aber nachts träumte ich vom Wasser, von seinen samtweichen Wellen, die sich von einem Moment auf den anderen zu einer wütenden Gischt verwandeln konnten. Ich stand dann am Ruder der *Aoibhneas*, mein Magen drehte sich vor Aufregung, und ich betrachtete die Horizontlinie, jene friedliche Grenze zwischen dem Meer und dem Himmel. Im Erwachen weigerte ich mich im Bestreben, diesen Augenblick schieren Glücks noch etwas länger auszudehnen, die Augen zu öffnen. Immerhin blieb dieser Glanz in den nachfolgenden Stunden mit ihren Beschäftigungen und ihrer Hektik erhalten, schenkte mir Heiterkeit auch in langen Staus oder wenn die verspätete Abfahrt einer Fähre mir murrende Kunden an meinem Schalter bescherte.

Bei meinem Halbtagsjob ging ich, ganz gleich, wie das Wetter war, in meiner fünfzehnminütigen Pause immer nach draußen. Wer auch immer an jenem Morgen mit mir Schichtdienst hatte, klopfte dann an die Scheibe und winkte mich herein oder lachte freundlich über meinen Irrsinn, wenn es gerade regnete. Aber ich blieb gut eingepackt mit meinem Becher auf der niedrigen Mauer sitzen und atmete ein, was immer das Meer mir schickte. Und bevor ich reinging, um mich wieder auf meinen Drehstuhl zu setzen, dankte ich dem Meer für seine Zeit, wünschte ihm alles Gute und bat es, nicht zu viele von denen zu verschlingen, die an jenem Tag durch seine Wellen pflügten.

Ein Jahr nachdem ich Roaring Bay verlassen hatte, heirateten wir mit einer kleinen Feier im Standesamt und einem anschließenden Mittagessen im engsten Familienkreis in einem Restaurant in Glasthule. Keine Flitterwochen. Das Geld steckten wir in unser Haus, renovierten die Küche und das Badezimmer im Erdgeschoss, während wir im ersten Stock dank Hughs cleverer Planung einen winzigen Duschraum einbauen konnten, wobei wir im Gästezimmer Platz für ein Einzelbett und ein zusätzliches Feldbett ließen, denn mit dreiundzwanzig war ich schwanger.

Wir hatten es nicht darauf angelegt, aber auch keine Vorsichtsmaßnahmen ergriffen, sondern der Natur ihren Lauf gelassen. Die Zeit darauf war herrlich gewesen, neun Monate erwartungsvollen Glücks. Ich war so aufgeregt, sie kennenzulernen, wobei ich bei den Ultraschalluntersuchungen nie gefragt hatte, ob es ein Mädchen war. Das brauchte ich auch gar nicht: Patsy hatte es mir schon gesagt. Ich war neugierig, wie sie wohl aussehen würde, was ich von mir an ihr entdecken würde und was von Hugh und was ganz allein von ihr stammte.

Als sie sich schließlich 1992 schreiend ihren Weg auf diese Welt und in unser Leben bahnte, weiß ich noch, wie ich eine der Hebammen fragte: «Ist es normal, dass sie so blau ist?» Aber niemand gab mir eine Antwort, während sie mein Baby schnell auf einen Tisch zu meiner Linken brachten, wo Hugh es mit dem Rücken zu mir, mit dem er mir die Sicht versperrte, musterte. Es folgte eine Sekunde, in der sich die Stille im Raum bis zum Ersticken verdichtete. Und dann hörte ich ihren ersten durchdringenden Schrei, und ich schloss die Augen und lächelte. Sie gaben sie mir zurück. In eine Decke eingewickelt, wurde sie geschwind unter meine Bettdecke geschoben, wo sie sich an meine Brust schmiegte und einschlief, ihr noch blutiger Kopf war ein bisschen angeschwollen, ihre dicken Augenlider fest geschlossen vor einer Welt, die es gewagt hatte, sie so unsanft zu wecken. Ich sah auf und erblickte Hugh, der uns beide mit Tränen in den Augen betrachtete.

Ich zwinkerte ihm zu, und er legte seine Hand sanft auf ihren Kopf und beugte sich herunter, um seine Wange an meine zu schmiegen.

Ich kann nicht genau sagen, wann ich das erste Mal begriff, dass sich Dunkelheit über mich senkte. Aber vielleicht geschah das schon dort, als die Betäubung durch die Epidural-Spritze allmählich nachließ. Ich weinte verzweifelt, weil Saoirse die Brustwarze nicht in den Mund nehmen wollte, dann war ich viel zu überwältigt, um Ely, Hughs Bruder, zu empfangen, dabei war er durch die ganze Stadt gefahren, um seine neue Nichte zu sehen. Ich redete mir gut zu, dass das normal sei. An dem Tag, an dem man mir sagte, dass wir nach Hause gehen könnten, stellte ich fest, dass ich das gar nicht wollte. Ich wollte dortbleiben, wo sie mich so gut versorgen konnten, wo die Experten waren, die genau wussten, was zu tun war. Eine tiefe, umfassende und anhaltende Panik nahm mich in den Klammergriff, dass ich mich erst mal wieder auf das Krankenhausbett setzen musste, nachdem wir schon angezogen und fertig zum Gehen waren und Saoirse schon in ihrem Maxi-Cosi lag, während ich mich davon zu überzeugen versuchte, dass ich das alles hinkriegen würde. Ich hatte Angst, schlicht und einfach furchtbar viel Angst.

Zu Hause setzte sich das fort, die Angst, alles falsch zu

machen, ja regelrechte Panik, weil ich allein und vollkommen perplex durch dieses kleine weinende Wesen war, dieses Lebewesen, dessen Bedürftigkeit nur aufhörte, wenn es schlief. Von zwölf bis zwei Uhr spazierte ich jeden Tag mit ihr durch Glasthule und am Meer entlang, schob sie in ihrem Kinderwagen vor mir her, wie das Babybuch, das zu meiner Bibel geworden war, mir riet. Dabei sehnte ich mich danach, wieder nach Hause zu dürfen, auf die Couch zu kriechen und in die Bewusstlosigkeit zu sinken. Aber sobald die Bewegung aufhörte, wachte sie auf, genau in dem Moment, in dem wir wieder vor unserer Haustür waren, und ganz gleich, wie sanft ich auch zum Stehen kam, und dann wollte sie sofort gestillt werden. Andere Male, wenn sie auf ihrer Spieldecke einzuschlafen drohte, hob ich sie hoch, weil es noch nicht Schlafenszeit war, denn das Buch hatte mich davor gewarnt, dass sie, wenn sie außerhalb der vorgesehenen Zeiten eindöste, niemals die Nacht durchschlafen würde. Ich hatte Visionen, dass sie sich noch als Zwölfjährige weigern würde, ins Bett zu gehen, wenn ich dieses Fehlverhalten nicht jetzt und hier im Keim erstickte.

Und wenn sie dann mitmachte und glücklich mit ihren Händen und Füßen auf der Spieldecke strampelte und die weichen Spielsachen im Bogen über ihr baumelten und mit ihren Flügelchen und Schnäbelchen raschelten und bimmelten, zwang ich mich, die Augen offen zu halten für den Fall, dass irgendein schrecklicher Unfall passierte. Dafür bat ich sie, nicht zu weinen und nicht zu wimmern, sodass ich einfach mal ins Nichts starren konnte. Immer wieder fiel mein Blick auf die Uhr, und ich begann die Stunden und Minuten zu zählen, bis Hugh nach Hause kam. Doch das konnte dauern, weil seine Projekte und Aufträge so wenig planbar und seine Firma und er so jung waren, dass er die Arbeit immer sofort erledigen musste, wenn sie anfiel. Es dauerte Jahre, bis er Leute um sich herum hatte, auf die er sich verlassen und an die er Arbeit delegieren konnte. Und so gab es Tage, an denen sich der Wunsch, dass er frühzeitig den Schlüssel ins Schloss stecken würde und vielleicht schon um fünf zu Hause sein könnte, in Verzweiflung, Panik und Irrsinn verwandelte. Wenn es Schlafenszeit wurde, legte ich mich neben ihrem Körbchen auf unser Bett, wo meine müden Tränen das Kissen nässten, und sang ihr gänzlich falsch ein Schlaflied vor, versank dann in eine Art von betäubtem Schlaf, aus dem ich wieder erwachte, wenn sie gegen mein Schweigen protestierte oder, wenn ich Glück hatte, durch Hughs Hand auf meiner Schulter und seine Stimme, die mir «Hi» ins Ohr flüsterte.

Sie war sechs Wochen alt, als ich eines Morgens auf dem Küchenfußboden saß und Hugh bat, nicht zur Arbeit zu gehen – ich forderte nicht oder schlug es ihm nur vor, sondern ich flehte ihn regelrecht an, ich weinte und flehte. Hugh wirkte verängstigt und verstand wohl, dass da etwas vollkommen aus dem Ruder lief. Er stand mit Saoirse in seinen Armen über mir und wusste nicht, was er mir entgegnen sollte. Er hockte sich hin, und wir drei schmiegten uns auf dem Boden aneinander, dann legte er mir die Hand auf den Kopf und tätschelte mein wirres, ungewaschenes Haar.

«Ich rufe Mum an», sagte er. Ursula, die keine zwanzig Minuten entfernt wohnte.

Aber ich senkte den Kopf und merkte, dass die Tränen nur noch stärker flossen. Ich wollte sie nicht hier haben. Sie würde das Haus putzen und mir sagen, was für bewährte Methoden sie eingesetzt hatte, um mit ihren Jungs zurechtzukommen, als sie noch klein waren. Und obwohl sie es sicher gut meinte, würde ich mich unfähig und mies fühlen. Ich würde ihr dauernd Tee und Sandwiches hinstellen müssen, während sie all das erledigte, zu dem ich nicht in der Lage war, und ich könnte gar nicht dafür garantieren, dass das Brotmesser am Ende des Tages nicht entweder in ihr oder in mir selbst stecken würde. Stattdessen wollte ich, dass meine eigene Mutter kam und Saoirse nahm, sie fütterte, windelte, badete und ihr vorsang, damit ich schlafen konnte. Aber selbst wenn sie jetzt sofort die Fähre erwischte, gleich eine Verbindung nach Cork bekam und dann den Zug nahm – meine Mutter war nicht die allerbeste Autofahrerin auf dem Festland –, wäre sie nicht vor dem Abend hier, und in diesem Augenblick fühlte sich das an wie Jahre entfernt.

Ich schüttelte bloß wieder und wieder meinen Kopf, bis mir die Haare ins Gesicht fielen und meine Schande verbargen.

«Okay, schau mal», sagte er und sah wieder auf seine Uhr. Es war schon nach halb acht, die Zeit, zu der er normalerweise ging. «Ich habe um halb zehn eine Sitzung, ich werde also bis neun, Viertel nach neun bei euch bleiben. Murray kommt sowieso immer zu spät, okay? Du kannst duschen und dich noch mal eine halbe Stunde hinlegen. Saoirse und ich kommen schon klar.»

Er brachte mich zur Treppe. Langsam stieg ich Stufe für Stufe hoch, stützte mich schwer aufs Treppengeländer. Pflichtbewusst duschte ich in der verzweifelten Hoffnung, dass mein frisch gewaschenes Gesicht und die nicht mehr fettigen Haare aus mir irgendwie eine bessere Mutter machen würden, eine, die gern mit ihrem Kind zusammen war. Und als ich den Kopf auf das mit einem Handtuch bedeckte Kissen bettete, zog ich mir von der anderen Bettseite Hughs Kissen über den Kopf, um nicht von unten sein fröhliches Gurren hören zu müssen.

Er weckte mich später, es war vielleicht eine Stunde vergangen, und flüsterte mir ins Ohr: «Ich muss jetzt gehen, Liebling. Saoirse schläft.»

Ich wandte nicht mal meinen Kopf, um zu ihrem Körbchen zu sehen.

«Ich habe Maeve, die Gemeindeschwester, angerufen. Sie kommt nachher vorbei.» Ich war beeindruckt, dass er nicht bloß ihren Namen behalten und ihre Telefonnummer herausgefunden hatte, sondern dass sie auch schon vor Viertel nach neun ans Telefon gegangen war. Was für magische Kräfte besaß er, die ich nicht hatte? «Und auch deine Mutter. Sie kommt morgen, okay? Also, die Kavallerie ist auf dem Weg!»

Ich hätte glücklich sein sollen, als ich hörte, dass Mammy bald bei mir wäre. War das nicht genau das, was ich mir vorhin noch gewünscht hatte? Aber jetzt ergriff mich Panik bei dem Gedanken, wie sie wohl reagieren würde, wenn sie sah, dass ich Saoirse nicht so liebte, wie ich sollte, dass ich eine schreckliche Mutter war. Was würde sie dann von ihrer Tochter denken? Als ich versuchte, Hugh anzulächeln, und er mich auf die Stirn küsste, war ich mir sicher, dass sie mich genauso verachten würde wie ich mich selbst.

Die Gemeindeschwester war eine strenge Erscheinung. Kantige Nase und Wangenknochen. Dunkle Stoppelhaare, kurzes graues Jackett, schwarzes Oberteil und schwarze Hose, knöchelhohe Stiefel mit silbernen Nieten, die mir nicht gefielen. Sie war auf ihre eigene Art sehr fürsorglich und lieb, als sie Saoirse wog und maß. Ich war mir allerdings nicht sicher, wozu das gut war – das hatte sie erst vor wenigen Wochen getan.

«Und nun schauen wir mal nach deiner Mammy», gurrte sie Saoirse zu, die sie auf ihre Spieldecke legte.

«Und wie geht es uns?» Eine rhetorische Frage, dachte ich, da Hugh ihr doch am Telefon gesagt hatte, dass es mir schlecht ging, oder warum war sie so schnell hierhergekommen?

«Mir ... mir geht es nicht gut.»

«Das sehe ich. Und haben Sie inzwischen wieder Ihre Periode gehabt?»

Ich blickte sie verwirrt an. Die hatte ich ganz vergessen. Diese Schrecknisse, die später umso heftiger zurückkehren sollten, klumpige Sturzbäche, die mich überschwemmten, sodass ich manchmal gleich zwei Binden und einen Tampon benutzen musste.

«Nein», sagte ich, korrigierte mich dann aber. «Doch, vielleicht. Ich weiß es nicht.»

«Also, haben Sie schon wieder geblutet?», hakte sie nach, da ich jede Vorstellung davon eingebüßt zu haben schien, was die Periode genau ausmachte.

«Nein.»

«Dann kommt sie vielleicht bald wieder. Ihre Hormone sind völlig durcheinander. Wie die Schwangerschaft selbst kann auch diese Phase für Ihren Körper sehr belastend sein.»

Aber, wollte ich sagen, ich war so glücklich, als ich schwanger war. Keine Periode, keine Übelkeit, ich habe es geliebt. Ich habe mich nie in meinem Leben so gesund gefühlt. Es war herrlich. In der letzten Phase war ich natürlich müde, sicher, aber nicht so, wie andere Frauen es beschrieben. Tatsächlich fühlte es sich geradezu unfair den anderen gegenüber an, solch ein Glück zu haben und so rundum zufrieden zu sein, dass ich im Gespräch oft die Kehrseiten regelrecht übertrieb. Und so benutzte ich all diese ‹gestrandeter Wal›- und Erschöpfungsformeln, die man von Müttern in diesem Stadium geradezu erwartete, damit niemand mich hasste, besonders nicht die anderen Frauen in unserem Geburtsvorbereitungskurs. Natürlich war ich müde, aber nicht allzu sehr. Und ich liebte mein kleines Baby, das da in mir heranwuchs, hielt meinen Babybauch und sprach mit ihr, laut und im Kopf. Zwei Körper in einem, im Gleichtakt und ganz verliebt. Aber dann verließ sie mich, und alles änderte sich. Ich trauerte wegen dieses Verlassenwerdens, tätschelte die schwindende Rundung meines Bauches.

«Ihr Mann sagt, Sie kommen nicht so gut zurecht», brachte Maeve schließlich das Offensichtliche zur Sprache.

«Nein», stimmte ich zu. «Ich weiß nicht, wie ich sie glücklich machen soll.»

«Babys brauchen einfach bloß Nahrung, Liebe, Schlaf und saubere Windeln. Und das Lächeln wird kommen.»

Ich sah zu Saoirse hinüber, die sich auf das konzentrierte, was da alles über ihr hing und baumelte, ihr kleiner Körper zuckte, ihre Beine strampelten vergnügt, und ihre rosa Lippen waren gespitzt.

«Aber die Verbindung, die wir anfangs hatten», ich legte bekümmert die Hand auf meinen Bauch, «ist weg. Oder vielleicht war sie auch nie da, und ich habe mir das nur eingebildet.»

«Bekommen Sie genug Schlaf?»

«Sie will nachts oft gefüttert werden.»

«Dann stillen Sie sie noch?»

«Nein.» Das war mir auch peinlich. Ich hatte es zwei Wochen lang geschafft, aber die Schmerzen waren bald so stark gewesen, dass sich mir die Zehen krümmten, sodass ich mich ihr schließlich entziehen musste, worauf sie verzweifelt schrie. «Aber ich pumpe ab.»

«Versuchen Sie, sie an einen Rhythmus zu gewöhnen?»

«Ja. Ich habe da dieses Buch.» Da ich vorübergehend den Titel vergessen hatte, sah ich mich danach um. Es war mit seiner eselsohrigen Handlichkeit nie weit entfernt von mir.

«Lassen Sie mal gut sein.» Sie winkte ab, beugte sich vor und hielt die Hände vor der Brust verschränkt, als wäre sie drauf und dran, einen Segen zu sprechen oder mir zumindest etwas extrem Wichtiges mitzuteilen, das mich ein für alle Mal in die Spur stellen sollte. «Ich sage Ihnen jetzt etwas, das ich allen jungen Müttern sage: Schmeißen Sie das verdammte Buch weg. Sie sind nicht perfekt. Ich war nicht perfekt. Keine der Mütter, die ich kennenlerne, ist es. Und was wir wirklich nicht gebrauchen können, ist ein Buch, das uns dauernd erzählt, was wir alles falsch machen.»

«Aber ... das ist alles, was ich habe.»

«Unsinn. Sie haben sich. Sie sind Ihre treueste Verbündete und Ihre größte Heldin.» Sie zeigte auf Saoirse, die jetzt wieder eingeschlafen war, ein Nickerchen, das nicht zu dem Zeitplan passte, den das Buch vorgeschlagen hatte. «Schauen Sie sie doch an. Sie wächst und gedeiht. Sie ist zufrieden. Sie machen einen tollen Job.»

Ich fragte mich, wie sie mich so verkennen konnte. Ich war ganz sicher keine Heldin.

«Was, wenn ich Ihnen sagen würde, dass ich sie mitnehmen will?», fuhr sie fort. «Wenn ich mit ihr in den Armen aus der Tür gehen und sie nicht zurückbringen würde. Wie würden Sie sich dann fühlen? Todunglücklich, wette ich. Irre ich mich?»

Sie sah so sicher aus, dass sie mich jetzt in eine Ecke manövriert hatte, wo ich nur noch eingestehen konnte, dass ich meine Tochter mit jedem Atemzug liebte.

«Ich würde sagen, nehmen Sie sie mit.»

Ich sah zu den «Willkommen Baby»-Karten auf dem Kaminsims, besonders auf die mit dem Storch und der rosa Schlinge, die von seinem Schnabel baumelte. Ich hatte jedes Wort genauso gemeint. Und ich hielt dem Blick der Frau stand, als ich diese Worte aussprach, um ihr zu vermitteln, dass sie es hier nicht mit der üblichen völlig erschöpften, unerfahrenen, jungen Mutter zu tun hatte, sondern mit einem

Dämon, einer grausamen Frau, die keine Ahnung hatte, wie sie ihr Kind lieben sollte.

Und hier wurde der Same von all dem, das uns siebzehn Jahre später widerfahren sollte, gesät. Hier war der Ausgangspunkt, von dem aus unsere Zukunft sich herleitete. Es war niemand anderes Schuld. *Ich* hatte darum gebeten, dass man sie mir wegnahm.

Maeve sah mich ausdruckslos an, so wie ich es schon erwartet hatte, so wie ich es verdient hatte. Aber sie überraschte mich, als sie sagte: «Ich schlage vor, dass Sie eine Kollegin treffen, die spezialisiert darauf ist, Mütter zu beraten, die unter einer postnatalen Depression leiden. Wir haben großes Glück, dass sie in dieser Gegend arbeitet – es gibt sonst im ganzen Land niemanden, der darauf spezialisiert ist, und ich glaube, sie ist genau die Person, die Sie jetzt brauchen. Sind Sie bereit, einen Termin bei ihr zu machen? Allerdings müssten Sie dann für Ihre Tochter einen Babysitter finden, fürchte ich. Gibt es irgendjemanden, der sich tagsüber um sie kümmern könnte?»

«Meine Mutter kommt morgen aus Cork.»

«Ach, gut. Ich werde Helen anrufen, sobald ich wieder im Büro bin. Sie meldet sich bei Ihnen.»

Damit packte sie ihre Sachen zusammen und ging. Aber nicht ohne mir zu sagen, dass dies ganz natürlich war und nichts, wofür man sich schämen musste. Unsere Körper, sagte sie, konnten uns verletzen und mitunter grausam sein, aber sie konnten auch wieder gesunden.

«Warten Sie, bis Sie in die Menopause kommen. Das ist auch ein richtiger Knüller», sagte sie, wandte sich um und ging zu ihrem Auto, das sie ein Stück die Straße runter geparkt hatte.

Mein Körper nahm sich verdammt viel Zeit.

Ein ganzes Jahr lang, in dessen Verlauf ich mehrere Sitzungen mit Helen hatte, verharrte ich in diesem Zustand. Meine Mutter blieb das erste Mal gleich für zwei Wochen da und kehrte für drei weitere Male zurück, um Saoirse und mir durch diese Krisen hindurchzuhelfen. Aber als dann Saoirse ihre ersten Zähne bekam und ihre ersten Schritte machte, verliebte ich mich aufs Neue in sie. Als sie zu sprechen begann, vertiefte sich meine Liebe nur noch mehr, zirkulierte mit meinem Blut, ich verliebte mich mit Haut und Haar, bis auf den Grund meiner Seele, und diese Liebe sollte mich nie mehr verlassen.

Bei Cullie litt ich unter keiner vergleichbaren postnatalen Depression wie bei Saoirse. Die Schwärze lauerte im Hintergrund, entwickelte aber nie mehr dieselbe Macht über mich. Ich hatte mich darauf eingestellt, ebenso wie Hugh, sie zu bekämpfen, oder besser, sie sanft zu vertreiben. Und ich war umso erleichterter, dass ich den kleinen Mann beinahe augenblicklich lieben konnte.

Und doch verfolgt mich diese Dunkelheit, die mich mit Saoirse befallen hatte, bis zum heutigen Tag. Und ab und zu veranlasst sie mich, in dem, was ich gerade tue, innezuhalten und die Augen zu schließen, weil ich mir damals meine Tochter fortgewünscht hatte.

Als sie losfuhren, blickte sie aus dem Heckfenster und sah ihr Fahrrad auf dem Bürgersteig liegen. Sie schaute zu den Fenstern im ersten Stock ihres Hauses hoch und empfand Unbehagen. Wo, sagten Sie, ist der Unfall passiert?, fragte sie und wandte sich nach vorn zu Vater und Tochter um.

Als Saoirse und Cullie noch klein waren, machten wir jeden Sommer für einen Monat Ferien auf der Insel, manchmal auch länger, und ich liebte es. Damit wir die Nachmittagsfähre von Rossban aus erwischten, war Hugh schon um halb sieben morgens auf den Beinen und verfrachtete uns zusammen mit dem Gepäck ins Auto, mit den Taschen voller Einkäufe, den Geschenken für Mam und Dad, Eimern und Schaufeln, dem Drachen, der das vorige Jahr überstanden hatte und den man oberhalb meines Elternhauses auf Mac's Hill wieder steigen lassen konnte. Hugh konnte sich bloß eine Woche freinehmen, und auch das nur, wenn es gerade kein großes Projekt gab, aber wir drei blieben den ganzen Sommer über dort, solange wie es möglich war.

Der Strand am Carhona Beag spielte bei unseren täglichen Ausflügen auf Roaring Bay eine große Rolle. Saoirse und Cullie liebten es, dort Sandburgen zu bauen. Sie wetteiferten mit dem Meer, wie sie mir erklärten, versuchten die Burg fertig zu bauen, bevor die Flut kam, und wenn es dann passierte, führten sie Freudentänze auf und sahen zu, wie das Ergebnis ihrer harten Arbeit hinweggespült wurde. Danach kamen das Schwimmen und ihre Entdeckungstouren, wenn sie beide die Felsen hochflitzten, die den Strand umgaben.

«Guck mal, wie sich das Wasser da dreht, Daddy», hatte Saoirse Hugh zugerufen, als wir am ersten Tag oben auf den Felsen rechter Hand vom Strand gesessen hatten und sie von ihrem Ausguck weiter oben den kleinen Strudel bemerkt hatte, der sich unten am Fuß des Felsens bildete. Damals war sie vielleicht acht oder neun.

«Warum macht es das?» Flach auf dem Bauch liegend und weit über die Felskante gebeugt, beobachtete sie den kleinen Strudel unter uns. Er war immer schon da gewesen, dieser magische Wirbel, wo das Meerwasser versuchte, in eine kleine Öffnung zwischen zwei Felsbrocken einzudringen. Ich hatte das als Kind oft genug gesehen, aber inzwischen vergessen.

«Es versucht, durch diese schmale Öffnung zu kommen. Siehst du die?» Sie spähte hinab, Hughs Zeigefinger folgend. «Sei vorsichtig.» Er hielt sie an ihrem Badeanzug fest, während sie sich noch ein bisschen weiter vorbeugte. «Das Wasser fließt zu schnell, und die Öffnung ist zu schmal, also beginnt es zu wirbeln und sich zu drehen.»

Im Laufe der Jahre hatte ich es aufgegeben, meine Kinder daran hindern zu wollen, diese dunklen, glitschigen Felsen hochzuklettern, weil ich Angst hatte, sie könnten abrutschen und sich dabei verletzen, denn es hatte reichlich Verletzungen gegeben – aufgeschürfte Hände und Knie, Beulen an den Köpfen, aber Gott sei Dank keine Brüche. Doch keine dieser Schürfwunden konnte mein furchtloses Duo stoppen, also gab ich den Versuch auf, sie zu zügeln, und machte stattdessen mit, in der Hoffnung, so etwaige Katastrophen verhindern zu können. Allerdings rutschten sie zu diesem Zeitpunkt kaum mehr ab.

«Ich möchte jeden Tag hierherkommen», sagte Saoirse, wandte sich zu mir um und wischte sich ihre feuchten schwarzen Strähnen aus dem Gesicht.

«Ach ja, dann willst du ab jetzt nicht mehr zu Diarmuid's gehen?»

Diarmuid's war der Lieblingsort der beiden für das frühmorgendliche Schwimmen, wo sie manchmal, sehr zum Amüsement von uns Eltern, die Pfützen, die sich auf der Helling gebildet hatten, mieden, weil sie sich nicht die Füße nass machen wollten, bevor sie dann so schnell wie möglich nach unten stürmten und sich ins Meer stürzten, mit ihren Füßen und allem anderen.

«Oh nein, das will ich natürlich auch. Aber hinterher möchte ich hierherkommen.»

«Genauso wie ich. Ich möchte auch jeden Tag hier hoch.» Cullies Geburt zwei Jahre nach Saoirses hatte für die Familie bedeutet, dass wir aus unserem kleinen Haus in Glasthule ausziehen mussten. Mir war klar, was für ein Glück wir hatten, dass wir als junges Ehepaar – ich war achtundzwanzig und Hugh neunundzwanzig – genug Geld hatten, um eine Hypothek auf ein etwas heruntergekommenes Einfamilienhaus in Blackrock mit vier Zimmern aufnehmen zu können, während die meisten Freunde Hughs immer noch zur Miete in Einzimmerwohnungen lebten. Aber weil Hughs Firma so gut lief und weil der Verkauf unseres Hauses in Glasthule uns einen guten Gewinn beschert hatte, konnten wir uns das leisten.

«Ich möchte da einen Stock reinstecken», rief Cullie. Er lag auch auf seinem Bauch und lugte neben seiner Schwester hinunter auf den Strudel. Hugh und ich hielten nun beide unsere Kinder an ihren Badesachen fest, für den Fall, dass sie beschließen sollten, noch weiter zur Kante vorzurutschen.

«Nein, das ist zu weit unten, mein Schatz. Da kommen wir nicht hin», erklärte ich.

«Och.» Cullie wirkte schwer enttäuscht von seiner Mutter.

«Die Felsen sind zu hoch, und das Wasser ist zu tief an der Stelle», sagte Hugh. «Vielleicht können wir ein anderes Mal die Kajaks nehmen und schauen, wie nah wir herankommen. Okay?» Wir hatten zwei Kajak-Zweisitzer in Dads Metallschuppen oberhalb des Strandes liegen.

«Juhu! Das machen wir jetzt!»

«Nein, nicht heute», bremste ich ihn. «Ich muss heute

Nachmittag Granddad auf der Fähre helfen, und außerdem will Granny euch beide mit zur Bücherei nehmen.»

«Kanu, Mummy, bitte.» Cullie war wieder aufgestanden, hatte seinen kleinen Kopf unter meinen Arm geschoben und sich an meine Seite geschmiegt. «Daddy kann das mit uns machen.»

«He, wenn es um das Meer geht, mein Junge, dann ist es, glaube ich, das Beste, wenn wir auf Mum warten.» Hugh, der kein Neptun war, legte immer Wert darauf, dass ich bei solchen Ausflügen dabei war.

«Nein, mein Küken», schloss ich und strubbelte ihm das Haar. Er kannte diesen Ton, diese entschlossene Stimme, bei der er sich keine Mühe geben musste. «Wir haben keine Zeit.»

«Du hast Mummy gehört, Cullie. Wir können das ein andermal machen.» Saoirse hatte sich auf die Seite gerollt und mit dem Kommando-Ton der älteren Schwester gesprochen. Wieder einmal fiel mir auf, dass sie dabei immer etwas Fürsorgliches behielt, was ich mit einigem Stolz registrierte. Damals stand sie auf und versuchte seine Hand zu nehmen, die er trotzig an seinen Bauch presste. «Das verspreche ich dir, okay?», fügte sie hinzu, wartete darauf, dass er zögerlich nickte und ihr seine Hand gab.

«Und außerdem», fuhr sie fort, «hat Granny gesagt, dass sie ein paar neue Bücher für uns in der Bücherei hat. Und die werde ich dir auf dem Sitzsack vorlesen.»

Er sah zu ihr auf, kniff die Augen gegen die Sonne zusammen. «Und danach kriegen wir ein Eis?»

«Komm, wir gehen nach Hause und zählen unser Geld, und dann wissen wir es, okay?»

Und weg waren sie, kletterten und sprangen von Fels zu Fels bis hinunter auf die Straße, um den Jeep zu erreichen. Sie waren Freunde, diese beiden. Immer schon gewesen, mein perfektes Duo. Und während die Jahre vergingen, blieben sie perfekt mit all ihren Launen und Wutanfällen, ihrer Unlust, ins Bett zu gehen, eine weitere halbe Stunde zog sich das Ganze, bevor wir durchatmen konnten, ohne die Last, für sie sorgen zu müssen. Sie waren perfekt in ihrem Hass auf Gemüse, in ihrer Unorganisiertheit, in ihren Tagträumen und ihrer einzigartigen Fähigkeit, einen Küchenboden nur halbherzig zu wischen. Sie waren perfekt in ihrem Türenschlagen, ihren Beleidigungen, ihrer völligen Ablehnung der Meinungen ihrer Eltern, sobald sie älter als zehn waren.

Hugh und ich folgten ihnen zum Jeep, nun nicht mehr in Sorge, sondern freudig.

«Sie lieben es hier», sagte Hugh. Etwas, das wir Sommer für Sommer immer wieder von Neuem feststellten.

«Ja, ein echtes Kinderparadies.»

«Ich habe das damals nie so richtig gewürdigt, als ich hier gejobbt habe. Ich habe den Zauber dieses Ortes nie wirklich begriffen, obwohl ich immer wieder hierherkam, um dich bei der Stange zu halten.»

«Mich bei der Stange zu halten?», lachte ich. «Du klingst ja, als wäre ich ein Kunde, den du anwerben wolltest.»

«Na ja, es hätte ja ein anderer faszinierender Mann kommen und dich mir wegschnappen können.»

«Hier bei uns?»

«Mich hast du doch auch hier kennengelernt. Da hätte doch durchaus ein anderer klasse Typ auftauchen und dich bezirzen können?»

«Jetzt hast du dich also zum klasse Typ befördert. Mein kleiner Süßer.» Ich kniff ihm in die Wange. «Aber mach dir darüber keine Gedanken. Nicht jeder ist sofort gebannt von der Insel.»

Hugh zog mich an sich und lächelte. «Vermisst du die Insel? Ich meine, hast du je daran gedacht, wieder hierherzuziehen?»

«Na ja.» Ich lachte, amüsiert von dieser Frage, über die wir, so überraschend das von heute aus sein mag, noch nie gesprochen hatten. «Dir ist vielleicht aufgefallen, dass ich nie auf dein Angebot zurückgekommen bin, dass wir nach fünf Jahren hierherziehen könnten, falls es in Dublin nicht so gut liefe.»

«Das stimmt, aber damals ist es dir nicht leichtgefallen wegzuziehen.»

Ich antwortete nicht sofort. Im Laufe der Jahre hatte ich Hugh nie davon erzählt, wenn ich mal wieder vom Meer geträumt hatte oder davon, auf die Brücke einer Fähre eingeladen zu werden. Nicht dass ich ihm diese Dinge absichtlich verschwiegen hätte. Ich hatte nur nicht das Bedürfnis verspürt, darüber zu reden. Es waren stille, persönliche Eingebungen, die das hektische Leben, das wir als junge Familie führten, nicht zu unterbrechen brauchten. Aber jetzt ließ mich seine Frage innehalten, und ich erinnerte mich daran, wie schmerzhaft der Abschied damals gewesen war.

«Nein, der Anfang ist mir wirklich schwergefallen», antwortete ich. «Aber sieh mich doch jetzt mal an. Ich liebe Dublin – nicht mal für Geld würde ich für immer auf die Insel zurückgehen. Klar, es gibt Augenblicke, in denen ich mich nach dem Frieden und der Stille hier sehne. Aber dann wandere ich mit euch durch einen Wald in den Dublin Mountains, und alles ist gut.»

Er ließ mich los, und wir gingen weiter.

«Aber die *Aoibhneas*, vermisst du es nicht, die zu fahren?»

«Manchmal, aber es genügt, wenn ich sie ein paarmal im Jahr steuern kann. Dann bin ich zufrieden, hatte meinen Teil. Ich ziehe euch vor, jeden einzelnen Tag.»

Hugh sah mich ein wenig zweifelnd an.

«Was?», fragte ich.

«Ich weiß nicht. Manchmal frage ich mich, ob du zu viel von dir selbst aufgegeben hast, weil ich das damals verlangt habe.»

Ich blieb wieder stehen, legte ihm die Hand auf den Arm. «Du lieber Gott, Hugh. Ich bin gern weggegangen – das weißt du doch, oder? Es war die richtige Entscheidung. Ich liebe, wer ich jetzt bin. Ich liebe, wer wir sind, und ich liebe es sogar, an diesem blöden Schalter in Dún Laoghaire zu arbeiten, und, ja, ich liebe es auch, im Sommer wieder heimzukommen und die Fähre zu steuern. Aber das heißt nicht, dass ich das *dauernd* will. Ich will dich, und ich will die Kinder, und ich will den überquellenden Wäschekorb und die Toilette mit der kaputten Spülung im Erdgeschoss und selbst deine verschwitzten Fahrradsachen. Das glaubst du mir doch, oder?»

Er lachte. «Also, meine verschwitzten Fahrradsachen kannst du nun wirklich nicht lieben.»

«Okay, die vielleicht nicht.»

«Aber wie wäre es mit einem Cottage? Wir könnten ein Sommerhäuschen für uns kaufen. Und wenn ich irgendwann in den Ruhestand gehe, könntest du mich vielleicht dazu überreden, immer mal wieder für ein paar Monate hier zu leben. Ich habe immer von einem Sommerhaus geträumt. Obwohl ich, das muss ich zugeben, an die Amalfiküste gedacht habe, aber weißt du, für dich würde ich sogar die Mittelmeersonne opfern.»

«Da bin ich aber froh.»

Ich blickte auf das kabbelige Meer hinaus, während ich über Hughs Angebot nachdachte. «Ich mag es sehr, nach Hause zu Mam und Dad zu kommen. Ich möchte, dass sie die Kinder immer mal wieder in ihrem Leben haben, sie gelegentlich als Plage empfinden, sie aber ausgiebig knuddeln und kitzeln können und Sachen mit ihnen erleben. Nein, es ist perfekt, so wie wir jetzt sind, ich möchte gar nichts ändern. Ich möchte mit dir in Blackrock zusammen alt und inkontinent werden.»

«Was habe ich doch für ein Glück.»

Ich wandte mich ihm zu, um ihn zu küssen. Als wir schließlich den Jeep erreicht hatten, warteten unsere beiden Kleinen geduldig auf uns, wobei Saoirse bereits Vorschläge machte, welches Eis sie sich später zusammen mit Mammy holen würden.

Sie sah ihren Bruder die Straße entlanggehen, während der Wagen nach rechts aus ihrer Siedlung abbog. Sie winkte, aber er sah sie nicht. Als sie sich nach ihm umschaute, fragte sie sich, wann er so groß geworden war.

Als Saoirse fünfzehn wurde, erstellte sie eine Liste von Hughs und meinen Lieblingsfilmen, dazu andere, über die sie Kritiken gelesen hatte, gute wie schlechte. Sie liebte Listen und schrieb sie in die Notizbücher, die sie sich kaufte – welche mit Leder- oder Leineneinband, wenn sie genug Geld hatte, aber sie besaß auch ein paar von den billigen, die sie sich von ihrem Taschengeld im Zwei-Euro-Shop kaufte bzw. von ihrem Lohn, wie wir das nannten, als wären unsere Kinder richtige kleine Arbeiter, wenn sie den Geschirrspüler ausräumten und staubsaugten, wobei wir sie fast immer daran erinnern mussten. An Weihnachten bekam sie eigentlich immer ein hübsches Notizbuch, zusammen mit den größeren Geschenken, die sie sich gewünscht hatte. Sie musterte es dann genau, drehte es hin und her, strich mit der Hand über den Einband, öffnete das Schloss, löste den Druckknopf oder zog den Schließgummi ab und gestattete sich schließlich, es aufzuschlagen, die Seiten umzublättern und daran zu riechen, bevor sie es vorsichtig wieder zuschlug und lächelte.

Dann machte sich Saoirse daran, all die Filme auf ihrer Liste zu schauen, manche allein, manche mit uns. Das waren die schönsten Momente, wenn wir, falls ihr Bruder überredet werden konnte, zu viert im Wohnzimmer saßen, Hugh in seinem von einem jungen Dubliner Möbeldesigner entworfenen schicken Drehsessel, der ein Vermögen gekostet hatte, Cullie und ich auf der Couch und alle Saoirse lauschend, die mit der Fernbedienung in der Hand vor dem eingefrorenen Vorspann stand und uns ihre üblichen Instruktionen gab, bevor der Film startete.

«Keine Fragen bitte, solange der Film läuft.» Das war speziell an mich gerichtet, weil ich immer mal wieder den Faden verlor. «Wenn jemand nicht mitgekommen ist, müsst ihr mich bitten, den Film anzuhalten, und dann können wir das besprechen.» Ich nickte schuldbewusst, während Hugh in meine Richtung grinste.

«Pinkelpausen sind gestattet, aber bitte möglichst alle gleichzeitig.» Wir hatten drei Toiletten im Haus, das konnte halbwegs funktionieren.

«Bitte nicht auf die Handys schauen.» Das war ausdrücklich an Hugh gerichtet, der salutierte, aufstand und sein Handy auf den Tisch im Flur legte. Ich streichelte ihm solidarisch die Hand. Ich wusste, wie schwer das für ihn war. Seine eigene Firma zu haben, war ein Fulltimejob, umso mehr liebte ich ihn dafür, dass er für unser wunderbares Mädchen bedenkenlos sein Telefon weglegte. Manchmal küsste er mich auf den Kopf, bevor er sich wieder auf seinen Stuhl setzte.

«Wir können auch gern eine Pause für Getränke machen, aber können wir das bitte mit der Pinkelpause verbinden?»

«Und kein Geseufze.» Das war an Cullie gerichtet, der eine unglaubliche Bandbreite an Seufzern entwickelt hatte, die er gern hören ließ, wenn ihm zum Beispiel dämmerte, dass er sich hatte breitschlagen lassen, einen total langweiligen Film mit uns anzuschauen. «Wenn euch der Film nicht gefällt, dann geht einfach.»

«Und wenn es klingelt, machen wir nicht auf.»

Dem stimmten wir alle bereitwillig zu. Die übliche Störung um diese Zeit am Abend war Nancy Littleton auf der Suche nach ihrem Kater Raymond, was, wie wir mehrfach erleben mussten, bedeutete, eine Stunde lang, angeführt von Nancy «miez, miez» rufend, durch die Gärten der Nachbarschaft zu patrouillieren, bis sie wieder nach Hause eilte, um uns anschließend darüber zu informieren, dass Raymond, «dieser kleine Schlingel», die ganze Zeit im Wäscheschrank gesteckt hatte.

Natürlich wurden diese Regeln jedes Mal gebrochen, und wir stritten uns, allerdings lachend, bis der Film schließlich durch war und unser älteres Kind sich vor uns aufstellte, um ihre Beurteilung abzugeben, was Spannungsbogen, Kameraführung und Figurenentwicklung anbelangte. Wenn sie dann fertig war und den Raum verlassen hatte, gefolgt von ihrem abgekämpften Bruder (falls Cullie für diesen Teil überhaupt geblieben war. Normalerweise verduftete er, sobald der Abspann einsetzte), kam Hugh und setzte sich neben mich, zog mich an sich und sagte: «Wow, das ist unsere Tochter.»

Wo ist der Unfall denn passiert?, fragte sie noch einmal, wieder erhielt sie keine Antwort, und sie bogen ein weiteres Mal nach rechts ab.

Zum letzten Mal sah ich Saoirse am Donnerstag, den 16. Juli 2009, um zwanzig nach zwei. Ich hatte von Cullies Fenster aus gesehen, wie sie auf ihrem Fahrrad durch unsere Siedlung heimradelte. Ich blickte auf seinen Wecker und kicherte, weil sie wirklich sehr viel Wert darauf gelegt hatte, rechtzeitig zu Hause zu sein. Es würde nämlich Makkaroni-Auflauf geben, ihr Lieblingsessen. Ich hatte erst viel später mit ihr gerechnet. Ich dachte nicht weiter darüber nach, sondern sammelte in den Zimmern die Schmutzwäsche ein und erwartete, sie dann unten zu sehen, wenn ich mit dem Arm voller Wäsche die Treppe hinunterging.

Ich rief «Hallo», während ich durch den Flur in die Küche ging, aber es kam keine Antwort. In der Waschküche befüllte ich die Waschmaschine und wunderte mich, dass ich nicht hören konnte, wie sie draußen ihr Fahrrad abstellte. Als die Maschine ansprang, öffnete sich die Haustür.

«Wie geht's deinem Kopf?», sagte ich und ging ihr entgegen – sie hatte Kopfschmerzen gehabt, als sie morgens nach Dún Laoghaire losgefahren war.

Aber es war Cullie.

«Meinem Kopf geht's großartig, Mum. Wie geht's deinem?»

«Entschuldige.» Ich lachte. «Ich dachte, du wärst deine Schwester. Dein Kopf ist wirklich so schön wie immer.» Ich streckte die Hand aus, um ihm durch die Haare zu strubbeln und mir eine Umarmung zu erschleichen, etwas, für das fünfzehnjährige Jungs nicht immer zu haben waren. «Hast du sie draußen gesehen?»

«Saoirse? Nein. Aber ihr Fahrrad ist da, allerdings *umgekippt*», sagte er gut gelaunt.

«Wirklich?»

Ich öffnete die Haustür und blickte hinaus, konnte es aber nicht entdecken.

«Es liegt hinter der Hecke auf dem Fußweg.» Er deutete mit seinem Handy darauf.

Ich ging hinaus und fand es umgekippt neben der Straße.

«Merkwürdig», sagte ich, laut genug, damit Cullie, der, im Hausflur stehend, jetzt eine Textnachricht schrieb, mich hörte. «Vielleicht ist sie zu den Cassidys gegangen.» Das machte sie normalerweise nicht. «Ich sollte das Rad wohl mit reinnehmen.»

«Hm? Was?» Cullie hob den Kopf.

«Ich sagte, ich sollte das Rad wohl mit reinnehmen.»

«Lass mich das machen.» Cullie steckte sein Handy in die Tasche und kam heraus, um mir mit übertriebenen Gesten das Fahrrad abzunehmen und es durch das hintere Tor zu schieben.

Ich schaute zurück auf die Siedlung, erwartete, jeden Moment ihre Stimme zu hören, aber es war ganz still bis auf das Rauschen des Verkehrs, das von der Hauptstraße herüberdrang.

Als es vier Uhr wurde, begann ich, mir ernsthaft Sorgen zu machen. Ich schrieb ihr eine Textnachricht, bekam aber keine Antwort. Ich rief sie auf dem Handy an – vergeblich. Ich klopfte an Cullies Tür. «Hat sich Saoirse bei dir gemeldet?»

«Nein.» Er drehte sich nicht einmal nach mir um, sondern konzentrierte sich weiter auf seine Xbox.

«Seltsam. Kannst du mal versuchen sie anzurufen? Ich krieg immer nur die Antwort, dass sie nicht zu erreichen ist.»

«Na ja, dann werde ich wohl kaum eine andere Antwort kriegen.» Er drehte sich schließlich um und blickte mich an, während er sie anrief. «Siehst du?» Er zuckte mit den Schultern und beendete den Anruf. «Dasselbe.»

«Hast du heute schon mit ihr gesprochen? Heute Morgen vielleicht, bevor sie ging? Sie hat nicht erzählt, dass sie noch was anderes vorhat, oder, außer nach Dún Laoghaire zu fahren?»

«Nee. Ich wusste nicht mal das. Als ich aufgestanden bin, wart ihr schon alle weg.»

Es war einer der seltenen Tage, an denen ich freihatte und nicht in den Fährhafen musste. Ich war deshalb zum Friseur gegangen. Ich ging nicht oft, mein langes schwarzes Haar brauchte wenig professionelle Pflege, aber Hugh hatte mir zum Geburtstag einen Gutschein geschenkt, und der drohte jetzt zu verfallen.

«Ich dachte bloß, sie wäre dir vielleicht noch über den Weg gelaufen, bevor sie losmusste. Sie war ein bisschen neben der Spur. Wir hatten einen ziemlichen Streit, bevor sie abrauschte.»

«Oh?»

«Ach, eigentlich ging es um nichts. Ich konnte sie nicht nach Dún Laoghaire fahren, und sie war sauer.»

«Mach dir keine Sorgen. Ich bin sicher, alles ist okay. Vielleicht war das Licht gerade ‹optimal›, und sie musste unbedingt ‹den Augenblick nutzen›.» Die Art, wie er sich über Saoirse und ihre Ausdrucksweise lustig machte, zauberte mir ein verhaltenes Lächeln auf die Lippen.

«Nein, das kann es nicht sein. Ihre Kamera ist hier. Ich hab schon nachgeschaut.» Ich deutete mit dem Kopf in Richtung ihres Zimmers. «Ich glaube, ich gehe mal rum und schaue, ob sie bei den Nachbarn ist.»

«Mach das, Mom.» Er lächelte mir unbekümmert zu, drehte sich auf seinem Stuhl um und widmete sich seinem Bildschirm.

Unser Haus ist das dritte in einer Sackgasse mit fünf Häusern, wobei wir genau in der Mitte sind und auf jeder Seite zwei Nachbarn haben. Stellen Sie sich ein Thermometer vor, und Sie können die lange häuserfreie und von Bäumen gesäumte Straße vor sich sehen, die in ein bauchiges Rund mündet, wo unsere Häuser stehen, mit reichlich Platz dazwischen. Eine Reihe von Eichen in voller sommerlicher Blätterpracht und Blumen auf den Grünstreifen am Rande des Fußwegs. Eine kleine, private Enklave, wo wir Nachbarn uns meist in Ruhe ließen, bis auf die Weihnachtszeit, da gaben wir abwechselnd kleine Partys, um uns darüber auf den neuesten Stand zu bringen, was so alles im abgelaufenen Jahr passiert war. Zumindest war es lange Zeit so gewesen. All das sollte 2009 enden. Seither hat es keine Weihnachtspartys mehr gegeben.

Die Nachbarn hatten sie auch nicht gesehen. Die Cassidys, die Littletons, die O'Hagans und die Rices berichteten alle übereinstimmend, dass sie nicht bei ihnen war. Sie hatten nicht mal bemerkt, dass sie mit dem Fahrrad die Straße entlanggeradelt war. Ich war deswegen besonders wütend auf Nancy Littleton. Die Frau bemerkte normalerweise alles und stand dauernd hinter der Gardine. Dieses eine Mal, dieses eine verdammte Mal, wenn sie sich mal hätte nützlich machen können, hätte sie da nicht auch rausschauen können? Aber sie zuckte bloß mit den Schultern und sagte: «Es tut mir leid, meine Liebe.»

«Kein Problem», sagte ich allen und versuchte, meine wachsende Angst zu verbergen. Aber Nora Cassidy spürte, was mit mir los war. Sie ging sogar mit mir ihre Ausfahrt hinunter, und ich zeigte ihr, wo das Fahrrad gelegen hatte, das Cullie und ich ganz unschuldig reingebracht hatten, als wir noch nicht wussten, dass es später einmal samt der Information, wo und wie es gelegen hatte, als Beweismittel wichtig sein könnte.

Nora hatte mir die Schulter gedrückt und versprach bei Emelda und Louise nachzufragen, ihren beiden Töchtern, die schon aufs College gingen und Jobs für den Sommer hatten und in einer Stunde oder so nach Hause kommen sollten. Es war das erste Mal an jenem Tag, dass eine starke, ganz reale Panik in mir aufstieg.

«Du bist sehr lieb», sagte ich und rang mir ein Lächeln ab, ich wollte so schnell wie möglich weg, um es noch einmal auf Saoirses Handy zu versuchen.

Um fünf schrieb ich Hugh eine SMS und fragte, ob sie vielleicht Kontakt gehabt hatten. Ich schrieb nichts über die Sache mit dem Fahrrad, sondern bloß so eine harmlose «Hallo, wie geht's dir»-Nachricht. Ich war noch nicht so weit, seinen hektischen Arbeitstag unnötig aufzumischen, weil ich noch dachte, dass sie vielleicht immer noch sauer auf mich war und sich lieber bei ihrem Vater gemeldet hatte. Nein, hatte er zurückgeschrieben, nur ein Wort, ein sicheres Zeichen dafür, dass er in irgendeiner Sitzung war und zu beschäftigt, um mehr zu schreiben.

Ich erzählte Cullie, dass ich ein Stück gehen wollte, vielleicht sogar bis nach Blackrock Village, nur um zu sehen, ob sie vielleicht dort war. Ich bat ihn, es immer mal wieder auf ihrem Handy zu versuchen und vielleicht auch bei Aimee anzurufen, Saoirses Freundin, für den Fall, dass sie bei ihr war.

Als er das hörte, drehte er sich zu mir um. «Mum, machst du dir jetzt wirklich Sorgen um sie?»

«Es fühlt sich einfach nicht richtig an, Cullie. Ich meine, möglicherweise bin ich etwas vorschnell, aber so etwas hat sie noch nie gemacht.»

Er zuckte mit den Schultern, fand wahrscheinlich, dass ich überreagierte – und doch konnte ich sehen, wie allmählich auch in ihm Zweifel aufkeimten.

«In Ordnung, ich versuch's weiter bei ihr. Ich gebe ihr noch mal fünfzehn Minuten, und wenn sie dann immer noch nicht da ist, rufe ich Aimee an. Okay?»

Ich nickte, schloss seine Tür und ging los.

Saoirse war auch nicht bei Aimee. Als ich von meiner fruchtlosen Tour durch den Ort und entlang der Küste zurückkehrte, wartete Cullie schon auf der Treppe auf mich.

«Sie hat auch keine Ahnung, wo sie ist», bestätigte er. «Sie hat sich heute vor ein paar Stunden in Dún Laoghaire mit ihr getroffen. Sie waren Kaffee trinken, waren ungefähr eine Stunde shoppen, und dann musste Aimee los zum Babysitten.»

«Also gut», sagte ich. «Ich glaube, jetzt müssen wir deinen Dad anrufen.»

«Jetzt atme erst mal durch, und dann sprich bitte langsamer», sagte Hugh zu mir, als er schließlich ans Handy ging. Es war inzwischen halb sieben. Er hatte mich gebeten zu wiederholen, was ich gerade gesagt hatte. Wo lag ihr Fahrrad?

«Auf dem Gehsteig, draußen, direkt vorm Tor.» Ich ging in unserem Hausflur auf und ab, während Cullie immer noch auf der Treppe saß und allen Leuten, die ihm einfielen und die vielleicht etwas wissen konnten, Textnachrichten schrieb. Sie war jetzt vier Stunden fort.

«Und sie ist direkt davor den Hügel hochgeradelt, ist das so?»

«*Ja.* Na ja, nein, nicht genau.» Ich fühlte mich schuldig, als ich ihm sagte, dass ich erst noch die schmutzige Wäsche aufgesammelt hatte, und erklärte ihm, dass es Cullie gewesen war, der auf ihr Fahrrad gestoßen war.

«Und er hat es nicht für nötig gehalten, es aufzuheben?»

«Mein Gott, Hugh, darum geht's jetzt doch gar nicht.»

Cullie sah auf, als wäre ihm intuitiv klar, dass er wegen irgendetwas beschuldigt wurde.

«Und er hat sie auf seinem Weg von Blackrock nach Hause nicht gesehen?»

«Nein. Hab ich dir doch schon gesagt. Und du kennst sie, normalerweise meldet sie sich. Aber niemand hat sie gesehen, Hugh. Sie ist verschwunden.»

«Was ist mit Saoirses Freunden, Theo und Aimee? Und der andere, wie heißt er noch, der mit den Haaren?»

«Cullie? Der Typ mit den Haaren, hast du dem geschrieben?» Ich ließ meine Hand über dem Kopf kreisen, um das wuschelige Haar anzudeuten, das dieser Junge ständig zu einem Pferdeschwanz hochgebunden trug.

«Ross? Ja. Nichts.» Cullie hielt sein Handy hoch.

«Keiner von denen weiß irgendwas, Hugh. Aimee war mit Saoirse in Dún Laoghaire shoppen, da war alles noch in bester Ordnung. Aimee ist nichts Ungewöhnliches an ihr aufgefallen.»

«Und sie hat gesehen, wie sie auf ihr Fahrrad gestiegen ist und nach Hause geradelt ist?»

«Cullie? Hat Aimee gesagt, dass sie Saoirse nach Hause radeln gesehen hat?»

«Oh, richtig, warte mal.»

«Warum ruft ihr euch denn nicht mal an? Was soll denn all dieses SMS-Schreiben? Er schreibt ihr jetzt. Aber warte mal, Hugh, denkst du, ich habe sie nicht auf ihrem Fahrrad gesehen? Willst du das damit sagen? Denn ich habe sie gesehen. Das war unzweifelhaft sie.»

«Nein, Rosie. Ich will nicht ... Schau, ich weiß doch auch nicht, was passiert ist. Ich stelle einfach nur Fragen, auch dumme Fragen.» Und als wollte er das prompt bekräftigen, fügte er hinzu: «Hast du es auf ihrem Handy probiert?»

«Tausendmal. Sie hat es ausgestellt, oder, ich weiß nicht, die Batterie ist inzwischen leer.»

«Gut, das reicht jetzt», sagte er. «Ich komme nach Hause.»

Es war ungewöhnlich, dass Hugh seinen Schreibtisch bei Dunne Architects vor acht Uhr abends verließ. Schon lange waren die Kinder und ich daran gewöhnt, ohne ihn zu essen. Ein Teil von mir hatte sich gewünscht, dass er mir sagte, ich solle mir keine Sorgen machen, als könne er so dafür sorgen, dass Saoirse plötzlich vor der Tür stand. Aber dass er früher nach Hause kommen wollte, schwächte mich, und ehe ich mich's versah, saß ich auf der untersten Treppenstufe und fragte ihn das Undenkbare.

«Hugh, soll ich die Polizei anrufen?»

«Die Polizei? Lass mich erst mal nach Hause kommen, und dann überlegen wir, okay? Ich bin schon auf dem Weg.»

Hugh ging noch mal zu den Nachbarn und lief dann zusammen mit denen, die Zeit hatten, die Straßen ab. Während ich zu Hause im Flur auf und ab ging in der Hoffnung, ihr Schlüssel würde sich jede Minute im Schloss drehen, stellte ich mir vor, wie er die Straßen entlanglief, ihren Namen rief, Passanten beim Ellbogen nahm, um sie zu fragen, ob sie sie gesehen hätten, während er hektisch auf das Foto auf seinem Handydisplay zeigte. Cullie war mit Nora und Declan Cassidy mitgefahren, die in ihrem Wagen ein größeres Gebiet um Booterstown, Stillorgan und Leopardstown abfuhren.

Beide kamen ungefähr um halb neun kurz nacheinander zurück. Halb neun war der vereinbarte Zeitpunkt. Wenn sie bis dahin nicht zu Hause sein sollte, musste der Anruf gemacht werden. Cullie hockte auf dem Boden im Flur, und ich lehnte an der Wand, um nicht zu Boden zu sinken, als Hugh die Nummer wählte.

«Hallo, ja, ich möchte eine vermisste Person melden.»

Kommissar Mick Malone kam um zweiundzwanzig Uhr in Begleitung einer weiblichen Polizistin, an deren Namen ich mich jetzt nicht erinnere und die ich nach jenem Abend nie wiedergesehen habe. Sie war in Uniform; er in Zivil, dunkelgrauer Anzug, weißes Hemd, marineblaue Krawatte. Er war groß, stabil gebaut, als könnte nichts oder niemand ihn umhauen. Ungefähr zehn Jahre älter als wir. In den Fünfzigern, vermutete ich. Die Frau war Ende zwanzig.

«Also», sagte er, nachdem er sich auf Hughs Drehstuhl am Fenster gesetzt hatte, und holte ein schwarzes Notizbuch aus seiner Brusttasche, während die Polizistin sich in den Sessel setzte, in dem Saoirse normalerweise saß, wenn sie einen Film schaute. «Ihre Tochter, Saoirse, sie bereitet Ihnen ein wenig Sorgen.»

Mir behagte die Unterstellung nicht, dass dies bloß ein Fall von überängstlichen Eltern war, und Hugh ging es genauso.

«Es geht hier um mehr als nur *ein wenig Sorgen*. Sie ist jetzt seit acht Stunden verschwunden. Ich glaube, das gibt uns das Recht, *enorm* besorgt zu sein, meinen Sie nicht?»

«Entschuldigen Sie bitte, falsche Wortwahl.» Dann räusperte sich der Kommissar, wie um weitere ärgerliche Formulierungen zu vermeiden. «Wir wären nicht hier, Mr Dunne, wenn wir die Sache nicht ernst nehmen würden, das kann ich Ihnen versichern.»

Stumm saßen Hugh und ich ihnen gegenüber auf der Couch. Cullie saß auf einem kleinen Hocker an unserem Couchtisch. Er wirkte verängstigt, sein Bein zuckte, und sein

Daumen war ganz abgekaut und wund. Hugh und ich hatten uns gefragt, ob wir uns mit der Polizei zunächst allein unterhalten sollten, dann aber beschlossen, das zu dritt zu machen, damit, falls einer etwas vergessen haben sollte, die anderen beiden einspringen konnten.

«Und sie hat so was noch nie zuvor gemacht? Sich für ein paar Stunden entfernt, ohne Ihnen Bescheid zu sagen? Das geschieht gar nicht so selten, es redet nur keiner drüber.»

«Nein», sagten Hugh und ich gleichzeitig. «Sie schreibt immer eine Nachricht oder ruft an, wenn sie später kommt», fuhr ich fort. «Immer. Deshalb ist das jetzt auch so ungewöhnlich.»

«Okay, dann sortieren wir mal, was wir wissen.» Mick war zu dem Zeitpunkt sehr nüchtern in seinem Auftreten und ließ wenig Raum für Gefühle, aber in späteren Jahren änderte sich das. «Nach dem, was Sie am Telefon gesagt haben, wurde Saoirse also zuletzt heute um zwanzig nach zwei Uhr gesehen.»

«Ja, das ist richtig», sagte ich. «Ich sah, wie sie die Straße zu uns entlanggeradelt kam. Sie war in Dún Laoghaire shoppen gewesen.»

«Und das war ganz sicher sie? Es hätte nicht eine ihrer Freundinnen sein können? Die jungen Mädchen sehen sich heutzutage sehr ähnlich.»

«Nein», entgegnete ich und musterte die trockene, gerötete Haut um seine Augen und seine Nase. Es gab für mich absolut keinen Zweifel daran, dass dies meine Tochter war. Und es sind auch nicht alle Mädchen einer bestimmten Altersgruppe gleich, Sie dummer Mann, wollte ich hinzufügen. Aber ich zügelte mich, weil wir ihn schließlich noch brauchten.

«Wir müssen ganz sicher sein, Mrs Dunne, dass wir nicht am falschen Punkt starten. Was ist, wenn jemand anders, eine

Freundin von ihr, aus irgendeinem Grund mit ihrem Fahrrad hierhergeradelt ist und sie die ganze Zeit noch in Dún Laoghaire war?»

«Die meisten Freunde meiner Tochter sind Jungs. Wenn es ein Mädchen gewesen wäre, müsste es Aimee sein, und die ist blond.» Ich wurde von Sekunde zu Sekunde ungeduldiger. «Und sagen Sie bitte Rosie, nicht Mrs Dunne.» Dass er mich so förmlich anredete, machte das Schreckliche für mich noch viel realer.

Wir hatten nicht den besten Start zusammen, Mick und ich, aber mit der Zeit würde es anders werden.

«Rosie», sagte er mit einem Nicken und einem Lächeln. Mick hat ein besonders freundliches Lächeln, unerschütterlich selbst auf feindlichem Territorium, liebenswürdig und ausdauernd. «Ich will Sie nicht verärgern oder Ihre Aussagen anzweifeln. Wir müssen uns nur einfach gegen alle Eventualitäten absichern. Für Saoirse, verstehen Sie.»

Da schämte ich mich plötzlich für meine Gedanken über seine Dummheit und seine trockene Haut. Hatte er eine Frau, fragte ich mich, Kinder, die er, wenn er abends nach Hause kam, viel zu fest umarmte? Vielleicht würde ich auch so erschöpft aussehen, wenn ich es tagaus, tagein mit gebrochenen Eltern zu tun bekam, die mich und nur mich allein hatten, um ihr Kind wiederzufinden. Wie ich noch herausfinden sollte, war Mick der Experte auf diesem Gebiet und hatte in seiner Brieftasche immer die Fotos der Kinder bei sich, die vermisst wurden und für deren Fälle er zuständig war.

«Natürlich, das verstehe ich», antwortete ich und blickte Hugh an. Hugh, der blasser aussah als sein inzwischen kalt gewordener milchiger Tee.

«Liebling, alles gut, du machst das ganz großartig», versicherte Hugh mir und nahm meine Hand in seine. «Wir wissen, dass sie es war, die du auf dem Fahrrad gesehen hast. Wir glauben dir.»

«Vielleicht», warf die Frau ein, «könnten Sie uns für den Anfang eine Liste aller Personen geben, mit denen Ihre Tochter regelmäßig zu tun hat?» Sie sah Mick an, damit er ihr seine Zustimmung gab.

Er nickte kurz, hielt einen Moment inne und setzte dann wieder an. «An diesem Punkt ist es wichtig, Ihnen zu erklären, dass wir diese Fragen stellen und um diese Listen bitten, weil wir das für unsere Akten brauchen. In den meisten Fällen taucht die Person unbeeinträchtigt wieder auf. Wir bitten Sie also um Nachsicht, dass wir unserer üblichen Routine folgen, damit wir vorbereitet sind, sollte sich herausstellen, dass es hier doch um mehr geht als um ein Missverständnis oder etwas dergleichen. Ist das okay?»

Seine Worte beruhigten mich, da sie auch die Möglichkeit adressierten, dass Saoirse umgehend wieder nach Hause kam.

Cullie nahm sofort sein Handy und holte ein Stück Papier, auf dem er die Namen und Telefonnummern notieren konnte.

«Und können Sie bitte ihre Handynummer, falls sie eine hat, ganz oben notieren?», bat Mick. «Und bitte auch die Läden notieren, in denen sie vermutlich in Dún Laoghaire war. Wenn sich die Umstände nicht ändern, überprüfen wir in den nächsten Tagen alle Läden und Kaufhäuser, aber es ist gut zu wissen, welche mit Sicherheit infrage kommen.»

Bei dieser letzten Anweisung nickte Cullie unsicher und setzte sich wieder an den Couchtisch.

«Hier, ich mache das mit den Läden, Schatz.» Ich gab ihm ein Zeichen, dass er mir den Kuli und das Papier weiterreichen sollte. «Ich kenne die meisten, weil die Einkaufstüten überall rumliegen.»

«Können Sie mir sagen, was sie anhatte?» Mick hielt seinen Stift bereit, um jedes Detail in seinem Büchlein zu notieren.

«Schwarze Leggings und Hoodie, keine Logos», begann ich und sah von der Liste auf, mit der ich bereits begonnen hatte. «Weiße Adidas-Laufschuhe und ihre Halskette, eine silberne mit einem Smiley.»

Wir hatten ihr die Kette im März zu ihrem siebzehnten Geburtstag geschenkt. Es war eine Art Familienscherz – vom zweiten Lebensjahr an hatte Saoirse so häufig gelächelt, dass wir sie Smiler nannten: «Hier kommt Smiler»; «Wo ist denn Smiler?», rief Hugh, wenn er abends nach Hause kam und sie nicht schon im Bett lag. Wir dachten, sie fände die Kette lustig, aber hätten nie gedacht, dass sie sie gar nicht mehr ablegen würde.

«Okay. Und sie hat schwarze Haare und blaue Augen. Irgendwelche Muttermale?»

«Nein, aber sie hat eine kleine Narbe, eine winzige, genau hier.» Ich deutete mit dem Stift auf eine Stelle oben mitten auf der Stirn, direkt am Haaransatz. «Sie ist hingefallen, als sie klein war, aber ich … ich weiß nicht mehr … ich weiß nicht mehr, wann.» Mir stiegen Tränen in die Augen, als mir bewusst wurde, dass ich längst vergessen hatte, wie es damals passiert war. «Hugh, weißt du das noch, erinnerst du dich?», fragte ich in wachsender Panik.

«Rosie, das ist schon in Ordnung, ich glaube nicht, dass sie wissen müssen …»

«Nein, nein, absolut, woher sie die Narbe hat, ist wirklich nicht wichtig für uns», warf Mick ein. «Es geht nur darum, dass wir wissen, es gibt eine, für den Fall, dass …»

«Monica könnte das wissen», sagte ich hastig, ohne überhaupt gehört zu haben, dass sie die Information nicht brauchten. «Monica, die Saoirses Krabbelgruppe geleitet hat.»

«Rosie, ernsthaft, Liebling.» Hugh legte mir den Arm um die Schultern. «Es ist schon in Ordnung. Komm schon, es ist in Ordnung.»

Ich schmiegte mich an ihn, wollte am liebsten in ihn hineinkriechen, weil mir klar geworden war, dass sie damals hingefallen war. Ich hatte mich gebückt, sie hochgehoben und umarmt und gesäuselt: «Mein Baby, mein armes, armes Baby.» Ich wollte mich daran erinnern, wie ich sie geküsst und getröstet hatte, bis sie sich wieder beruhigt hatte. Ich wollte wieder spüren, wie sie ihren kleinen Kopf an meine Schulter legte, aber die Erinnerung kam nicht zurück. Da bemerkte ich Cullies Blick, der mich erschrocken musterte. Er reichte aus, dass ich mich Hugh wieder entzog, mir die Augen wischte, mich schnäuzte und leise entschuldigte, bevor ich mich wieder an die Liste mit den Läden machte.

«Sie müssen sich für gar nichts entschuldigen, Rosie», sagte Mick.

«Eine Tasse Tee», schlug die Frau enthusiastisch vor, der Versuch einer weiteren Ablenkung. Sie war bereits aufgestanden und auf dem Weg in die Küche.

Mick lächelte wieder. «Ich weiß, dass es schwer ist, aber wenn Sie beide einverstanden sind, frage ich weiter. Ich habe nur noch ein paar Punkte. Je mehr wir jetzt erfahren, desto besser. Wir schließen das hier so schnell wie möglich ab.»

«Natürlich», antwortete Hugh.

«Trug sie ihr Haar zusammengebunden oder offen?»

«Offen.» Ich schniefte. «Das war leichter, wegen des Fahrradhelms.»

«Und haben Sie irgendwelche Autos bemerkt, ungewöhnliche Autos oder Vans? Vielleicht in dem Moment, als sie sie aus dem Fenster gesehen haben, Rosie?»

Ich blickte auf, hatte gerade «Angelo's» notiert, ein Kleiderladen im Dún Laoghaire Shopping Centre, den Saoirse liebte. «Nein, ich habe nichts bemerkt. Cullie, du vielleicht, als du von Blackrock hierherkamst?»

«Ich hab nicht darauf geachtet.» Cullie sah Mick an, beschämt, weil er nicht auf jedes vorbeifahrende Auto, jeden Fahrer und jedes Nummernschild geachtet hatte.

«Machen Sie sich keine Gedanken, vielleicht haben die Nachbarn etwas gesehen.»

«Haben sie leider nicht», antwortete Hugh. «Sowohl Rosie als auch ich haben schon mit ihnen gesprochen.»

«Ich werde trotzdem noch mal mit ihnen sprechen. Schadet nichts, wenn ich mich mit ihnen bekannt mache.»

Als ich den Zettel Cullie zurückgab, damit er die Telefonnummern ergänzen konnte, fragte ich mich, ob Mick die Nachbarn kennenlernen wollte – damit sie wussten, wer er war, da er ohnehin in Zukunft sehr viel häufiger hier sein würde. Das reichte, um mich wieder aus der Fassung zu bringen.

«Tee», verkündete die Frau und trug ein Tablett mit einer Teekanne herein, die sie aus den Tiefen eines Schranks gefischt hatte, Becher, Zuckerdose und einen Milchkrug, der kaum um seinen Zweck wissen konnte, da ich ihn so gut wie nie benutzt hatte. Sie goss fünf Becher ein und reichte sie herum. Ich glaube nicht, dass ich meinen Becher nach dem ersten obligatorischen Schluck noch einmal angerührt habe.

«Schauen Sie», fuhr Mick fort, als könnte er meine Gedanken lesen, «das alles könnte komplett harmlos sein, ein Freund ist vorbeigekommen und hat ihr einen Vorschlag gemacht, zu dem sie nicht Nein sagen konnte, und sie ist in seinen Wagen eingestiegen.» Micks Augenbrauen hoben sich aufmunternd, eine Andeutung von Hoffnung, auf die ich mich sofort stürzte und an die ich mich klammerte, obwohl ich wusste, dass bislang keiner ihrer Freunde Auto fuhr, geschweige denn eins besaß. Aber gab es nicht vielleicht doch die Möglichkeit, dass einer von ihnen gerade den Führerschein gemacht und vom Vater das Auto geliehen hatte? Ja, das war doch alles durchaus möglich, und ich brauchte diesen Rettungsanker. Genau wie Hugh, der meine Hand nahm, sie drückte und Mick Malone zunickte.

«Aber das Fahrrad», sagte Hugh dann, «ich meine, es mitten auf dem Bürgersteig liegen zu lassen ... Es ist, als wäre sie davongeeilt, hätte nicht einmal Zeit gehabt, es an die Hecke zu lehnen oder es in die Auffahrt zu stellen oder so etwas. Wer tut so was denn, außer es ist etwas passiert?»

«Oder jemand ist gekommen.» Cullie sah vom Couchtisch auf und schien selbst überrascht zu sein, dass er so etwas gesagt hatte. «Na ja, wie der Kommissar sagt, jemand könnte aufgetaucht sein und sie überrascht haben.»

«Hat sie einen Freund?», fragte Mick und beugte sich vor, um auf die Liste zu sehen. «Einer von diesen hier, Taylor oder Ross – oder wie heißt der da?»

«Darren.»

«Richtig. Ist einer von denen ihr Freund?»

«Also», begann ich und blickte zweifelnd von Hugh zu Cullie, «nicht soweit wir wissen. Aber vielleicht könnte Aimee das beantworten. Ich bin sicher, dass es Dinge gibt, die wir nicht wissen, obwohl wir sehr eng sind. Cullie, sie hat dir gegenüber nichts dergleichen erwähnt, oder?»

«Nein, nichts.»

«Und es gab auch keinen Stress mit irgendeinem dieser Freunde, der sie aufgeregt haben könnte?»

Nein, antworteten wir alle drei, jeder auf seine Weise niedergeschlagen und von dem Wunsch beseelt, dass es etwas gab, irgendetwas, dass wir diesem Mann sagen konnten, damit er genau wüsste, was zu tun war und wo er anzusetzen hatte, um sie wieder zurück zu uns zu bringen.

«Außer», begann ich nervös und wiederholte, was ich schon Hugh gebeichtet hatte, «dass wir gestritten haben, Saoirse und ich, bevor sie nach Dún Laoghaire gefahren ist.»

Alle vier sahen nun mich an. Mick und die Frau hatten dabei so einen wissenden Ausdruck auf den Gesichtern.

«Es war kein großer Streit», erklärte mein Mann eilig, obwohl er gar nicht dabei gewesen war und sich nur an das halten konnte, was ich davon erzählt hatte.

«Manchmal lösen die schlichtesten, harmlosesten Dinge eine Kettenreaktion aus», sagte Malone. «Es ist wichtig, dass Sie uns alles erzählen. Sprechen Sie weiter, Rosie.»

«Sie wollte gefahren werden, das ist alles.» Ich lehnte mich gegen die Lehne der Couch und schloss die Augen, als ich mich an die Ereignisse des Vormittags erinnerte.

Das war gar nicht ihre Art. Sie fuhr wie Hugh überall mit dem Fahrrad hin.

«Aber ich habe Kopfschmerzen», hatte sie gesagt, als ich amüsiert angedeutet hatte, dass sie womöglich ihrem Bruder nacheiferte, der es vorzog, in einem Auto zu sitzen.

In Wahrheit hatte ich gedacht, sie würde ihre Kopfschmerzen übertreiben. Ich hatte sie in der Nacht zuvor unten gehört, als sie noch bis in den frühen Morgen einen weiteren Film angeschaut hatte.

«Vielleicht wäre es hilfreich, nicht so spät ins Bett zu gehen», hatte ich gesagt, auf diese Art, wie nur Mütter so etwas sagen können. «Außerdem ist ein bisschen frische Luft auf dem Fahrrad das beste Mittel gegen Kopfschmerzen.» Wie sehr ich mich seither an jedem Tag meines Lebens für diese Worte gehasst habe und wie sehr ich mich dafür hassen werde, bis ich unter die Erde komme und die Würmer meinen

Kehlkopf und die Zunge zernagen, die diesen Worten einst eine Stimme verliehen.

«Gut», hatte sie gesagt. «Dann eben nicht, dann fahre ich eben mit dem Fahrrad, aber wenn ich mir was einfange, bist du schuld.»

Sie war aus der Waschküche gestürmt und hatte die Hintertür geöffnet, wobei ich ihr auf dem Fuß gefolgt und gesagt hatte: «Heute Nachmittag gibt es Makkaroni-Auflauf, dein Lieblingsessen, also komm nicht zu spät.»

Ich hatte zugesehen, während sie sich scheppernd und krachend mit ihrem Fahrrad durch das hintere Tor geschoben hatte, wobei meine Entschlossenheit mit jedem weiteren Grummeln von ihr immer mehr ins Wanken geraten war.

«Okay, dann machen wir das», sagte ich schließlich, weil ich erst da das ganze Ausmaß ihrer Empörung begriff. Ich kann ruhig ein bisschen zu spät zum Friseur kommen, dachte ich. Annie würde mir das dieses eine Mal schon verzeihen. «Dann fahre ich dich eben.»

Ich ging aus der Hintertür und folgte ihr in den Durchgang. Aber entweder hörte sie mich nicht oder entschied sich dafür, mich nicht zu hören, jedenfalls rollte sie los, während das hintere Tor immer noch offen stand, mit dem einen Fuß auf dem Pedal, schwang sie das andere Bein über den Rahmen, und dann brauste sie über unsere Einfahrt hinunter auf die Straße, und unsere Leben änderten sich für immer.

Ich hatte es gar nicht bemerkt, aber in der ganzen Zeit, in der ich Mick erzählte, was geschehen war, flossen mir pausenlos die Tränen und tropften mir auf den Kragen. Dass ich weinte, merkte ich erst, als meine Haut feucht wurde.

«Es tut mir leid», flüsterte ich ihnen zu, aber vor allem ihr. Ich senkte den Kopf und spürte, wie Hugh meine Hand ergriff.

«Und Sie glauben, dass es nur ihre Kopfschmerzen waren, weswegen sie so gereizt war, Rosie?», trieb Mick mich an, weiter nachzudenken. «Ihnen fällt nichts anderes ein, was erklären würde, dass sie heute unbedingt nach Dún Laoghaire *musste*?»

«Nein, wirklich nicht. Soweit ich weiß, bedrückte sie nichts.»

«Und das gilt für Sie alle?» Er blickte von einem zum anderen. Jeder von uns fühlte sich schuldig, weil wir nicht mehr an Erklärung anzubieten hatten. Wir schüttelten die Köpfe.

Der Kommissar blickte in sein Notizbuch und griff nach Cullies Liste auf dem Couchtisch. Er betrachtete sie und faltete sie, bevor er sie zusammen mit dem Notizbuch in seine Brusttasche steckte.

«Ich brauche Fotos. So viele, wie Sie auftreiben können.»

Hugh und Cullie verließen den Raum und kamen mit Fotoalben und einigen Umschlägen voller Bilder zurück.

«Am besten wären einige Fotos, auf denen sie mit unterschiedlichem Gesichtsausdruck zu sehen ist. Wir müssen ein Gefühl für sie bekommen», sagte er. Ich starrte ihn an. «Und natürlich brauchen wir eins, das wir veröffentlichen können, wenn es am Ende darauf hinausläuft. Eins mit der Halskette wenn möglich.»

Während die beiden unsere Handys nach Bildern aus der jüngsten Zeit durchforsteten, fragte ich mich, ob wir jetzt zu *so* einer Familie wurden, die das Gesicht ihrer Tochter überall auf Flugblättern, Milchkartons, Bussen und an Bushaltestellen veröffentlichte. Hugh hörte auf zu scrollen, dachte vielleicht dasselbe.

«Kann ich diese hier nehmen?» Mick hielt einen Stapel Fotos hoch.

«Natürlich.» Hugh musste sich räuspern, um seine Stimme wieder frei zu kriegen.

«Aber haben wir von denen noch Abzüge, Hugh?», fragte ich panisch und streckte die Hand aus, bereit, Saoirse wieder an mich zu reißen, falls die Antwort Nein lautete.

«Keine Sorge, Liebling, ich kann welche machen lassen.»

Ich ließ die Hand widerwillig wieder sinken, musterte aber nach wie vor und in dem Gefühl, dass Saoirse noch einmal verschwand, Micks Stapel. Er ging die Fotos durch, die Cullie und Hugh auf ihren Handys gefunden hatten, und sagte ihnen, welche davon sie an seine Nummer schicken sollten.

«Okay. Ich glaube, ich habe alle, die ich einstweilen brauche.» Er klopfte auf die Abzüge und wischte die Fotos dann vom Couchtisch wie einen Satz Spielkarten. «Ich werde jetzt zu den Nachbarn gehen. Je mehr Informationen wir bekommen, solange sie noch frisch im Gedächtnis sind, desto besser.»

«Ich gehe mit und stelle Sie vor», sagte Hugh.

«Nein, nein, das ist schon gut so. Sie bleiben hier. Wir haben alles, was wir wissen müssen.»

Die junge Polizistin stand auf, um Mick bis zur Wohnzimmertür zu folgen, wo er stehen blieb, sich zu uns umdrehte und in seine Hosentasche griff, um seine Brieftasche herauszuholen.

«Ich werde mich gleich morgen früh bei Ihnen melden. Und wenn es irgendwelche Neuigkeiten gibt, zögern Sie nicht, uns anzurufen. Hier ist meine Karte. Das ist meine Durchwahl. Wenn Sie mich dort nicht erreichen, versuchen Sie es auf meinem Handy. Wenn ich nicht rangehe, hinterlassen Sie mir eine Nachricht. Und vergessen Sie nicht», schloss er, «Menschen kommen häufiger wieder nach Hause, als dass sie verschwunden bleiben.»

Nachdem sich die Haustür geschlossen hatte und wir wieder nur zu dritt waren, wandten wir uns unseren Handys zu, blickten aus den Fenstern und lauschten auf das Öffnen der Haustür. Alles, was ich wollte, war, sie im Arm zu halten und ihr zu sagen, dass mir so vieles leidtat: dass ich mir, als sie sechs Wochen alt gewesen war, gewünscht hatte, dass man sie mir wegnähme, dass ich sie am Morgen nicht zum Shoppen gefahren hatte, als sie mich darum gebeten hatte, und auch um ihr zu sagen, dass ich sie von nun an überallhin fahren würde und dass ich niemals mehr irgendetwas, das sie gesagt hatte, infrage stellen würde.

Nicht mehr weit jetzt, antwortete das Mädchen.
Gleich da vorn.

Von da an waren Hughs Tage beherrscht von äußerster Entschlossenheit und völliger Verzweiflung. Davon, dass er eng mit den Polizisten zusammenarbeitete, um Gruppen von Freiwilligen zusammenzustellen, die auf der Suche nach ihrem Handy, ihrer Tasche, irgendetwas, das den Fall vorantriebe, jedes Stück Land zwischen Blackrock und Dún Laoghaire und darüber hinaus durchkämmten. Sie alle kamen: Mammy und Daddy, Michael-Fran, Hughs Eltern, sein Bruder Ely, Onkel und Arbeitskollegen, Cullies Freunde, Schüler und Lehrer von der Schule, unsere Nachbarn, Billy und Roger von meiner Arbeit, Frauen, die ich am Schultor kennengelernt hatte, ihre Familien, ihre Nachbarn, Fremde, die den ganzen Weg von Wicklow zurückgelegt hatten, und ein Mann, der extra aus Belfast gekommen war. Sie liefen jede Straße, jede Gasse, jede Sackgasse in der ganzen Gegend ab. Sie ergossen sich aus dem Gemeindesaal der Presbyterianischen Kirche, keine fünfhundert Meter von unserer Haustür entfernt, der zu unserem Hauptquartier geworden war, in Wanderstiefeln, Turnschuhen, Shorts und T-Shirts und in Windjacken, wenn schlechtes Wetter angekündigt worden war. Sie hörten zu, wenn Ely ihnen erklärte, welches Gebiet sie an jenem Tag absuchen würden. Es war besser, die Führung seinem Bruder zu überlassen, sagte Hugh. Jemand, der ein wenig außerhalb stand, war nüchterner, weniger emotional. Hughs Architekten-Kollegen hatten Karten angefertigt, sodass er die jeweiligen Gebiete markieren konnte. Jede Person wurde einer Gruppe zugeteilt: A, B, C, D, E und so weiter. Ich glaube, irgendwann kamen sie sogar mal bis O. Zehn

Leute in jeder Gruppe. In jeder ein Anführer, normalerweise ein Mitglied der Familie oder jemand, den wir gut kannten.

Hugh konnte besser mit den freiwilligen Helfern umgehen als ich. Er konnte mit ihnen sprechen, während ich bloß die stumme Mutter war, zu geschockt, um etwas zu sagen. Einige kamen zu mir und äußerten ihr Mitgefühl, andere mieden mich. Und wer konnte es ihnen verdenken? Ich brachte kaum ein Lächeln zustande, geschweige denn ein Wort der Ermunterung. Aber ich gab mir Mühe. Jeden Tag standen Hugh und ich kurz vor dem Briefing Hand in Hand neben der Karte, und ich sagte so etwas wie: Sie können sich gar nicht vorstellen, wie viel uns das bedeutet, die Zeit, die Sie uns schenken, damit wir unsere Tochter wieder nach Hause holen können. Zumindest hatte ich mir immer vorgenommen, das zu sagen, denn oft brachte ich nur die Hälfte davon heraus und verstummte dann, manchmal wegen meiner Tränen und manchmal, weil ich keine Kraft hatte, um den Satz zu beenden. Dann spürte ich, wie Hugh mich fester um die Taille fasste. Ich ließ den Kopf hängen, und er beendete den Satz.

Wie viel sie gaben. Wie viel diese Fremden uns gaben.

Ich blieb im Hintergrund, sah zu, wie alles Fahrt aufnahm, und wünschte mir mit jeder Zelle meines Körpers, eine von ihnen zu sein, eine Außenseiterin, eine Helferin, eine, die ihr Bestes tat, jede weggeworfene Tesco-Tüte umdrehte, leere Chipstüten und Limoflaschen in einer Gasse durchwühlte, von Tür zu Tür ging und Flyer verteilte, eine, die alles gab, um irgendeinen Hinweis auf den Verbleib dieses Mädchens zu finden, das, wie sie erfahren hatte, Saoirse hieß.

Ich wollte nicht ich sein.

Sie schwärmten in Vogelzugformation aus. Beim Verlassen des Kirchensaals wurden ihnen Lunchpakete gereicht.

Jemand, der für SuperValu arbeitete und an dessen Namen ich mich nicht mehr erinnere, verteilte Wasserflaschen und Obst. Der allzu intensive Geruch reifer Bananen hing an heißen Sommermorgen in der Luft. Bis heute kann ich keine Bananen essen. Wenn von den lokalen Firmen oder Geschäften nichts gespendet wurde, waren Mammy und ich schon im Morgengrauen auf den Beinen und schmierten Brote. Wir bezahlten alles, Hugh und ich.

Nachdem schon vier Tage ergebnislos verstrichen waren, stellte ich am fünften Tag fest, dass ich keine Luft mehr bekam. Ich rang vornübergebeugt nach Atem, als wäre ich eben einen Marathon gelaufen, und Mammy fing mich gerade noch auf, als ich zusammenbrach.

«Oh, mein Liebling», sagte sie und zog mich auf einen Stuhl, streichelte lange meinen Rücken und verfrachtete mich irgendwann in ihr Auto, fuhr mich in ihrem nervösen holprigen Fahrstil die kurze Strecke bis zu uns nach Hause, wo, für den Fall, dass Saoirse auftauchte, immer jemand die Stellung hielt, normalerweise einer der Nachbarn, jemand, den sie kannte. Darauf hatte ich bestanden.

Ich konnte es nicht mehr ertragen, das ängstliche Warten im Saal, die bange Frage, ob es diesmal einen Erfolg gegeben hatte, und dann zusehen zu müssen, wie Team um Team mit leeren Händen durch diese Mahagoni-Flügeltüren zurückkehrte, und etwas fühlen zu müssen, das weitaus schlimmer war als nur Enttäuschung – es war ein Welken meines Herzens, als würde ihm das Blut entzogen und die Fähigkeit weiterzuschlagen.

Nathan und Daniel, meine Brüder, kamen in diesen ersten Wochen aus den Staaten zurück nach Hause. Sie brachten ihre erwachsenen Söhne und Töchter mit, um zu helfen. Es ist seltsam, an welche Momente aus dieser Zeit ich mich klar erinnern kann, wo das doch für so viele andere nicht gilt, etwa an Daniels trockene Hände, nachdem er eines Abends von einer Flugblatt-Aktion im Zentrum Dublins zurückgekehrt war. Er hatte immer schon Probleme mit seiner Haut gehabt: Hitze, Kälte, schon die Luft als solche, wie es schien, besonders wenn es windig war, machten seine Haut wund und rissig.

«Mein Gott, Daniel.» Ich griff nach seinen Händen, fühlte, wie rau sie waren.

«Sis, ich habe mein ganzes Leben auf Baustellen gearbeitet. Ich komme klar.» Er versuchte, mir seine Hände zu entziehen, aber ich hielt sie fest, verhornt und hart, wie sie waren.

«Hast du eine Salbe dabei?»

«Nein, ich ...»

«Ich habe eine Handcreme.» Ich zeigte auf die Treppe. Irgendwo da oben, das wusste ich, gab es etwas, das helfen konnte.

«Ach, lass mal. Die waren schon mal viel schlimmer.» Aber ich hörte nicht auf ihn und ging die Treppe hoch, um ein Töpfchen von meinem Schminktisch zu holen, das ich selten benutzte. Wieder im Flur und seiner anhaltenden Proteste zum Trotz nahm ich seine Hände und strich die gelbe Creme so vorsichtig wie möglich auf die rissigen Stellen.

«Das zieht schnell ein, Daniel, versprochen. Und da ist kein Parfüm oder irgendetwas drin. Es ist alles naturrein, Bienenwachs.»

«Bienenwachs, wirklich?» Er hielt seine geröteten Hände hoch, und ich dachte schon, er würde sie sich an dem Regenmantel abwischen, den Hugh ihm geliehen hatte für den Fall, dass das angekündigte Gewitter uns erreichte.

«Ich kann die Heizung anmachen, wenn du möchtest.»

«Die Heizung, im August? Das wäre irre. Nein, ich denke, jetzt ist alles gut. Wie wäre es, wenn ich uns eine Tasse Tee mache?»

Aber bevor wir in die Küche gingen, nahm ich sein Angebot einer festen Umarmung an. Flüsternd versicherte er mir, dass ich mich sehr gut hielt. «Wir werden sie finden, das weißt du», flüsterte er, bevor ich ihm meine Hand an die Brust legte und seinen Herzschlag spürte.

Wenn es dann dunkel wurde und wieder eine Suchaktion ergebnislos zu Ende gegangen war, saßen Hugh und ich in unserem Wohnzimmer und fragten uns von Neuem, warum sie gegangen war. Warum hatten wir unser Mädchen verloren? Wir begannen mit irgendeiner Theorie, mit irgendwelchen Überlegungen: Konnte sie tatsächlich so wütend auf uns gewesen sein?, fragte ich. Oder wir wachten nach ein paar Stunden kostbaren Schlafs wieder auf und dachten laut über mögliche Schieflagen in unserem Leben nach, wie etwa bei Hugh, der die Neugestaltung eines Gebäudes auf der Dame Street übernommen hatte. Hatten seine dauernden Überstunden und meine Gereiztheit darüber, dass er offenbar mehr mit seiner Arbeit als mit mir verheiratet war, sie dazu veranlasst, uns zu verlassen? Oder waren es die Abschlussprüfungen gewesen, dieses verdammte Abitur – war der Druck zu stark geworden? Oder war es Liebesschmerz? Obwohl wir von keinem Jungen wussten ... Aber Teenager sind Geheimniskrämer, und das ist ja auch richtig so, sie wollen ihr eigenes Leben nach ihren Wünschen gestalten. Wir versuchten, alle Möglichkeiten zu bedenken, quälten uns mit der Frage, was wir falsch gemacht oder unterlassen hatten, was wir gefragt oder versäumt hatten zu fragen, prüften Entscheidungen, die wir für unser Kind getroffen und die womöglich dazu geführt hatten, dass sie den falschen Weg eingeschlagen hatte.

Hugh führte Listen von allen, die irgendetwas mit der Sache zu tun hatten. Er hatte ein ganzes Buch. Schwarz, mit rotem Rücken. Jeder freiwillige Helfer stand darin für den Fall, dass wir sie einmal dringend brauchten. Jeder Polizist, die Telefonnummer, Rang und Wache. Jeder Journalist, der bereit gewesen war, mit uns zu sprechen. Jede Selbsthilfegruppe für vermisste Menschen, von der wir gehört hatten. Jeder Freiwillige, der schon mal geholfen hatte. Abends blätterte er das Buch durch, sobald er nach Hause gekommen war, ließ alles noch mal Revue passieren, was er an diesem Tag erfahren hatte, und dann machte er sich eine Notiz über die Dinge, die anstanden. Auf der Innenseite des Einbands notierte er sich alle wichtigen Telefonnummern, ganz oben die von Mick. Und in der Nähe eine Zahl: 730. Sie war dick mit blauer Tinte eingekreist, und an der Stelle war das Papier ein wenig erhaben. Wie musste er darüber gebrütet und diesen Kreis wieder und wieder nachgezogen haben.

«Was ist das, Hugh?», fragte ich eines Abends, als er auf seinem Drehstuhl saß und auf den Fernseher starrte, und zeigte auf die eingekreiste Zahl.

Er griff nach seiner Brille, die auf dem Kaminsims lag, und betrachtete sie lange. «Ach, nichts.» Er nahm seine Brille wieder ab und legte das Notizbuch weg.

«Also irgendwas muss es ja bedeuten, so oft, wie du das eingekreist hast.»

«Aber ich sage doch, es ist nichts.» Seine Stimme klang jetzt verärgert, wurde aber schnell weich, als er hinzufügte: «Zumindest nichts, was uns irgendwie von Nutzen sein könnte.»

«Oh, jetzt sag schon, Hugh.»

Er antwortete nicht und starrte auf den Fernseher, als wäre äußerst fesselnd, was er da gerade sah.

«Bitte, Hugh.»

Er sah auf das Buch mit dem roten Rücken. «Das ist … die Anzahl der Menschen, die seit 1950 in Irland vermisst werden und die sie nie wiedergefunden haben.»

Es dauerte einen Moment, bevor ich ganz begriffen hatte, was er da gesagt hatte. Ein Moment, in dem ich fühlte, wie mir heiß wurde und meine Augen zu stechen begannen.

«Oh, ich verstehe. So viele?» Ich streckte den Arm aus und fuhr mit dem Finger die Erhebung auf der Seite nach. «Ist sie da schon dabei? Saoirse? Ist es das, was sie denken, dass sie auch schon dazugehört?»

«Nicht, Rosie. Quäl dich doch nicht mit so was.»

«Na, aber du hast es wohl getan. Guck doch mal, wie sehr du das eingekreist hast.» Ich wartete auf ein weiteres Wort von ihm, aber als nichts kam, fragte ich das Undenkbare: «Glaubst du das auch, Hugh, dass sie nicht wiederkommt?»

«Rosie, bitte. Das bringt uns jetzt überhaupt nicht weiter. Es ist nur eine Zahl, um Himmels willen. Ich weiß nicht mal, ob die wirklich stimmt. Es könnten auch nur halb so viele sein, was weiß ich.» Und da merkte ich, dass er meiner Frage auswich, dass er leugnen wollte, dass erste Zweifel bei uns aufgekommen waren, ob sie je wieder nach Hause kommen würde.

«Und sie haben all die Leute nie wiedergefunden?»

«Hör auf», seufzte er.

Da stand ich auf, verließ, ohne ihn anzusehen, das Zimmer, ging die Treppe hoch und öffnete Saoirses Zimmertür. Dann stand ich zwischen ihren Sachen, um sie wieder und wieder anzuflehen, dass sie nicht zu einer dieser 730 verlorenen Seelen werden durfte, dass sie bitte, bitte die eine sein sollte, die wieder nach Hause kam.

Einen Monat nach diesen ersten energiegeladenen Suchaktionen waren die Menschen, die geholfen hatten, verschwunden. Nicht dass sie nicht bereitwillig noch mehr getan hätten, aber zu diesem Zeitpunkt hatten sie bereits alles abgesucht, jede Stelle, die die Polizei vorgeschlagen hatte. Und es gab einfach keine Hinweise, denen man folgen konnte.

Die Polizei bestätigte offiziell, dass sie nie das Land verlassen hatte. Ihr Reisepass befand sich immer noch in ihrem Zimmer. Die Überwachungskameras an Flughäfen und Seehäfen hatten nichts zutage gefördert. Als man ihnen ihr Foto gezeigt hatte, hatten Mitarbeiter, die wie ich an Fährschiff-Schaltern saßen, die Köpfe geschüttelt, mit den Schultern gezuckt und gesagt, dass sie eine der vielen Tausend sein könnte, die Tag für Tag ihren Weg kreuzten.

«Aber es gelingt Menschen nach wie vor, sich in andere Länder zu schmuggeln, das wissen wir doch alle», hatte ich gesagt, als Mick, dreißig Tage nachdem Saoirse verschwunden war, mit uns zusammengesessen hatte, um uns auf den neuesten Stand zu bringen. «Und was ist mit gefälschten Pässen? Ist das nicht auch eine Möglichkeit?»

«Alles ist möglich, Rosie», hatte er geantwortet. «Aber was sollte Saoirse denn zu einem solchen Aufwand veranlasst haben?»

Darauf hatte ich keine Antwort.

Uns war die Luft ausgegangen, so sah es aus.

In den kommenden Monaten traten Hugh und ich im Radio auf, baten um Informationen, selbst der kleinste Hinweis, sagte Hugh, könnte helfen, den Fall neu aufzurollen. Ich ließ Hugh reden und sagte nur etwas, wenn der Interviewer mich direkt ansprach, und selbst dann war nicht ausgemacht, dass man meine leise Stimme im Äther hören konnte.

Danach erreichten uns jedes Mal Hunderte von Briefen von

Leuten, die uns unterstützen wollten – sie gelangten zu uns, obwohl als Adresse nur: Die Eltern von Saoirse Dunne, Dublin, daraufstand.

Leute, die wir nicht kannten, schrieben, dass sie für uns beteten und uns Glück wünschten. Einige gaben sogar vor, Saoirse zu sein. Sie hatte uns aus Carlow geschrieben, aus Russland und sogar, ob Sie es glauben oder nicht, aus dem Himmel, trotz des Dubliner Poststempels, wo sie, wie sie sagte, freudig für Jesus arbeitete.

Aber all diese Briefe und die fünfhundert Fragebögen, die die Polizei ausfüllte, ergaben nichts. Keine Andeutung, keine Brotkrume, kein umgedrehter Stein, die in die Richtung gedeutet hätten, in die meine Tochter gegangen war.

Dad kennt den Weg. Er bringt uns rasch hin.
Aber Sie haben Aimee *gesehen*, oder? Ist alles
in Ordnung mit ihr?

Eines Tages im August, zwei Monate nach ihrem Verschwinden, waren Hugh, Cullie und ich allein im Haus. Wir gewöhnten uns allmählich wieder daran, dass Mick nicht mehr so oft bei uns war. Es war am frühen Morgen, noch bevor der Verkehr auf der Blackrock Road zu fließen begann.

«Saoirse und ich hatten auch Streit», verkündete Cullie vom Küchentresen aus. «Das habe ich euch nicht gesagt.»

«Worum ging's dabei?» Ich stand an der Terrassentür, hatte mit einer Tasse Tee in der Hand in den Garten gestarrt, ohne irgendetwas zu sehen – es hätte auch ein Nationalpark sein können und doch keinen Eindruck auf mich gemacht. Rasch wandte ich mich zu Cullie um.

Hugh hielt beim Durchblättern des *Daily Mirror* inne – wegen unserer Suche nach Saoirse ging er jeden Tag die Boulevardblätter durch – und sah Cullie mit einem fragenden Gesichtsausdruck an.

«Nein, nein», sagte Cullie und hob die Hand. «Nicht was ihr denkt. Es war ehrlich nichts Ernsthaftes – und wir haben uns wieder vertragen. Also, wir beschlossen, einen Filmtag einzulegen, und sind zu Xtra-Vision nach Blackrock, um uns jeder eine DVD zu holen und Popcorn und Zeug. Ich hab mir *Das Urteil – Jeder ist käuflich* nach ungefähr fünf Sekunden ausgesucht, aber sie brauchte ewig, hat auf jeder Hülle den ganzen Text durchgelesen und nach den Produzenten, Regisseuren und Drehbuchautoren geschaut – ihr wisst ja, wie sie ist. Schließlich hat sie sich *Lost In Translation* ausgesucht. Aber als wir wieder zu Hause waren, bestand sie darauf, zuerst ihren Film einzulegen, nachdem sie schon den halben verdammten Tag für sich in Anspruch genommen hatte, und da bin ich kurz ausgerastet und hab meine DVD nach ihr geworfen. Wenn sie sich nicht in dem Moment gebückt hätte, um den Eject-Knopf zu drücken, hätte ich sie am Kopf erwischt. Sie war total sauer. Ich meine, ich habe mich entschuldigt. Und als ich sagte, sie könne ruhig ihren Film zuerst abspielen, war sie wieder ganz friedlich. Aber stellt euch vor, ich hätte sie getroffen. Das hätte vielleicht die Sache sein können, die alles verändert hat.»

«Was meinst du damit?», fragte Hugh.

«Also, ich habe darüber nachgedacht, dass im Leben alles vom Zufall abhängt. Ich meine, was wäre gewesen, wenn die DVD-Hülle ihr eine Schnittwunde verpasst hätte und sie in die Notaufnahme gemusst hätte, damit das genäht wird? Das hätte alles verändert, oder? Ich meine, vielleicht wäre sie so fertig gewesen, dass sie für den Rest der Woche nirgendwohin mehr gefahren wäre. Oder vielleicht wäre es ihr zu peinlich gewesen, mit so einem fetten Pflaster auf der Stirn nach Dún Laoghaire zu fahren. Versteht ihr? Alles, was wir in den Tagen davor getan haben, hatte einen Effekt darauf.»

«Oh, komm schon.» Hugh warf die Zeitung auf den Haufen mit den anderen Zeitungen, die noch darauf warteten, durchforstet zu werden. «Das ist doch Quatsch. Du hattest überhaupt keinen Einfluss auf das, was passiert ist.» Er stützte sich auf die Marmorplatte, legte die Hände neben den Zeitungsstapel. «Ich möchte wirklich nicht, dass du so denkst. Das hilft uns nicht weiter.»

«Okay, aber», Cullie hob abwehrend die Schultern, «es geht doch nur, keine Ahnung, um Ursache und Wirkung.»

«Ja, gut, aber lass das bitte sein, Cullie.»

Hughs abweisender Ton brachte mich dazu, mich einzumischen. «Aber hat er denn nicht irgendwie recht, Hugh? Nicht wegen *ihrem* Streit, das meine ich nicht. Aber wegen meinem. Wenn ich sie gefahren hätte, wäre nichts passiert.»

«Nicht schon wieder. Kennst du deine Tochter denn überhaupt nicht?»

«Natürlich kenne ich meine Tochter, Hugh.» Ich trat von der Terrassentür weg und auf ihn zu.

«Wirklich? Dann wüsstest du nämlich, dass sie nicht abhauen würde, nur weil ihr einen Streit hattet. Und es war doch nicht einmal ein besonders heftiger. Wie oft hat es schon Streit gegeben, und sie hat ganz einfach weitergemacht wie immer?»

Das war neu. Hugh war mir noch nie so über den Mund gefahren, wenn wir uns gefragt hatten, warum sie gegangen sein könnte. Etwas hatte sich verändert.

«Aber was, wenn sie dieses Mal ...»

«Wenn sie was? Weggelaufen ist, weil du sie nicht fahren wolltest?»

«Aber ...»

«Nein, das reicht, Rosie, du weißt, dass das keinen Sinn ergibt. Diese öffentlichen Appelle an sie, nach Hause zu kommen, sind einfach *Bullshit*.»

Hugh schüttelte entnervt den Kopf, griff nach dem Zeitungsstapel und knallte ihn wieder auf den Küchentresen, sodass Cullie und ich zusammenzuckten. «Es ist nicht passiert, weil wir uns nicht dreimal umgedreht haben, bevor wir die Haustür geöffnet haben, oder weil wir die falschen Socken anhatten oder weil wir eine Minute an diesem Tag mal nicht nett zueinander waren. Das ist doch lächerlich. Das hatte nichts mit irgendetwas zu tun, das wir getan haben. Und weißt du, warum ich das so genau weiß? Weil wir hier über Saoirse reden. Und je länger das anhält, je mehr Zeit vergeht und sie nicht nach Hause kommt, desto mehr weiß ich ... nun ja, ich weiß, dass es nicht an ihr lag. Niemand hat sie gesehen, gottverdammt! Keine der Personen, denen sie vertraut, hat von ihr gehört. Das ergibt doch keinen Sinn! Jemand», sagte er und blickte mich mit seinen traurigen, müden, blauen Augen an, «muss sie daran gehindert haben, nach Hause zu kommen.»

Ich bedeckte meine Ohren mit den Händen und schüttelte den Kopf. «Nein», sagte ich. «Nein.» Ich wandte mich wieder der Terrassentür zu. Das war zu viel für mich, ich musste immer noch glauben, dass es ihre Entscheidung gewesen war.

«Aber es könnte doch jemand sein, der sie liebt», schlug Cullie vor im Versuch, seine Eltern wieder auf den festen Boden zurückzuholen, wo er uns beide gemeinsam brauchte. Ich drehte mich um und sah ihn an, um ihm meinen guten Willen zu demonstrieren.

«Ihr habt doch selbst gesagt, wir wissen nicht, ob sie irgendetwas mit jemandem laufen hatte.»

«Ich möchte das wirklich auch sehr gern glauben, Cullie, wirklich.» Hughs Ärger war verflogen, seine Stimme klang jetzt wieder normal, was ich erleichtert bemerkte. «Aber Aimee wüsste davon, wenn Saoirse auch nur den kleinsten Flirt gehabt hätte. Sie hat ihr immer alles erzählt, und Aimee hat uns gesagt, dass da nichts lief.»

«Klar, soweit sie wusste. Aber, Dad, wir alle haben unsere Geheimnisse, oder? Keine Ahnung, ich will nur sagen, dass wir das noch nicht ganz ausschließen können.»

«Er hat recht, Hugh. Er hat absolut recht.» Ich lächelte ihm aufmunternd zu, ein Appell, nicht aufzugeben.

«Gut, gut, dann könnt ihr ja weiter an eure Liebesgeschichte glauben.» Hughs Hände steckten jetzt in den Taschen, er hatte den Kopf gesenkt, als würde er die Schlagzeilen seiner Blätter lesen. Es dauerte einen Moment, bis ich begriff, dass er angefangen hatte zu weinen.

«Oh, Hugh.» Ich eilte zu ihm und nahm ihn in den Arm, aber anders als ich erwartet hatte, ließ er den Kopf nicht auf meine Schulter sinken.

«Sie kommt nicht wieder, Rosie», sagte er leise. «Sie kommt nie mehr wieder.»

«Ist in Ordnung, Hugh. Du bist bloß erschöpft. Du musst jetzt mal schlafen. Komm schon», sagte ich, legte ihm den Arm um die Taille und führte ihn zur Tür. Wir schafften es langsam die Treppe hoch und zu unserem Schlafzimmer, und dort brachte ich ihn ins Bett, zog ihm die Schuhe aus und deckte ihn zu. «Ruh dich aus», sagte ich. «Mehr musst du jetzt nicht tun.»

Als ich wieder unten war, saß Cullie immer noch am Küchentresen, den Kopf auf die Hände gestützt.

«Scheiße, es tut mir leid, Mum», sagte er und sah zu mir auf. «Ich wollte wirklich niemanden verletzen.»

«Ist schon in Ordnung, Liebling. Das weiß ich doch. Bei uns allen liegen ganz einfach die Nerven blank.» Ich durchquerte den Raum und zog meinen Sohn an mich und küsste ihn auf den Scheitel. «Alles wird gut.» Aber ich wusste, dass sich etwas geändert hatte. Und der Riss, der zwischen Hugh und mir entstanden war, ohne dass wir es überhaupt bemerkt hatten, dehnte sich immer weiter aus, bis wir eines Tages in eine Schlucht zwischen uns starrten.

Saoirses Abitur-Prüfungsergebnisse kamen ein paar Wochen später. Und sie hatte es geschafft: Sie hatte die Zulassung für den Studiengang Filmproduktion bekommen. Die Arbeit all der Wochenenden an ihren Kurzfilmen, *Bank* und *This Edible Life*, hatte sich ausgezahlt.

Ich nahm für sie den Platz am College an, als das Angebot eintraf.

«Warum machst du das, Rosie?», fragte Hugh.

«Warum denn nicht?» Ich wollte nicht glauben, dass er überhaupt gefragt hatte. Es war spät, wir lagen im Bett, ich hatte meinen Laptop auf meinen Schenkeln stehen. «Hugh», seufzte ich. «Ich weiß, dass du im Moment nicht so gut klarkommst, und das ist auch in Ordnung. Guck dir doch mal an, wie du in diesen letzten Monaten gekämpft hast. Vielleicht bin jetzt ich mal dran. Ich kann das jetzt. Ich werde dieses Schiff jetzt steuern. Mach dir keine Sorgen. Lass mich übernehmen, und du ruhst dich aus», versuchte ich dieses Gespräch abzubrechen, weil ich wusste, wohin es führen würde.

«Rosie, du musst endlich begreifen ...»

«Nein, Hugh», sagte ich entschieden, aber mit einem Lächeln. «Das muss ich nicht. Ich gebe den Glauben daran, dass sie wieder nach Hause kommt, nicht auf. Also, vielleicht hast du recht, dass jemand sie von uns fernhält, aber ich weiß, dass sie immer noch lebt. Und zwar nicht bloß, weil Patsy gesagt hat, dass ...»

An dieser Stelle schnalzte er entnervt.

Damals hatte Patsy bereits verkündet, dass sie spüre, Saoirse sei in der Nähe, irgendwo dort draußen, und versuche, nach Hause zu kommen.

«Hör bitte zu. Ich spüre das tief hier drinnen», ich legte mir die Hand aufs Herz, «genau hier. Ich kann sie spüren, und sie atmet. Und ich will nicht, dass du etwas anderes sagst, nicht in meiner Gegenwart und auch nicht in Cullies. Okay? Ich akzeptiere das nicht. Ich kann nicht.» Ich wischte mir eine ungewollte Träne von der Wange. «Ich kann dir nicht vorschreiben, was du denken sollst, Hugh, aber ich *kann* diesen Studienplatz am College für sie annehmen. Und ich *werde* sie weiterhin bitten, wieder nach Hause zu kommen.»

An dieser Stelle schwankte meine Entschlossenheit etwas. Und ich begann die Schärfe meiner Worte zu bedauern. «Bitte, Hugh, bitte lass mich das so machen. Lass mich dir beweisen, dass es noch Hoffnung gibt. Kannst du das für mich tun?» Ich nahm mit flehendem Blick seine Hand. Aber auf seinem Gesicht zeichnete sich keine Regung ab. Er blickte starr auf die Hand, die ich hielt.

Schließlich spürte ich, wie er meine Hand drückte.

«Okay», sagte er und bemühte sich um ein Lächeln. «Okay.»

Im folgenden Jahr, als sie noch immer nicht zurückgekehrt war, suchte ich den Rektor des Colleges auf, um ihn zu bitten, ihr den Platz noch einmal freizuhalten, und brachte ihre Skizzenblöcke und Notizbücher mit, schob die Sachen auf seinem Schreibtisch beiseite, damit er sehen konnte, was sie zustande gebracht hatte. Er hatte zugestimmt und seinen gläsernen Briefbeschwerer vorsichtig vom Rand wieder zurückgeschoben. Ich ging das nächste Jahr zu ihm und auch das folgende wieder. Jedes Mal versicherte er mir, dass er ihren Platz für sie freihalten werde, aber woher soll ich wissen, dass er Wort gehalten hatte? Vielleicht sagte er es bloß, um diese traurige Frau wieder aus seinem Büro zu kriegen. Als Jahr drei um war, bat Hugh mich, damit aufzuhören, aber ich konnte nicht. Vier Jahre in Folge ging ich hin, und jedes Mal lächelte dieser Mann, gab mir sein Wort, und jedes Mal beschloss ich, ihm zu glauben.

Mick Malone hatte uns auf eine Selbsthilfegruppe namens *Die Familie der Verschwundenen* hingewiesen, als er ungefähr eine Woche nach dem Verschwinden Saoirses zu vermuten begann, dass wir auf lange Sicht mit dieser Angelegenheit zu tun haben würden.

Hugh hatte sofort angerufen. Gerry Conroy, ehrenamtlicher Leiter der Gruppe, Ehemann von Fidelma und Vater von

Tadgh, der vor zwanzig Jahren verschwunden war, würde von unschätzbarem Wert für uns sein und hatte Hugh gleich zu Beginn beraten, was den Umgang mit der Polizei anbelangte – melde dich immer wieder bei ihnen, sagte er, mutiere zur Nervensäge. Er postete Saoirses Foto auf den Social-Media-Kanälen und der Website der Gruppe und leitete es an ihre internationalen Kontakte weiter.

Im Oktober, als wir wieder bei der Arbeit waren, schlug ich vor, Gerrys Einladung anzunehmen und zu dem jährlichen Treffen der Gruppe nach Carlow zu fahren. Hugh hatte zurückhaltend reagiert, aber wir waren alle hingefahren einschließlich Nina, Cullies neuer Freundin, die inzwischen zu einem festen Bestandteil unseres Lebens geworden war.

Maggie, die Mutter der verschwundenen Claire, war die Erste, die uns registrierte, als wir im Eingang standen und eingeschüchtert in den brechend vollen Veranstaltungsraum im Killeney Castle Court Hotel blickten. «Herzlich willkommen», sagte sie und zog mich in ihre Arme, als wären wir alte Freundinnen.

«Danke», entgegnete ich dieser Riesin von einer Frau. Sie war so groß, dass ich den Kopf recken musste, damit er nicht in ihrer Achselhöhle verschwand. Als sie mich losließ, dachte ich, ich sollte ihr besser erklären, wer wir waren, für den Fall, dass sie uns mit einer anderen Familie verwechselt hatte. «Ich bin Rosie Dunne, und das ist …»

«Hugh.» Sie war mir zuvorgekommen und umarmte ihn bereits. «Und du musst Colmán sein. Schöner Mann.» Noch eine Umarmung, ein weiterer leicht verwirrter Dunne.

«Und ich bin Nina.» Nina hatte Maggie sofort enthusiastisch in die Arme geschlossen. «Danke, dass ich hier sein darf.»

«Oh, du meine Güte, natürlich!» Maggie, nun mit dem Umarmen fertig, stand vor uns und schenkte uns nacheinander ein Lächeln, bis sie sich schließlich auf Hugh und mich konzentrierte. «Wir haben gehofft, dass ihr kommt. Gerry hat mir gesagt, ich soll hier stehen bleiben und nach euch Ausschau halten.»

«Gerry war eine große Hilfe», sagte Hugh.

«Nun, das ist unser Job, füreinander da zu sein. Unser ungeschriebenes Motto: Sei einfach da. Also, ich weiß, das Setting hier kann im ersten Moment etwas erdrückend wirken, aber das sind wir: die Familien der Vermissten. Eltern, Kinder, Onkel, Tanten, Großeltern, Cousins, Freunde, wir sind alle hier.» Sie zeigte in den Raum, da war ein fröhlicher Haufen von Leuten versammelt, die sich untereinander auf den neuesten Stand brachten.

«Und das hier ist Ultan.» Sie zog einen Mann an ihre Seite. «Meine bessere Hälfte, Gott, ich liebe ihn. Fragt mich nicht, wie ich auf einen Mann aus Kerry verfallen konnte.»

«Du hast eben Glück gehabt», antwortete Ultan, schüttelte uns die Hände und hieß uns in diesem Chaos willkommen.

An jenem Tag beobachtete ich Hugh von der Hotelbar aus, der in der Gruppe, von der ich mir gewünscht hatte, sie würde ihm aus seiner Erstarrung helfen, ihm zumindest wieder Hoffnung geben, absolut verloren wirkte. Er stand bei Ultan, zwei anderen Männern und einer Frau. Sein Gesichtsausdruck war völlig emotionslos, und er sprach nur, wenn man ihm eine Frage stellte, versuchte dann zu lächeln. Ich hatte keine Ahnung, wo Cullie und Nina in diesem Moment waren – als ich sie zuletzt gesehen hatte, standen sie lachend in einer Ecke mit einer Gruppe junger Leute zusammen. Aber da waren sie jetzt nicht mehr.

«Kommt er klar?» Maggie deutete mit dem Kinn auf Hugh.

«Er ist, also ... wir haben zu kämpfen, ehrlich gesagt.»

«Natürlich. Wie sollte es auch anders sein?»

«Maggie?» Ich beschloss, dieser Frau, die an diesem Tag so herzlich zu mir war, kaum von meiner Seite wich und mich so vielen Leuten wie möglich vorstellte, mein Vertrauen zu schenken. «Warum bist du so sicher, dass eure Claire, also ... tot ist?»

Sie hatte mir bereits erzählt, dass sie fest daran glaubte, ihre Tochter sei von einem Mann ermordet worden, der beinahe doppelt so alt war wie sie und völlig vernarrt in sie gewesen war.

«Ich wusste es von Anfang an. Mütterliche Intuition. Ultan konnte es nicht ertragen, wenn ich das sagte, aber als die Beweislage immer offensichtlicher wurde, schloss er sich allmählich meiner Meinung an.»

«Wir haben nichts, keinen Beweis, was genau passiert ist, null Komma nichts. Aber ich weiß, dass sie immer noch da draußen ist und lebt.»

«Bleib dabei.» Sie deutete mit ihrem Gin-Tonic-Glas auf mich. «Hör auf deinen Instinkt. Glaub ihm und lass dich von ihm durch diesen Mist leiten. Was auf euch zukommt, wird nicht leicht werden, also wirst du deinen Instinkt brauchen.»

«Du glaubst nicht, dass ich mich täusche, wenn ich denke, dass sie immer noch lebt?»

«Solange Mick Malone hier nicht mit dem wasserdichten Beweis aufgekreuzt ist, dass sie tot ist, ist alles möglich.»

«Und den hat er bei eurer Claire.»

«So ziemlich. Wir müssen jetzt nur noch dieses Schwein festnageln.» Sie nahm einen Schluck von ihrem Drink. «Ich vermute, er ist nicht ganz deiner Meinung?» Sie nickte in Hughs Richtung.

«Nicht mehr, nein. Er hält es inzwischen kaum noch aus, wenn ich über den Fall rede. Aber du hättest ihn mal am Anfang sehen sollen. So ein Krieger. Ich wüsste nicht, was ich ohne ihn getan hätte.»

«Jepp, bei uns ist es andersrum, ich kenne das gut. Und die Streitigkeiten – brauchst du mir nicht zu erzählen. Aber solange Ultan noch bei mir ist, irgendwo im Haus, selbst wenn er auf der Couch schläft, weiß ich, ich kann weitermachen.»

«Hugh schläft jetzt im Gästezimmer.»

«Ach, das Leben. Meist ist es bloß ein Sack voller Steine. Aber wir werden da durchkommen, meine Liebe. Ich verspreche es dir. Ist dieser Haufen hier nicht Beweis genug dafür?»

Da musterten wir sie gemeinsam, die Menschen in diesem Raum, die sich einander zuwandten, einander Rat gaben, weinten, über etwas lachten, an das sie sich von ihren verschwundenen Lieben erinnerten, und zum ersten Mal in vier Monaten fühlte ich es wirklich – selbst Hugh muss es gefühlt haben, ich war mir sicher: so etwas wie Hoffnung.

Aber als wir wieder nach Hause fuhren, wirkte er noch düsterer als bei der Hinfahrt. Wir alle waren müde. Selbst Nina, das Mädchen, das wir gerade erst kennenzulernen begannen und das sich noch für die kleinsten Kleinigkeiten begeistern konnte, war jetzt still. Aber Cullie war ruhelos – ich konnte es im Rückspiegel sehen, während ich fuhr. Ich kannte die Anzeichen von früher: eine Hand, die permanent über den Wirbel an der linken Seite seines Haaransatzes strich.

«Weißt du», sagte er genau in dem Moment, als ich meiner Neugierde nachgeben und ihn fragen wollte, «eins der Mädchen, Sandy – hieß die so?» Er blickte Nina an.

«Blau gefärbte Haare? Ja, die hieß Sandy.»

«Sie sagte, dass dieser Mann, David Walsh hieß er, glaube ich, also dass seine Leiche gerade an der Küste unten in Wexford angespült worden ist. Er war seit einigen Monaten vermisst.»

Mehr sagte er nicht, aber ich konnte spüren, dass er mich ansah und auf meine Reaktion wartete.

«Ah.» Ich nickte, hielt den Blick auf die Straße gerichtet. Ich merkte, dass sich Hugh auf dem Beifahrersitz zu mir drehte, aber ich sah weiter auf die Straße. «Das ist sehr traurig für Davids Familie», sagte ich.

«Ja, aber dafür haben sie ihn jetzt, oder? Ich meine, sie wissen, was passiert ist. Also, das muss doch besser sein als dieses ewige Warten.»

«Das verstehe ich», begann ich, zögerte dann und horchte in mich hinein, um aus all dem, was Maggie und ich vorher besprochen hatten, Kraft zu ziehen. «Klar wollen wir auch, dass das hier so schnell wie möglich vorbei ist, aber wir müssen weiterhin darauf vertrauen, dass sie da draußen ist und lebt. Wir haben das doch besprochen. Wir *werden* sie zurückbekommen.»

Ich blickte in den Rückspiegel. Cullie starrte aus dem Fenster, wobei er wieder auf seinem armen Daumen herumkaute. Ich sah, wie Nina ihm schnell die Hand aufs Knie legte und es liebevoll zu streicheln begann. Mein Sohn schien inzwischen so ähnlich zu denken wie sein Vater, nämlich dass Saoirse tot war.

In den folgenden Jahren versuchte Mick mehrmals das Interesse an dem Fall wiederzuerwecken, indem er mich bat, weitere Interviews zu geben. Hugh war nicht länger bereit dazu. Anders als in meinen leisen, schüchternen Anfängen war ich viel selbstbewusster geworden und unbeirrbar.

«Ich meine, wollen Sie mir sagen», fragte ich Miriam O'Callaghan auf *Prime Time Investigates*, «dass niemand sie gesehen hat? Das kann nicht sein. Irgendjemand irgendwo weiß etwas.»

Direkt danach rief jemand bei der Polizei an und behauptete, er hätte Saoirse am Tag ihres Verschwindens im Auto von Dún Laoghaire mit nach Wexford Town genommen. Während wir darauf warteten, dass die Polizei diesem Hinweis nachging, kaute ich mir die Fingernägel ab, schob die Dinge auf dem Kaminsims hin und her und setzte ohne Grund Wasser auf. Aber es war eine Lüge. Die Ehefrau des Mannes hatte bestätigt, dass er an jenem Tag nicht einmal in der Nähe von Dublin gewesen war. Er war mit ihr zu Hause gewesen. Sie hatten eine Tochter bei einem Autounfall verloren, als diese sieben Jahre alt gewesen war, und deshalb ging es ihm schlecht, hatte sie gesagt, aber er hätte es nicht böse gemeint. Und dann gab es diese Frau, die gesehen hatte, wie vor einem leer stehenden Haus neben ihrem eigenen in Enniskerry ungefähr zu der Zeit von Saoirses Verschwinden ein Wagen vorgefahren war. Der Fahrer hatte etwas Unförmiges hineingetragen, war aber nach einer Weile mit leeren Händen wieder herausgekommen. Die Polizei durchsuchte das Haus vom Dach bis zum Keller. Mick berichtete sogar, dass sie Sonargeräte angefordert hatten, um sicherzugehen, dass nichts unter dem Zementfußboden begraben war. Aber es war fruchtlos gewesen. Angesichts dieser immer neuen Sackgassen wirkte Hugh nur noch niedergeschlagener, schloss sich im Gästezimmer ein und wollte am folgenden Montag auch nicht zur Arbeit gehen, bis sein Bruder Ely kam, an seine Tür klopfte und hineingelassen wurde.

Im November des Jahres, nachdem Cullie am Maynooth College angefangen hatte und mit Nina in eine Studentenbude in der Stadt gezogen war, hatte Mick bei uns geklingelt. Es war schon spät, als Hugh und ich ihm gegenübersaßen und ihn von einem Mann sprechen hörten, einem Sexualstraftäter, der einige Monate vor Saoirses Verschwinden versucht hatte, einen zwölfjährigen Jungen in sein Auto zu zerren, was ihm nicht gelungen war, und einige Monate danach ein dreizehnjähriges Mädchen. Diese Ereignisse waren erst jetzt, bei einer Überprüfung der Berichte vom Sommer 2009, wieder ans Tageslicht gekommen und konnten vielleicht etwas mit unserem Fall zu tun haben.

«Aber Saoirse war siebzehn. Eine Erwachsene, kein Kind», sagte ich, verwirrt von der Verbindung, die er da zu sehen meinte.

Hugh schwieg, und sein rechtes Bein federte hoch und runter.

«Diese Menschen», sagte Mick, «sind nicht immer nur auf einen Typus fixiert. Manche greifen sich, wer auch immer da ist und verletzlich wirkt, jemanden, den sie schnell überwältigen können.»

«Aber niemand hat an dem Tag einen Wagen in der Sackgasse gesehen, wenn ich mich recht erinnere.»

«Nein, obwohl das nicht heißt, dass keiner da war, Rosie.»

«Und dann gab es ja noch das Fahrrad», sagte Hugh, «das einfach liegen gelassen wurde.»

«Wir haben bereits die Namen von ein oder zwei Verdächtigen, die zu diesem Profil passen», sagte Mick. «Wir überprüfen sie gerade. Ich weiß, dass das hart ist, aber ich wollte Sie beide rechtzeitig vorwarnen für den Fall, dass das in die Zeitungen kommt.»

«Nein», ich schüttelte den Kopf. «Es kommt mir nicht so vor, als ob das irgendetwas mir Saoirses Fall zu tun hätte.»

«Herrgott, Rosie, er bittet uns hier nicht um unsere Erlaubnis», sagte Hugh entnervt und strich sich mit den Händen übers Gesicht. «Lass sie einfach ihre Arbeit machen, okay?»

«In Ordnung», gab ich nach, verstört über die Heftigkeit seiner Reaktion.

Die Nächte danach waren ewig lang und schlaflos. Ich ging durch unseren Flur, in die Küche und wieder in den Flur. Lass sie tot sein, flüsterte ich den Wänden im Vorbeigehen zu und in die leeren Räume hinein, durch die ich wanderte, bitte lass sie tot sein, es war das einzige Mal, dass ich das je vom Universum erbat. Wenn es das ist, was passiert ist, dann lass das Monster sie von ihrem Elend erlöst haben. BITTE. Ich schaute und horchte und schnüffelte, wartete auf eine Bestätigung oder Ablehnung meiner Bitte, aber nichts geschah.

Mick konnte dann bei keinem der Verdächtigen eine Verbindung zu Saoirse herstellen, beide hatten Alibis.

«Gott sei Dank», weinte ich an Hughs Hals, an den ich mich an dem Abend klammerte, als Mick mit diesen Neuigkeiten anrief. «Habe ich nicht immer gesagt, dass sie noch da draußen ist?»

Aber er erwiderte nichts, und ich löste mich wieder von ihm. Wie weit wir uns voneinander entfernt hatten, dachte ich traurig, während ich ihn von der Seite ansah, wie sehr unsere Vorstellungen inzwischen voneinander abwichen.

Überfahren worden, ja. Deine Freundin ist überfahren worden, sagte das Mädchen zerstreut.

Direkt bevor sich Saoirses Verschwinden das siebte Mal jährte, klopfte Hugh an unsere Wohnzimmertür. Zu diesem Zeitpunkt hatte er bereits das E-Piano gekauft und sich nach der Arbeit wie immer dorthin zurückgezogen, nachdem er gegessen hatte, was ich ihm hingestellt hatte, und so war ich überrascht, ihn in der Tür stehen zu sehen, unsicher, wie es schien, ob er nun hereinkommen durfte oder nicht.

«Was ist?» Sofort hatte ich Angst, dass etwas geschehen war und er es mir vorsichtig beibringen wollte.

«Alles gut. Kann ich mich zu dir setzen?»

«Natürlich.»

Ich legte die Zeitungen weg und schaltete den Fernseher auf stumm. Wenn ich nicht knietief in etwas Neuem steckte, das mit dem Fall oder mit den Familien der Verschwundenen, zu denen ich Kontakt hielt, zu tun hatte, schaute ich mir Natur-Dokus an. Das war alles, was ich noch ertragen konnte.

«Möchtest du hier sitzen?» Im Laufe der Jahre hatte ich seinen Drehstuhl in Beschlag genommen. Ich hatte mich schon halb erhoben und hielt die Zeitungsseiten an meine Brust gedrückt, damit sie nicht herunterfielen.

«Nein, nein. Ich kann mich sehr gern auf die Couch setzen.»

Und da saß er dann und blickte mich alle paar Augenblicke verstohlen an.

«Hugh?», fragte ich schließlich und legte die Zeitungen wieder ab. «Komm schon, was ist denn los?»

«Kann ein Mann nicht einfach reinkommen und eine Weile mit seiner Frau zusammensitzen?»

«Natürlich kann er das. Und die Frau freut sich ja auch. Aber der Mann hat hier schon sehr lange nicht mehr sitzen wollen, und deshalb macht sie das ein bisschen nervös.»

Erst nachdem ich ihn wieder bei mir hatte, begriff ich, wie sehr ich ihn vermisst hatte. Seine stille, ruhige Anwesenheit. Ein Mann, der früher in der Werbepause mal eben rausgegangen und mit einem Glas Wein oder einer Tasse Tee für mich wiedergekommen war, ohne dass ich auch nur eine Andeutung gemacht hätte.

«Also, wenn es nichts gibt, worüber du speziell reden möchtest, habe ich schlechte Neuigkeiten für dich: Es läuft leider nichts Spannendes. Aber schau doch einfach selbst.» Ich reichte ihm die Fernsehzeitung. «Aber gleich läuft *Doc on One* im Radio, wenn du das hören willst. Oder du kannst mir helfen, einen Ort für die diesjährige Versammlung zu finden.»

Seit jenem ersten Mal hatte ich das jährliche Treffen der Familien der Verschwundenen regelmäßig besucht. Manchmal zusammen mit Hugh und Cullie, aber manchmal auch allein. Im vorigen Jahr hatte uns der irische Präsident alle auf seinen Amtssitz, den Áras, eingeladen. Wir hatten mit Michael und dessen Frau Sabrina zusammengesessen. Sie waren liebenswürdig und aufmerksam gewesen und hörten sich unsere Geschichten an, als wären sie nicht schon ausführlich von ihren Mitarbeitern gebrieft worden. Wir aßen Kanapees und pflanzten nachher direkt vor ihrem Eingang einen Baum im Garten für die so schmerzhaft Abwesenden. Michael sagte, er wolle ihn dort haben, sodass er ihn sehen könne, wenn er mit den Hunden rausging, damit sich noch eine weitere Seele an sie erinnere und sie dazu bringe, nach Hause zurückzukehren. Ansonsten wechselten wir uns bei der Organisation unserer jährlichen Zusammenkünfte ab. Dieses Jahr war ich an der Reihe.

Hugh nahm die Fernsehzeitung und begann sie durchzublättern, ohne wirklich hinzusehen. «Wie wäre es mit der Royal Marine?», schlug er vor.

«Bisschen teuer?»

«Also, die Architects Association hat dort ein paar Treffen abgehalten, und die Leute geben nicht sehr gerne Geld aus, also vermute ich, dass es gar nicht so viel war, wie du denkst.»

«Okay. Dann rufe ich da morgen mal an.» Ich hielt inne. «Oh, warte mal, wie ist es mit Parkplätzen?»

Er sah auf, kniff ein Auge zusammen und versuchte sich zu erinnern. «Keine Ahnung. Ich gehe normalerweise zu Fuß hin.»

«Du weißt ja, wie die Conroys sind. Wenn es keine bequem erreichbaren Parkplätze gibt, kommen sie womöglich nicht. Fidelmas Hüfte geht es gerade nicht so gut. Und ich möchte wirklich, dass sie dabei sind. Sie haben einen schönen Tagesausflug verdient. Wir alle. Könnten wir das von unserem Geld bezahlen, was meinst du, Hugh?»

Ich dachte einen Moment lang, er hätte mich nicht gehört, weil es so lange dauerte, bis er antwortete. Oder vielleicht dachte er auch, dass ich unter Wahnvorstellungen litt, so etwas vorzuschlagen, wo wir doch praktisch abgebrannt waren. Unsere Bankkonten waren ziemlich leer geräumt, während unsere Kreditkartenschulden immer größer wurden, und zwar so sehr, dass inzwischen unser ganzes Geld aufgebraucht war. Wir hatten nur noch das Haus, das wir aber gerade von Neuem belastet hatten, und Hughs Firma, die seine treuen Mitarbeiter all die Zeit am Laufen gehalten hatten – und weiterhin am Laufen hielten, wie er behauptete. «Ich bin nicht mehr der Mann, der ich mal war», sagte er oft.

«Rosie, ich glaube nicht, dass es eine gute Idee ist, einen Präzedenzfall zu schaffen und alles zu bezahlen, weil dann die Nächsten, die mit der Organisation dran sind, glauben werden, sie müssten das auch tun. Außerdem ist Mitleid das Letzte, was diese Leute wollen. Wir kriegen schon genug von da draußen.» Er deutete mit der Zeitschrift aufs Fenster, auf die Welt der anderen, die niemals würden ergründen können, was wir durchmachten. «Wir sollten einen schönen Veranstaltungsraum mieten, und jeder bezahlt für sich, so wie wir es immer gemacht haben.»

Er hatte das widerstrebend gesagt, weil er ohne Zweifel wusste, wie glücklich es mich gemacht hätte, diesen Leuten etwas zu schenken. Aber er hatte recht. Wir Familien hatten genug mit uns selbst zu tun, mussten nicht mit den Nachbarn mithalten.

Aber in der anderen Sache hatte er sich geirrt.

«Es geht mir nicht um Mitleid, Hugh. Es wäre eine Möglichkeit, ihnen zu danken: Maggie, Gerry, Ultan, jedem, für ihre Freundlichkeit, ihr Verständnis. Das bloße Zusammensein mit ihnen gibt mir das Gefühl, kein Freak zu sein. Ich kann mit ihnen über alles reden, und sie verstehen es. Sie sind alles, was wir haben.»

Er sah nicht sofort auf, aber ich registrierte sein Nicken, bevor er sagte: «Ich weiß.»

Ich schrieb «Royal Marine anrufen» auf die To-do-Liste für den nächsten Tag, auf der bereits stand, dass ich das Sekretariat des Präsidenten, das Büro des Premierministers und den Justizminister anrufen musste. Es war eine Weile her, dass ich sie angerufen hatte. Es half, Leute wissen zu lassen, dass wir immer noch da waren.

«Hör mal, Rosie ...» Und da war er jetzt, der veränderte Tonfall, der bedeutete, dass ich recht gehabt hatte, dass es einen Grund für sein Hiersein gab. Er legte die Fernsehzeitung vorsichtig neben sich auf die Couch und tätschelte sie.

«Ich habe mit Mick gesprochen, und ich wollte dich das auch wissen lassen.»

Wir sahen uns einen Moment lang an.

«Und?», ermunterte ich ihn misstrauisch.

«Erinnerst du dich daran, dass Gerry Conroy uns vor längerer Zeit gesagt hat, es muss ganz am Anfang gewesen sein –, dass man einen Menschen, der verschwunden ist, nach sieben Jahren … ähm, na ja, für tot erklären lassen kann? Wenn das die Familie will, genauer gesagt. Also, ich will damit nicht sagen, dass wir das tun sollten. Ich wollte nur wissen, ob du dich daran erinnerst, das ist alles.»

Natürlich erinnerte ich mich daran. Alle Familien wussten davon. Aber wir wussten auch, dass es hauptsächlich darum ging, dass die Familie, falls nötig, an den Nachlass des Betreffenden oder an die Lebensversicherung oder etwas in dieser Art herankommen konnte.

«Warum?», begann ich. «Warum willst du wissen, ob ich mich daran erinnere?»

«Bitte, Rosie. Ich habe doch schon gesagt, dass ich damit nicht sagen wollte …»

«Warum kommst du dann darauf zu sprechen? Es ist doch nicht so, dass sie einen Haufen Geld gespart hat, an das wir rankommen müssten. Sie ist siebzehn, Hugh. *Siebzehn*.»

Und da war er, mein großer krasser Fehler, der wie ein lautes Echo durch den Raum rollte, ein penetranter Patzer. Denn Saoirse war nicht mehr siebzehn. Sie würde demnächst vierundzwanzig werden.

«Du weißt, was ich meine.» Ich schüttelte den Kopf und schloss die Augen, frustriert über mich selbst.

«Ich will das gar nicht unbedingt, Rosie. Ich … ich finde es nur so hart. Ich meine, wäre es denn so falsch zu akzeptieren, dass sie nun einmal fort ist?» Seine Stimme klang gepresst, als er so an mich appellierte, und vielleicht auch ein wenig vor Scham, es laut ausgesprochen zu haben.

«Ich weiß, dass sie *fort* ist, Hugh. Deshalb versuche ich ja, sie zurückzubekommen.» Meine Stimme war im Gegensatz zu seiner fest und ruhig. Ich klang vernünftig, fand ich, wenn nicht sogar ein bisschen frostig.

«Ja, aber du glaubst, dass sie noch lebt.» Er stand auf, streckte jetzt eine Hand aus, um seine Sicht auf die Dinge zu verteidigen. «Du willst einfach nicht wahrnehmen, was so verdammt offenkundig ist.»

«Hugh, bitte.» Ich konnte ihn nicht ansehen, konnte es nicht ertragen, seine Worte zu hören. Wir kannten doch unsere unterschiedlichen Standpunkte. Konnte er mich nicht in Ruhe lassen, durfte nicht weiterhin jeder von uns auf seiner Meinung beharren und das glauben, was er für das Richtige hielt, so wie wir es schon so lange machten?

«Nein», antwortete er leise, flüsterte es beinahe. Ich hatte einen Schwall von Protesten und Beteuerungen erwartet. Aber nicht dieses schlichte, stille, eindeutige Nein. Ich starrte ihn an, während er wieder auf die Couch sank. «Es ist so schwer, Rosie. Dich in deinem Wahn zu sehen.»

«In meinem *Wahn*.»

Er schüttelte seinen gesenkten Kopf, starrte auf den Teppich, den wir schon so viele Jahre hatten – alles im Haus war unverändert geblieben für den Moment, wenn sie wieder durch die Tür hereinspaziert kommen würde. «Es tut einfach so weh. Dass du so bist, versetzt mich immer wieder an diesen schrecklichen Ort zurück, wo du vielleicht recht hast und am Ende alles gut ausgeht. Bis ich wieder bei Sinnen bin und sehe, dass das niemals passieren wird. Ich will nicht – nein, ich *kann* nicht – so weitermachen. Und ich glaube, dass du im Grunde deines Herzens auch weißt, dass Saoirse dort, wo immer sie jetzt ist, in dieser verdammten Minute, nicht mehr atmet. Ich brauche einfach ein Ende, und ich will, dass du das akzeptierst, weil … ich sonst nicht weiß, wie ich das hier alles noch ertragen soll.»

Und dann begann er zu schluchzen, große dicke Tränen fielen auf den Teppich. Seine Bitte hatte mich schockiert verstummen lassen. Sie machte mich ratlos. Wenn ich ihn jetzt tröstete, könnte er meinen, dass er mich überzeugt hatte. Wenn ich nur ein wenig nachgab, konnte er weiterbohren und weiterbohren, bis ich meinen Widerstand aufgab und sie ebenfalls für tot erklärte. Sieben Jahre lang hatten wir uns an das geklammert, was uns jeweils aufrecht hielt, während wir angespannt in unseren verschiedenen Ecken des Hauses saßen, und meine Abwehrkräfte waren so schwach geworden wie seine. Nie im Leben hätte ich gedacht, dass er mich je um so etwas bitte würde. Und ebenso wenig hätte ich mir vorstellen können, dass meine Haltung ihn so verletzen konnte, dass er die dringende Bitte an mich richtete, damit aufzuhören.

Aber das konnte ich nicht.

Ich stand auf und ging zur Wohnzimmertür. Im Vorbeigehen konnte ich sehen, dass er seinen Kopf nicht erhoben hatte, nicht protestierte, weil ich ging.

Am nächsten Tag beim Frühstück wandte ich mich ihm nicht zu. Wir aßen und tranken schweigend. Und als er schließlich zur Arbeit aufbrechen wollte, die Radtaschen gepackt und die Fahrradsachen angezogen hatte, lehnte er sich an den Türrahmen.

«Rosie, du musst das verstehen.»

«Ich habe für das Abendessen an Hähnchen gedacht. Ist dir das recht?» Ich sagte das so strahlend wie möglich, drehte mich nicht zu ihm um, sondern öffnete stattdessen die Kühlschranktür und starrte konzentriert ins Innere.

Aus dem Augenwinkel bemerkte ich, dass er mich ansah. Ich stellte mir seinen ungläubigen Gesichtsausdruck vor, den leicht geöffneten Mund, seine Augen, die sich schlossen, während er einen Seufzer ausstieß oder sich mit der Zunge über die Unterlippe fuhr. Ein Moment verging und dann noch einer, in dem ich mir nur wünschte, dass er ging. Dass er endlich ging und das Thema nie wieder zur Sprache brachte.

«Klar, Hähnchen», antwortete er schließlich in einem Tonfall irgendwo zwischen verzweifelt und sarkastisch. Ich wagte einen Blick in seine Richtung und sah, dass er konzentriert seine Fahrradschuhe musterte. Und dann, ohne ein weiteres Wort und ohne den Blick zu heben, drehte er sich weg und ging klappernd auf seinen Fahrradschuhen zur Hintertür.

Ich atmete stoßweise aus, ließ mich in die Hocke sinken und streckte eine Hand aus, die Finger gespreizt wie Spinnenbeine, um mich auf dem Boden abzustützen, damit ich nicht umfiel.

Schon am nächsten Tag sprach ich mit Hugh, als hätte es jenen Abend nie gegeben. Ich schob ihn vollkommen weg, redete und redete, füllte jeden Raum zwischen uns aus, sodass er nie wieder eine Lücke finden würde. Mick hier, Mick da, dieses Interview, jenes Interview, Plakate, Websites, Foren, Hotlines. Ich füllte den Raum mit allem, was ich unternahm, unternehmen würde, zu unternehmen plante. Aber vor allem stellte ich sicher, dass er nie wieder diese Worte aussprach: dass sie tot sei.

Und dann, eines Tages, eine Woche oder vielleicht auch zwei nachdem wir gesprochen hatten, tauchte mein Sohn auf.

«Cullie, höchstselbst! Ich hab gerade mit dem Mann von

RTÉ gesprochen, wie heißt er noch, äh, du weißt schon, der … hört sich an wie Caravan.» Ich schnippte zwei-, dreimal mit dem Finger und versuchte mich an den Namen des Reporters zu erinnern, dabei hatte ich eben erst aufgelegt, als mein Sohn aufschloss. «Garvin, jetzt fällt's mir wieder ein.»

«Schön, dich zu sehen, Mum.»

«Ja, ja, entschuldige, komm rein, komm rein.» Ich küsste ihn auf die Wange. «Möchtest du einen Tee? Ich habe eine Kanne aufgesetzt, aber das ist Stunden her. Wie spät ist es eigentlich? Warum bist du nicht bei der Arbeit?»

«Weil heute Abend kein Klub ist.» Er wirkte genervt. «Es ist halb sieben.»

Jugendklub war nicht jeden Dienstag. Warum musste er mich immer wieder daran erinnern?

«Halb sieben? Das kann doch nicht sein. Als ich das letzte Mal nachgesehen habe, war es erst ein Uhr. Ich setze noch mal eine neue Kanne auf. Aber warte, Abendessen. Ich mache uns was. Nudeln mit ein bisschen Parmesan? Geht ganz schnell. Du magst doch Nudeln mit Parmesan, oder? Zumindest glaube ich, dass ich Parmesan habe. Ich und einkaufen, das ist so ein Ding in diesen Tagen.»

Ich war schon in die Küche geeilt, und er folgte mir auf dem Fuß.

«Ja, ich mochte Nudeln mit Parmesan, als ich vier war, Mum. Aber du musst mir wirklich nichts zu essen machen. Ich habe schon gegessen.»

«Bist du sicher? Ich kann dir was machen, und du kannst es in einer Tupperdose für dich und Nina mitnehmen.»

«Mum, wirklich, lass es. Kannst du bitte mal mit …», er ließ seine Hand kreisen, «diesem Rumgerenne aufhören.»

Daraufhin ließ ich sofort die Hände sinken wie ein Kind, das der Lehrer ermahnt hatte.

«Entschuldige, Mum, aber du scheinst manchmal einfach keinen Aus-Knopf zu haben.» Er zog seine Jacke aus, legte sie auf einen der Hocker vor der Kücheninsel und setzte sich.

Ich hatte noch nie jemanden gesehen, der von jetzt auf gleich todmüde aussehen konnte. Als wäre eine Visagistin hereingeschlüpft, ohne dass ich es bemerkt hätte, und hätte ihm vom Haaransatz bis zum Kinn grauen Gesichtspuder aufgetragen und dann noch extra dunkle Schatten unter seine großen Augen geschminkt. Ich war diejenige, die ihn ermüdete, ich.

Nicht zum ersten Mal entdeckte ich Hugh in ihm. Mit jedem Jahr, das verging, sah Cullie seinem Vater immer ähnlicher. Und jetzt lächelte er mich auch noch schmallippig an, Hughs Spezialität.

«Hör mal, Mum, ich habe mit Dad gesprochen und ...» Ich war noch in Gedanken versunken, fragte mich, ob sich Saoirse im Laufe der Zeit auch mehr und mehr in mich verwandelt hatte. Ich hatte seine Worte gehört und versuchte, sie nicht weiter zu beachten, weil ich in Wahrheit den Rest nicht hören wollte, aber er rückte natürlich trotzdem damit heraus. «... also, es tut ihm sehr leid wegen dieser Sache mit den sieben Jahren. Er wollte das doch nie tun. Er hat sich bloß nicht so gut ausgedrückt, das ist alles. Er möchte nur, dass ihr beide an einem Strang zieht.»

«Bitte, Cullie, ich glaube, es ist wirklich das Beste, wenn wir das auf sich beruhen lassen.» Ich hatte mich schon wieder in Bewegung gesetzt und füllte jetzt den Wasserkessel, damit wir Tee oder Kaffee trinken konnten oder was immer er inzwischen trank, und dieses Gespräch nicht führen mussten, zu dem ich nicht in der Lage war und erst recht nicht mit ihm. «Wie geht's Nina?», sagte ich, um das Thema zu wechseln.

«Mum.»

«Wollte sie nicht einen anderen Aufgabenbereich? Macht sie jetzt Öffentlichkeitsarbeit oder so was?»

«Mum, können wir Nina mal beiseitelassen?»

«Mhm, das würde ihr jetzt aber gar nicht gefallen. Aber sie ist wirklich schlau, oder? Ich meine das nicht bloß intellektuell, ich meine ihr ganzes Wesen. Sie hat etwas Ätherisches, sagt man das so? Sie wüsste das – sie kann sich so wunderbar ausdrücken, nicht? Sie sollte häufiger für uns in die Radiosendungen gehen.» Inzwischen tippte ich schon «ätherisch» in mein Smartphone.

«Mum, ernsthaft!»

«Ah, ja, Leichtigkeit, verstehe. Oh, warte, luftig, Nonchalance. Vielleicht nicht genau das, was ich ...»

«Himmel noch mal, Mum!!»

Aber ich sah nicht zu ihm auf, trotz der Verärgerung in seiner Stimme. Meine Versuche, ihn vom Thema abzulenken, waren gescheitert, also ließ ich mein Handy auf dem Tresen liegen und wandte mich wieder dem Kessel zu, um ihm einen Tee zu machen, ihm einen Becher, Milch und Zucker hinzustellen, ohne ihn auch nur einmal anzusehen.

Schweigend saß ich zu seiner Linken, schwenkte den Teebeutel in meinem Becher, sah zu, wie sich das Wasser verfärbte, im Wissen, dass ich es gar nicht trinken würde, ich war nur eine mäßige Teetrinkerin, darin eigentlich gar nicht irisch. Meine Aufmerksamkeit galt dem Eintauchen und Schwenken des Teebeutels, nicht dem Geschmack des Tees.

«Mum, du weißt, dass es so nicht weitergehen kann. Dieser permanente überreizte Energieaufwand.»

«Ich gebe sie nicht auf, Cullie, falls es dir darum geht.» Ich hatte das sehr entschieden ausgesprochen, vielleicht ein bisschen zu entschieden.

«Wer sagt denn, dass du sie aufgeben sollst?»

«Dein Vater. Und du, wenn ich dich so höre.»

«Wirklich? *Das* ist es, was wir deiner Meinung nach tun? Jedes Mal, wenn ich die Website update, dann gebe ich sie auf? Jedes Mal, wenn ich einen neuen Vermissten-Tweet weiterverbreite? Jedes Mal, wenn ich mir einen Tag freinehme, damit wir uns mit den Conroys und den Bellows treffen, heißt das, dass ich sie aufgebe? Wir müssen also alle herumlaufen und der ganzen Welt dauernd erzählen, dass sie noch lebt? Ist das die einzige Art, für Saoirse zu kämpfen? Auf die Rosie-Dunne-Art oder gar nicht? Wirklich?»

Ich antwortete nicht, sondern hielt meinen Blick auf seinen Teebecher geheftet, den er nicht angerührt hatte.

«Ich will auch, dass sie noch lebt, Mum. Ich will das so sehr. Glaubst du nicht, dass Dad das auch will?»

Ich sah ihn immer noch nicht an und schwenkte wieder meinen Teebeutel im Becher. Und dann ließ er seinen Kopf auf den Tresen sinken und seufzte. Erst da gab ich nach und stellte mir vor, ihm über seine weichen, dunklen Haare zu streichen. Er hob so schnell den Kopf, dass ich mich fragte, ob er das gespürt hatte.

«Wir machen uns Sorgen um dich, Mum. Wenn wir auch nur andeuten, dass die Geschichte anders ausgehen könnte, flippst du völlig aus. Wir müssen ständig aufpassen, was wir sagen, und uns in deiner Nähe total zusammenreißen. Mit jedem Jahr versteifst du dich noch mehr auf diese eine mögliche Antwort. Und ich weiß doch, dass du es weißt, oder? Dass es eben nicht so enden wird, und doch ...» Er hielt inne und bezog von irgendwoher dann doch den Willen, seinen Satz zu Ende zu sprechen, «... will irgendetwas in dir nicht loslassen.» Wieder hielt er inne, sein Gesicht wurde weicher, verlor etwas von der Gereiztheit. «Und, Mum, ich verstehe das, wirklich, aber hör bitte auf, von uns zu erwarten, dass wir dieses Spiel mitspielen.»

«Spiel? Das ist kein *Spiel*, Cullie.»

«Nein, ich weiß.» Er seufzte. «Natürlich ist das kein Spiel, Mum. So habe ich das nicht gemeint.»

Jetzt schämte ich mich dafür, dass ich mich gleich auf dieses Wort gestürzt hatte. Ich streckte meine Hand nach seiner aus, und als er sie mir gab, spürte ich, wie sich seine warmen Finger um meine schlossen. Wir schenkten uns ein trauriges Lächeln, während wir uns verzeihend die Hände drückten. Und weil wir diesen Augenblick teilten, die Nähe und unsere Verletzlichkeit, konnte ich zum ersten Mal einen Moment lang von meiner entschiedenen Haltung, dass Saoirse noch lebte, abrücken.

«Ich denke immer, weißt du, dass die Zeit es leichter machen wird. Aber die Tage und Monate und Jahre vergehen, und nichts passiert. Nichts, das einen irgendwie näher heranführt. Aber näher an was? Die ... die ...» Aber ich konnte nicht einmal aussprechen, was ihr womöglich zugestoßen war, welche Grausamkeiten sie vielleicht hatte erdulden müssen, die Entwürdigung, die Barbarei. Nein, diese Worte wollten nicht kommen, und ich wollte sie auch nicht kommen lassen. Stattdessen kamen mir plötzlich so schnell und heftig die Tränen, dass ich ihm meine Hand wieder entziehen musste, um mein Gesicht zu bedecken. Er schob seinen Hocker weg und trat zu mir, um mich in den Arm zu nehmen. Ich ließ mich gegen seine Brust sinken und weinte wie Hugh vor Tagen im Wohnzimmer, nur dass ich meinem Mann keinen Trost geschenkt hatte.

«Ich kann nicht, Cullie, ich kann nicht.»

«Schsch, Mum. Ist schon gut.»

«Bitte zwing mich nicht, diese Worte zu sagen.» Und ich

weinte und klagte, und er entschuldigte sich und wiegte mich, bis meine Angst und Tränen allmählich versiegten und wir schweigend dasaßen.

«Ich hätte nicht kommen und dich bitten sollen ...», setzte er an.

Ich schüttelte den Kopf und hob den Finger, um ihn zu unterbrechen. «Nein», brachte ich schließlich heraus. «Du hast überhaupt keinen Fehler gemacht. Nina wird auf dich warten, Cullie. Du solltest nach Hause fahren.»

«Aber Mum, so kann ich dich nicht allein lassen.»

«Ich komme schon klar. Und dein Vater und ich werden auch klarkommen. Ich rede mit ihm, das verspreche ich dir. Wir kriegen das hin.» Ich wischte mir die Tränen ab und lächelte oder versuchte es zumindest, glitt von meinem Hocker und begann abzuräumen. Und war schon wieder die geschäftige Mutter, obwohl er mich vor nicht einmal fünf Minuten inständig gebeten hatte, damit aufzuhören.

«Weißt du, es hat mir geholfen, dass du hergekommen bist», sagte ich. «Ich weiß, es sieht im Moment nicht danach aus, aber ehrlich, mein Schatz, das hat mir richtig gutgetan. Und wenn du nicht willst, dass ich dir doch noch was zu essen mache, solltest du dich jetzt wieder auf den Weg zu deinem wundervollen Mädchen machen.»

Ohne ihn ansehen zu müssen, wusste ich, dass er nicht überzeugt war, und dennoch wischte ich weiter den Küchentresen ab und räumte unsere Becher weg.

Schließlich nahm er seine Jacke, und ich dachte an die Jahre zurück, als er zu klein gewesen war, um sich seinen Kapuzenmantel selbst anziehen zu können, aber Hilfe ablehnte. Schließlich mussten wir ein System entwickeln, bei dem ich seinen Mantel umgedreht auf den Fußboden legte, wobei die Kapuze seine Zehen berührte, und er sich dann bückte, seine Arme hineinschob und den Mantel über seinen Kopf schwang. Als er ging, sah er mich voller Traurigkeit an – mit dem Gesichtsausdruck eines Jungen, der eigentlich gar nicht gehen wollte. Aber er zog die Tür trotzdem hinter sich zu, während ich auf genau der Stelle im Flur stehen blieb, knapp hinter der zuschwingenden Tür, wo ich vor achtzehn Jahren zum ersten Mal seinen Mantel auf den Boden gelegt und er gelacht hatte, als ich ihm sagte, was er tun solle. Dann hatte er noch mal gelacht, als er sah, dass seine Arme wirklich in die Ärmel gerutscht waren, ohne dass er ziehen und zerren und drücken musste. Ich hatte ihm gesagt, dass er das in der Schule aber nicht so machen könnte. Es war unser Geheimnis. Unser eigenes Spiel, das wir nur hier spielten, zu Hause und ganz allein.

Aber Aimee fuhr doch immer in Richtung Dalkey.
Warum hätte sie denn auf dieser Seite von
Dún Laoghaire sein sollen?

Im nächsten Oktober, drei Monate nachdem mein Mann und mein Sohn mich gebeten hatten, Saoirse für tot zu erachten, starb meine Mutter. Ich glaube, sie starb an gebrochenem Herzen, konnte den Verlust ihrer *See-see* nicht mehr ertragen – so hatte sie Saoirse von der ersten Minute an genannt. Ihr Herz, überschwemmt von Trauer, hatte nachgegeben, als sie sich in der Bibliothek gebückt hatte, um ein letztes Mal die Bilderbücher zu sortieren. Darcy, die Bibliothekarin, sagte, sie hätte *Kannst du nicht schlafen, kleiner Bär?* in der Hand gehabt. Es war Saoirses Lieblingsbuch gewesen, als sie klein war, das Buch, das sie immer zielsicher herauspickte. Manchmal kuschelten sich Cullie und sie auf dem einen Sitzsack zusammen, und sie trug jedes Wort aus dem Gedächtnis vor, und Mammy sah ihr von ihrem Schreibtisch aus zu und war so stolz, wie eine Großmutter nur sein konnte.

«Sie saß auf dem Sitzsack», sagte Darcy, und ihre Stimme klang gebrochen und panisch. «Ich dachte, sie schläft. Und ich hab sie gelassen. Wenn ich doch bloß zu ihr gegangen wäre. Aber sie sah so friedlich aus. Und ich wollte sie nicht stören. Oh, Rosie, es tut mir so leid.»

Ich war mit Maggie bei einer Konferenz in Liverpool. Zu dem Zeitpunkt trat ich immer häufiger auf Konferenzen auf, nationalen wie internationalen, und sprach über Saoirse. Ich trug einen Button mit ihrem Bild, sodass sie sie, selbst wenn es eine Sprachbarriere gab, wiedererkennen konnten. Ich stand auf dem Podium und zeigte auf den Screen, auf dem ein Bild erschien, wie sie jetzt vielleicht aussehen würde. Ich konnte das gut, die Aufmerksamkeit halten, sprach nicht nur über sie, sondern auch über die anderen vermissten Kinder in Irland und verglich unseren Kampf mit dem der Menschen des Landes, in dem ich mich gerade aufhielt. Ermunterte alle dazu, bei der Suche nach unseren Verschwundenen die Kräfte zu bündeln.

Als die Nummer der Bücherei auf meinem Display aufgetaucht war, hatte ich sie ignoriert, weil ich dachte, Mammy riefe an, um mir zu sagen, dass ein Buch reingekommen war, das mir gefallen könnte, und dass sie es mir zuschicken werde. Sie versuchte, mich mit Büchern zu retten. Damit ich auf andere Gedanken kam. Damit ich allem mal entfliehen konnte. Und was soll das bringen?, antwortete ich dann. Am Ende muss ich ja doch wieder zurückkehren, und dann kann ich doch auch gleich hierbleiben. Dennoch würde ich wie immer versuchen, ihr Buch zu lesen. Aber es war sinnlos, und meine Gedanken schweiften ständig dorthin ab, wo ich sie haben wollte, zu Saoirse. Also reagierte ich an jenem Tag, als ich in der Hotellobby stand, zunächst nicht, woraufhin es ein zweites Mal klingelte. Ich entschuldigte mich und entfernte mich ein paar Schritte von dem Austausch mit der Familie eines zehnjährigen Jungen namens Lenny, der seit einem Jahr und drei Monaten vermisst wurde.

«Mammy, ich bin in England, kann ich dich zurückrufen?», hatte ich gesagt.

Aber die Stimme, die antwortete, war nicht die, die ich erwartet hatte und die meine Bitte vermutlich ignoriert und einfach weitergesprochen hätte. Sie klang eingeschüchtert.

«Na ja, ich bin's, Darcy.»

Arme Darcy. Ich glaube, sie ist nie darüber hinweggekommen, mir eine solche Nachricht überbringen zu müssen.

Sobald ich das Gespräch beendet hatte, verließ ich Liverpool. Maggie hatte darauf bestanden mitzukommen. Sie wollte nichts davon hören, dass ich allein nach Dublin zurückflog. Sie buchte unsere Flüge um, während ich nur dasaß und auf die silbernen Pfosten starrte, mit denen die schwarzen Absperrbänder gespannt wurden, die die Warteschlangen an Flughäfen steuerten. Ich beobachtete, wie mühelos eine Warteschlange geschlossen und eine neue eröffnet wurde, und war geradezu gebannt davon, wie ungeheuer wichtig diese Poller waren, die Ordnung schufen, wo sonst womöglich Chaos geherrscht hätte. Als Maggie kam, um mich zu holen, rührte ich mich trotz ihrer Aufforderung nicht. Ich wollte für immer sitzen bleiben und dieses einfache Schauspiel betrachten. Aber schließlich nahm sie mich bei der Hand und lotste mich durch die Sicherheitskontrollen.

Dad war von seiner Schicht auf der Fähre zurück und zu Hause, als ich in Dublin landete und ihn schließlich ans Telefon bekam. «Sie ist tot», sagte er wieder und wieder, stoßweise atmend und weinend. «Kommst du?», fragte er.

«Ich komme», sagte ich. «Ich komme.»

Hugh brachte uns zur Insel. Ich saß auf dem Beifahrersitz, Cullie auf dem Rücksitz. Außer ein paar Kommentaren über den Verkehr, die Ampeln und die Verkehrspolizei sagte keiner von uns viel. Im Mossfield Shopping Centre an der Cork City Ring Road legten wir eine Pause ein. Schweigend musterten wir die Leute, während wir im Food-Court aßen. Ich glaube nicht, dass wir noch wussten, was wir bestellt hatten. Als wir schließlich die Fähre verließen, hatte ich keinerlei Energie mehr. An dem Tag musste Liam der Kapitän gewesen sein – wer denn sonst? –, aber ich kann mich nicht an ihn erinnern. Ich ließ mir von Leuten die Hand schütteln und nickte mechanisch, und dann stiegen wir in Michael-Frans Land Rover.

Dad saß in seinem Sessel, genauso sprachlos wie ich. Ich hockte mich neben ihn und schmiegte mich an ihn. Er tätschelte meinen Kopf, wie er Ergo getätschelt hätte, der jetzt schlafend neben ihm auf dem Fußboden lag, und Hugh, Cullie und Michael-Fran nahmen die Anrufe entgegen. Wir saßen da, zusammengekauert wie Kinder, und nickten bloß zur Begrüßung und zum Abschied, wenn sich wieder einmal die Tür öffnete. Am nächsten Morgen gelang es mir, aufzustehen und gemeinsam mit Dad und Father Michael, dem Inselkaplan, die Beerdigung zu planen und später auch mit Ignatius Cullen, dem Bestatter aus Clonkill, den Sarg auszusuchen. Aber ich konnte nicht sprechen, als Dad auf den Mahagoni-Sarg zeigte, sondern brachte nur ein Nicken zustande.

Und als wir sie vier Tage später beerdigten – wir mussten ja noch auf die Rückkehr der Jungs, Mammys wunderbarer Söhne, aus den Staaten warten –, hatten Hugh und Cullie, jeder auf einer Seite, ihre Arme um meine Taille gelegt und hielten mich aufrecht. Daniel und Nathan hatten die Insel als junge Männer verlassen, und nun kamen sie mit Schultern, so breit wie Michael-Frans Tresen, und grau melierten Haaren zurück. Sie umarmten und drückten mich voller Trauer. Dad schüttelten sie die Hand und zogen ihn an sich und senkten die Köpfe, sodass seine weißen Haarsträhnen ihre Stirnen streiften, und er warf sich gegen diese Muskelberge und ließ sich von ihnen halten. Später holten sie ihre Brieftaschen heraus und zeigten uns Bilder ihrer erwachsenen Kinder und Enkelkinder. Mammy hätte es so sehr geliebt, uns alle zusammen in einem Raum zu sehen.

Das Páidíns war zum Trauerbuffet, das Diarmuid für die ganze Insel ausgerichtet hatte, brechend voll mit Leuten von der Insel und vom Festland, die eigens rübergekommen waren. Selbst die Bibliotheksdirektorin der Cork Country Libraries war erschienen, eine Ehre, über die sich Mammy über die Maßen gefreut hätte. Es war so voll, dass sich die

Leute auf die Hafenmauern setzen mussten und weiter unten auf Diarmuids Bänke. Diarmuid und seine Helferinnen liefen sich dermaßen die Füße wund, dass Hugh an einem bestimmten Punkt scherzhaft sagte, jetzt müsse er wohl einspringen und helfen. Diarmuid verstand das als Angebot und bat ihn, in den Laden zu gehen und Pappteller zu holen, die er dort für Notfälle verkaufte, weil er kein Geschirr mehr hatte. Er hatte sogar auf Beilagenteller zurückgreifen müssen.

Dass all diese Leute da waren, bedeutete viel. Obwohl ich in jenem Moment zu kämpfen hatte, wusste ich, mein zukünftiges Selbst würde es zu schätzen wissen. An diesem Tag aber hätte ich es vorgezogen, wenn es nur wir gewesen wären, der engste Familienkreis. Wir hatten einen Tisch für uns, aber nur Dad und ich blieben dort sitzen: Die Männer waren aufgestanden, gingen umher, grüßten hier und lachten dort, um im nächsten Augenblick wieder in ernstes Schweigen zu verfallen. Als ich sie so beobachtete, dachte ich darüber nach, dass ich mich vor noch nicht einmal einer Woche in Liverpool genauso verhalten hatte. Wie weit ich doch jetzt davon entfernt war ... Ab und zu ergriff ich Dads Hand und fragte ihn, ob alles in Ordnung wäre. Und dann hob er nur den Kopf ein wenig und sagte: «Ach, du weißt ja selbst.»

Später leerte es sich dann doch, und nur die engsten Verwandten blieben und diejenigen, die der Verlockung eines geöffneten Pubs einfach nicht widerstehen konnten. Die Brüder saßen wieder mit am Tisch, fuhren sich mit den Händen über ihre müden Gesichter, gähnten und tranken aus purer Erschöpfung weiter. Ich hatte im Laufe des Tages auch ein oder zwei Gläser getrunken, aber jetzt nicht mehr.

Meine Brüder sahen gealtert aus.

Irgendwann beugte sich Daniel mit wässrigen, trunkenen Augen über den Tisch und streckte seine Hand aus. Ich gab ihm meine. Seine Hand fühlte sich jetzt weicher an als damals an dem Abend in Dublin, als er von der Suchaktion für Saoirse zu uns gekommen war.

«Was ist, Daniel?», fragte ich, versuchte zu lächeln und rieb ihm die Hand, die so vieles erbaut hatte.

«Wie geht es dir denn *wirklich* so, Sis?»

«Ach, ich hab viel zu tun, weißt du.»

«Gehst du abends immer noch durch die Straßen und suchst nach ihr?»

«Ich bitte sie immer noch, wieder nach Hause zu kommen, falls du das meinst.»

«Wirklich, Rosie? Nach all den Jahren glaubst du immer noch, dass sie wieder nach Hause kommt?»

Ich konnte sehen, dass er viel zu betrunken war, um zu begreifen, was er da sagte, aber dennoch konnte ich es ihm nicht durchgehen lassen, wie ich es unter diesen Umständen vielleicht hätten tun sollen: Mammy tot und sie nach einer langen Reise den ganzen Tag beschäftigt mit Zuprosten, Schulterklopfen, Scherzen und dem Austausch von gemeinsamen Erinnerungen.

Ich entzog ihm meine Hand.

«Rosie, ich denke doch nur an dich. Du musst dich endlich der Realität stellen. Wir wissen es alle. Selbst Mammy wusste, dass die Kleine nicht mehr am Leben ist.»

Ich blinzelte. «Was meinst du mit ‹selbst Mammy wusste es›?»

«Rosie, äh, schau, lass uns nicht ...»

«Ich hab dich gefragt, was du damit meinst.»

«Rosie?», mischte Dad sich besorgt ein. Ich spürte, wie mein Herz auf einen Schlag aus seinem langsamen, schläfrigen Trauerpuls in den brüllenden Maschinenrhythmus einer wütenden Mutter gewechselt war.

«Dad, hat Mammy geglaubt, dass Saoirse tot ist?»

«Rosie, bitte, reg dich jetzt nicht auf, nicht heute. Das ist alles schon schlimm genug.»

«Daniel sagte das eben, Dad, also war es so oder nicht?»

«Sis, ich wollte dich nicht verärgern», versuchte Daniel mich zu beschwichtigen.

Hugh, der rechts neben mir saß, unterbrach sein Gespräch mit Nathan, wandte sich mir zu und legte mir eine Hand auf den Arm.

«Lass das», bellte ich ihn an, bevor ich meine Aufmerksamkeit wieder auf meinen Bruder richtete. «Ich glaube dir nicht.» Ich starrte ihn herausfordernd an. «Und ich finde es unfair von dir, ihr Lügen in den Mund zu legen, wenn sie sich nicht mehr verteidigen kann. Mammy hätte so etwas nie über Saoirse gesagt. Niemals. Sie hat geglaubt, dass sie immer noch da draußen ist. Hast du mich gehört, Daniel? Habt ihr alle mich gehört?» Ich hob die Stimme und wandte mich an alle, die am Tisch saßen, alle diese Männer um mich herum. Mein Ehemann, mein Sohn, meine Brüder, mein Vater und mein Onkel.

Ich stand auf, hatte die Arme so ausgestreckt, dass sie zitterten, die Hände zu Fäusten geballt, und sah sie einen nach dem anderen an. Peinlich berührt – oder vielmehr schockiert? – wandten sie die Blicke ab, sahen einander an oder auf den Fußboden, auf jeden Fall aber nicht mich.

«Ich will euch das jetzt ein für alle Mal sagen, sodass es hier nie wieder irgendein Scheißmissverständnis darüber gibt! Meine Tochter *lebt*. SIE LEBT.» Ich sah jeden einzelnen der Verräter an, damit ihnen klar war, dass sie nie wieder so darüber sprechen durften.

«Ich bin hier die Einzige, die noch an sie glaubt. Was denkt ihr denn, wie sie sich fühlen muss, wenn sie hört, dass ihr sie alle schon begraben habt, so wie ihre Großmutter?» Die

Wut aus sieben Jahren brach aus mir heraus und mit ihr diese Worte: «Und der hier will, dass wir gerichtlich dokumentieren lassen, dass sie tot ist.» Ich deutete auf Hugh, der inzwischen auch aufgestanden war und seine Hand auf meinen Rücken gelegt hatte.

«Rosie, bitte. Tu das jetzt nicht.»

«Lass mich in Ruhe.» Ich schlug seine Hand weg.

«Ach, Rosie, bitte.» Mein Vater zu meiner Linken sah, die Augen voller Tränen, zu mir auf, aber selbst das konnte meine Empörung nicht dimmen.

«Rosie, es war ein harter, langer Tag.» Hugh versuchte alles, um mich zu beruhigen. «Vielleicht sollten wir jetzt alle nach Hause gehen.»

«Es geht mir gut, Hugh, verdammt noch mal. Verdammt gut. Allein mit euch Männern hier, besser geht's ja gar nicht. Die beiden Frauen, die ich hatte, sind fort. Sind mir geraubt worden. Und jetzt sitze ich hier mit lauter Männern, lauter Schwächlingen. Wisst ihr, warum Frauen stärker sind? Weil wir Glauben haben, Mut und Stehvermögen. Ihr solltet euch alle schämen, dass ihr sie aufgegeben habt.»

Ich hatte mich über den Tisch gereckt und deutete mit meinem Finger anklagend auf sie alle, selbst auf meinen Sohn.

«Lasst mich hier raus. Himmel noch mal, lasst mich verdammt noch mal hier raus.» Ich wandte mich nach links, dann nach rechts, dann wieder nach links. Als ich sah, dass mein Vater gar nicht so schnell Platz machen konnte und Hugh mir auf der anderen Seite den Weg verstellte, kletterte ich auf den Tisch und stieß Teller und Gläser beiseite, während ich mir meinen Weg bahnte und mich nicht darum scherte, dass es Scherben gab. Daniel war aufgesprungen, aber ich wusste, er würde mich nicht aufhalten, konnte es in seinen Augen sehen. Er stolperte zur Seite, als ich mich auf seiner Schulter aufstützte und vom Tisch sprang, wobei ich beinahe hinfiel. Dann stürmte ich durch den ganzen Pub, aber als ich an der Tür war, drehte ich mich noch mal nach ihnen um, die da in ihren Anzügen saßen.

«Verräter», schrie ich, wobei ich meinen Blick eine Sekunde länger als bei den anderen auf Hugh ruhen ließ, bevor ich hinauseilte in den abendlichen Nieselregen.

Beim ersten Morgenlicht fanden sie mich am Carhoona Beag, wo ich mich an die Felsen gekauert hatte. Sie hätten mich am vorigen Abend mit ihren Taschenlampen nicht entdeckt, sagten sie. Ich hatte mich offenbar regelrecht eingekuschelt und mit Seegras bedeckt. Ich kann mich nicht daran erinnern, kann mir nicht einmal mehr vorstellen, dass ich mir solch eine Mühe gemacht hatte. Irgendwo zwischen dem Pub und dort hatte ich wohl vollständig den Verstand verloren. Ich wollte nur noch bei ihr sein, dort, wo sie gespielt hatte, als sie klein gewesen war, mir vorstellen, dass sie immer noch Steinchen ins Wasser warf und in Felstümpeln nach Zeichen von Leben suchte, dort, wo sie einmal in einem Sommerregen dagestanden, die Hände zu Schalen geformt und mir voller Angst erzählt hatte, dass sie den Regen verlor, den sie unbedingt bewahren wollte.

Sie sagen, ich sei ausgekühlt und nicht bei Bewusstsein gewesen. Dass Leute zum Haus des Priesters gelaufen seien, das am nächsten lag, um Decken zu holen, mich eingewickelt und mich genötigt hätten, Wasser zu trinken. Father Michael hatte anscheinend für mich gebetet, obwohl ich doch noch atmete. Man hatte Krankenpfleger Steve aus dem Bett geholt. Obwohl er sich von einem Kater erholen musste, hatte er es hierhergeschafft, meinen Puls gemessen und war klar genug gewesen, das Rettungsboot zu rufen.

Danach sind ganze Tage aus meinem Gedächtnis verschwunden. Das Erste, an das ich mich wieder erinnern konnte, war, am Tropf im Clonkill Hospital zu erwachen, meine Hand in Cullies. Ich hätte mit ihm sprechen, ihm sagen sollen, dass es mir leidtat, seinen Vater und ihn Schwächlinge genannt zu haben, aber als ich ihn erblickte, schloss ich nur wieder, unfähig, auch nur ein Wort zu sagen, meine Augen. Drei Wochen lang sagte ich kein einziges Wort.

Ich wurde in das Saint Pat's Mental Health Hospital in Dublin verlegt, wo ich ein Einzelzimmer hatte, in das jeden Morgen die Wintersonne schien. Normalerweise hätte mich solch ein prächtiges Wetter zum Lächeln gebracht, aber ich drehte dem Licht nur den Rücken zu. Hugh kam an den meisten Tagen und saß schweigend eine halbe Stunde bei mir am Bett, bevor er aufstand und ging, nur um für dieselbe Prozedur am nächsten Tag wiederzukommen. Cullie und Nina besuchten mich ebenfalls und taten, als würden wir Gespräche führen. Sie redeten über ihre Arbeit, nie aber über Saoirse. Nicht über das, was mich wieder in Rage bringen könnte, sodass ich auf Tische sprang und Leute Verräter nannte. Nina brachte mir Blumen mit und spielte mir Musik vor, als läge ich im Koma. Aber ich war da, lebte, atmete, hörte, legte aber auf nichts davon wert. Bei einem Solostück für Cello schloss ich die Augen und ließ die Tränen ungehindert über meine Wangen strömen. Es erinnerte mich an die Zeit, als ich für mein Kapitänspatent in Galway war und mit einer Musikerin zusammenwohnte, die aus London so weit fortgezogen war, wie ihre Finanzen es ihr erlaubten, damit sie ihr Instrument auf leeren Stränden spielen konnte. Wenn ich zu Hause war, spielte sie nie: Sie hatte schreckliche Angst vor Publikum. Bis auf dieses eine Mal, als sie, bevor ich mit dem Kapitänspatent in der Tasche wieder nach Hause aufbrach, meinen hartnäckigen Bitten nachgegeben hatte. Und dann hatte sie sich in unserer schäbigen Küche auf einen Stuhl gesetzt, das Cello zwischen ihren Beinen, und gespielt. Und wirklich, ich dachte, jemand hätte mir das Herz aufgerissen. Ich hatte so heftig geatmet wie sonst nur bei größter Angst und die Hand an mein Herz gelegt, so sicher war ich mir, dass ich um einen furchtbaren Verlust trauerte, weil diese tiefen, nachhallenden Töne in meine Seele vorgedrungen und sie ganz und gar in Besitz genommen hatten. Ich hatte noch nie etwas so Bewegendes, so Verletzliches gehört. Als sie fertig war, zitterte die Frau am ganzen Körper. Sie musterte ihre zitternden Hände, als gehörten sie ihr gar nicht, und schwor, sie würde nie wieder auch nur einen Akkord vor jemand anderem spielen. Mathilde, so hieß sie. Mathilde. Ich habe nie wieder von ihr gehört. Und jetzt in diesem Raum mit Nina und der Musik spürte ich diese Trauer von Neuem, wie sie mir das Herz zerriss, und konnte keinen Finger rühren, um meine Tränen zu stoppen.

Hugh holte mich nach Hause und brachte mich in unser Bett. Drei Tage in Folge musste er früher nach Hause kommen, weil Nora Cassidy ihn in seinem Büro angerufen hatte, nachdem sie mich dort auf dem Bürgersteig sitzend entdeckt hatte, wo Saoirses Fahrrad gelegen hatte. Jedes Mal hob er mich sanft auf und brachte mich zurück in unser Bett, wo ich den Kopf zum Fenster wandte und mir vorstellte, wieder dort zu stehen, wo ich sie einst erblickt hatte. Ich versuchte, diesen Tag immer wieder nachzuerleben. Ich fing in Cullies leerem Zimmer an, sah, wie sie die Straße zu unserer Sackgasse entlangradelte, und tat dann, was ich damals hätte tun sollen, rannte die Treppe hinunter, riss unsere Eingangstür weit auf und hetzte zum Bürgersteig, um mich genau da hinzusetzen, wo ihr Fahrrad gelegen hatte. Und ich maß die Zeit. Dreißig

Sekunden, dann achtundzwanzig Sekunden bis zu meiner Rekordzeit von fünfundzwanzig Sekunden. Fünfundzwanzig Sekunden, um ihr Leben zu retten. Fünfundzwanzig Sekunden, um uns alle zu retten.

Beim dritten Mal, als Hugh mich dort fand, brachte er mich nicht wieder nach oben in unser Bett, sondern setzte mich auf einen Hocker in der Küche, wo er mir sagte, das müsse aufhören. Er war nicht wütend. Er sah mich weder böse an, noch kniff er die Augen zusammen. Vielmehr schien er bloß ein Skript abzulesen, das ihm irgendwer gereicht hatte, so emotionslos, so abwesend wirkte er. Er sagte mir, er könne nicht mehr allzu viel ertragen. Dass all das ihn fertigmachte, mehr sogar noch als ihr Verlust, und dass er das nie für möglich gehalten hätte. Dann verließ er das Zimmer und ging zu seinem Piano. Ich rechnete damit, gleich seine Musik zu hören, aber als es still blieb, schlich ich zur Tür, hielt mein Ohr daran und hörte sein unterdrücktes leises Schluchzen: das Keuchen und Schniefen. Aber statt die Tür zu öffnen und ihn um Verzeihung zu bitten, ließ ich mich auf den Boden sinken und flehte mich selbst an, es wenigstens zu versuchen.

Danach war ich meist im Bett, aber zumindest saß ich nicht mehr draußen auf dem Gehweg. Hugh stellte mir Essen an mein Bett und später, als er feststellte, dass ich tatsächlich aufgestanden war, auf den Küchentresen. Er brachte entweder etwas vom Imbiss mit oder machte Rühreier oder Nudeln zum Abendessen, und ich stocherte darin herum. Aber ich sprach auch weiterhin nicht, bis er eines Tages ein einzelnes Gänseblümchen neben ein Sandwich gelegt hatte, das ich spätabends auf dem Küchentresen vorfand. Ich saß immer noch da und sah es an, als er nach Hause kam, wobei ich mein Sandwich nicht angerührt hatte. «Vielen Dank», sagte ich. Zwei schlichte Worte, die ihn dazu veranlassten, sich mir vorsichtig zu nähern und mich auf die Wange zu küssen. Er lehnte dann einen Moment lang seinen Kopf an meinen, und ich wusste, er weinte jetzt. Und obwohl ich glaube, dass er mir diesen Kuss aus Liebe gegeben hatte, fühlte er sich wie ein Abschiedskuss an. Als wäre in ihm, obwohl er glücklich darüber war, dass ich irgendwie zurückgekehrt war, nichts mehr für mich übrig. Als hätte ihm die Mühe, die es ihn gekostet hatte, mich zu den Lebenden zurückzuholen, alles geraubt einschließlich seiner einst bedingungslosen Liebe zu mir.

Danach war ich nie mehr ganz dieselbe, selbst wenn ich vordergründig okay wirkte, wieder herumlief, redete und Essen kochte. Aber ich führte nicht mehr manisch meinen Kampf. Als wäre das Bedürfnis dazu in der Klinik auf irgendeine Weise nachts von den Ärzten entfernt worden, während ich schlief, damit ich nichts davon mitbekam. Dennoch änderte ich nie meine Überzeugung. Ich glaubte immer noch, dass sie am Leben war, aber ich redete nicht mehr mit Hugh oder Cullie darüber. Stattdessen zogen Hugh und ich uns in unsere jeweiligen Ecken im Haus zurück – höfliche Fremde, die getrennt voneinander in verschiedenen Zimmern wohnten, aber die Anwesenheit des anderen spürten wie eine Wärmequelle und es merkten, wenn der andere sich rührte oder den Platz wechselte. Dennoch waren wir unfähig, wieder einen Kontakt zueinander herzustellen.

Als diese Männer, die mich am meisten liebten – mein Vater, mein Mann und mein Sohn – den Plan ausheckten, mich nach Hause auf die Insel zu locken, und Hugh mir erklärte, ich solle gehen, spürte ich, dass er recht hatte. Wir steckten fest, unsere Leben waren so ausgezehrt und fadenscheinig, dass wir uns selbst kaum noch aufrecht halten konnten, geschweige denn den anderen.

TEIL 3

Keine Ahnung. Ich sag dir bloß,
was wir gesehen haben.

Als ich im vorigen September, nachdem ich Hugh zum zweiten Mal verlassen hatte, wieder auf die Insel kam, rüttelte ich laut an der Türklinke, trampelte vernehmlich auf der Fußmatte und rief «Hallo», bevor ich die Tür öffnete. Mein Vater blickte ungläubig auf und legte die Unterlagen, in denen er gelesen hatte, beiseite. Er stand langsam, aber ohne allzu große Anstrengung, auf, worüber ich froh war, und sagte überrascht meinen Namen, während er auf mich zukam.

«Was führt dich denn wieder hierher?», fragte er leise, als ich mich in seine Arme warf, den Kopf an seine Schulter legte und zu weinen begann.

«Ist ja gut», sagte er, «ist ja gut.»

Wir standen immer noch umschlungen da, als Ergo neben uns auftauchte, sich neben meinen Vater setzte, ab und zu aufblickte und sich anscheinend fragte, wann er wohl über das Geheimnis aufgeklärt werden würde, das wir zwei miteinander teilten.

«Ich brauche einfach noch etwas länger», sagte ich, als ich schließlich meine Stimme wiederfand.

«Aber natürlich. Und du weißt ja, dass die *Aoibhneas* auf dich wartet.»

So blieben wir noch eine Weile in dem stillen Zimmer stehen. Er wiegte mich sanft und führte mich dann zur Couch. Wir setzten uns, und ich griff schon wieder nach den Taschentüchern.

«Ach», sagte ich, «bei meinem Geheule sollte man nicht meinen, dass ich unbedingt hierherwollte, oder?»

«Na, na», er tätschelte mir das Knie.

Ergo schob sich schnüffelnd zwischen uns und hockte glücklich zwischen unseren Beinen, da er jetzt Teil dieses Austauschs war.

«Ich wünschte, deine Mutter wäre hier. Mit ihr wäre alles besser.»

Ich lehnte wieder den Kopf an seine Schulter. «Ich wünschte auch, sie wäre hier, Dad.»

«Sie fand immer die richtigen Worte, oder? Ich nie. Hab zu viel Angst vor den Konsequenzen, deshalb sage ich meistens lieber gar nichts.»

Ich hob den Kopf. «Was meinst du damit, Dad?»

«Ach, vielleicht ist es jetzt zu spät.»

«Wofür zu spät?»

«Reinen Tisch zu machen.»

«Ich kann dir nicht folgen.»

«Also, ich hätte dir das schon viel früher sagen sollen, ehrlich gesagt. Schon bevor du diesen Sommer wiedergekommen bist, aber hatte ich den Mut dazu? Wie immer nicht, nein.»

Er rutschte auf der Couch hin und her. «Es tut mir leid, dass ich dich bei der Beerdigung deiner Mutter nicht unterstützt habe, als es um Saoirse ging. Deine Mutter hätte sich für mich geschämt. Aber ich hatte sie gerade erst verloren, und das hat mich irgendwie blockiert, und ich konnte auch nicht sehen, wie verletzt du warst.»

«Ach, Dad.» Ich griff nach seiner Hand. «Es ist doch nicht nötig, das noch mal aufzuwärmen. Wir kommen doch zurecht. Du und ich. Immer schon. Was du für mich getan hast, dass du mich damals dazu gebracht hast, wieder hierherzukommen, war genau das, was ich gebraucht habe. Du, dieser Ort, das Schiff, ihr habt mich gerettet.»

Er sah mich schüchtern und unsicher an. «Und was ist mit Hugh?»

«Ich und Hugh?» Ich blickte zur Zimmerdecke und suchte nach einer Antwort. «Wir … na ja, wir sind müde, Dad. Wir sind so verdammt müde.»

Von draußen war das vertraute Geräusch des Windes zu hören, der die Plane, die das Feuerholz bedeckte, flappen und flattern ließ. Ich wischte mir die Nase und lächelte beschwichtigend.

«Ich komm schon klar, Dad. Wirklich, hier mit dir und der *Aoibhneas* geht es mir gut.»

Wieder flappte die Plane.

«Das stimmt, mein Schatz, das stimmt wirklich.» Er drückte mir die Schulter.

Ergo ließ ein lautes Winseln ertönen, bevor er sich in Habachtstellung setzte und angesichts der Unrast des Windes seine Ohren spitzte.

«Was ist denn?» Mein Vater klang, als ob er eine Antwort erwartete. Ergo bellte kurz und erhob sich. «Willst du raus, um zu sehen, was da draußen los ist?»

Dad tätschelte mir sanft das Knie und stand auf, um die Tür zu öffnen.

«Und jag nicht die Kaninchen», sagte er zu Ergo, als er ihn rausließ, «mein Bruder wird es mir nämlich berichten.»

Als er zurückkam, blieb er stehen, unsicher, was er als Nächstes tun sollte, aber als hätte Mammy ihm von oben souffliert, sagte er: «Aber, weißt du, Daniel lag falsch, deine Mutter hat nie aufgehört daran zu glauben, dass Saoirse nach Hause kommt, und ich auch nicht.»

Draußen kläffte Ergo, und ich stellte mir vor, dass er ein Kaninchen aufgespürt hatte. Ich fühlte die Verwundbarkeit des Wildtieres. Ich musste schlucken, nickte dann.

«Danke», sagte ich, und meine Worte kamen gedämpft und schwach heraus, aber immerhin kamen sie heraus.

Ein Augenblick verging, dann klatschte mein Vater in die Hände und sagte: «Tee. Wir sollten jetzt Tee trinken.»

Die ewige und in diesem Augenblick willkommene Antwort auf alles.

Ich stimmte zu, obwohl ein Glas Wasser mir besser gepasst hätte, aber wir brauchten beide das Zeremonielle daran, das Gefühl, dass wir zumindest den Alltag meisterten.

Er schlurfte in die Küche, und kurz darauf hörte ich, wie der Wasserkocher gefüllt wurde. «Du hast übrigens ein neues Crewmitglied», rief er mir zu.

«Ach ja?» Ich wischte mir übers Gesicht und ging dann hinüber und lehnte mich an den Türrahmen.

«Phelan ist weg. Fjordspotting, hatte er lange angekündigt. Ich dachte schon, ich müsste Michael-Fran bitten, mir zur Hand zu gehen, und wir wissen ja alle, wie großartig das ausgegangen wäre. Aber dann tauchte quasi in letzter Minute am Samstag so ein junges Mädchen auf, das Arbeit suchte. Da warst du gerade abgereist. Éilísh. Natürlich wollte Liam die haben. Sagte mir, er tausche sie gern gegen Éamon oder Séamus.»

«Der Mann kennt wohl gar keine Scham, selbst bei der eigenen Familie, oder?»

«Nein, sieht nicht danach aus.» Dad setzte den Wasserkocher auf seinen Untersetzer. «Allerdings hatte er auch nicht den allerbesten Start mit denen, das ist mal sicher. Aber jetzt ist er ein erwachsener Mann. Kann durchaus seine eigenen Entscheidungen treffen und Forderungen stellen.» Dad lehnte sich gegen den Küchentresen.

Ich beschloss, dass jetzt der Zeitpunkt gekommen war. «Was ist da eigentlich passiert, Dad? Du hast dir doch sonst ein Bein ausgerissen, um ihn in Schutz zu nehmen, und jetzt wirkt es so, als könntest du ihn überhaupt nicht mehr leiden.»

Dad stieß sich vom Tresen ab, um nach zwei Bechern zu greifen, die er auf den Tisch stellte, und suchte dann ausführlich und mit großen Gesten im Kühlschrank nach der Milch. «Wo zum Teufel ...»

«Die steht da.» Ich zeigte auf den Tisch, wo das blau-weiß gestreifte Milchkännchen so offensichtlich stand, wie sich das Unbehagen im Raum ausgebreitet hatte. «Jetzt spuck's schon aus, Dad.» Ich ließ ihn nicht vom Haken.

Der Wasserkocher stellte sich klickend ab, und er griff nach der Teekanne und warf den Teebeutel hinein und versuchte sich damit so viel Zeit wie möglich zu verschaffen. «Es geht um den verdammten Sommerfahrplan.» Er stieß es hervor, als er sich wieder zum Tisch umdrehte, als wäre es das Erste, was ihm eingefallen war.

«Wirklich? Er hat angefangen, sich über den Turnus zu beklagen, obwohl er den seit Jahren bedient?»

Dad goss mir Tee ein. «Lord Ó'Scheißkiersey meint, dass die Welt ihm was schuldet. Hier.» Er drehte mir den Bechergriff zu und setzte sich seufzend. «Aber das sind dann auch schon genügend Worte über diesen Mann für heute, wenn du nichts dagegen hast.»

«Schon gut, schon gut.» Ich hob eine Hand und setzte mich ihm gegenüber.

«Ist sie denn gut, diese Neue in der Crew?», fragte ich nach einer Weile, um uns wieder auf einen sichereren Boden zu befördern.

«Sie meint, ja. Hat schon einige der Prüfungen bestanden. Hat auch einen entsprechenden Hintergrund mit Fährschiffen. Stammt aus Tarryfore, Richtung Norden, Kerry.» Dad nahm einen Schluck von seinem Tee und sah wieder aus dem Fenster Richtung Festland.

«Aha, wow.» Ich gähnte, spürte mit einem Mal die ganze

Last meiner umfassenden Erschöpfung, die mir die Kraft raubte, all die Fragen zu stellen, die an diesem Punkt naheliegend gewesen wären: Aus welcher Familie kommt sie, wessen Tochter ist sie, auf welchen Fähren hat sie gearbeitet. Ich folgte seinem Blick und sah, dass die kleinen Wolken am Himmel jetzt rasch miteinander verschmolzen, kleine weiße Wesenheiten, die sich zu einer großen Masse verbanden. Ich beschloss, sobald ich meinen Tee ausgetrunken hatte, die Treppe hochzugehen und die Augen vor all dem zu verschließen, was mich wieder hierhergeführt hatte, und in meinem Jugendzimmer in einen tiefen, tiefen Schlaf zu sinken.

Éilísh konnte ihre Aufregung nicht verbergen, als ich am nächsten Morgen zum Hafen kam. Sie wartete schon auf mich, als ich mit dem Jeep vorfuhr.

«Ist das irre», sagte sie und schüttelte mir überschwänglich die Hand, sobald ich ausgestiegen war. «Ich bin den ganzen weiten Weg gekommen, nur um mit Ihnen zusammenzuarbeiten. Sie sind bei uns zu Hause eine Legende. Mein Dad ist Mac Finnerty und sein Heimathafen Tarryfore, und als ich klein war, redete er von diesem Mädchen, das er in Galway gekannt hatte und das für ihr Kapitänspatent genauso intensiv gelernt hatte wie er selbst, aber vor vielen Jahren das Fährschiffen aufgegeben hat. Und dann hörten wir, dass Sie wieder da sind, und ich änderte all meine Pläne, um hierherzukommen.»

«Mac?» Ich ging an ihrer Seite rüber zur *Aoibhneas*, amüsiert über diese Frau und die Erinnerungen, die sie heraufbeschwor. «Also, du liebe Güte, es wird mir eine Freude sein, mit Ihnen zusammenzuarbeiten, wenn Sie nur ein bisschen so wie Ihr Vater sind. Er war der Einzige, der mich nicht runtergemacht hat, weil ich Skipper werden wollte.»

Wir gingen die Treppe hinunter, um die *Aoibhneas* aufzuschließen.

«Ich war so enttäuscht, als ich feststellte, dass ich Sie verpasst hatte.» Éilísh folgte mir so dicht auf dem Fuß, dass sie uns beide fast zum Stolpern gebracht hätte. «Sie sind buchstäblich genau an dem Tag abgereist, an dem ich ankam, können Sie sich das vorstellen? Aber Ihr Dad war echt nett zu mir und versprach mir, mich gut auszubilden. ‹Was glauben Sie denn, warum sie so brillant ist? Das war ich!›, hat er gesagt.» Sie konnte meinen Vater ziemlich gut nachmachen, was mich sehr amüsierte. «Also habe ich zugestimmt, ein paar Wochen zu bleiben. Aber jetzt sind Sie ja da!» Ihr breites Lächeln wirkte ansteckend.

«Ja», antwortete ich, sah zur Brücke hinauf, schloss die Augen und seufzte. «Hier bin ich.»

«Und diesmal bleiben Sie ganz?»

«Éilísh ...» Ich öffnete die Luke zum Maschinenraum. «Vor langer Zeit habe ich gelernt, dass auf dieser Welt nichts sicher ist. Aber wenn nicht ein Wunder geschieht, glaube ich, werde ich hier für absehbare Zeit bleiben.»

«Uff!» Sie lachte und wischte sich über die Stirn.

«Und haben Sie schon Fergal kennengelernt?»

«Nein, noch nicht.»

«Na ja, lange kann's nicht mehr dauern. Anders als Sie, wie es scheint, kommt Fergal gern auf den letzten Drücker. Na dann, Motorcheck. Wollen wir?»

Sie stürmte förmlich voran, während ich ihr grinsend folgte.

In der Mittagspause ging ich an Mammys Grab. Eigentlich hätte ich unten auf der Kaimauer mit Éilísh und Fergal sitzen sollen, und einen Moment lang fühlte ich mich auch schlecht deswegen, besonders an Éilíshs erstem Tag. Aber ich hatte da etwas registriert zwischen den beiden, und zwar vom ersten Augenblick an, als Fergal mit kreischenden Bremsen am Kai zum Halten gekommen war, so eine gewisse Schüchternheit. Während der ganzen Überfahrt war Fergal kaum von ihrer Seite gewichen. Und ich dachte, warum soll ich etwas stören, was nicht gestört werden will? Ich dachte an Hugh und mich zurück, wie wir auf der Kaimauer gesessen und nur uns gewollt hatten und niemanden sonst, niemanden, der verwässern könnte, was sich magisch anfühlte.

Ich saß vor Mammys Grab auf der Bank, die Michael-Fran nach ihrem Tod aufgestellt hatte, damit Dad Zeit mit ihr verbringen konnte. Der Friedhof liegt oberhalb der Bücherei und des Kais, und an passenden Tagen kann man von dort nicht nur den Gesang der Vögel hören, sondern auch das Summen der Gespräche derer, die unten herumschlendern. Ich betrachtete die älteren pockennarbigen und die neueren glatten Grabsteine, wie der kleine für Mammy in Form eines aufgeschlagenen Buches.

«Bin wieder da», sagte ich ihr und fühlte mich plötzlich leicht. Ich hörte, dass sich jemand von links näherte, wandte den Kopf und erblickte Iggy.

Als er sich zu mir setzte, stupste ich ihn zum Gruß mit meiner Schulter an.

«Du bist wieder da», sagte er.

«So ist es.»

«Ich hatte dich eigentlich heute Morgen erwartet.» Er zeigte aufs Meer.

«Ach ja?»

«Ich bin drüber hinweg. Aber du hast die beste Schwimmgelegenheit und den mit *Abstand* besten Kaffee verpasst.»

Ich lächelte. «Morgen, das verspreche ich.»

«Kaffee *und* Schwimmen?»

«Vielleicht auch nur Kaffee.»

Ich beobachtete, wie unten ein kleines Segelboot an der Vertäuungsanlage festmachte, die vor drei Jahren für Tagesausflügler vom Festland angelegt worden war, die mit dem eigenen Boot kamen. Ein junger Mann sprang herunter, griff nach der Leine, die ihm zugeworfen wurde, und vertäute das Boot.

«Ein Mann ist jetzt wohl nicht so glücklich, dich wiederzusehen.» Iggy stupste mich an, während sein Fuß nach links deutete, wo Liam an der Benzinpumpe vor Páidíns gerade einen Truck betankte.

«Nein, wohl eher nicht.»

«Teresa hat mich gebeten, ihren Jungs gegen Bezahlung während der Wintermonate im Schwimmbad in Clonkill das Schwimmen beizubringen. Sie können schon einigermaßen schwimmen, aber nicht überragend. Sie hat ihnen gesagt, wenn sie unbedingt ihrem Vater nacheifern und auf dem Wasser arbeiten wollen, müssen sie besser werden. Am normalen Schwimmunterricht wollen sie nicht teilnehmen, weil sie sich zwischen all den Neunjährigen wie Idioten vorkämen. Lar hat dann mich vorgeschlagen. Wir haben uns darauf geeinigt, dass wir im Winter das Schwimmbad nehmen und im nächsten Sommer dann das Meer.»

Lar und Paul, Liams Söhne, waren gute Kids. Sie hegten keinerlei Ressentiments gegen mich, kamen mehr nach Teresa als nach Liam, so schien es mir, selbstbewusste Jungs, nicht mehr schüchtern, die mich manchmal im Sommer angesprochen hatten, wenn ich auf der Hafenmauer saß, und mich gefragt hatten, wie es an diesem Tag mit der Fähre so gelaufen war. Ich hätte nichts dagegen, sie als Sommercrew einzustellen, sobald sie sechzehn wären, dachte ich damals, als sie gingen, und das, obwohl sie Ó'Kierseys waren.

«Wie schön.»

«Und Páidín will diesen Winter etwas weniger arbeiten, damit er seine Tochter in Limerick besuchen kann, und hat mich gebeten, an den Wochenenden den Pub zu übernehmen. Na, und wenn ich das mache und dann den Schwimmunterricht und außerdem ein paar Schichten bei Diarmuid, werde ich nicht verhungern.»

«Das ist ja beruhigend.»

Wieder eine Pause, in der wir zusahen, wie Críostóir bei Diarmuid vorfuhr und eine frische Lieferung seiner selbst gemachten Eiscreme brachte. Das Ende der Saison näherte sich: Bald gäbe es bis zum nächsten Mai kein Eis mehr.

«Die Wintermonate werden schwierig werden, was das Schwimmen im Meer anbelangt», sagte Iggy.

Ich rollte mit den Augen. «Also ehrlich, manchmal würde man meinen, dass du überhaupt nicht mehr weißt, dass ich hier mal gelebt habe.»

«Man muss sich nur ein bisschen dran gewöhnen, das ist alles», sagte er, als hätte ich gar nichts gesagt. «Nur kurz mal eintauchen. Das ist ganz großartig für das Immunsystem.»

«Vielen Dank für deine Expertentipps.»

«Also, bleibst du diesmal etwas länger oder ...»

«Ich werde so lange bleiben, bis ich weiß, wann es Zeit ist zu gehen. Im Moment habe ich allerdings absolut keine Ahnung, wann das sein wird.»

Er nickte, als wäre das genau seine eigene Strategie. Ich fand es schön, dass Iggys Zerrissenheit mir gestattete, selbst zerrissen zu sein, ohne mich erklären oder rechtfertigen zu müssen.

«Da ist Danny.» Iggys Fuß zeigte wieder auf den Anfang des Kais. Ich erblickte meinen Vater, der sich umsah und dann zu Fergal ging, um mit ihm zu reden.

«Er sucht mich. Wette, er kommt vorbei, um zu schauen, ob mit mir alles in Ordnung ist.»

«Und?»

«Alles gut.» Iggy musterte mich eine Weile, bevor er sich dem Geschehen unten wieder zuwandte.

«Oh, oh, er hat ihn entdeckt. Liam.»

Ich grinste über Iggys Theatralik, beobachtete dann, wie Liam Dad zu sich zur Benzinpumpe winkte. Dad ging zögerlich rüber, sah sich dabei um, versuchte möglicherweise immer noch, mich ausfindig zu machen. Ich hätte ihm zurufen können. Er hätte mich vielleicht hier oben hören können, aber ich war zu neugierig.

Eine Weile passierte nicht viel zwischen den beiden, Dad stand in gebührender Entfernung von Liam und plauderte mit ihm, bis er plötzlich vortrat und den Finger auf Liam richtete. Auch Liam trat einen Schritt näher, reckte sich zu voller Größe, beide Hände in den Taschen, den Kopf geneigt, während er offenbar scharfe Worte an meinen Vater richtete.

«Himmel», sagte ich, «vielleicht sollte ich runtergehen.»

«Warte einen Moment.»

«Aber das sieht so aus, als könnten sie sich gleich schlagen.»

Iggy hielt mich zurück. «Ich glaube, wenn du jetzt runtergehst, Rosie, macht das die Sache auch nicht besser.»

«Aber was, wenn er ihn schlägt?»

«Liam wird deinen Vater nicht schlagen.»

«Ich meinte es andersrum.»

«Wirklich?» Iggy schien überrascht.

«So wie er gestern geredet hat, wäre ich mir jedenfalls nicht so sicher.»

«Warte mal, guck, Liam fährt weg.»

Das Geräusch einer zuschlagenden Autotür drang bis zu

uns nach oben. Wir sahen, wie Dad Liam nachstarrte, als der oben am Kai und bei Diarmuid's vorbeifuhr.

«Worum um Himmels willen ging es da?» Ich stand auf, um zu Dad zu gehen, aber in dem Moment hielt Críostóir neben ihm. Er öffnete die Beifahrertür, und mein Vater stieg ein. Ich ließ mich total perplex wieder auf die Bank fallen.

«Ich sag dir, diese Insel ist besser als Netflix», sagte Iggy.

«Netflix? Wieso hast du denn Netflix? Du kannst dir doch kaum ein Pint leisten.»

«Ich bin Diarmuids Gast-User. Allerdings weiß er gar nichts davon. Ich hab ihm im Laden mal über die Schulter geguckt, als er sich während einer Pause eingeloggt hat.»

«Aha. Aber was immer da eben los war, es war ernst. Etwas ist da überhaupt nicht in Ordnung. Dad ist total sauer auf Liam, aber er will mir nicht erzählen, wegen was.»

«Könnte Michael-Fran das wissen?»

«Vielleicht. Ich bin sicher, Phelan weiß es.»

«Ah, ja, der Fjordspotter. Übrigens schaue ich mir im Moment diese norwegische YouTuberin an. Annika Lund. Oder, warte, vielleicht ist sie auch Schwedin. Ich kann das nie so genau unterscheiden.»

Ich hörte nur mit halbem Ohr zu.

«Ich weiß auch gar nicht so genau, worum es da eigentlich geht. Ich kann weder Schwedisch noch Norwegisch, aber ich mag es, wie sie spricht. So mal rauf und dann wieder runter, sehr sexy alles in allem.»

Jetzt hatte er meine volle Aufmerksamkeit und lenkte mich von meinen Sorgen wegen Dad ab. «Dann hättest du lieber dorthin ziehen sollen statt hierher, die schwimmen bestimmt *alle* da.» Ich merkte, dass ich ein kleines bisschen eifersüchtig war, dass Iggy noch eine andere Frau hatte, die ihn faszinierte, auch wenn sie sehr weit weg war.

«Was – und Kartoffeln schälen als Broterwerb verpassen? Wo wir gerade davon reden», er nickte in Richtung der Ladentür, wo jetzt Diarmuid stand und auf seine Uhr sah. «Außerdem», sagte Iggy und stand auf, «habe ich diesen Traum, dass Annika eines Tages kommt und mich hier wegholt.»

«Das macht sie bestimmt.» Ich setzte mich ebenfalls in Bewegung, um für unsere nächste Tour zur *Aoibhneas* zurückzukehren. «Ich hoffe nur, dass wir im Hafen genug Platz für ihr Wikinger-Langschiff haben, wenn sie endlich kommt.»

An jenem Abend war ich, als meine Schicht vorüber war, pfeilschnell durch unsere Haustür, drehte den Ton am Fernseher leiser, was Dad überhaupt nicht gefiel, und wollte gerade vom Leder ziehen, dass ich sein dauerndes Ausweichen nicht länger hinnehmen würde und alles wissen wolle, was zwischen ihm und Liam passiert war, als ich hörte, wie ein Auto über das Viehgitter am Ende unserer Auffahrt rumpelte.

Ich sah aus dem Wohnzimmerfenster. «Scheiße, es ist Liam.»

Ein Klopfen erklang an der Terrassentür, auf das keiner von uns beiden reagierte. Dann stand Liam in der Tür.

Sichtlich voller Unbehagen und den unerwarteten Besucher im Blick behaltend, sagte mir mein Vater, ich solle gehen und den Wasserkocher anstellen.

«Nein, Danny.» Liam trat einen Schritt vor. «Sie hat ein Recht, es zu erfahren.» Liam blickte zum ersten Mal in meine Richtung, und ich straffte meinen Rücken.

«Sie hat ein Recht, *was* zu erfahren?», fragte ich.

«Himmel, Liam, du hast vielleicht Nerven, hier so aufzukreuzen.» Ungläubig schüttelte Dad den Kopf und setzte sich wieder. «Ich nehme an, dein Onkel weiß, dass du hier bist?»

«Das weiß er.»

«Der Mann ist ein Verräter.» Dad spuckte auf den Holzfußboden. Dad spuckte nie. Niemals. Und ganz gewiss nicht im eigenen Haus. Furchtsam stand ich da und starrte auf den schaumigen weißen Speichel, zwei Meter von mir entfernt. «Nein. Ihr seid beide Verräter. Du *und* Tommy. Ich habe jahrelang dafür gesorgt, dass ihr euren Lebensunterhalt habt und Brot auf dem Tisch, und jetzt versuchst du, mir meinen eigenen zu stehlen.» Dads knochiger Finger zeigte anklagend in Liams Richtung.

«Was ist hier los, Dad?» Aber es kam keine Antwort.

«Also, Dan, unser Angebot ist doch fair.»

«Fair? So was nennst du fair?» Mein Vater lachte höhnisch und schüttelte den Kopf. Ich stand auf, durchquerte den Raum und hockte mich vor ihn hin, sodass ich ihm in die Augen schauen konnte, in die, zu meinem Schrecken, Tränen gestiegen waren.

«Dad. Sag mir jetzt, wovon der redet.» Ich legte ihm die Hand aufs Knie. «Du kannst mir das sagen. Wir kriegen das schon geregelt, was immer es ist. *Ich* kriege das geregelt.»

«Nur wenn du ein paar Hunderttausend lockerhast, sonst nicht.» Liams Worte drangen wie von fern an mein Ohr.

Mein Herz schlug schneller. Ich näherte mich Dads Ohr und flüsterte: «Jetzt rede mit mir, Dad, rede mit mir.»

Aber er reagierte nicht.

«Das Schiff hat in den letzten Jahren immer wieder Pannen gehabt», fuhr Liam fort. «Dieses Haus und sein ganzer Grundbesitz sind bis zum Anschlag mit Hypotheken belastet, damit es weitergehen kann, aber das reicht ja nicht ewig. Und wenn meine Berechnungen stimmen, dann sind die Mittel demnächst verbraucht.»

Ich rührte mich nicht, bewegte keinen Muskel. Es sollte ihm nicht gelingen, ganz gleich, was er sagte, mich dazu zu bringen, ihn anzusehen. Ich hielt meinen Blick fest auf meinen Vater gerichtet, auf die Sehnen an seinem Hals und den Kragen seines Hemdes, wobei ich registrierte, dass am linken Kragenzipfel der Knopf fehlte. Er nähte sie sich normalerweise selbst wieder an. Ich ließ den Kopf sinken, als ich mich daran erinnerte, wie er in ebendiesem Sessel gesessen hatte, die Lampe neben sich, und konzentriert auf die Nadel geblickt hatte. Ich nahm seine einst so geschickten Hände in meine und küsste sie, küsste die müden Finger, die diese kleinen Knöpfe nicht mehr zuknöpfen konnten, geschweige denn sie vom Fußboden aufsammeln, um sie wieder anzunähen.

«Geh, Liam», sagte ich.

«Rosie, du solltest wissen, dass Tommy, ein anderer Investor und ich bereit sind, das Schiff und alles zu übernehmen. Dein Vater wird genug Geld haben, um seine gesamten Schulden zu bezahlen.»

Ich hob den Kopf und sah, dass Dad mich um Verzeihung bittend anlächelte. Ich drückte ihm fest die Hände, vielleicht tat ich ihm sogar etwas weh dabei, aber ich wusste nicht, wie ich ihm sonst vermitteln sollte, dass es nichts zu verzeihen gab.

«Ich sagte, du sollst gehen.»

«Es ist ein faires Angebot, Rosie. Wir versuchen hier nicht, irgendjemanden über den Tisch zu ziehen. Ich habe Danny die Zahlen gegeben. Du solltest einen Blick darauf werfen.»

Ich erinnerte mich daran, dass mein Vater Unterlagen studiert hatte, als ich am vorigen Tag angekommen war, und sie dann auf die Treppe gelegt hatte, wo sie jetzt aber nicht mehr lagen.

Liam machte einen Schritt auf mich zu. «Und, Rosie, wir werden immer Leute brauchen. Wir wären froh, wenn du für uns arbeiten willst.»

«Haha.» Ich musste lachen, konnte gar nicht mehr aufhören. «Hattest du nicht mal gesagt, du würdest mich niemals für dich arbeiten lassen?», sagte ich kichernd. «Weißt du das nicht mehr? Der Schulhof und dein blödes Fährschiff-Spiel.»

«Rosie, da waren wir sieben.»

«Ja, und jetzt bin ich eine erwachsene Frau. Reif und vernünftig. Aber du bist nie davon weggekommen, alles haben zu wollen, was uns Driscolls gehört, oder? Bietest mir jetzt einen Job an?», höhnte ich. «Mein Gott, das würde dir so richtig gefallen, oder?»

Liam ließ sich nicht aus der Reserve locken, presste die Lippen aufeinander, sodass ihm kein böses Wort entschlüpfen konnte. So eine Selbstkontrolle war ungewöhnlich für ihn, ein sicheres Zeichen dafür, dass er mich wirklich brauchte. Ein Nicken von meiner Seite, und mein Vater würde verkaufen.

«Geh jetzt, Liam», sagte ich. «Sonst rufe ich Michael-Fran an und sag ihm, er soll Diarmuid und die Jungs holen, damit sie dich hier raustragen.»

«Aber ...»

«Das Schiff gehört uns. Den Driscolls und nicht den Ó'Kierseys. Und jetzt geh.»

Ich stand auf und baute mich vor dem Mann auf, der immer schon das hatte haben wollen, was uns gehörte, um ihn wissen zu lassen, dass ich nicht zurückweichen würde und dass nichts, was er an diesem Abend noch zu mir sagen würde, ihm und seinen Plänen irgendwie nützen könnte.

Er holte einen zusammengerollten braunen DIN-A4-Umschlag aus seiner Innentasche, mit dem er sich auf die Innenfläche seiner Hand klopfte und den er dann hochhielt. «Schau es dir mal an, Rosie. Das ist alles, worum ich dich bitte.»

Vorsichtig legte er den Umschlag auf die Lehne der Couch

und verließ das Haus, ohne Dad oder mich anzusehen. Ich wartete und horchte darauf, dass sein Motor angelassen wurde und auf das Rattern des Viehgitters, bevor ich mich schließlich wieder meinem Vater zuwandte. «Dad?»

Er konnte mich mit seinen ängstlichen Augen nicht lange anschauen und senkte seinen Blick, um seine Hände zu mustern. «Da ist nichts, Rosie. Kümmere dich nicht um ihn.»

«Aha. Also, wenn ich jetzt zur Couch gehe und mir anschaue, was in diesem Umschlag ist, entdecke ich bloß einen Haufen Lügen, oder was?»

Er starrte zur Couch hinüber. «Nein, so ist es auch wieder nicht.»

«Dann gibt es also Probleme mit der *Aoibhneas*?»

«Ja, da sind ein paar Schulden aufgelaufen.»

«Und das Haus? Hast du Hypotheken darauf aufgenommen? Hat er recht damit?»

Er überlegte, wie er mir antworten sollte. «Ich hab ein bisschen was aufgenommen, ja.»

«Wie viel? Reden wir hier von einem Viertel oder der Hälfte seines Wertes?»

Er antwortete nicht, aber fuhr sich mit der Hand über den Mund, dann unters Kinn, reckte den Kopf, schloss die Augen.

«Himmel, Dad. Bitte sag mir, dass es nicht die verdammte Gesamtsumme ist?»

«Die Maschine war im Arsch, Rosie.» Schließlich musste er es frustriert zugeben. «Und in den Wintermonaten läuft nicht viel, wie du ja weißt. Und die Subventionen decken nur einen bestimmten Bereich der Kosten ab. Und in diesen letzten Jahren sind nicht mehr so viele Touristen gekommen wie sonst, keine Ahnung, weshalb.»

«Wie viel Schulden hast du, Dad?»

Wieder wollte er die Frage nicht beantworten.

«Dad?»

«Dreihundert.» Obwohl er jetzt beinahe geflüstert hatte, konnte ich seine Antwort sehr wohl verstehen.

«…tausend?»

«Nein, dreihundert Euro. Natürlich …tausend!»

«Aber so viel ist dieses Haus doch gar nicht wert. Höchstens zweihunderttausend.»

«Dazu kommt noch das Land.»

«Die haben dir dreihunderttausend für diese steinigen Felder gegeben? Himmel noch mal, Dad, wen kennst du denn da, der das genehmigt hat?»

«Jetzt lass das mal.»

Ich wandte mich ab und bedeckte meinen Mund mit der Hand. Alles, alles, wofür ich gekommen war, konnte uns weggenommen werden. Aber genauso schnell drehte ich mich wieder um und stellte eine weitere Frage. «Was ist noch übrig?»

«Was meinst du damit, was noch übrig ist?»

«Von dem Kredit, wie viel ist davon noch übrig?»

Nun hatte er einen ganz erstaunten Gesichtsausdruck. «Na, alles.»

«Du hast *nichts* zurückgezahlt?»

«Die Zinsen. Ich habe die Zinsen gezahlt.»

Ich stolperte zur Couch, unfähig zu verarbeiten, was er mir da eben gesagt hatte. Als ich mich, die Ellbogen auf den Knien, hinsetzte und die Schultern hängen ließ, lag der Umschlag zu meiner Rechten. Ich fragte mich jetzt, wie ich das den ganzen Sommer nicht mitgekriegt haben konnte.

«Aber warum hast du denn nichts gesagt?», fragte ich mit schriller Stimme.

Er senkte den Kopf, raufte sich das schüttere weiße Haar, die Strähnen flogen hin und her, dann rieb er sich den Schädel. «Du hattest doch genug andere Sorgen.»

Als er schließlich den Kopf wieder hob, waren seine Wangen feucht. «Ich war einfach glücklich, dass du hier warst. Ich wollte dich nicht belasten. Und außerdem dachte ich, das wird schon alles irgendwie gut gehen. Die Raten schienen machbar. Aber diese Stürme werden immer schlimmer, und als die Touristenzahlen noch mehr runtergingen, entwickelten sich die Dinge immer weniger zu meinen Gunsten.»

«Ach, Dad.» Jetzt hatte ich das Gefühl, ihn hängen gelassen zu haben, den Mann, der mich mein ganzes Leben geliebt und umsorgt hatte. Ich stand auf, ging rüber, kniete mich wieder neben ihn. «Ich hätte das doch merken müssen. Ich verstehe gar nicht, warum ich nicht mal nachgefragt habe.»

«Ich schon.» Er tätschelte mir die Hand und lächelte.

«Und was sagt eigentlich die Bank jetzt? Lassen sie diese Kreditvereinbarung immer so weiterlaufen?»

«Genau genommen nicht. Sie haben mir ein paar Liebesbriefe geschickt mit der Bitte, einen Termin zu machen.»

«Okay, und wann wäre der dann?»

«Ich bin noch nicht dazu gekommen.»

«Gut, dann rufe ich da an. Wir gehen zusammen hin. Wir werden die Situation erläutern und einen neuen Rückzahlungsmodus für die Raten vereinbaren.»

Dad antwortete nicht, blickte mich nur sorgenvoll an.

«Man kann da was machen, Dad», versicherte ich ihm, stand, angetrieben von den Lösungsmodellen, die mir durch den Kopf gingen, wieder auf. «Ich habe doch gesagt, wir sollten Fahrten nach Shelley Island für die Vogelbeobachter anbieten. Und was ist mit Bay Landing und dem Farnroe Lighthouse? Wir könnten noch eine Tour anbieten für Seehund- und Delfin-Beobachtung. Die Urlauber würden das lieben. Es gibt eine Menge, was wir schon längst hätten tun sollen, aber dieses Arschloch wollte ja nichts davon hören mit seinem: ‹Mein Auftrag lautet, dieses Boot nach Rossban und zurück zu fahren und sonst nichts.› So eine Frechheit. Erst alles ablehnen und sich dann hier hinstellen und uns anbieten, unsere Schulden zu übernehmen, als wäre er der große Held oder so. Denn du weißt ja, was passiert, wenn er sie kriegt», ich zeigte mit dem Finger auf ihn, als wäre er der fragliche Mann, «abgesehen davon, dass er sie zu Schrott fährt. Er wird alle meine Ideen nehmen, als wären sie seine, und einen Haufen Kohle machen. Ich hätte nicht übel Lust, mich ins Auto zu setzen und zu ihm zu fahren und ihm zu sagen, dass er sich das alles in den Hintern schieben kann.»

Dad kicherte, und zum ersten Mal kam an diesem Abend etwas Fröhlichkeit auf. «Ich glaube, das hast du schon ganz eindrucksvoll rübergebracht, mein Schatz. Ich weiß ja nicht, wie du das anstellst, aber der Mann hat die Hosen voll vor dir.»

Ich lachte jetzt auch, aber in mir regte sich Angst. Ich wusste nicht, ob ich genug Kraft hierfür hatte.

«Rosie, bitte reg dich jetzt nicht auf, ja? Das ist das Letzte, was ich will.»

«Der darf sie nicht kriegen, Dad.» Mir kamen die Tränen. Sie liefen mir über die Wangen und tropften herunter, während ich nach der Lehne tastete und den Umschlag zerknüllte, den Liam liegen gelassen hatte. «Ich kann sie nicht verlieren.» Ich sackte auf dem Fußboden in mich zusammen. «Ich brauche sie, Dad. Ich ... ich kann einfach ...»

«Schsch, ist ja gut, Rosie.» Er war jetzt neben mir, und seine Stimme brach, als er sich trotz der Mühen, die es ihm bereiten musste, bückte, um mich in die Arme zu nehmen. «Ich wollte das alles nicht. Ich habe alles drangesetzt, damit es klappt. Aber es wurde immer schlimmer, und ich ...»

Ich schüttelte den Kopf, wollte ihm sagen, dass es nicht

seine Schuld war. Ich hatte diesen Mann immer geliebt, als Kleinkind und auch als Teenager. Eines Tages – ich war vielleicht achtzehn – hatte er mich gefragt, ob wir besser zurücksegeln sollten. Wir saßen an einem unserer freien Nachmittage in unserem kleinen Fischerboot, die Wolken hatten sich weiter westlich von weiß zu grau verfärbt, und der Wind um uns herum wurde immer heftiger. An dem Tag hatte er mich um meine Meinung gebeten, die Meinung von jemandem, den er respektierte und dessen Wort Gewicht hatte. Ja, hatte ich gesagt, und er hatte nicht weitergefragt, nicht diskutiert, nicht abgewogen, er hatte einfach nur unser Boot gedreht, sodass wir wieder ans Ufer segelten. Ich würde ihm nie irgendeinen Vorwurf machen.

«Wir kriegen das hin», sagte er und weinte, während er mich in seinen Armen wiegte. «Wir lassen nicht zu, dass er sie uns wegnimmt.»

Der Vater sagte kein Wort. Aber ab und zu musterte er sie im Rückspiegel.

An dem Tag, an dem wir in einem Büroraum der Bank in Clonkill Platz nahmen, trug mein Vater einen Anzug. Denselben, den er schon seit Jahren für Hochzeiten, Taufen und Beerdigungen aus dem Schrank holte und abbürstete. Er zupfte dauernd an seinem Hemdkragen herum, während wir in dem Glaskubus warteten.

«Mein Hals ist geschrumpft.»

«Dein Hals ist doch nicht geschrumpft, Dad.» Ich rieb meine schweißfeuchten Hände an meiner schwarzen Hose ab, leicht gereizt wegen seines Rumgefummels, während ich doch gerade versuchte, mich zu sammeln, um das Musterbild einer Unternehmerin abzugeben.

«Ich sag dir, der ist nur noch halb so lang. Jetzt ist der so zusammengestaucht wie ein richtiger Stiernacken. Meine Kragengröße war immer 38, jetzt hab ich mindestens 43.»

«Dann mach den obersten Knopf auf.»

«Geht nicht, dann sehe ich aus, als hätte ich keinen Bock, und den Eindruck wollen wir doch nicht hinterlassen, oder?»

«Also mir wäre es wichtiger, dass du atmen kannst, und dem Bankberater sicher auch.»

«Also gut, aber wenn sie uns abweisen, dann wollen ich und mein offener Kragen nicht dafür verantwortlich gemacht werden.»

«Ich glaube nicht, dass sie nur wegen deiner Kleidung Nein sagen können.»

«Wie unschuldig du bist.» Er hustete, neigte den Kopf nach hinten und verzog das Gesicht, als er versuchte, den Kragen aufzuknöpfen.

Ich streckte die Hand aus und half ihm.

«Danke.» Er schob seine Krawatte höher, um den Spalt zu verdecken, bewegte den Kopf hin und her und seufzte schwer.

Kurze Zeit später erschien die Bankberaterin, eine Frau in den Vierzigern. Wir erhoben uns beide, er langsamer als ich, um ihr die Hand zu schütteln.

«Was für ein schöner Tag.» Sie strahlte. «Die Überfahrt muss prächtig gewesen sein.»

Sie scheint nett zu sein, dachte ich. Jemand, dem man vertrauen könnte, wenn sie nicht für die Bank arbeiten würde.

Wir möchten das Geschäft umstrukturieren, begann ich, als sie ganz freundlich und fröhlich fragte, was uns hierhergeführt hatte. Wir möchten neue Routen für die Touristen anbieten. Ich holte meinen Businessplan und meine Finanzprognosen heraus, bat um eine Verlängerung des Kredits, damit wir die Raten senken und dann, dank neuer Angebote, beginnen könnten, den Kredit in Gänze zurückzuzahlen und nicht bloß die Zinsen. Sie blätterte durch, was ich ihr gereicht hatte, aber so kurz, dass sie nichts davon hätte zur Kenntnis nehmen können, dann legte sie die Unterlagen beiseite und wandte sich unserer Kontenübersicht auf dem Bildschirm zu und ging durch, was eine längere Angelegenheit zu werden schien, während Dad und ich dasaßen, dabei zusahen, wie ihre Augen in den Spalten von links nach rechts wanderten, und das Schweigen um uns herum so dick wurde, dass ich den Finger ausstrecken und meinen Namen hätte hineinschreiben können.

«Also gut», sagte sie schließlich, «ihr Vorschlag wird selbstverständlich zur Prüfung an die entsprechende Abteilung weitergereicht, aber um ehrlich zu sein, man ist hier sehr zurückhaltend, was die Verlängerung von Geschäftskrediten anbelangt, und erst recht, wenn es nur Teilrückzahlungen gegeben hat.»

«Aber das Finanzmanagement hat sich jetzt geändert. Ich steige mit ein, werde mich voll engagieren. Ich gebe Ihnen mein Wort, dass wir monatliche Ratenzahlungen leisten werden. Das Einzige, worum wir bitten, ist, dass es ein paar Monate Atempause gibt, damit wir diese neuen Routen planen können.»

Einen Moment lang sahen wir uns in die Augen, die Bittende versus die Mitleidige. Dann nahm sie meine ordentlich zusammengehefteten DIN-A4-Seiten in beide Hände, wie ein Altaropfer.

«Wie schon gesagt, das geht an die Kreditabteilung. Aber ich werde Ihnen hier keine allzu großen Hoffnungen machen. So arbeite ich nicht. Wenn ich Sie wäre, würde ich diese Pläne so schnell wie möglich umsetzen und, sobald es geht, die Rückzahlungen starten. In der Zwischenzeit gebe ich das hier in unser System ein, das verschafft Ihnen ein paar Wochen Zeit, bis unsere zuständige Abteilung alles geprüft haben wird. Das ist alles, was ich hier tun kann.»

Ich reagierte nicht sofort. Ich war in eine Starre verfallen, die mir nicht ermöglichte zu sprechen. Dad rührte sich als Erster, stand auf, hatte die Hand schon über den Schreibtisch ausgestreckt und dankte ihr für ihre Zeit. Da er auf der Innenseite gesessen hatte, konnte er den Platz nicht verlassen, ohne dass ich mich erhob, also tippte er mir auf die Schulter. «Rosie», sagte er ganz leise.

«Das war's dann?», fragte ich. «Wir sind den ganzen Weg hierhergekommen, um mit Ihnen über das Überleben unserer Fähre zu sprechen, und nach ein paar Sekunden sagen Sie Nein. Sie haben den Businessplan nicht mal gelesen.»

«Nein», sagte sie, ein wenig beleidigt von meinem Vorwurf,

«aber das werde ich. Ich werde ihn mir genau ansehen und auch eine Empfehlung dazu abgeben. Aber die letzte Entscheidung liegt nicht bei mir. Ich will hier einfach nur ehrlich mit Ihnen sein und keine falschen Hoffnungen aufbauen.»

«Steht das so in Ihrem Schulungshandbuch? In dem ‹Keine falschen Hoffnungen aufbauen›-Kapitel?»

«Rosie», ermahnte mich Dad, der sich wieder hingesetzt hatte. «Ich glaube nicht, dass es irgendeinen ...»

«Nein, Dad, wir haben ein Recht zu erfahren, womit wir es hier zu tun haben. Und ich jedenfalls bin *überhaupt* nicht beeindruckt. Ich habe Tag und Nacht daran gearbeitet, wissen Sie.» Ich zeigte auf den Plan. «Und der ist gut. Er ist realistisch, die Ziele sind erreichbar. Sind das nicht genau Ihre typischen Schlagworte? Ich habe mein ganzes Leben lang auf Fährschiffen und in der Branche gearbeitet, sogar in Dublin, und Sie wollen mir nach einer Sekunde erzählen, Sie können mir nichts dazu sagen.»

«Das ist nicht, was ich Ihnen ...»

«Sie glauben, Sie können den Gott in unserem Leben spielen, oder? Das gefällt Ihnen bestimmt so richtig gut. Das gibt Ihnen richtig einen Kick. Uns eine Chance zu versagen.»

«Hören Sie, Mrs Dunne ...»

«Nein, jetzt hören Sie mir mal zu. Wenn wir zu Kredithaien gehen müssen, dann werden wir das tun, weil wir unser Boot nicht verlieren wollen, die eine verdammt gute Sache, die wir im Leben haben. Die eine Sache, für die wir jeden Morgen aufstehen. Die eine Sache, die uns ein Lächeln auf die Gesichter zaubert.» Ich sah sie an und die äußere Ruhe, die sie aufrechterhielt. Wie sie sich in ihrem Stuhl zurücklehnte, ein weiteres Mal meinen Businessplan ignorierte und mich genau beobachtete, sich wahrscheinlich fragte, ob sie den Notrufknopf unter ihrem Schreibtisch drücken sollte. «Würde Ihnen das gefallen?», fuhr ich fort. «Dass Ihre Kunden sich noch mehr verschulden? Ist es das? Steckt ihr alle unter einer Decke – die Banken und die Kredithaie? Alles gute Kumpel, was? Damit die reichen Jungs reich bleiben.»

«Bitte, Rosie.» Dad streckte jetzt seine Kontrollhand aus, sie fuhr durch die Luft, versuchte, mich zu bremsen, verlangte, dass ich mich endlich in den Griff bekam.

«Also, niemand wird Hand an unser Boot legen. Sie und Ihre Jungs in Dublin werden es nicht kriegen. Haben Sie mich verstanden?» Ich trommelte mit den Fingern auf den Tisch, während ich noch über den nächsten Schritt nachdachte. «Wissen Sie eigentlich, wer ich bin?»

Jetzt sah sie verwirrt aus.

«Rosie.» Ein weiteres Mal ignorierte ich Dads Kontrollhand.

«Rosie Dunne, die Mutter von Saoirse Dunne. Klingelt da was bei Ihnen?» Ich empfand durchaus Scham dabei, auch noch das Schicksal meiner Tochter zu benutzen. Aber in dem Moment hätte ich alles getan, um den letzten Ort zu retten, an dem ich ihre Nähe spüren konnte. «Ja, genau, Sie haben's kapiert. Die Mutter des Mädchens, das verschwunden ist. Vielleicht möchten Sie das ja mit in Ihre Akte eintragen. Dass Ihre Empfehlung lautet, noch mehr auf mich zu scheißen. Da können Sie alle ja anschließend ordentlich ablachen, nicht?»

«Das war's, Rosie. Steh auf. Hoch von dem Stuhl.» Dad stand auf, um mich mit einer Kraft aus meinem Stuhl zu zerren, von der ich geglaubt hatte, er hätte sie längst eingebüßt.

«Das tut mir alles sehr leid.» Er war so beschämt, dass er ihr nicht in die Augen sehen konnte.

«Nein, es ist ...»

«Es ist was? Was ist es denn?» Ich schrie sie an, während mein Vater mich energisch aus dem Glaskubus schob und dahin steuerte, wo sich Schlangen vor den Geldautomaten und dem einzigen Schalter bildeten. Die Wartenden taten so, als hätten sie mein Geschrei nicht gehört. Sie zumindest hatten etwas Anstand.

«Das ist kriminell, einfach nur kriminell.» Ich sah, dass der Wachmann auftauchte und die Angestellte, die uns hinausgeleitete, anblickte, um zu sehen, ob er eingreifen sollte. Aber sie hob die Hand. Dem alten Mann mit seinem Gehstock gelang es recht erfolgreich, seine verrückte Tochter aus dem Gebäude zu lotsen. Hier war alles in bester Ordnung. Alles war prima.

Ihre letzten Worte, als wir den Ausgang erreichten, waren: «Und kommen Sie gut nach Hause.»

Mein Vater wollte sich zu ihr umdrehen, aber ich war schon wieder drauf und dran zu explodieren, und so hob er bloß seinen Stock, um sich für ihre guten Wünsche zu bedanken, und schleifte mich die Treppe hinunter.

Es muss eine schleppende Woche für die oberen Etagen in der Bank gewesen sein, denn nicht einmal sieben Tage waren vergangen, als Dad einen Brief erhielt, in dem ihm mitgeteilt wurde, dass der laufende Vertrag, den er mit der Bank vereinbart hatte, nicht verändert werden könne und dass die volle Rückzahlung des Kredits unverzüglich erwartet werde. Sie gebrauchten das Wort «unverzüglich» zwar nicht, aber es fühlte sich so an, als hätten sie bloß die Gelegenheit versäumt, es endlich zu tun.

An jenem Tag hatte mich Dad auf meiner letzten Tour von Rossban angerufen, um mir diese Neuigkeit mitzuteilen. Als ich nach Hause fuhr, kratzten und schlugen die dornigen Zweige und Sträucher gegen die Fahrertür meines Jeeps, weil ich ihnen, abgelenkt, wie ich war, auf der Glen Road zu nahe gekommen war, aber es kümmerte mich nicht. Mein Handrücken war feucht von den Tränen, die ich mir schnell von der

Wange wischte. Als ich am Wagtail vorbeifuhr, drückte ich nicht wie gewohnt zum Gruß für die, die auf der niedrigen Mauer saßen, auf die Hupe. Stattdessen fuhr ich um die letzte Kurve, ohne voll einzuschlagen, sodass der entgegenkommende Wagen mir ausweichen und mit quietschenden Reifen auch noch darauf achten musste, nicht den Begrenzungszaun zu durchbrechen und in die Schlucht darunter zu stürzen.

Der Staub von unserem abrupten Halt stieg um beide Wagen herum auf, während Liam wütend an mein Fenster klopfte.

«Was in Gottes Namen ist in dich gefahren? Du hast mich beinahe von der Straße gedrängt.»

Sein Gesicht wirkte so rosa wie die Fuchsien auf der Insel, die längst verblüht waren, seit der Sommer allmählich abgeklungen war.

«*Rosie*. Hast du mich gehört? Ich sagte, du ...»

Den Rest von dem, was er zu sagen hatte, hörte ich nicht, starrte nur an ihm vorbei auf den Staub, der um seine Räder wirbelte, bevor er sich langsam legte. Erst dann öffnete ich das Fenster. «Ja, Liam. Ich habe dich gehört.»

«Und?»

«Und was?», fragte ich müde.

«Was hast du da gemacht?»

«Nichts, Liam, ich habe gar nichts gemacht.»

«Außer dass du auf meine Fahrspur geraten bist.» Jetzt, wo das Fenster ganz unten war, hatte er die Hand auf meine Fahrertür gelegt und war mir sowieso viel zu nahe.

«Du hast recht», gab ich nach. «Es tut mir leid.» Warum sollte ich mich mit diesem Mann anlegen? Warum sollte ich das verdammt noch mal tun?

«Ich hätte in die Schlucht stürzen können und mich überschlagen ...»

«*Ist ja gut jetzt*. Ich sagte doch, es tut mir leid. Es ist niemand zu Schaden gekommen, können wir also jeder wieder seiner Wege gehen?»

Er zog die Hand weg, aber musterte mich nach wie vor misstrauisch, als könnte ich jeden Moment wieder den Motor anlassen und ihn erneut attackieren.

«Doch vielleicht.» Er änderte die Gangart, stützte sich wie für einen netten, gemütlichen Plausch wieder auf meine Tür. «Vielleicht war es ja eine göttliche Intervention, dass du mich beinahe über den Haufen gefahren hast.»

«Das bezweifle ich. Und wenn es so war, wäre ich wohl erfolgreicher gewesen.» Ich schenkte ihm mein schönstes sarkastisches Lächeln.

«Du reagierst nicht auf meine Anrufe, Rosie.»

«Gott, Liam, kannst du nicht mal damit aufhören, nur dieses eine Mal? Ist denn das so schwer?»

«Wenn du bloß mal den Hörer abnehmen würdest oder dein Vater die Tür öffnen würde ...»

«Bist du etwa noch mal da gewesen und hast ihn unter Druck gesetzt?» Ich verlor das letzte bisschen Gelassenheit, an das ich mich geklammert hatte. «Jetzt hör mir mal zu.» Ich zeigte mit dem Finger auf ihn und berührte dabei fast seine Nase, verspürte den Drang, ihm den Finger ins Auge zu stoßen und zuzusehen, was für einen Tanz er dann aufführen würde. «Hör auf, meinen Vater so zu bedrängen. Es ist nicht in Ordnung, einem alten Mann deine Buy-out-Pläne bei jeder Gelegenheit aufzudrängen. Ich bin wirklich überrascht, dass Teresa dich mit so etwas davonkommen lässt.»

Er richtete sich plötzlich auf und zuckte zurück, als hätte ich ihn bei etwas erwischt, das er eigentlich nicht hätte tun sollen.

«Oh, mein Gott!» Ich lachte ungläubig. «Sie weiß gar nicht, was du vorhast, oder?»

«Natürlich weiß sie das.» Er tat beleidigt, allerdings viel zu demonstrativ und ziemlich übertrieben.

«Aber sie ist nicht damit einverstanden, das sehe ich dir doch an! Das ist echt unglaublich.» Ich schüttelte den Kopf, weil mich seine Entschlossenheit erstaunte, sogar im eigenen Haus für Unfrieden zu sorgen, nur um die *Aoibhneas* in die Finger zu bekommen. «Und außerdem», fuhr ich fort, «und korrigier mich, wenn ich mich hier irre, war das, was du uns da vorgelegt hast, soweit ich weiß, ein *Angebot* und nicht ein Befehl, zu verkaufen oder deinen Zeitplan einzuhalten.»

«Rosie. Meine Investoren warten. Das werden sie aber nicht ewig tun.»

«Ach, wirklich? Armer Liam. Das hättest du doch gleich sagen sollen. Dann hätte ich diesen fiesen Bankern gesagt, sie sollten sich beeilen mit ihrer Entscheidung.»

Ich hätte mich dafür ohrfeigen mögen, ihm diese Information auf dem Silbertablett gereicht zu haben.

«Oh, ja, das wird auch ganz bestimmt geschehen.» Er schnaubte. «Nie im Leben wird diese Bank Dannys Kredit verlängern. Ich weiß, wie schlecht es aussieht.»

«Ist das so? Und erzähl, seit wann bist du denn so ein Finanzgenie, Liam? Wenn ich mich richtig erinnere, hattest du, als in der Schule Wirtschaft dran war, die meiste Zeit deine Finger in der Nase oder in der Hose.»

Einen wunderschönen Moment lang war er so verblüfft, dass es ihm die Sprache verschlug. Es war himmlisch. Ich fuhr mir mit der Zunge über die Schneidezähne und lachte auf.

«Weißt du was?» Er trat wieder auf meine Tür zu, konnte wohl in seinem Trotz keine Abfuhr akzeptieren. «Mir reicht es mit dir und deiner Selbstgefälligkeit. Unser ganzes Leben lang hast du mich behandelt wie ein Nichts. Und nun, wer steckt jetzt bis zu den Knien in der Scheiße, Rosie? Sag mir das mal.»

Hinter mir näherte sich ein anderer Wagen und verharrte im Leerlauf, da der Fahrer wohl weise genug war, nicht auszusteigen und seine Hilfe anzubieten, sondern stattdessen geduldig darauf wartete, dass die Dinge sich von alleine regelten.

«Ich habe *dich* wie Dreck behandelt? Hast du eine Wahrnehmungsstörung, Liam? Du warst es, der mit alldem angefangen hat. Du hast mir gesagt, ich könnte nie ein Schiff steuern. Und als ich es doch getan habe, konntest du dich nicht dazu durchringen, deinen Irrtum zuzugeben. Stattdessen hast du dein weiteres Leben damit verbracht, auf allem herumzuhacken, was ich gesagt und getan habe.» Meine Stimme sank beinahe zu einem Flüstern herab. «Aber ich sage dir jetzt, du wirst sie nie bekommen. Du wirst sie mir nicht wegnehmen. Ich habe das verdammte Geld, Liam. Also hau ab und sag deinen Investoren, dass euer kleiner Plan gescheitert ist.» Ich senkte den Blick nicht. Ich wollte nicht als Erste die Augen abwenden.

Ganz gelogen war das nicht. Ich hatte tatsächlich ein Angebot erhalten, noch bevor wir demütig zur Bank gegangen waren. Aber ich hatte es abgelehnt. In meiner Panik hatte ich Hugh angerufen, um ihn um Hilfe bei der Ausarbeitung meines Businessplans zu bitten. Wen außer ihm kannte ich mit Geschäftssinn und Finanzkenntnissen? Als er mich beraten hatte, hatte er mir auch das Geld angeboten. Nicht er persönlich, unsere Finanzlage war ja ebenfalls prekär, sondern die Firma. Ein Kredit, hatte er gesagt, der uns helfen würde, mit den Ratenzahlungen zu beginnen und die neuen Fährschiff-Touren aufzustellen. Ich hatte Nein gesagt, aber nicht entschieden genug, weil er insistiert hatte. Aber was ist, wenn wir das nicht zurückzahlen können?, hatte ich gefragt. Das könnt ihr, hatte er erwidert, da hab ich keine Zweifel. Woher rührte dieses Vertrauen in mich? Erkannte er die Frau, die gegangen war, denn nicht wieder? Die Frau, die unser gemeinsames Leben in eine Kommandozentrale umorganisiert hatte, bevor sie den Verstand verloren hatte? Die Frau, die sich seither vor der Welt versteckt hatte? Warum hatte er noch Vertrauen in mich? Was für einen Beweis für diese Vertrauenswürdigkeit hatte ich ihm denn gegeben?

Ich hatte meine Meinung bislang nicht geändert. Ich wollte diesen Kredit nicht annehmen, aber ich konnte ihn als Drohung einsetzen.

Liam blinzelte, während er seine Niederlage zu begreifen versuchte. Der Sieg, so schien es, war in Reichweite, und ich konnte ihn wie einen Wärmestrom in meinem ganzen Körper fühlen, so sehr, dass ich den Drang verspürte, vor Vergnügen meine Finger und Zehen auszustrecken und laut zu seufzen.

Aber beinahe augenblicklich veränderte sich alles wieder, Liams Gesichtsausdruck verwandelte sich, aus seinem breiten Grinsen wurde ein brüllendes Lachen, das, tief aus seiner Brust kommend, den Raum zwischen uns füllte.

«Oh, Rosie, beinahe hättest du mich gehabt. Ehrlich, das war richtig gut.» Hatte ich im Gesicht gezuckt, mir am Ohr gezupft, meine Lippe eingesogen? Oder hatte ich einfach zu dreist gelogen? Meine Mutter hatte immer gesagt, ich wäre nicht mal in der Lage zu lügen, wenn es um Leben oder Tod ginge.

Er beugte sich wieder in meinen Wagen vor, redete dicht an meinem Ohr, als wollte er mir jetzt ein Geheimnis verraten.

«Hör mir zu, jetzt sage ich dir mal, was ich weiß: *Du* hast das Geld nicht, und *ich* bin eure einzige Hoffnung. Das ist doch wunderbar, oder?» Er klatschte in die Hände, rieb sie sich, als hätte er gerade einen todsicheren Tipp für das Grand-National-Hunderennen erhalten. «Aber nur um das klarzustellen, ich brauche spätestens am Montag eine Antwort, ja? Du rufst mich bis dahin zurück, oder ich stehe wieder vor Dannys Tür. Haben wir uns verstanden?» Der Arsch zwinkerte mir zu, dann klopfte er zum Abschied zweimal an meine Fahrertür, bevor er denjenigen grüßte, der geduldig hinter uns gewartet hatte, wer auch immer das war, und sprang in seinen Wagen. Er setzte ein wenig zurück und fuhr weg, indem er fröhlich den Motor aufheulen ließ.

«Mist.» Ich ließ den Kopf sinken, packte das Lenkrad und versuchte, meine zitternden Hände zu beruhigen.

Hinter mir erklang ein kurzes, freundliches Hupen, und ich winkte dem wartenden Fahrer entschuldigend im Rückspiegel zu, bevor ich den Motor wieder anließ und meine Fahrt nach Hause fortsetzte.

Dad und ich saßen niedergeschlagen am Kaminfeuer, das er an diesem Abend unbedingt hatte anzünden wollen, als würde die Glut uns irgendwie Trost verschaffen, und schwiegen. Beide hatten wir das Gefühl, den anderen hängen gelassen zu haben. Wir gingen früh ins Bett. Ohne eine Antwort auf die Frage gefunden zu haben, was wir denn bis Montag zu tun gedachten, schleppten wir uns in unsere Zimmer. Auf dem Bett liegend starrte ich an die Decke, in dem Bewusstsein, dass mir das kleine Rettungsboot der Bank, an das ich mich geklammert hatte, aus den Händen gerissen worden war und ich ertrinken würde.

Schließlich war ich doch noch eingeschlafen, aber irgendwann nach Mitternacht schreckte ich plötzlich aus dem Schlaf hoch. Als mich, Gott weiß, warum, etwas zum Fenster zog, erblickte ich ausgerechnet Patsy Regan, die auf unser Haus starrte, wobei ihr Blick die Fassade absuchte, als wäre sie ein Gemälde, das sie zu verstehen versuchte. Und gerade als ich die Gardine anheben wollte, drehte Patsy sich um, lief Mac's Hill wieder hinunter und verschwand hinter der ersten Kurve, sodass ich ihr weißes Haar nicht länger sehen konnte.

Sie war gekommen, um mir etwas zu sagen, um mir eine Eingebung mitzuteilen, die mir helfen würde, die *Aoibhneas* zu retten, da war ich mir ganz sicher.

Ich polterte die Holztreppe hinunter. Ergo stand schwanzwedelnd vor dem verglimmenden Kaminfeuer, zu jedem Abenteuer bereit. Mein Vater rief aus dem Schlafzimmer nach mir und verlangte zu wissen, was der Lärm sollte. Aber ich stürmte einfach vorne über die Veranda hinaus, als hätte er gar nichts gesagt, hob den Riegel an und rannte barfuß und mit Ergo an meiner Seite Patsy hinterher, da ich mir sicher war, sie auf der geraden Strecke noch erreichen zu können. «Patsy», rief ich. «Warte, Patsy. Geht es um die *Aoibhneas*? Können wir sie irgendwie retten?»

Aber es war niemand zu sehen. Und bei aller Rüstigkeit – mit ihren achtzig Jahren hätte sie in der Zwischenzeit auf gar keinen Fall einfach über eine Hecke springen oder die ganze Straße hinuntermarschieren können. Und dennoch lief ich die ganze Glen Road hinunter, parallel zum Pfad durch die Schlucht, bis ich im Hafen ankam, aber Patsy war nicht zu sehen. Ich stand vor ihrem verdunkelten Haus, von dem aus man auf das Meer blickte, und hob die Hand, um anzuklopfen, hielt dann aber inne, da ich mir inzwischen sicher war, das alles nur geträumt zu haben. Ergo blickte erwartungsvoll zu mir auf, beide atmeten wir schwer und spürten jetzt erst die nächtliche Kühle. Ich trat einen Schritt zurück, als ich mir klarmachte, wie kläglich ich in meinem Pyjama aussehen musste.

In der Ferne erklang das vertraute Nebelhorngeheul des maroden Auspuffs meines Vaters den Hügel herab. Ich drehte mich um und sah durch die Hecken, wie sich seine Scheinwerfer näherten und dem gewundenen Straßenverlauf folgten, bis sein Ford Cortina vor Patsys Haus zum Stehen kam. Dad kurbelte das Beifahrerfenster herunter und winkte mich heran.

«Steig ein, Liebling», sagte er so leise, wie es angesichts des Brummens seines Motors nur möglich war. «Du weckst noch den ganzen Ort auf, und du weißt doch, wie gern wir am Samstag ausschlafen.»

Sein Lächeln war sanft, als Ergo und ich seiner Aufforderung folgten. Ich fragte mich, ob ich so verloren aussah, wie ich mich fühlte. «Jetzt ist alles in Ordnung.» Er löste die Handbremse und blickte in den Rückspiegel, als würden wir während der Rushhour auf eine viel befahrene Straße auf dem Festland abbiegen. Ergo hechelte auf dem Rücksitz. Und obwohl ich inzwischen glaubte, dass Patsy eine Erscheinung gewesen war, blickte ich auf dem Rückweg dennoch prüfend in den Graben, für den Fall, dass sie gestürzt war.

«Geh jetzt wieder ins Bett, Rosie», sagte Dad, als wir zu Hause waren. Da musste es schon ein oder zwei Uhr morgens gewesen sein, aber statt hinaufzugehen, setzte ich mich auf die Couch neben dem Kamin. Ergo hatte sich bereits auf seine Matte gelegt und war eingeschlafen. «Ich lass dich da nicht so sitzen. Deine Mutter hätte mir was erzählt, wenn sie wüsste, dass ich dir nicht wenigstens einen Bademantel gegeben habe.»

«Mir geht's gut.» Ich wickelte mir die Wolldecke, die am Ende der Couch lag, um die Knie. «Schau?»

Er gab auf und suchte Zuflucht in seinem Armsessel. «Was war denn mit dir los?»

«Ach, weißt du», sagte ich, als wären auf der Insel alle so drauf, sähen Dinge, die nicht da waren, und rannten barfuß um ein Uhr nachts Straßen entlang, auf denen man sich im Nullkommanichts gnadenlos die Füße aufscheuerte.

«Was heißt ‹ach, weißt du›?» Um diese Zeit hatte selbst Dad kein Verständnis mehr für Antworten, die keinen Sinn ergaben.

«Nichts, Dad. Kann man denn heutzutage nicht mal mehr ein bisschen schlafwandeln, ohne dass man gleich gejagt wird?»

«Nicht, wenn das noch nie vorgekommen ist, und erst recht nicht, wenn sich das kilometerlang hinzieht.»

Ich blickte auf meine Decke und strich kurz mit den Fingern über die Wolle, bevor ich beschämt antwortete: «Ich dachte, Patsy wäre auf der Straße. Ich muss das geträumt haben. Es kann doch jedem mal passieren, dass er schlecht schläft, oder, und beim Aufwachen verwirrt ist? Aber mir geht's gut jetzt, ehrlich. Geh ruhig wieder ins Bett. Ich bleib noch ein bisschen hier sitzen.»

Er musterte mich mit einem Blick, den ich oft gesehen hatte, wenn er Mammy zu etwas überreden oder von etwas abhalten wollte. Doch er wusste, es wäre aussichtslos, wie damals, als sie verkündet hatte, sie wolle in der Bücherei arbeiten. Er hatte gar nichts dagegen gehabt, dass sie als Bibliothekarin arbeitete, er hatte schlicht das Gefühl, dass die Arbeit in einem zugigen Bürocontainer nicht geeignet für sie wäre.

«Und was wäre ich für ein Schiffseigner, wenn ich dich die ganze Nacht aufbleiben ließe? Ich muss an die Sicherheit meiner Passagiere denken. Ich kann nicht ihr Leben in deine Hände legen, wenn du vollkommen übernächtigt bist.» Ich blickte auf meine Hände und musste einsehen, dass er, was mich anbelangte, zweifellos recht hatte, auch wenn es ihm seinerzeit nicht gelungen war, meine Mutter von ihrem Traum abzubringen, die kleine Inselbücherei mit lauter großartigen Werken literarischer Weltflucht zu versorgen.

«Gut», sagte ich entnervt. «Ich gehe ins Bett, okay?»

«Gut.» Er erhob sich mühsam aus seinem Sessel.

«Brauchst du Hilfe?» Allerdings war ich nicht an seine Seite geeilt.

«Ich komm schon zurecht. Mach dir keine Gedanken. Geh die Treppe hoch und schlaf.»

«Solltest du dir nicht allmählich einen von diesen Sesseln mit Fernbedienung besorgen, die man in alle Richtungen verstellen kann, statt weiter all diese Kissen zu benutzen, Dad?»

«Rosie», begann er, nachdem er sich ächzend aufgerichtet hatte und jetzt über den Dielenboden zu seinem Schlafzimmer schlurfte, «wenn du ernsthaft glaubst, dass ich diese Diskussion mitten in der Nacht führen werde, dann kennst du mich schlecht. Ins Bett.»

«Was bin ich, fünf?»

«Abmarsch.»

Seine Tür fiel zu, und ich ging widerstrebend die Treppe hoch.

Nach einer Weile schlief ich ein, allerdings nicht ohne vorher noch einmal alles durchgegangen zu sein: wie mein Verstand so wirr sein konnte, dass ich einem Phantom gefolgt war, und wovon ich überhaupt erst aufgewacht sein mochte. Was hatte ich geträumt, dass ich so plötzlich aufgeschreckt war, sicher, dass ich dringend gebraucht wurde, dass es etwas Wichtiges gab, das ich unbedingt wissen sollte? Aber ich konnte mich nicht mehr daran erinnern. Mit der Zeit sank ich in einen unruhigen Schlaf.

Oh, toll, du hast ein Handy, sagte das Mädchen, als sie sah, wie sie ihrer Mutter gerade eine Textnachricht schreiben wollte. Das Mädchen drehte sich um und schnappte sich das Gerät. Danke, sagte sie. Ich muss meiner Mutter sagen, dass es später wird und mein Akku leer ist.

Am nächsten Morgen stand ich in der Küche. Ich hatte mir wie immer Frühstück gemacht, obwohl ich eigentlich wusste, dass ich nach dieser unruhigen Nacht gar nichts herunterbekommen würde. Ich ging mit meinem Toast durch die Küche mit ihrem Linoleumboden und öffnete die Hintertür.

«Ergo», rief ich in den klaren, blauen Morgen hinaus, aber alles blieb still, nichts war zu sehen von dem Gefährten meiner nächtlichen Eskapade. Er hatte das Haus verlassen, sobald ich heruntergekommen war, um ihn rauszulassen. «Ergo», ich versuchte es noch mal. Er war nirgendwo zu sehen, aber ich wusste, er würde auftauchen. Ich fragte mich, was dieser Tag bringen würde. Die friedliche Ruhe und die Stille täuschten über die tiefe Traurigkeit hinweg, die ich tief in meinem Innern verspürte.

Am Ende des Gartens – eigentlich mehr eine Wiese, auf der Pflanzen sprossen, deren Samen ein vorbeifliegender Vogel fallen gelassen hatte oder die aus Kaninchenkötteln stammten – sah ich, wie sich die Hecke bewegte.

«Komm her, Ergo», lockte ich ihn.

Kurz danach erschien seine schwarz-weiße Schnauze am Heckensaum. Er beobachtete mich, während er dalag wie ein Rekrut beim Exerzieren – seine Zunge hing heraus, die Pfoten waren gespreizt, er war bereit zum Angriff.

«Komm her.» Ich wedelte mit dem Toast. Und los rannte er, schoss durch das Grün, bis er zu meinen Füßen stoppte und in Lauerstellung zu mir hochsah.

Ich hielt den Toast zwischen Daumen und Zeigefinger ausgestreckt. «Nimm», befahl ich. Er sprang und schnappte sich den Toast, um danach elegant wie eine Ballerina zu landen und sich über seine Beute herzumachen.

«Guter Junge.» Ich tätschelte ihm den Kopf und ging wieder nach drinnen.

Ich hatte Dad nicht geweckt. Nach meinem jüngsten Abenteuer wollte ich ihn in Ruhe lassen. Er stand nach wie vor meistens auf, um mich zu verabschieden und mir all das mit auf den Weg zu geben, was ich bereits wusste, wie etwa, dass ich auf den Fels zu achten hatte, der am Kai von Rossban hervorragte und um den sich der Hafenmeister immer noch nicht gekümmert hatte. Er wiederholte solche Mahnungen gern, als hätten sie die Macht, dafür zu sorgen, dass die *Aoibhneas* und ich und alle Passagiere heil blieben. An manchem Morgen brachte mich das zur Verzweiflung, und andermal sagte ich bloß «Ja, Dad», war immer noch das gute Kind, das die Ängste ertrug, die einen Elternteil peinigten.

Als ich losfuhr, sah ich ein letztes Mal zum Haus zurück, um mich zu versichern, dass er nicht doch da stand, dass ich nicht die Gelegenheit versäumt hatte, ihm zuzuwinken. Ich hatte eine Nachricht hinterlassen, in der ich mich für die vorige Nacht entschuldigte, aber ihm zuzuwinken war dennoch wichtig. Während ich langsam durch unser Tor fuhr, behielt ich die Haustür und die Gardinen im Rückspiegel im Auge. Als ich die Straße erreichte, warf ich ein letztes Mal einen prüfenden Blick zurück und sah, dass sich da nichts rührte, hielt an und fragte mich, ob ich nicht wenigstens an seine Tür hätte klopfen und ihm Bescheid sagen sollen, dass ich jetzt ging. Denn was, wenn er aufwachte und feststellte, dass ich fort war? Er würde panisch werden, weil er nicht die Möglichkeit gehabt hatte, mich mit seinen Mahnungen gegen alle Unbill zu segnen. Aber ich hatte ihm doch eine Nachricht hinterlassen, beschwichtigte ich mich selbst.

Wollte dich nicht wecken. Alles gut. Bis heute Abend. Kuss, Rosie

Aber genügte das? Sollte ich wieder reingehen? Was, wenn er in der Nacht nach all dem Stress wegen der *Aoibhneas* und meines nächtlichen Ausbruchs einen Herzanfall erlitten hatte und gestorben war?

Ich schaltete gerade in den Leerlauf und öffnete die Fahrertür und drehte mich um, um wieder reinzulaufen, als ich ihn hörte: «Das Öl», rief er im Pyjama, den Morgenmantel über eine Schulter gezerrt, von der Haustür aus und zeigte auf den Hafen im Norden. «Denk daran, den Ölstand zu prüfen.»

«Mach ich», rief ich, winkte ihm zu und schüttelte staunend meinen Kopf über diesen Mann. «Und jetzt geh wieder rein. Ruh dich aus.»

Es war sieben Uhr morgens, als Iggy und ich am Hafen hielten. Ich blickte zu Patsys Fenstern hinüber, aber dort rührte sich nichts, die Vorhänge waren immer noch zugezogen.

«Normalerweise ist sie um diese Zeit auf.» Ich deutete mit dem Kopf hinüber.

«Aye, das ist nicht typisch für sie, aber trotzdem gut für mich. Mir ist heute nicht so nach Schmetterling, aber ich enttäusche sie auch nicht gern. Du bist nicht die Einzige, die eine unruhige Nacht hatte. Ich habe blöd gelegen und mir im Schlaf irgendwie die Schulter gezerrt und jetzt einen Knoten dadrin, so groß wie Diarmuids Scones. Ich glaube, heute muss es bei einem schlichten Hundepaddeln bleiben.» Iggy ließ seine Schulter kreisen und drückte daran herum.

Auf unserer Fahrt hatte ich ihm von Liams Ultimatum und meiner seltsamen nächtlichen Erscheinung berichtet. Iggy wunderte sich nicht über solche geisterhaften Geschehnisse. Er sagte, das sei typisch für diese Insel.

«Ja, deine Schulter ist absolut vergleichbar mit meiner Nacht, in der ich wie eine Besessene herumgelaufen bin.»

«Du hast nicht zufällig einen Tennisball, oder?»

«Normalerweise habe ich einen im Kofferraum, zusammen mit meinen Golfschlägern und den Hockeysachen.»

Iggy ließ sich von meinem Sarkasmus überhaupt nicht beeindrucken. «Du hättest ja einen für Ergo dabeihaben können. Hunde lieben es doch, mit so einem Ball fangen zu spielen.»

«Wofür brauchst du den denn?»

«Ich könnte meine Schulter massieren, wenn ich mich damit an die Hausmauer lehne.»

Ich blickte wieder zu Patsys Fenster hinüber. «Es ist schon seltsam, oder, dass sie ausgerechnet heute Morgen noch nicht auf ist, nachdem ich in der Nacht davon geträumt habe, sie zu sehen? Vielleicht war es doch keine Fantasie. Vielleicht ist sie wirklich gekommen, um uns bei der *Aoibhneas* zu helfen. Vielleicht hat sie eine Botschaft für mich, etwas, das mir helfen kann, das Boot zu retten.»

Wir starrten auf ihr Haus, aber als kein einziger Vorhang zuckte, fragte mich Iggy erneut. «Also, was willst du nun machen? Sie wecken oder mitkommen und schwimmen?»

«Schwimmen, denke ich.» Obwohl ich wusste, dass ich nicht mit dem Herzen dabei wäre. «Wenn wir fertig sind, ist sie vielleicht auf.»

Ich war an jenem Morgen beim Schwimmen so schlecht wie Iggy: Er konnte nur kurz reinspringen und versuchte, mit einem Arm zu kraulen. Schon nach zwei Minuten gaben wir auf, wobei Iggy schwor, dass das Wasser ihn erfrischt habe. Es hatte ihm außerdem seine Sandalen entrissen, sein einziges Paar, soweit ich wusste. Iggy trug bis in den November hinein Sandalen, was er jedem, der bereit war, ihm zuzuhören, stolz erzählte. Er hatte sie auf dem Felsen abgelegt, auf dem ich den ganzen Sommer über gesessen und ihm zugesehen hatte. Aber aus irgendeinem Grund hatte an diesem Morgen eine übermütige Welle beschlossen, den Fels zu überschwemmen und sich mit Iggys einziger sommerlicher Fußbekleidung davonzumachen. Wir sahen noch, wie sie auf den Wellen Richtung Hafenausgang davontanzten,

«Ich könnte die Fähre starten», bot ich ihm an, «und du kannst dich über die Reling hängen und versuchen, sie mit der Stange zu erwischen. Ich könnte allerdings gewaltigen Ärger kriegen, wenn du ins Wasser fällst.»

«Ich würde dich kaum verklagen.»

«Es geht dabei nicht um dich. Es geht ums Boot und mein Patent. So wie die Dinge stehen, genügt ein Fehler, und ich habe Liam am Hals.»

«Vergiss die Sandalen.»

«Ich könnte fahren und das Kanu holen?»

«Bis du zurück bist, sind sie weg. Nein, sie gehören jetzt dem Meer. Ich schenke sie ihm und hoffe, es gibt mir was zurück.»

«Ein verirrtes Fischernetz vielleicht? Davon scheint es eine Menge zu haben.»

«Mann, jetzt bin ich deprimiert. Ich brauche einen Kaffee.»

Wir steuerten Iggys Dach an, und dort saß ich in eine Decke eingewickelt in der Sonne und schloss die Augen. In der unbewegten Luft war Vogelgesang zu hören und zu meiner Überraschung auch das Geräusch eines Hammers, der irgendwo geschwungen wurde. Irgendwo war jemand aufgestanden und arbeitete bereits schwer.

Iggy hatte eine marineblaue Cargohose an, die einst, wenn ich mich nicht irrte, Críostóir gehört hatte, und ein weißes Sweatshirt mit zerschlissenem Kragen und weiße Laufschuhe, die, wie er sagte, seiner Mutter Dora gehörten und die sie nach ihrem Sommerurlaub hier auf der Insel zurückgelassen hatte.

«Wie findest du die?», fragte er und sah auf sein neues Schuhwerk, während er die Beine über die Dachkante baumeln ließ. Er hatte die Hacken abgeschnitten, weil seine Füße zu groß für die Schuhe waren, und einen Gummi durch die Schnürlöcher gezogen und um die Knöchel geschlungen. Er schien eine Art Flip-Flops oder Clogs zu tragen. «Ich überlege, ob ich sie Flogs nennen soll. Die könnten richtig Furore machen, weißt du.» Und wieder einmal dachte ich, wie oft wir beide synchron fühlten und ähnlich gestimmt waren. Er drehte seine Füße erst hierhin, dann dahin, sodass ich die Handarbeit bewundern konnte.

«Ja, genau, das solltest du dir definitiv patentieren lassen.»

«Das werde ich wohl tun.» Er seufzte zufrieden und nahm dann einen ersten Schluck von seinem Kaffee.

«Weißt du, Rosie», sagte er nach einem Augenblick, «ich habe viel über diese ganze Situation mit dem Fährschiff nachgedacht. Schon vor Liams Einmischung gestern.»

Ich hatte Iggy auf dem Laufenden gehalten. Er hatte immer geduldig zugehört, während ich Gift und Galle gespuckt hatte und dabei in seiner Küche herumgetigert war.

«Du solltest Liam das Boot überlassen.»

«Was?» Ich lachte, weil ich dachte, er mache einen Scherz. Aber Iggy lachte weder, noch lächelte er, wie ich es eigentlich erwartet hatte. «Meinst du das *wirklich* ernst, Iggy?»

«Na ja ...»

«Mein Gott, Iggy.» Ich war erstaunt – nein, eher empört –, dass er denken könnte, ich würde diesem Arsch ernsthaft gestatten, uns die *Aoibhneas* wegzunehmen.

«Wäre es denn so schlimm, deinen Vater in den Ruhestand gehen zu lassen? Und wenn du … keine Ahnung, dir nicht mehr so viele Sorgen machen müsstest?»

Es war einer dieser Augenblicke, in denen man sich fragte, wie man sich so in jemandem geirrt haben konnte. Nein, wie der andere sich in *einem selbst* so geirrt haben konnte, einen nicht verstanden haben konnte, nicht gesehen haben konnte, was es war, das einen überhaupt noch zusammenhielt.

«Aber das ist alles, was ich noch habe. Wenn mir diese Fähre weggenommen wird, habe ich nichts mehr.»

Das Stechen aufkommender Tränen zwang mich, die Augen zu schließen, und in diesem Sekundenbruchteil Dunkelheit hörte ich den Schrei einer vorbeifliegenden Lumme, deren Kreischen lauter klang als je eines zuvor. Und da fühlte ich es, den schreienden Wahnsinn, der mit Sicherheit über mich kommen würde, sollte man mir die *Aoibhneas* wegnehmen.

«Ich habe dir nie von Hannah erzählt, oder?»

Dass Iggy den Namen seiner Frau aussprach, war so unerwartet, dass ich nicht gleich wusste, um wen es ging.

«Ich habe alles ruiniert. Ich habe sie unablässig bedrängt, solch ein Idiot war ich. Ehrlich, wenn ich sie nicht dazu gedrängt hätte, das Hotel zu übernehmen, ginge es uns vielleicht immer noch gut miteinander. Ich würde wahrscheinlich immer noch dort leben statt hier unten, ohne Schuhe und ohne Geld.»

Es war das erste Mal, dass ich Iggy, der immer noch auf sein neues Schuhwerk blickte, so verletzlich erlebte. Ich hatte bislang nicht begriffen, in welchem Ausmaß er von sich selbst enttäuscht war. Er hatte das in all den Monaten, seit wir uns angefreundet hatten, gut verborgen gehalten und seinen Schmerz hinter seiner positiven Einstellung und seinem Humor versteckt. Und jetzt ein Hotel? Ich hatte nie etwas von einem Hotel gehört, sagte aber nichts und ließ ihn weitersprechen.

«Es gehörte ihrer Familie. Und im Laufe der Jahre, in denen wir zusammen waren, hat diese Familie es total heruntergewirtschaftet. Sie waren hoffnungslos. Dabei war es so ein schöner Ort. Du hättest es sehen sollen. Ein neugotisches Schmuckstück.» Bei der Erinnerung ging ein Leuchten über sein Gesicht. «Ich wollte es unbedingt, wollte es übernehmen und ihm wieder zu alter Pracht verhelfen. Und sie boten es uns auch an. Hannah aber sagte Nein, dieser Ort berge zu viele traurige Erinnerungen, als dass sie noch mal dorthin zurückkehren wolle. Aber ich drängte sie und drängte und drängte. Das ging zehn Jahre lang so. Schon bevor die Kinder geboren wurden, fing das an. Ich ließ nicht locker. Ich tat alles, um sie zu überzeugen, engagierte mit dem wenigen Geld, das wir hatten, Architekten, damit sie es sich anschauten, und schrieb sogar einen Businessplan. Oh, ja, ich war damals ein richtiger Macher. Ich weiß, du würdest das jetzt nicht denken, aber Menschen ändern sich. Ich zeigte den Plan ihren Eltern, obwohl sie mich darum gebeten hatte, das nicht zu tun. Sie waren begeistert. Sie würden ins Torhaus ziehen, sagten sie. Es war ihr Ausweg aus dem Dreckloch, was sie allerdings nicht ausdrücklich gesagt haben. Das war dann Hannahs Zusammenfassung. Sie waren keine liebevollen Eltern gewesen. Hannah war das einzige von drei Kindern, das in Donegal geblieben war – von mir in die Falle gelockt, wie sie immer lachend sagte. Wir hielten das für einen Scherz. Aber im Grunde war es keiner. Am Ende gab sie nach. Sie ließ sich von meinen Plänen überzeugen, dass es vielleicht anders sein und sie diesmal dort glücklich sein könnte, mit mir und den Kindern. Wir verkauften unser kleines Cottage, das wir uns auf der Halbinsel zugelegt hatten. Mein Gott, ich war so dermaßen blind. Wir hatten keinen Penny, vorher nicht und hinterher ganz gewiss nicht mehr. Ich kriegte das Hotel nicht zum Laufen, und wir versenkten einen Kredit nach dem anderen, schossen immerzu Geld nach. Sie hasste es und musste sich allein um die Kinder kümmern, weil ich zu beschäftigt damit war, herumzurennen und Löcher zu stopfen, die immer größer wurden. Wir sprachen kaum noch miteinander, und wenn wir es mal taten, dann lasteten diese Schulden schwer auf uns. Bis ich sie eines Tages in der alten Spülküche entdeckte, wie sie vor der Waschmaschine auf dem kalten Steinboden saß und der Trommel dabei zusah, wie sie sich drehte. Es war nicht mal Wäsche darin. Sie hatte sie einfach angestellt, trug immer noch ihr dünnes Nachthemd. Ich meine, es war sechs Uhr abends. Als ich sie berührte, war sie eiskalt. Ich legte ihr meine Jacke um und versuchte sie hochzuziehen, aber sie rührte sich nicht vom Fleck. Ich setzte mich neben sie und flehte sie an, mich anzusehen. Und als sie es schließlich tat, bat sie mich zu gehen. Meine Sachen zu packen und zu gehen und nie wiederzukommen.

Danach hat sie das Hotel verkauft. Ihre Eltern zogen schließlich in das örtliche Altersheim um und hatten genug übrig, um ihre monatlichen Gebühren zu zahlen. Sie hatten ihr das Hotel nie überschrieben, verstehst du, schlaue alte Arschlöcher, und so diente der Erlös, der nach dem Verkauf noch übrig war, dazu, ihre Kosten zu decken. Hannah wohnt jetzt in einer kleinen Sozialwohnung. Jeden Penny, den ich je geschickt habe, was ich übrigens immer noch tue, hat sie nur für die Kinder verwendet und jetzt natürlich für die Enkelkinder. Bezahlt davon nicht mal einen Kaffee für sich. Als ich noch dort wohnte und manchmal vorbeiging, wollte sie nichts mehr mit mir zu tun haben. Sie ließ die Tür offen und sagte den Kindern, ich sei da. Sie waren bereits Teenager. Wenn ich anrief, sagte sie kein Wort, reichte bloß den Hörer weiter. Sie redeten mit mir, aber nicht so wie früher. Sie kamen nicht darüber hinweg, was ich ihnen, oder besser gesagt, was ich *ihr* angetan hatte. Sie war zerbrochen. Deshalb werde ich in absehbarer Zeit auch meine Enkeltochter nicht sehen. Ich glaube nicht, dass ich abgewiesen würde, aber ich ertrüge es nicht, die Enttäuschung in ihren Augen zu sehen.»

Drüben am Horizont kam ein Tanker in Sicht, lang und träge.

«Dinge neigen dazu, uns zu ruinieren. Ich möchte nicht dabei zusehen, wie Danny oder dir so etwas passiert. Ihr seid gute Menschen. Dein Dad wird älter, Rosie. Er sollte seine letzten Jahre ohne Sorgen verbringen.»

«Mein Gott», sagte ich schließlich, «wir sind uns wirklich ähnlich, oder? Die Menschen, die wir lieben, haben uns gesagt, wir sollten gehen. Wir sind die Ungewollten.»

«Rosie, ich habe dir das alles nicht erzählt, um dich noch unglücklicher zu machen. Es geht schlicht darum, dass Danny und du diese Schulden nicht braucht.»

«Und dann sag mir mal, Iggy, was sollen wir dann machen, wenn wir das Schiff Liam überlassen haben? Tagaus, tagein im Haus sitzen und auf die vier Wände starren, die wir für uns gerettet haben, und aus dem Fenster schauen und sehen, wie die *Aoibhneas* dreimal am Tag vorbeifährt, mit Liam am Ruder, und dann das Gefühl haben, das Richtige getan zu haben? Wir würden doch nur das eine für das andere eintauschen, ein Schiff für ein Haus. Das sind alles ‹Dinge›, wie du sie genannt hast, nur dass die *Aoibhneas* eben ich bin, Iggy. Das *einzige* Ding, das von mir noch übrig ist. Verstehst du das?»

«Aber du hast mich, Rosie, und Diarmuid und Patsy.»

Ich schüttelte den Kopf. «Du verstehst es einfach nicht, oder?»

«Rosie, ich ...»

«Schau, Iggy, es tut mir sehr leid, dass dein Leben gerade so verkorkst ist, okay? Es tut mir leid, dass deine Frau sich dir gegenüber so verschließt wegen etwas, was du getan zu haben glaubst. Aber genug mit den Predigten. Unsere Leben sind doch nicht gleich. Du kannst gar nicht verstehen, was ich empfinde. Du kannst gar nicht verstehen, was ich deiner Meinung nach da aufgeben soll. Ich gebe das Boot nicht auf. Niemals. Also hör auf damit. Lass es verdammt noch mal sein.»

Die Wucht meiner Worte schockierte mich selbst.

Aber er sprach dennoch einfach weiter.

«Du weißt, dass er das Boot nur deinetwegen behalten hat, Rosie? Nur deinetwegen.»

«Dad liebt das Schiff. Wenn er es nicht hätte, würde ihn das auch umbringen.»

«Nein, Rosie, wenn er *dich* nicht hätte, würde ihn das umbringen. Das Schiff ist nur ein Schiff.»

Ich stieß ein Schnauben aus. «Das ist *nicht* bloß ein Schiff, Iggy. Es steht für unsere Sippe, die Driscolls. Und es ist das einzige verdammte Ding, das mir irgendeine Freude macht.» Ich atmete heftig und keuchend vor Empörung. «Ich verstehe das nicht, wirklich nicht. *Wir* machen so etwas nicht, Iggy. Wir urteilen nicht über das Leben der anderen. Die Fähre ist schon immer ein Teil von mir gewesen. Selbst als ich hier nicht mehr lebte, habe ich immer an sie gedacht. Sie ist der einzige Ort, an dem ich mich jetzt im Reinen mit mir selbst fühlen kann und in diesem schrecklichen Scheißleben zur Ruhe komme. *Dieses Schiff* ist der einzige Ort, an dem ich mich nicht schuldig fühle. Der einzige Ort, an dem ich das

Gefühl haben kann, dass Saoirse bei mir ist. Sie ist dann nämlich da, weißt du. Und ich rede mit ihr und lache mit ihr. Und ich kann und will das nicht aufgeben.»

Ich hielt inne und schlang meine Arme fest um mich. Ich schüttelte verzweifelt den Kopf darüber, dass dieser Mann vorgeschlagen hatte, ich solle die eine kostbare Sache, die ich noch besaß, weggeben.

«Und was weißt du schon davon, Iggy?» Ich wollte ihn verletzen, so wie er mich verletzt hatte, «was dieses Boot all die Jahre für uns bedeutet hat, wenn du sowieso erst seit Kurzem hier bist?»

«Aha», spöttelte er. «Da haben wir es also. Etwas, von dem ich geglaubt habe, dass wir so etwas nicht machen, den anderen geringschätzen, bloß weil er woanders geboren ist. Ich dachte, wir hätten diese Art von Denken all den anderen Xenophoben überlassen.»

«Vielleicht ist es das Beste, wenn wir nicht mehr darüber sprechen, Iggy. Vergiss einfach, dass ich es je erwähnt habe.»

«Rosie, ich sorge mich um dich, das ist alles.»

«Dann hör damit auf. Das war überhaupt nicht die Vereinbarung.»

«Ich kann mich nicht daran erinnern, dass es eine *Vereinbarung* zwischen uns gab.»

«Du weißt, was ich meine. Wir machen so etwas nicht. Wir mischen uns nicht in das Leben der anderen mit unseren Meinungen ein.»

«Außer wenn man befreundet ist. Ich weiß nicht, ob dir bewusst ist, dass Freunde genau das füreinander tun.»

«Nein, Iggy ... Du sollst dich nicht um mich sorgen. Du sollst auch keine Gefühle für mich entwickeln. Wir sind bloß ...» Und hier geriet ich ins Stocken.

«Bloß was?»

Ich blickte nach oben, auf der Suche nach der richtigen Definition für das, was wir waren. «Leute, die einander so sein lassen, wie sie sind, ohne eine Gegenleistung zu erwarten.»

«Na, das ist doch ein tolles Rezept für eine Freundschaft, das du da formuliert hast, Rosie.» Er warf entrüstet einen Stein vom Dach. «Was glaubst du, was das für eine Vision heute Nacht war? Es war eine Warnung, dass du etwas gehen lassen musst.»

«Also, die *Aoibhneas* wird es nicht sein, das kann ich dir sagen. Und außerdem hast du überhaupt keine Ahnung, wovon du redest, wenn es um Dad geht und so.»

«Hab ich nicht?»

Er wandte sich mir wieder zu, aber ich wollte nicht darauf eingehen. Stattdessen ließ ich mir von der Brise sagen, die endlich gekommen war, um die Ränder der Insel zu umspielen, und die sanft und federleicht über die Haare auf meinem Arm strich, dass es reichte.

«Ich will nicht mehr darüber reden, Iggy.»

Ich stand auf und wischte mir den Staub und den Kies von meinem Hintern. Ich kletterte die Leiter hinunter, während er still sitzen blieb und sich keinen Zentimeter rührte. Aber als ich dachte, dass es zwischen uns nichts mehr zu sagen gäbe, sprach er eine Warnung aus, als ich meine Jeeptür öffnete.

«Ich irre mich nicht, Rosie. Etwas musst du gehen lassen.»

Seine Locken wehten in der Brise. Ich wusste nicht, ob ich Iggy je so verstört gesehen hatte. Und ich fragte mich, wohin wir da geraten waren und was die Zukunft für uns und unsere Freundschaft bereithielt. Ich setzte mich auf den Fahrersitz und begann zurückzusetzen. Als ich den ersten Gang einlegte, blickte ich noch einmal hoch, aber ich konnte nur das Weiß seiner Laufschuhe sehen, der eine trotzig über den anderen gelegt.

Innerhalb von Minuten war ich auf der Küstenstraße unterwegs und fuhr dabei schneller, als vielleicht nötig gewesen wäre, um wieder zum Hafen zu gelangen. Ich trat abrupt auf die Bremse, als ich Patsys Haus erreichte, und schnellte nach vorn.

Ihre Vorhänge waren jetzt aufgezogen.

Es war acht Uhr zwanzig, und eigentlich hätte ich schon auf der Fähre sein müssen, aber ich konnte noch nicht dorthin. Der Sog in Richtung Patsy war zu stark. Ich schlug die Jeeptür scheppernd zu, sodass sie vielleicht schon wusste, dass ich da war, als ich an ihre Tür klopfte. Ich stand einen Moment nur da und versuchte, alles abzuschütteln, was gerade mit Iggy passiert war. Versuchte, Raum zu schaffen für das, was ich diese Seherin fragen wollte.

Links von mir näherte sich Fergals Wagen, und ich winkte ihn heran, denn ich war aus mehreren Gründen neugierig geworden: Normalerweise war er nie so früh an der Fähre, und außerdem war jemand bei ihm. Er hielt und kurbelte sein Fenster herunter. Ohne zu grüßen, streckte er einfach nur den Ellbogen heraus, ließ ihn auf dem Türrahmen ruhen und wartete, was ich von ihm wollte.

Im Gegensatz dazu kam ein enthusiastisches «Hi, Rosie» von seinem Fahrgast.

Ich grinste Fergal zu, der mich immer noch nicht ansehen wollte, und antwortete: «Dir auch einen guten Morgen, Éilísh.»

«Fergal hat angeboten, mich heute Morgen mitzunehmen.» Sie strahlte.

«Das war aber schrecklich nett von dir, Fergal. Muss ein großes Opfer gewesen sein, die friesischen Rinder so früh zu verlassen.»

«Ach, du kennst das ja.» Verlegen richtete er den Fichtennadel-Duftbaum, denselben, der schon seit Jahren an seinem Rückspiegel hing.

«Das weiß ich wirklich, Fergal, das weiß ich wirklich.» Wie könnte ich diese wunderbaren Empfindungen des Anfangs vergessen, diese Bereitschaft, alles für die andere Person zu tun, selbst wenn es bedeutete, sein ganzes Morgenprogramm umzuwerfen? «Wie auch immer, ich wollte bloß sagen, dass ich in fünf Minuten auf der Fähre bin. Könnt ihr schon mal das Öl und das Wasser checken?»

«Betrachte es als erledigt», antwortete Éilísh beflissen.

Fergal lächelte – was er selten tat –, wandte sich dann wieder mir zu und neigte den Kopf zum Gruß. Er löste die Handbremse und gab Gas.

Ich ging den Weg zu Patsys Haus hoch, aber bevor ich die rot gestrichene Tür erreicht hatte, öffnete sie sich schon.

«Da bist du ja. Ich habe auf dich gewartet.» Patsy lächelte.

«Wirklich? Hast du? Ich war schon früher hier. Hast du den Wagen nicht gesehen?»

«Tja, also.» Sie bat mich hinein. «Ich hatte nicht die allerbeste Nacht, deshalb habe ich lange geschlafen. Bin erst seit einer Viertelstunde auf. Ich sehe wahrscheinlich schlimm aus.»

«Du siehst perfekt aus, Patsy, wie immer.»

Ich folgte ihr und kam im Flur an ihren geblümten Gummistiefeln und den rot geränderten Wanderstiefeln vorbei. Sie konnten kaum mehr als Größe 35 haben.

Als wir in ihr Wohnzimmer kamen, deutete sie auf einen Sessel gegenüber von ihrem – einem Ohrensessel mit lila Samtpolster. Dazwischen stand ein niedriger Couchtisch, direkt vor der Terrassentür, die auf ihre Hecken führte, in denen jeder Vogel Zuflucht fand, den die Dünung hereinwehte, die aber nicht so hoch waren, als dass Patsy nicht den Hafen, den Kai und alles, was dort geschah, hätte beobachten können.

«Tee? Oder bist du mehr für Kaffee? Ich hab's vergessen.» Patsy war schon auf dem Weg in die Küche, blieb aber stehen und lächelte. «Deine Mutter musste ich immer mit Kaffee ablenken, wenn sie auf der Suche nach ihren Büchern vorbeikam. Ich wusste nie, wo ich die hingetan hatte. Ich habe sie immer bloß ausgeliehen, weil ich dachte, ich müsste das tun. Deine Mutter und ihr Bildungsdrang, wenn ich an ihrem Container vorbeikam und nicht reinging, fühlte ich mich schuldig. Ich wollte diese Bücher überhaupt nicht. Ich bin keine Leserin. Ich hab's mehr mit Sudoku. Aber ich habe mich so gern mit ihr unterhalten. So eine interessante Frau. Hatte einen so ganz anderen Blick auf diese Welt.»

Ich lachte über ihre Würdigung Mammys, und zum ersten Mal an diesem Morgen fühlte ich mich wohl und entspannt.

«Patsy, setz dich doch bitte. Ich hatte schon einen Kaffee mit Iggy.»

«Ah, Iggy. Ich hab ihn heute Morgen verpasst. Ich schaue ihm so gern beim Schwimmen zu.» Sie zeigte auf das Meer und setzte sich wieder hin. «Dann denke ich an Prionsias. Er ist, als wir klein waren, jeden Morgen dort schwimmen gegangen. Ich sah ihm von der Mauer aus zu. Daddy mochte es nicht, dass er schwimmen ging. Er sagte immer, wenn er Fischer werden wollte, sei es das Beste, nicht schwimmen zu können. Dann wäre er auch nicht in der Lage, gegen die Übermacht des Meeres anzukämpfen, wenn es beschließen sollte, sich ihn zu holen.» Einen Moment lang war Patsy abwesend, in Gedanken bei ihrem älteren Bruder, den genau dieses Schicksal ereilt hatte. Ihr Trawler geriet auf dem Rückweg in einen Sturm, und beide, Prionsias und sein Kollege John-Joe, ertranken.

«Er hat sich nicht gewehrt, weißt du, oder nur ein wenig, aber als er begriff, gegen was er da ankämpfte, hörte er auf und ließ es mit sich geschehen. Jedenfalls ist es das, was ich vor mir sehe, in meinem alten Schädel. Sein stilles Einverständnis. Doch du bist nicht gekommen, um dir mein Geschwätz anzuhören, nicht?»

«Du schwätzt nicht, Patsy. Das kann niemand über dich sagen.»

«Oh doch, viele sagen das. Ich und meine ‹Ahnungen› sind nicht jedermanns Sache.»

«Also auf mich trifft das nicht zu. Tatsächlich wollte ich dich fragen, Patsy, ob du in letzter Zeit etwas gemerkt hast. Du hattest eine unruhige Nacht, sagtest du?» Ich hätte sie beinahe gefragt, ob sie geschlafwandelt war.

«Ja, so war es, und es betrifft dich.»

Ich lächelte, ich war so erleichtert, dass ich mich nicht geirrt hatte. Vielleicht gab es noch Hoffnung für die *Aoibhneas.*

«Ich wachte auf, weil das Telefon klingelte. Es muss ungefähr ein Uhr morgens gewesen sein, und ich streckte die Hand aus, um den Hörer abzunehmen. Ich habe einen Apparat am Bett stehen, weißt du. Aber da war nur das Freizeichen. Na, dachte ich, das ist ja wieder typisch für dich, Patsy, dass du deine Träume auf diese Weise Realität werden lässt. Und dann schlief ich wieder ein. Klingelt das Telefon ein zweites Mal. Gleicher Ablauf, es klingelt, dann Freizeichen. Warme Milch, dachte ich da. Das brauche ich, um mich aus diesem Zustand wieder zu befreien. Ich gehe also runter, komme halbwegs wieder zu mir und gehe hier ins Wohnzimmer, um mich in meinen Sessel zu setzen und aufs Meer hinauszuschauen und vielleicht ein wenig mit Prionsias zu plaudern, und ich ziehe die Jalousie hoch, und da sehe ich deinen Freund auf der Mauer sitzen, der nicht auf das Wasser blickt, nein, sondern direkt in meinen Garten. Als würde er diesen Ausblick besonders genießen, vielleicht darauf warten, dass ein Laubsänger auftaucht.»

Ich hatte eigentlich damit gerechnet, dass sie sagte, sie hätte mich gesehen, wie ich auf ihr Haus starrte, oder Dads Auto, das wendete, um mich nach Hause zu bringen. Aber nein, während ich sie vor meiner Tür hatte stehen sehen, hatte sie jemand anderen auf der Mauer zum Meer hin erblickt.

«Welcher Freund, Patsy?», fragte ich, neugierig darauf, wer dieser Neuankömmling wohl war.

«Dieser hochgewachsene Mann. Du warst mit dem zusammen im Fernsehen. Mit so grauen Schläfen, ist aus Dublin. Hat was mit Saoirse zu tun.»

«Saoirse?», sagte ich irritiert. Dann fiel der Groschen. «Mick, meinst du, der Kommissar, der den Fall bearbeitet?»

Patsy schnippte mit den Fingern und zeigte auf mich. «Genau der.» Sie rückte auf ihrem Sessel ein Stück nach vorn, fast bis an den Rand. «Mir fiel sein Name nicht ein, aber ich wusste, es ging um sie. Er ist nicht zufällig gerade auf der Insel, oder?»

«Nein», antwortete ich, verwirrt davon, dass sie Mick erwähnt hatte.

«Das dachte ich mir. Aber da saß er, unmissverständlich.»

«Hat er irgendetwas gesagt?», fragte ich, verstand immer noch nicht, was das alles zu bedeuten hatte. «Hat er versucht, dir etwas mitzuteilen, was glaubst du?»

«Also, er saß natürlich zu weit weg, aber dann hab ich das Fernglas rausgeholt, und ich kann dir sagen, dass sich seine Lippen kein einziges Mal bewegt haben. Ich wünschte, er *hätte* etwas gesagt. Ich stand da und beobachtete ihn eine Weile. Als das zu nichts führte, schloss ich die Augen und konzentrierte mich, ich ließ sogar die Milch kalt werden für den Fall, dass er mich vielleicht erreichen wollte, weißt du, so telepathisch. Aber da kam nichts. Er blieb noch eine Weile sitzen. Sah mich direkt an. Und dann stand er auf und lächelte, winkte, drehte sich um und ging den Kai hinunter. Dann verschwand er, wie hinter einer Nebelwand, aber da war kein Nebel, zumindest nicht letzte Nacht. Ich habe das Diarmuid heute Morgen gefragt – er ist der Einzige, der im Sommer nicht schlafen kann –, und er erzählte mir, dass die Nacht so klar gewesen war wie die Glasscheibe in seiner Ladentür. Du weißt ja, die putzt er mit ...»

«Patsy.» Ich unterbrach sie, um sie von Diarmuid und der Sauberkeit seiner Fenster abzubringen. «Ich verstehe immer noch nicht, was das *bedeuten* könnte.»

«Oh, aha, also da bin ich mir auch nicht sicher. Ich hatte gehofft, du wüsstest vielleicht, worum es geht. Hat es in letzter Zeit irgendwelche Fortschritte in dieser Sache gegeben?»

«Nein, nichts.»

«Verstehe.»

Ich musterte den Couchtisch, das Fenster, meine Hände, als befände sich dort irgendwo die Antwort.

«Aber, Patsy», sagte ich, da mir jetzt tatsächlich etwas einfiel. «Weißt du noch, damals, als sie gerade erst verschwunden war, sagtest du, dass du sie noch nicht sehen kannst, dass du aber weißt, sie kommt zurück?»

«Ja, jetzt, wo du es sagst, erinnere ich mich daran.»

«Nun, vielleicht ist, dass du Mick gesehen hast, ein Zeichen?»

«Ein Zeichen wofür, Liebes?»

«Dass sie endlich zurückkommt.»

«Oh, ich verstehe», sagte sie, zweifelnder, als mir lieb war.

«Aber das klingt doch plausibel, oder?»

Überrascht von allem, was gesagt worden war, und über alles, was ich jetzt dachte, rutschte ich ebenfalls nach vorn. Ich hatte das Gefühl, dass all die Teile jetzt an ihren richtigen Platz fielen.

«Patsy, ich glaube, das ist es. Ich glaube, sie ist auf dem Weg nach Hause.»

«Vielleicht, Rosie, aber zieh keine voreiligen Schlüsse. Ich habe wirklich nur gedacht, dass Mick dich vielleicht anrufen wird oder so etwas.»

«Interessant, dass ich mich völlig geirrt habe, als ich dachte, dass du gestern Nacht vor unserem Haus standest, um mir zu sagen, wie ich die *Aoibhneas* retten kann. Dabei ging es um Saoirse.»

«Vor eurem Haus? Ich war nicht bei euch.»

«Nach all diesen Jahren ist sie am Leben. Sie ist tatsächlich am Leben.»

Sie schaute mich erschrocken an, öffnete den Mund, um etwas zu sagen, und schloss ihn dann wieder. Sie setzte ein Lächeln auf, das freundlich gemeint war, in dem ich aber nur ihr Mitleid sah.

«Also, Rosie, bitte, Liebes. Das ist nicht gut, dass du dich so reinsteigerst.»

Aber sie hätte sich die Mühe sparen können. Ich hörte sie genauso wenig wie die drei kurzen Töne, die in diesem Moment von der Fähre her erklangen und versuchten, meine Aufmerksamkeit zu erregen.

«Geht es ihr gut, Patsy, glaubst du? Ich meine, ist sie glücklich, oder ... ist sie verletzt? Hat jemand sie verletzt?»

«Vielleicht solltest du dieser Sache nicht so viel Bedeutung beimessen.»

Aber ich wollte nicht auf ihre Warnungen hören. Acht Jahre hatte ich gewartet, acht lange, entsetzliche Jahre.

Ich stand auf und setzte mich gleich wieder hin. «Was soll ich jetzt tun? Soll ich hier warten, was meinst du? Vielleicht sollte ich Mick anrufen.»

«Rosie, bitte, warte einen Moment. Jetzt tut es mir leid, dass ich überhaupt ein ...»

«Oder Hugh. Ich sollte Hugh anrufen.»

Ich wollte es. Ich wollte so sehr Hugh und Cullie anrufen, um ihnen zu sagen, dass sie fast wieder zu Hause war. Um ihnen zu sagen, dass ich die ganze Zeit recht gehabt hatte, dass wir sie gar nicht verloren hatten.

«Nein», gab ich schon zur Antwort, bevor Patsy überhaupt etwas gesagt hatte. «Nein, er würde mir nicht glauben. Keiner der beiden. Sie wollen nicht, dass ich glaube, dass sie am Leben ist.»

Wieder hupte die Fähre, was mich entmutigte.

«Ich weiß nicht, was ich tun soll, Patsy», bat ich sie.

Sie griff nach meinen Händen und packte sie fester, als ich es ihr zugetraut hätte. «Jetzt hör mir mal zu, Rosie Driscoll. Nichts von dem, was ich gesehen habe, sagt mir sehr viel. Du musst aufhören, dich so reinzusteigern, ja? Atme erst mal durch. Einen großen, tiefen Atemzug.» Als sie einatmete und mich aufforderte, dasselbe zu tun, schloss ich die Augen, tat wie mir geheißen und versuchte, mich zu beruhigen.

«Und noch einmal», sagte sie, und wir wiederholten es weitere vier Male.

«Gut. Ich möchte, dass du mir jetzt ganz genau zuhörst.» Pflichtbewusst tat ich es. «Lass es erst mal auf sich beruhen. Mick ist mir aus irgendeinem Grund in den Kopf gekommen, den ich nicht erklären kann. Vielleicht solltest du wieder nach Hause gehen und die Fähre für heute vergessen. Ich könnte deinen Vater anrufen. Ich bin sicher, dass Liam dieses eine Mal gerne einspringen würde.»

Woher hätte sie wissen sollen, dass die Nennung dieses Namens mein Unbehagen nur noch weiter schüren würde.

«Nein», blaffte ich, was sie zurückschrecken ließ, entzog mich der Umklammerung ihrer kräftigen Hände und sprang auf, um mit dem Finger auf die bestürzte Frau zu zeigen. «Dieser Mann bekommt die *Aoibhneas* nicht. Nein, *ich* brauche sie. Und ich werde Saoirse finden.»

Dann war ich an der Haustür und wollte die *Aoibhneas* erreichen und zu Saoirse gelangen. Sie wartete dort draußen auf mich, draußen auf dem Festland, und die *Aoibhneas* und ich waren auf dem Weg dorthin.

«Oh, Rosie, was in Gottes Namen.» Patsy war hinter mir, als ich mit dem Riegel hantierte und dann ihren gepflasterten Weg hinunterlief, wobei ich über eine lose Platte stolperte. «Lass dir Zeit», rief sie.

Ich machte einen halbherzigen Versuch, ihr zuzuwinken, um ihr zu versichern, dass es mir gut ging, aber ich wusste genau, dass sie meinen Vater anrufen würde, sobald ich in meinen Jeep gestiegen war – aber das war egal. Noch konnte ich die *Aoibhneas* erreichen und auf das weite Meer hinausfahren, bevor mich irgendjemand aufhalten konnte.

Ich ließ meinen Jeep an und fuhr mit quietschenden Reifen los, um Sekunden später an der Kaitreppe anzukommen.

Auf der Fähre hastete ich an Fergal und Éilísh vorbei und hörte nicht zu, als sie mich über den Ölstand und die Zahl der Passagiere informierten.

«Die Leinen los», rief ich ihnen zu und nahm die Stufen zum Steuerhaus im Eiltempo, um die *Aoibhneas* zu starten und sie in einer halben Pirouette so zu drehen, dass wir schon auf dem Weg waren, fort vom Kai und der Gefahr, dass mich noch irgendjemand aufhielt. An der Mündung zum offenen Meer atmete ich tief aus, und zum ersten Mal, seit ich Patsys

Haus verlassen hatte, schlug mein Herz wieder etwas ruhiger.

«Ich komme, Saoirse», sagte ich zu ihr. «Halte durch, mein wunderbares Mädchen. Ich bin gleich da.»

Sie ließ den Smiley an ihrer Halskette auf und ab gleiten, während sie beobachtete, wie sie eine Straße nach der anderen immer weiter von Dún Laoghaire fortführte.

Ich kam stetig voran. Zielstrebig und konzentriert. Hielt den Blick nach vorn gerichtet, Ausschau haltend nach der Einfahrt in den Hafen von Rossban. Ich zählte jede Seemeile, jede Boje und jeden Orientierungspunkt.

Seit ich an Bord gegangen war, war Fergal mir, so gut es ging, aus dem Weg gegangen, aber Éilísh hatte meiner gereizten Unruhe getrotzt und war auf mich zugekommen, um mir die Passagierzahlen zu nennen, kaum dass wir den Hafen verlassen hatten. Während ich mich auf den Kurs konzentrierte, spürte ich, wie sie mich beobachtete, zweifellos auf der Suche nach einem Hinweis darauf, was mit mir los war.

«Rosie», sagte sie schließlich, «ist alles in Ordnung?»

«Es könnte kaum besser sein.»

«Sicher? Du scheinst nicht du selbst zu sein.»

«Nein, und das ist auch gut so. Ich habe dieses Selbst schon lange nicht mehr gemocht.»

«Bist du sicher, dass du heute das Schiff steuern kannst? Vielleicht sollte ich hier bei dir bleiben. Ich kann dir helfen. Ich habe jetzt fast alle Prüfungen bestanden, und da du anscheinend ...»

«Anscheinend was? Glücklich?»

«Ich meinte nicht ...»

«Wirklich, Éilísh, mir geht's gut.» Eine wütende Welle schlug Gischt sprühend gegen das Fenster, und ich spürte, wie es mich erschöpfte, sie davon zu überzeugen, mich in Ruhe zu lassen, denn das war alles, was ich jetzt wollte.

«Willst du nicht zurück zu Fergal?», fragte ich. Sie wandte den Blick ab, meine Direktheit machte sie verlegen. «Ach, komm schon, du musst dich doch nicht schämen. Eine aufkeimende Liebe?»

Ich muss ihr hoch anrechnen, dass sie sich von meiner Stichelei nicht aus der Fassung bringen ließ.

«Geh schon», befahl ich. «Ab mit dir. Mach deinen Job.»

Sie ging widerstrebend und warf wie eine Mutter, die zum ersten Mal ihr Baby mit dem Babysitter allein lässt, einen besorgten Blick auf die Armaturen und das Meer vor uns. Zwanzig Minuten, ungefähr auf halber Strecke nach Rossban, klopfte es erneut an die offene Tür des Steuerhauses.

«Ehrlich, Éilísh, mir geht es total gut», rief ich genervt.

«Schön zu hören», antwortete die sanfte Stimme mit dem Donegal-Akzent.

Ich erstarrte, hilflos und bestürzt darüber, dass Patsy in den fünf Minuten, die ich gebraucht hatte, um in See zu stechen, irgendwie noch mehr von ihrer Gabe eingesetzt hatte, um ausgerechnet Iggy auf die *Aoibhneas* zu bringen.

In seinen abgeschnittenen Schuhen schlurfte er auf mich zu.

«Ich verstehe, warum du das so liebst», sagte er und blickte auf das Meer hinaus. «Vielleicht probiere ich die ganze Sache mit dem Skippern auch mal aus. Das kann doch nicht so schwer sein, oder?»

Ich ging nicht auf sein Geplänkel ein. «Sie hat dich also angerufen?», fragte ich.

«Wer, sie?»

«Patsy. Sie hat dich geschickt, stimmt's?»

«Nein, mich hat niemand geschickt.»

Ich blickte ihn an, um mich zu versichern, dass er die Wahrheit sagte, dass er wirklich aus eigenem Antrieb hier war. Er lächelte sein wunderbares, entspanntes Lächeln, das ich immer so tröstlich gefunden hatte – zumindest bis heute Morgen.

«Nun, wenn das so ist, Iggy, können wir das Ganze beschleunigen? Ich habe wirklich Wichtigeres zu tun, als mir noch einen Vortrag darüber anzuhören, wie ich mein Leben leben soll.»

«Ja, weißt du, was das angeht, wir sind nicht sehr gut auseinandergegangen, oder? Wir tun so etwas nicht, du und ich? Es war ... beunruhigend.»

«Sehe ich genauso, aber du bildest dir normalerweise auch keine Meinung über mein Leben.»

Ich tippte auf das Manometer, weigerte mich, die Sache so einfach auf sich beruhen zu lassen, wie er sich das vielleicht gewünscht hätte.

Sein bohrender Blick lastete auf mir, als ob er nach etwas suchte, das ich ihm einfach nicht zeigen wollte.

«Ich dachte», sagte er und wandte sich wieder den Wellen zu, «dass ich vielleicht helfen kann.»

«Helfen? Wobei helfen?», fragte ich abwehrend. Hilfe durch Beschlagnahme des Schiffes und seinen Verkauf an Liam? Oder indem er mich am Zielhafen gleich für einen weiteren Aufenthalt in die Rossban-Klinik einweisen ließ?

«Nun, ich dachte, wenn du heute Abend zurückkommst, könnten wir beide uns zusammensetzen und versuchen, eine Lösung für die Sache mit der *Aoibhneas* und Liam zu finden. Ich möchte dir wirklich helfen, Rosie. Ich weiß, dass ich heute Morgen ein bisschen zu schroff rübergekommen bin und nicht sehr sensibel war. Ich gebe übrigens meiner Schulter die Schuld. Sie ist immer noch nicht in Ordnung, weißt du.» Er knetete sie intensiv. «Ich meine, ich habe nicht die schlechtesten Geschäftsideen der Welt. Ich habe nur eine einzige gescheiterte Unternehmung hinter mir. Bill Gates ist auch schon mal gescheitert, richtig? Und jetzt ist er ziemlich erfolgreich, also wer weiß, was mir noch alles einfallen könnte?»

«Oh.» Zum x-ten Mal in den letzten Monaten wurde ich von seiner Ehrlichkeit und Fürsorglichkeit erweicht. «Das ist … ähm, na ja, das ist eigentlich sehr lieb von dir, Iggy. Aber, ähm, ich fürchte, ich komme heute Abend nicht wieder.»

«Was meinst du damit? Wie soll die *Aoibhneas* denn wieder zurückkommen?»

«Ich weiß es nicht», antwortete ich, genauso durcheinander wie er über die Frage, wie die *Aoibhneas* und ihre Passagiere es an diesem Tag wieder zurück nach Roaring Bay schaffen sollten. «Es ist wegen Saoirse», erläuterte ich. «Ich werde sie sehen.»

«Saoirse?»

«Sie ist auf dem Weg nach Hause.»

«Mein Gott, Rosie. Wirklich?!»

«Es ist so wunderbar.» Ich lächelte. «Patsy sagte, sie hätte es gestern Nacht gespürt. Etwa zu der Zeit, als ich an ihrer Tür stand. Kannst du das glauben? Das ganze Universum scheint sich zu verbünden, um mir zu sagen, dass sie auf dem Weg ist.»

«Warte, warte mal, das ist von Patsy? Das hat sie dir heute Morgen gesagt?»

Ich nickte, registrierte aber gleichzeitig seine plötzliche Skepsis.

«Was hat sie denn genau gesagt?»

«Ich weiß, was du da tust, Iggy, und du kannst es genauso gut sein lassen. Ich werde nicht auf dich hören. Du kannst mir das nicht ausreden. Patsy hat es auch schon versucht. Und ich habe mir in den letzten acht Jahren genug davon angehört.»

Er hob seine Hände. «Nein, nein, das ist es nicht. Ich versuche nur, es zu verstehen.»

Ich wiederholte alles, was Patsy gesagt hatte, so kurz und bündig wie möglich.

«Mein Gott», sagte er wieder, als ich fertig war.

«Ich weiß. Und es ist wahr, denn ich kann sie spüren, Iggy. Ich kann sie wirklich fühlen. Ich meine», und an dieser Stelle fing ich an zu weinen, «ich weiß schon, dass dies der Ort ist, an dem ich sie immer am meisten gespürt habe, hier im Steuerhaus. Aber diesmal ist es anders. Ich weiß, dass sie jetzt auf dem Festland ist, und ich muss nur einfach zu ihr gelangen.»

«Okay.» Er nickte.

«Und ich werde nicht wiederkommen, weißt du. Ich fahre nach Dublin, um bei ihr zu sein – dorthin wird sie gehen, und ich muss dann dort sein. Sie wird auf mich warten. Sie wird erwarten, dass ich da bin. Ich meine, was ist, wenn sie vor mir ankommt und sieht, dass ich dort nicht mehr wohne? Sie wird denken, dass ich sie aufgegeben habe.»

«Das wird sie nicht, Rosie. Das wird sie nicht.»

«Oh, und Dad.» An dieser Stelle hielt ich kurz inne, denn mir wurde klar, wie sehr ich meinen Vater im Stich gelassen hatte, gerade jetzt, wo Liam ihm im Nacken saß.

«Kannst du auf ihn aufpassen?», fragte ich flehentlich. «Ich meine, ich werde ihn anrufen, sobald ich kann. Er wird es verstehen, und er wird sich so sehr freuen, dass sie wieder da ist. Aber es ist wegen dieser Sache mit Liam und so.»

«Sicher, Rosie, sicher, kein Problem. Ich werde auf ihn aufpassen.»

«Es ist nur ... ich muss zurück jetzt, weißt du.» Ich wurde immer aufgelöster, je mehr ich mich dafür rechtfertigte, meinen Vater zu verlassen. «Ich kann nicht dableiben. Ich habe keine andere Wahl.»

«Natürlich, Rosie. Das ist schon in Ordnung.»

Ich nickte, beruhigt durch sein Versprechen. Als wir No Man's Haven passierten, fühlte ich mich etwas entspannter, die Leichtigkeit kehrte zurück, und ich lächelte wieder bei dem Gedanken an Saoirse. Ich drosselte den Motor ein wenig, als wir durch die Hafenmündung fuhren und uns der Anlegestelle näherten.

Als ich die wartenden Passagiere am Kai erblickte, kam mir der Gedanke, dass sie vielleicht unter ihnen war und nicht in Dublin, wie ich angenommen hatte. Im Näherkommen musterte ich die erwartungsvollen Reisenden, beobachtete, wie sie hin und her eilten, aber natürlich war sie nicht darunter.

Und dann, gerade als ich mich wieder meiner Aufgabe zuwenden wollte, mit der *Aoibhneas* anzulegen, entdeckte ich sie: zwei vertraute Gesichter, zwei Menschen, bei deren Anblick mir augenblicklich das Herz brach und die direkt aufs Ruderhaus starrten.

«Oh Gott», sagte ich, und meine Knie gaben nach.

«Was?» Iggys Blick folgte meinem, fiel auf meinen Mann und meinen Sohn.

«Es ist etwas passiert.»

Das kann aber nicht der richtige Weg sein, sagte sie und beugte sich zwischen Fahrer und Beifahrerin vor. Doch die beiden ignorierten sie.

Meine Arme wurden schwach, und ich fürchtete, die Fähre nicht mehr sicher in den Hafen steuern zu können. Ich sah mich um und wollte etwas sagen, aber da war bloß Iggy, und der hatte keine Ahnung, wie man so ein Schiff steuerte. Ich wimmerte und versuchte, mich auf die Kaimauer zu konzentrieren, weil da unten Passagiere waren, die mich als Kapitänin brauchten, um sicher an Land zu gelangen. Verzweifelt rief ich jede Anweisung aus, aber nichts blieb haften, die Worte entglitten mir, und ich hatte ihn verpasst, den Moment, in dem ich die Fähre ganz behutsam anlegen lassen konnte. Wir waren zu schnell, immer noch zu schnell.

Iggy rief mir etwas zu, dann rief er zur Tür hinaus nach Éilísh, und schon war sie da, schob Iggy zur Seite, übernahm das Ruder und stieß mich weg, sodass ich mit hängenden Armen mitten im Steuerhaus stand und Iggy mich festhielt, während ich ans Ufer starrte, auf Hughs ernstes Gesicht. Als wir sicher angedockt hatten, lief Éilísh runter und eilte Fergal mit den Leinen und den Passagieren zu Hilfe.

Als nur noch die Mannschaft und Iggy übrig waren, kehrte Éilísh zurück und sah mich besorgt an.

«Was willst du jetzt tun?», fragte sie. «Können wir sie erst mal zumachen?»

Iggy hatte die ganze Zeit, seit ich fast zusammengebrochen war, leise auf mich eingeredet, und obwohl keines seiner Worte angekommen war, wusste ich doch, dass sie freundlich und gütig klangen.

Ich versuchte zu sprechen, wusste aber nicht, ob ich einen

Ton herausbringen würde: «Mach sie zu», krächzte ich, dann musste ich husten.

Als ich schließlich das Steuerhaus verließ, konnten sie mich erst richtig sehen. Ich winkte ihnen vorsichtig zu, und sie winkten ebenso verhalten zurück. Zwei Hände in perfekter Harmonie erhoben, als wären die beiden Synchronschwimmer. Ich ging langsam die Kaitreppe hinauf, sah, wie meine Füße auf die Betonplatten traten, bis ich vor ihnen stand, ohne zu wissen oder mich darum zu kümmern, wo Iggy jetzt war. Sie mussten Dublin in den frühen Morgenstunden verlassen haben, damit sie um Viertel vor zehn hier sein konnten. Sie sagten nicht sofort etwas, sondern kamen beide auf mich zu. Cullie nahm meine Hand.

«Rosie», sagte Hugh leise und legte seine Lippen an mein Ohr, damit er flüstern konnte. «Sie haben sie gefunden.»

Die Luft entwich aus dieser großen, weiten Bucht, wurde weggesaugt, und ganz gleich, wie sehr sich meine Brust abmühte, Sauerstoff einzuatmen, es war einfach keiner da.

Ich hörte meinen Sohn weinen. Und es war das erste Mal in all diesen Jahren. Sein Gesicht war schon oft von Sorgen gezeichnet gewesen, ja, aber nie waren tatsächlich Tränen geflossen. Ich hatte immer gedacht, das sei nicht gut, aber jetzt spielte es keine Rolle mehr. Er klammerte sich an mich, die Arme um meine Taille gelegt, sein Kopf an meiner Schulter. Ich hob die Hand, um ihm den Rücken zu streicheln, aber mein Kopf neigte sich immer mehr und schwerer gegen seinen, und ich schwankte und sackte auf ihn, mein Körper erschlaffte, meine Glieder bröckelten, zerbrachen. Ich war gewichtslos, bodenlos. Ich war verschwunden. Meine Augen schlossen sich vor der Welt.

Und endlich war sie da, in diesem anderen Raum, und lächelte.

«Mum», sagte sie, «Mum, ich habe es versucht. Du weißt, dass ich es versucht habe.» Und sie sah so besorgt aus, meinetwegen, ich machte ihr Sorgen. Und so lächelte ich.

«Ich weiß, Liebes, ich weiß. Mach dir keine Sorgen. Brauchst du nicht.» Ich berührte ihr Gesicht, dieses siebzehnjährige Gesicht, faltenlos, weich und glatt.

«Wir haben es alle versucht», sagte ich. «Wir haben alle unser Bestes gegeben, nicht wahr? Erinnerst du dich an die Prüfungen, wenn wir gesagt haben: ‹Du musst einfach nur dein Bestes geben. Mehr kannst du nicht tun.› Und du hast immer dein Bestes gegeben, mein Schatz. Du bist großartig. ‹Herausragend auf deinem Gebiet› – sagt Granddad das nicht auch immer?»

Und wir lachten zusammen und legten die Stirnen aneinander, meine Hand in ihrem Nacken, Tränen auf unseren Wangen, die Lippen zusammengepresst, um die Traurigkeit niederzuringen, um diesen kostbaren Moment nicht zu verlieren, den wir hatten, bevor ich wusste, dass sie mich verlassen würde. «Großartig» wiederholte ich und betrachtete ihre blauen Augen, prägte mir diesen Anblick ein, die Erinnerung an sie, damit ich sie nie vergessen würde, nie ihren Glanz und ihre Schönheit aus den Augen verlieren würde bei allem, was noch kommen würde.

Und kann ich jetzt bitte mein Handy wiederhaben?
Aber der Mann lachte bloß.

Am Nachmittag stand ich in unserem Wohnzimmer in Dublin. An die Fahrt von Rossban dorthin kann ich mich nicht erinnern. Das Sommerlicht strömte in das nach Süden gelegene Zimmer. Und ich dachte, dass es hier nicht so hell war wie auf der Insel. Ich sah, wie Micks Wagen vorfuhr, und hörte seine Schritte auf dem Flur, nachdem Hugh die Haustür geöffnet hatte. Vor dem Haus standen Kameras, die bereits aufgebaut waren, als wir keine halbe Stunde zuvor angekommen waren. Wir versteckten uns in diesem Zimmer vor ihnen: Die Krümmung der Einfahrt und die Hecke sorgten dafür, dass sie uns nicht sehen konnten, es sei denn, sie betraten das Grundstück, was wohl nur eine Frage der Zeit war.

«Rosie», sagte Hugh, und ich lächelte kurz, um zu zeigen, dass ich zurechtkam und weiterhin zurechtkommen würde.

Wir setzten uns hin. Mick fischte in seiner Innentasche nach etwas. Ich sah, wie sich der Stoff seiner Jacke bewegte, während seine Finger das Gesuchte herauszogen. Als er es zum Vorschein brachte, konnte ich erkennen, dass es klein war und in einem Ziplock-Beutel steckte. Er begann mir all das zu erzählen, was Hugh mir schon auf der Fahrt gesagt hatte.

«Gestern wurde in den Dublin Mountains eine Leiche entdeckt. Irgendetwas hatte die Erde aufgewühlt und einen Arm freigelegt. Ein Bergwanderer, der vom Weg abgekommen war, stieß gegen neunzehn Uhr auf die Leiche.» Dann hielt er inne, hustete, schluckte schwer und begann erneut. «Zum Glück wurde die Nachricht erst heute Morgen verbreitet, nachdem Hugh Sie bereits erreicht hatte. Wir müssen natürlich noch auf die Ergebnisse des DNA-Tests warten, aber ich habe Hugh in den frühen Morgenstunden kontaktiert, nachdem wir festgestellt hatten, dass das hier ihre ist.»

Er reichte Hugh den Beutel, und das Gesicht meines Mannes verzog sich schmerzlich, als er ihn einen winzigen Moment lang hielt. Cullie griff danach, bevor er zu Boden fiel, sah ihn an und nickte. Dann stand er auf und durchquerte das Zimmer, um mir zu zeigen, was ich schon wusste – ihre Smiley-Halskette. Er kauerte sich neben mich, legte mir die Hand auf den Rücken.

«Wir müssen einige Tests durchführen, um noch mehr herauszufinden. Wir suchen natürlich nicht nur nach Hinweisen darauf, wie lange sie dort gelegen hat, sondern auch darauf, wieso sie an dieser Stelle begraben wurde und natürlich, wer das getan haben könnte. Aber wir glauben, dass sie nicht von selbst dorthin geraten ist.» Mick senkte den Kopf, als wollte er sich entschuldigen. Ich beobachtete, wie er Daumen und Zeigefinger neben seine Nasenflügel presste. Dann grunzte er und straffte sich, während er versuchte, den Mut und den Willen zum Weitersprechen zu finden. «Der Pathologe wird sie auf Verletzungen hin untersuchen und um die Todesursache zu ermitteln, was, wie ich Ihnen sagen muss, einige Zeit in Anspruch nehmen wird. Aber schon zum jetzigen Zeitpunkt ist ziemlich klar, dass wir es mit einem Mord zu tun haben.»

Es herrschte Schweigen im Raum, während die Zeit für einen Moment auszusetzen schien und wir dieses Wort auf uns wirken ließen. Dieses eine Wort, das Maggie im Laufe der Jahre so oft in Bezug auf ihre Claire auszusprechen vermocht hatte. Dieses Wort, gegen das ich mich immer verschlossen hatte und das jetzt hier im Raum stand und auch meine Tochter definierte. Ich wünschte mir nichts sehnlicher, als ihm seine Macht über uns zu nehmen. Aber jetzt gehörte es zu uns, würde uns nie mehr loslassen, ein Wort, das von nun an mit uns leben würde anstelle unserer Tochter.

Ich hielt den Anhänger in der einen Hand, während Cullie meine andere Hand hielt. Er griff fester zu, und ich spürte, wie seine Hand zu zittern begann. Er legte seine rechte Hand darauf, aber auch die zitterte. Ich sah, wie ihm die Tränen über sein gerötetes Gesicht liefen. Ich ließ die Halskette in meinen Schoß fallen und berührte seine feuchte Wange. «Oh, mein Junge», sagte ich. «Mein armer, lieber Junge.»

Ich schlang meine Arme um diesen Mann, der so tapfer gewesen war, so durch und durch tapfer, was mich und uns anbelangte. Dieser fürsorgliche Mensch, der so behutsam mit den vielen, komplizierten Grenzlinien umgegangen war, die sein Vater und ich um uns herum gezogen hatten. Er hatte unseren Verlust, unseren Schmerz und unsere Unfähigkeit, ihm Eltern zu sein, geschweige denn noch als Paar zu fungieren, mit einer Liebenswürdigkeit gemeistert, die mich schier zerriss. Jetzt wollte ich nur noch seine Vergebung. Ich wiegte ihn sacht, während er sich an mich klammerte. Dieser erwachsene Mann hielt sich an mir fest, als wäre ich der Fels, der ihn vor der herannahenden Flut retten würde.

«Es tut mir so leid, Cullie. Oh, mein Gott, es tut mir so, so leid.»

Dann setzte es ein, ich weinte, klagte, seufzte – eine gequälte Seele, wütend auf sich selbst, weil sie zugelassen hatte, dass jemand, wer immer es war, Hand an ihre geliebte Tochter gelegt und sie ihr weggenommen, sie verletzt und getötet hatte, ihr Mädchen, das so voller Gutherzigkeit und Hoffnung gewesen war und eine strahlende Zukunft gehabt hatte. Ich wollte, dass die Gewalt, die ihr angetan worden war, auf mich übertragen wurde.

Tu mir das an. Gib sie mir wieder und tu es dafür mir an.

Ich dachte, dass ich diese Worte tatsächlich aussprach. Ich dachte, ich würde sie herausschreien. So laut, dass die Journalisten, die sich vor unserem Grundstück drängten, sie vielleicht hören konnten und sie Silbe für Silbe notierten, sodass wir sie am nächsten Tag in der Zeitung lesen konnten.

Es war mir egal.

Druckt von mir aus alles.

Hughs Arme umfingen mich. Er sagte mir nicht, ich solle aufhören, er versuchte mich nicht zu beruhigen, damit ich meine Fassung zurückgewann. Er neigte sich zu mir und umarmte mich liebevoll, teilte meinen Kummer. Seine Stimme war voller Trauer, wie meine. Er weinte noch lauter als ich. Und auch ich griff nach ihm. Ein Arm für Cullie und einer für Hugh. Ich packte sie mit den Fäusten, ihre Hemden, ihre Haut, und vergrub mich in sie. Klammerte mich an unser Triumvirat zerbrochener Seelen.

An der Ampel versuchte sie die Autotür zu öffnen.
Aber sie war verriegelt.

Vor einem Monat kehrte mein Bruder Daniel nach Hause zurück, um bei Dad zu sein. Vorruhestand, hatte er gesagt. Er hatte mich in Dublin angerufen und mich nervös gefragt, was ich wegen der *Aoibhneas* unternehmen wolle. Liam hatte ihn angesprochen, und er hatte mit Dad geredet, der ihm gesagt hatte, er solle nichts tun, bis er mit mir geredet habe. Die *Aoibhneas* gehöre schließlich mir, hatte er gesagt.

«Gib sie weg», hatte ich zu ihm gesagt. «Liam wird erst Ruhe geben, wenn sie ihm gehört, Daniel. Sie ist alles, was er je gewollt hat, und ich habe nicht mehr die Kraft, mich gegen ihn zu wehren. Gib sie weg.»

Mich um ein Boot zu streiten, bei all dem, was uns bevorstand, erschien mir lächerlich in diesem Moment. Selbst wenn ich in diesem Augenblick an seinem Ruder hätte stehen können, hätte mich das nicht von dem befreien oder auch nur ablenken können, was ich gerade durchmachte, das wusste ich. Warum das Unvermeidliche noch länger aufschieben, wenn es für mich jetzt keine Bedeutung mehr hatte?

Das Wissen, dass die *Aoibhneas* nicht mehr den Driscolls gehörte, warf mich nicht aus der Bahn, wie ich einst angenommen hatte, aber die Tests, die sie an dem, was von der armen Saoirse übrig geblieben war, durchgeführt hatten, diese nochmalige Verletzung ihres Körpers, ließ mich zusammenklappen und darum betteln, dass sie sie doch einfach in Ruhe lassen sollten, damit wir sie endlich beerdigen konnten.

«Aber das müssen sie tun, Rosie», hatte Hugh gesagt, «sie müssen das tun.» Und als sie uns schließlich mitteilten, sie seien fertig, bestand ich darauf, meine Tochter zu sehen.

Sie gaben erst nach, als ich ihnen sagte, dass ich den Sarg bei der Beerdigung aufbrechen würde, wenn es sein müsste. Wir gingen alle gemeinsam, Hugh, Cullie und ich, um das zu sehen, was sie für zumutbar hielten. Nackte Knochen ohne Muskeln, ohne Haut, ohne Haare, aufgebahrt auf einem Sektionstisch. Ich ließ den Atem durch meinen bebenden Körper strömen, machte tiefe, geräuschvolle Atemzüge. Ich wollte, dass sie mich dort spürte, dass sie wusste, dass ich sie nicht im Stich gelassen hatte, dass ich sie auch in diesem Zustand nicht verlassen würde. Sie gehörte zu mir. Meine Gebeine waren ihre Gebeine. Sie war aus mir auf die Welt gekommen.

Wir hielten uns alle drei an den Händen, während wir neben ihr standen, bis ich nach vorne trat, um sie zu küssen und ihren rechten Oberarm und Oberschenkel zu streicheln. Intakte, unbeschädigte Knochen. Sie erlaubten uns nicht, das gebrochene Schlüsselbein zu sehen, geschweige denn zu berühren, wo man ihr den Atem und das Leben herausgepresst hatte, oder den Hüftknochen, der ebenfalls beschädigt war, oder die vielen anderen Körperteile, allesamt gebrochen. Sie sagten, es sei sehr wahrscheinlich, dass sie innerhalb von ein oder zwei Tagen nach der Entführung gestorben war. Die Polizei nahm sich nun wieder die Alibis der vorbestraften Täter vor, die sie vor so langer Zeit geprüft hatten. Sie appellierten erneut an die Öffentlichkeit, sich an diese Zeit und diese Gegend zu erinnern, an alles Verdächtige, das jemand vielleicht gesehen haben könnte. Eins war sicher, sagte Mick. Irgendjemand, wenn auch vielleicht nur ein Einziger, wusste genau, was geschehen war, und er würde nicht eher ruhen, als bis man diese Person gefunden hatte.

Als ich vor drei Tagen, zwei Monate nachdem sie Saoirse gefunden hatten, in das Haus meines Vaters zurückkehrte, saß ich in meinen Wintermantel gehüllt am Ende des Gartens und blickte aufs Wasser. Die Beine des Küchenstuhls, den ich hinausgetragen hatte, waren in den aufgeweichten Boden eingesunken, aber das war mir egal. Ich wollte Greystone Island und den Baum, der daraufstand, betrachten, weil ich das Gefühl hatte, dass wir irgendwie verwandte Seelen waren. Ergo lag ruhig neben mir, und ab und zu ließ ich meine Hand sinken, um ihm den Kopf zu streicheln.

Hinter mir hörte ich Schritte durch das nasse, langstielige Gras wischen. Ich hatte angenommen, dass es Hugh oder Cullie oder Nina sein müssten. Wir waren alle gekommen, um Saoirse zu beerdigen. Aber es war Daniel, der von Michael-Frans Haus herüberkam, wo er und Ellen, seine Frau, jetzt wohnten.

«Zu Hause ist nicht genug Platz für alle», hatte er argumentiert, als ich angerufen hatte, um ihm zu sagen, dass wir Saoirse nach Hause überführen würden. «Und Michael-Fran freut sich über Gesellschaft.»

«Ich bin mir nicht sicher, was sein Viehzeug über die Störung denken wird.» Daraufhin hatte ich leise gelacht. Ein paar Mal hatte ich in der letzten Zeit ein trauriges, erschöpftes Lachen zustande gebracht.

Ich stand auf, um ihn zu umarmen. Natürlich hatte ich ihn gesehen, seit er aus den Staaten zurückgekehrt war. Sie hatten eine Nacht bei uns in Dublin verbracht, aber dieses Mal hatte ich das Gefühl, dass er wirklich da war. Er wirkte jetzt so viel älter, sogar noch älter als in Dublin. Und schwerer war er geworden, sein Gürtel verschwand unter seinem Bauch. Aber er war immer noch genauso groß und überragte mich, als er seine Arme um meinen zerbrechlichen Körper schlang. Ich fühlte mich von seinem Kummer erdrückt, als er mich umarmt hielt.

«Was ich bei Mamas Beerdigung gesagt habe, tut mir leid, Sis.»

«Ich weiß, Daniel, ich weiß», sagte ich. «Aber jetzt haben wir sie wieder.» Saoirse wartete im Cullen's Hospital in Clonkill auf uns und würde später zu ihrer Beerdigung überführt werden. «Ist schon gut.» Ich löste mich von ihm und lächelte. «Ist schon gut.»

Er sah sich um und entdeckte ein altes Halbfass, das vielleicht einmal Regenwasser aufgefangen hatte, Gott weiß, warum, und vor Gott weiß wie langer Zeit. Er brachte es herüber und drehte es um. Wir setzten uns, ich auf meinen Stuhl und er auf seinen niedrigen Sitz, von dem ich mich fragte, ob er halten würde.

«Du wirst dich erkälten, wenn du auf diesem feuchten Ding sitzen bleibst. Mammy würde einen Anfall bekommen, wenn sie hier wäre.»

«Ich werd's überleben.»

Wir blickten beide konzentriert auf das Meer vor uns.

«Ich liebe es hier, weißt du», sagte er nach einer Weile.

«Wenn ich mich recht erinnere, konntet ihr es kaum erwarten, von hier wegzukommen, als ihr jung wart, Nathan und du.»

Er lachte. «Das war damals. Jetzt ist es anders. Jetzt, wo ich älter bin.» Er nickte bekräftigend. «Übrigens, auch Nathan kommt. Er sollte morgen hier sein.»

«Dad hat es mir gesagt.»

Dann schauten wir beide zu, wie die *Aoibhneas* sich weiter nördlich von der Küstenlinie von Roaring Bay entfernte und auf das weite Meer hinausfuhr.

«Ich kann nicht glauben, dass Éilísh schon ihr Patent bekommen hat», sagte ich.

Éilísh hatte uns an diesem Morgen zur Insel gebracht. Ich hatte sie angelächelt, als wir an Bord gegangen waren. Ich hatte sie nicht mehr gesehen, seit man Saoirse gefunden hatte, und ich war damals gegangen, ohne mich umzudrehen und mich zu verabschieden. Sie kam die Treppe herunter und umarmte mich ganz fest. «Herzlichen Glückwunsch», hatte ich ihr ins Ohr geflüstert.

«Rosie, ich weiß nicht, was ich sagen soll.»

«Alles gut. Geh schon.» Ich hatte die Umarmung gelöst und zur Brücke hinaufgeblickt. «Dann bring uns mal nach Hause.»

«Ja, ein tolles Mädchen», schwärmte Daniel. «Die ist verrückt nach diesem Schiff. Erinnert mich an jemanden.»

Er lächelte mich an, dann sah er wieder weg, Richtung Norden.

«Also, was das anbelangt, Rosie, da gibt es etwas, was du wissen solltest.»

Ich regte mich unbehaglich, scharrte mit den Füßen, beugte den Rücken. Ich wollte nicht hören, was er mir zum Schicksal der *Aoibhneas* zu sagen hatte. Die Tatsache, dass sie nicht mehr uns gehörte, hatte begonnen, mich ein wenig zu schmerzen, jetzt, wo ich wieder hier war – nicht so schlimm, wie es vielleicht einmal gewesen war, aber ein kleiner Stich in meinem Herzen, der wohl stärker werden könnte, wenn ich auf ihn reagierte.

«Es ist besser, wenn ich es nicht weiß, Daniel.»

«Nein, nein, warte mal. Es tut mir leid, dass ich das anlässlich der Beerdigung und so aufs Tapet bringe, aber ich dachte, es ist besser, wenn du jetzt schon Bescheid weißt, bevor es dir in den nächsten Tagen jemand anders sagt. Du musst dir das anhören, allerdings nicht von mir.» Er schien nervös zu sein.

Zunächst dachte ich, er würde Dad meinen, der sich drinnen mit Hugh und Cullie unterhielt. Aber dann sagte er: «Hier sind ein paar Leute, die du vielleicht sprechen willst.»

Er blickte zum Haus zurück und winkte dann. Und da stand er, Iggy, mit einem Lächeln, und hinter ihm Liam und Teresa.

Iggy sagte etwas zu den beiden, und sie blieben im Haus zurück. Er kam auf uns zu und schüttelte Daniel die Hand.

«Ich lass euch jetzt mal, Sis. Ich werde mich um diese netten Leute da drüben kümmern.» Er klopfte Iggy auf den Rücken, dann ging er rein zu den anderen und rief ihnen ein herzhaftes «Zeit für eine schöne Tasse Tee» zu.

Ich lächelte Iggy an und freute mich aufrichtig, ihn zu sehen.

«Da bin ich mal für zwei Sekunden weg, und schon passiert so was.» Ich deutete mit dem Kopf auf den Rückzug der anderen. «Offenbar ist Frieden geschlossen worden. War das alles dein gutes Werk?»

Er nahm mich in die Arme, und ich bettete meinen Kopf an seine Brust.

«Mein Gott, Rosie», sagte er, «es tut mir so leid.»

Er sagte nichts weiter, wiegte mich nur sanft. Ich blieb so stehen, an ihn geschmiegt, und hielt mich fest.

«Wir hatten beim letzten Mal keine Gelegenheit, die Dinge richtigzustellen, nicht wahr?», sagte er schließlich.

Ich drückte ihm behutsam den Arm, als ich mich von ihm löste, um ihm zu sagen, dass es okay war, dass dieses Wasser schon so lange unter der Brücke durch war, dass es bereits das Meer erreicht hatte. Iggy setzte sich auf Daniels Fass.

«Ich meine das ernst. Ich habe dich verstanden, Rosie. Ich habe verstanden, was du mir an diesem Tag hattest sagen wollen.»

«Ehrlich, Iggy», begann ich, «es spielt keine Rolle ...»

«Nein, hör zu, ich muss das jetzt schnell sagen, bevor Liam wieder rauskommt. Ich habe versprochen, dass er alles erklären kann. Das war Teil des Deals.»

«Was für ein Deal denn?»

«Na ja, nachdem du weg warst, kam ich nicht mehr zur Ruhe. Und ich beschloss, dass es an der Zeit war, meine Nase in etwas zu stecken, das mich nichts anging. Ich dachte jeden Tag darüber nach, während ich meine Runden im Hafen schwamm und mir alle möglichen Lösungen durch den Kopf gehen ließ. Und anders als bei meiner eher weniger genialen Idee mit dem Hotel, glaube ich, ist mir diesmal tatsächlich etwas Gutes eingefallen. Also habe ich mit Teresa gesprochen.»

«Mit Liams Frau? Ausgerechnet.»

«Du hattest übrigens recht, sie ist eine echte Geschäftsfrau. Nach dem Schwimmunterricht mit den Jungs drüben im Schwimmbad haben wir manchmal einen Kaffee getrunken, grässliches Gesöff, aber du weißt ja, man muss gesellig sein. Ich erzählte ihr, mir sei der Gedanke gekommen, dass die *Aoibhneas* eigentlich allen gehöre, schließlich sei sie die Lebensader der gesamten Insel. Was, wenn sie uns allen gehörte oder zumindest jedem, der daran interessiert war? Könnten wir nicht einfach eine Firma gründen, und zwar eine Aktiengesellschaft?»

Ich schaute ihn ungläubig an.

«Jeder auf der Insel könnte Anteile daran erwerben. Auf

diese Weise würde dein Vater rausgekauft, die Bank bekäme ihr Geld zurück, und alle wären zufrieden.»

«Genau.» Diese Informationen musste ich erst mal sacken lassen.

«Kannst du dir vorstellen, dass wir jetzt schon fast zweiunddreißig Aktionäre sind? Wer hätte gedacht, dass hier so viel Bargeld unter den Matratzen versteckt ist? Ich habe sogar selbst ein paar Scheine zusammengekratzt. Es wird auch noch etwas für Investitionen übrig bleiben.»

«Warte», sagte ich, «Moment mal, willst du mir sagen, dass das alles schon erledigt ist?»

«Na ja, wir sind fast so weit, nur noch ein oder zwei Dinge sind zu regeln, das ist jetzt eine Sache von einem Monat, höchstens zwei, würde ich sagen.»

«Und Liam hat dem zugestimmt und ist nicht in die Luft gegangen?»

«Dachte mir schon, dass das vielleicht eine Überraschung ist.»

«Aber wieso?»

«Teresa. Sie hat es sofort verstanden, hat mich sogar umarmt, nachdem ich ihr alles erklärt habe. Sie sah irgendwie erleichtert aus, ist nach Hause gegangen, um mit Liam zu reden. Es hat ein paar Wochen gedauert, aber sie hat ihm klargemacht, dass der Aufbau eines Imperiums kein guter Weg sei, die Jungs in einer so kleinen Gemeinschaft aufzuziehen, dass sie doch bislang einen ziemlich guten Job gemacht hätten, um sie zu vernünftigen jungen Männern zu erziehen, und dass sie, sollte er nicht einwilligen, ernsthaft darüber nachdenken müsse, die Insel zu verlassen. Besaß ihre Familie nicht ein Grundstück in Tipperary, das sich hervorragend für ein Haus eignete? Wobei ich das eigentlich gar nicht wissen dürfte – ich musste ihr versprechen zu schweigen.»

Hinter uns näherten sich Schritte, und ich sah mich um und sah Teresa mit einem Teetablett mit vier Bechern und Liam mit zwei weiteren Küchenstühlen, deren Beine bald im Schlamm versinken würden.

Iggy beugte sich vor, um mir etwas zuzuflüstern, bevor sie uns erreichten. «Du weißt übrigens nichts davon, gar nichts. Liam hat darauf bestanden, dass er es dir erzählt. Er hat mich nur vorgelassen, weil ich gesagt habe, ich müsse noch etwas Persönliches klären, und dann haben sie zugestimmt, noch ein oder zwei Minuten zu warten. Sag nichts.»

«Tea Time», rief Teresa und reichte Iggy das Tablett, damit sie mich umarmen konnte, wie ich es inzwischen gewohnt war – Umarmungen, die länger als normal dauerten und den Umarmenden Zeit ließen zu weinen, wenn sie es brauchten, und sich wieder zu beruhigen. Sie wischte sich über die Augen und trat zurück, damit Liam mir die Hand geben konnte.

«Was sagen die Leute normalerweise bei solchen Gelegenheiten?»

«Alles Mögliche. Such dir was aus.»

Er zögerte einen Moment. «Es tut mir leid, dass das alles so grausam war. Es ist nicht recht, jemanden auf diese Weise zu verlieren.»

Ich senkte, unfähig, seinen Blick zu halten, die Lider.

Teresa teilte die Becher aus. Iggy lächelte, als er seinen entgegennahm, und stellte ihn verstohlen hinter dem Fass ab. Später würde er ihn heimlich ausschütten.

Als wir uns gesetzt hatten, registrierte ich, wie Teresa Liam einen Blick zuwarf und mit dem Kinn aufmunternd in meine Richtung deutete.

«Ja, also, ich hoffe, es macht dir nichts aus, dass wir hierhergekommen sind, Rosie. Ich weiß, dass du jetzt andere Dinge zu tun hast.»

Ich winkte ab.

Liam hustete, bevor er wieder ansetzte. «Teresa und ich haben vor einer Weile ein Gespräch geführt, kurz bevor ich diesen Deal abschließen wollte, über den du und ich, wie du dich vielleicht erinnerst, schon ein paar Mal mit deinem Vater gesprochen hatten, und ...»

«In der Tat, ich erinnere mich sehr genau.»

«Richtig. Ja.» Er verlagerte ein wenig sein Gewicht. «Nun, bei näherem Nachdenken kam uns der Gedanke, dass diese Insel wirklich ein gemeinschaftliches Engagement gebrauchen könnte. Und dass es nicht recht wäre, wenn das Boot, das Herzstück dieses Ortes, wenn man so will, im Besitz einer einzigen Familie bliebe. Das wäre rückwärtsgewandt, wo das Boot doch eigentlich allen gehört.»

«Wow», sagte ich und tippte mit der Hand, die er nicht sehen konnte, Iggy ans Bein. «Das ist unglaublich fortschrittlich von dir, Liam.»

«Ganz genau. Wir haben beschlossen, dass eine Gruppe von interessierten Inselbewohnern das Richtige ist. Und du wirst deinen Ohren nicht trauen, wenn ich dir sage, dass wir jetzt schon einunddreißig Anteilseigner sind. Wer hätte gedacht, dass wir so viel ...»

«Mehr», warf Iggy ein und unterbrach mittendrin Liams Heldenepos. «Es sind zweiunddreißig.»

Liam zuckte nicht mit der Wimper, obwohl er gerade korrigiert worden war. «Und die ganze Idee wird von Tag zu Tag beliebter.»

«Ja, das ist beeindruckend», sagte ich.

«Auf jeden Fall. Und wir sind uns alle einig, dass es an der Zeit ist, der Fähre endlich die Investitionen zukommen zu lassen, die sie verdient.»

«Darf ich dich hier unterbrechen, Liam?» Ich hob die Hand.

«Mein Vater ist ein guter Fährmann. Ich werde nicht zulassen, dass sein Name durch deine Andeutung, er habe seine Pflichten dem Schiff oder dieser Insel gegenüber vernachlässigt, beschmutzt wird. Er hat uns allen treu gedient, wie du sehr wohl weißt, also stell das nicht infrage.»

In der Stille, die auf meine Worte folgte, behielt ich ihn im Blick, sah ihn herausfordernd an. Aus den Augenwinkeln sah ich, wie Teresa ihre Hand auf sein Knie legte.

«Das hat Liam nicht gemeint», sagte sie. «Das stimmt doch, Schatz?»

«Daran dachte ich nicht im Entferntesten.»

Ich ließ es so stehen.

«Wie ich gerade sagen wollte», fuhr er fort, «wählen die Anteilseigner einen Vorstand. Dieser Vorstand trifft die strategischen Entscheidungen, während das Tagesgeschäft einem Geschäftsführer übertragen wird. Und der muss noch ernannt werden.»

«Teresas Idee», unterbrach Iggy enthusiastisch, doch sein breites Lächeln erlosch, als er sah, dass Liams Miene sich wegen der erneuten Unterbrechung verdüsterte.

Teresa lächelte schüchtern, wandte sich dann aber an Liam, als wollte sie ihn um Erlaubnis bitten, damit sie übernehmen konnte. Er gestattete es ihr, ein wenig widerwillig, wie mir schien – er hatte es immer schon bevorzugt, allein im Rampenlicht zu stehen.

«Nun, es ist wie in der Schule, weißt du. Die wichtigsten Entscheidungen werden von einem gewählten Gremium getroffen, aber das Tagesgeschäft wird von mir als Schulleiterin erledigt, und im Großen und Ganzen funktioniert das sehr gut. Ich bin rechenschaftspflichtig, aber ich habe immer noch ein gewisses Maß an Freiheit. Übrigens kann sich jeder auf diese Stelle bewerben.» Sie strahlte.

«Dann bist du wohl ein sicherer Kandidat dafür.» Ich wandte mich an Liam.

«Wir werden sehen. Ich habe noch nicht entschieden, ob ich mich bewerben werde.»

Ich konnte mir gerade noch rechtzeitig einen spöttischen Kommentar verkneifen, da Liam Teresa jetzt mit einem ernsten Blick ansah, einem Blick, der all das enthielt, was Iggy mir vor drei Monaten versucht hatte zu sagen: dass Macht und Land und Reichtum und Besitz keine Rolle spielten, wenn es um die Familie ging.

«Also», sagte ich und testete die neuen Möglichkeiten aus, die sich mir boten, «was wäre, wenn ich mich für die Stelle der Geschäftsführerin bewerben würde, wäre das in Ordnung?»

«Natürlich. Der Vorstand würde es begrüßen.» Iggy strahlte mich an.

«Wir würden nichts anderes erwarten.» Dabei sah mir Liam in die Augen. Es war ein Eingeständnis seinerseits, so vermutete ich, dass es keine Rolle mehr spielte, wem das Schiff gehörte oder wer das Geschäft führte. Das Wichtigste war, dass die Fähre ein Teil unseres Lebens blieb, so wie sie es immer gewesen war, ein Teil von uns beiden und von uns beiden *geliebt*, was ich widerwillig akzeptierte, und dass dieser Krieg endlich vorbei war – oder zumindest vorbei sein würde, sobald wir beide versuchten, nicht über alles, was der andere tat, zu schimpfen und zu zetern. Nach vierzig langen Jahren zermürbender Kämpfe bot er mir nun einen Waffenstillstand an.

«Gut», sagte ich, aufrichtig beeindruckt. Ich blickte wieder zur *Aoibhneas*, die durch die offene See glitt, unser Herzschlag, unsere Retterin.

«Und was hat mein Vater zu alldem gesagt?»

«Also, das kannst du ihn selbst fragen.»

Liam sah sich zur Hintertür um, wo Daniel ohne mein Wissen gewartet hatte. Als er ein Nicken erhielt, ging er hinein, um meinen Vater zu holen.

Als er mich erblickte, verdrehte Dad, der ausnahmsweise Schal und Mütze trug, die Augen, weil sein ältester Sohn ihn dermaßen bemutterte und sich nun auch noch bei ihm einhakte, um ihn durch den schlammigen Garten zu geleiten.

«Wow.» Ich wandte mich an die drei neben mir, «ihr habt das alles wirklich gut arrangiert. Das ist wie ein gut geprobtes Theaterstück.»

Iggy lachte, und ich wandte mich ihm zu und grinste.

Als Dad kam, bot Liam ihm seinen Stuhl an. «Hier, Käpt'n.» Er hielt den Stuhl fest, während mein Vater es sich bequem machte.

Ich lächelte in mich hinein, denn es war das erste Mal, dass dieser Titel Liam über die Lippen kam. «Also, Dad», fragte ich, «was hältst du von alldem hier?»

«Na ja», begann er, «der Gedanke, dass du die *Aoibhneas* verlieren würdest, hat mir fast das Herz gebrochen, aber ich wusste einfach keinen Ausweg, und als diese guten Leute kamen, um mir von ihrer Idee zu erzählen, hätte ich weinen können vor Glück. Und fast hätte ich es getan, oder?» Er blickte der Reihe nach alle drei an, und ich sah, wie Teresa lächelte. «Auf diese Weise», fuhr er fort und wandte sich wieder zu mir um, «kannst du sie immer noch behalten. Du hast schon so viel verloren, mein liebes Mädchen», seine Stimme brach, und ihm traten Tränen in die Augen.

Ich stand auf und nahm ihn fest in den Arm, voller Liebe und Dankbarkeit für jedes Mal, bei dem er mich bedingungslos unterstützt hatte: als ich mit zweiundzwanzig diese Insel verließ und mit neunundvierzig zurückkam und er mir diese kostbare Zeit auf der Fähre, wo ich Saoirse an meiner Seite gespürt hatte, schenkte. Und während ich weinte, spürte ich die Hand meines großen Bruders auf meinem Rücken, die andere, das konnte ich sehen, hatte er meinem Vater auf die Schulter gelegt.

«Also», sagte ich schließlich, löste mich von meinem Vater und kehrte schniefend zum eigentlichen Thema zurück. «Haben wir Driscolls eigentlich auch Anteile an dieser Firma, oder was?»

«Oh ja, Danny junior hat das geregelt», antwortete Iggy.

«Das bin dann wohl ich.» Daniel lächelte und zwinkerte mir zu.

«Hm. Okay.» Ich dachte über alles nach, während die anderen darauf warteten, dass ich endlich meine Meinung zu dem sagte, was sie mir erklärt hatten.

«Also, ich will ganz offen zu euch sein», sagte ich und blickte von Iggy zu Teresa und dann zu Liam, «es ist ein ziemlich guter Plan.» Und, nein, es gab keinen hörbaren Seufzer der Erleichterung, aber alle lächelten versonnen. «Aber ich werde mich nicht auf die Stelle der Geschäftsführerin bewerben. Versteht mich nicht falsch, ich hätte nichts dagegen, das Schiff gelegentlich zu steuern, wenn mir das angeboten wird. Nein, ich glaube, du wirst einen sehr guten Job machen, Liam, wenn du dich dafür entscheidest.»

Er lächelte. Es war ein echtes, von Herzen kommendes Lächeln, und erst da kam mir der Gedanke, dass wir uns vielleicht all die Jahre nicht so in unseren Kleinkrieg verbissen hätten, wenn diese Frau, auf die er fast fünfzig Jahre lang so eifersüchtig gewesen war, die im Gegensatz zu ihm Eltern hatte, die sie liebten, und ein Boot, das sie ihr Eigen nennen konnte, wenn sie ein souveränerer Mensch gewesen wäre und anerkannt hätte, dass er ab und zu den Titel Skipper verdient hatte.

«Oder vielleicht Iggy?», sagte ich und sah mich zu ihm um. «Er ist gar nicht schlecht, wenn es ums Geschäftliche geht, glaubt mir.»

«Ach was.» Iggy lachte schüchtern.

«Und in den kommenden Jahren vielleicht auch Lar und Paul», fügte ich hinzu. «Ich bin mir sicher, dass sie als Manager gute Arbeit leisten und sich in Zukunft um das Schiff kümmern werden.»

«Und Éilísh», regte Liam an, ohne sich zu mir umzudrehen, sondern den Blick auf die *Aoibhneas* gerichtet, während wir beide über seine Worte nachdachten.

«Und Éilísh», stimmte ich zu. «Meine Güte, der Vorstand wird die Qual der Wahl haben.»

Und dann sahen wir vier zu, wie die *Aoibhneas* ihre Fahrt fortsetzte, bis sie, No Man's Haven umrundend, verschwand, und jeder lächelte, auf seine Weise zufrieden mit unseren Zukunftsaussichten.

EPILOG

Und nun stehen wir am Grab meiner Mutter. Alle haben sich um uns versammelt, dort, wo wir Saoirse beerdigen: mein Vater, meine Brüder, mein Onkel, Nina, die Cullies Hand hält, Hughs Familie, Mick und seine Kollegen, Maggie und einige der Angehörigen von Verschwundenen, Saoirses Freundinnen und Freunde, Aimee, Ross, Theo – alle sehen älter aus, richtig erwachsen, während sie einen Kreis um uns bilden und uns vor dem Wind schützen, der an diesem Dezembertag schneidend ist. Die Inselbewohner sind auch hier: Patsy, Iggy, Diarmuid, Phelan, Éilísh, Fergal, Teresa, Liam, Lar und Paul, und hinter ihnen etliche der Inselbewohner. Die Fähre fährt heute nicht, zu Ehren von Saoirse.

Ich werfe einen Blick auf die *Aoibhneas*, die still in der Bucht vor Anker liegt. Es ist, als würde sie zuhören, darauf lauschen, was über ihr geschieht: die rhythmischen Gebete von Pater Michael, die gemurmelten Antworten der Gemeinde. Ich stelle mir vor, dass sich das Steuerhaus in Ehrfurcht vor dem Mädchen verneigt, das es einst so liebte.

Sie lassen Saoirse hinab, und ich lasse sie gehen, obwohl ich sie nur für eine so kurze Zeit in diesem Leben hatte, lasse sie in die Arme meiner Mutter gehen. Hugh hat das vorgeschlagen. Ich hatte daran gedacht, war mir aber nicht sicher gewesen, ob ich das Recht hätte, ihn darum zu bitten. Ich dachte, er würde wollen, dass sie in Dublin bleibt, und ich hätte zugestimmt. Aber er hat von sich aus gesagt, dass es sich richtig anfühlt, dass sie hier bei Evie ist, damit sie seiner Tochter all die Geschichten erzählen kann, die sie geliebt hat, und damit sie gemeinsam aufs Meer hinausschauen und die *Aoibhneas* sehen können, wann immer sie wollen. Und die Bibliothek, vergiss die Bibliothek nicht, fügte ich mit einem tränenerstickten Lachen hinzu. Und die Bibliothek, sagte er mit einem freundlichen Lächeln, sie können die Bibliothek sehen. Und außerdem, sagte er, würde ich sie gerne öfter besuchen. Und da hatte ich den Kopf gehoben und ihn angelächelt. Er nahm meine Hand und hob sie an seinen Mund, um sie zu küssen.

Wir wissen beide nicht so recht, was das bedeutet und wer wir beide sein werden, aber es ist immerhin etwas. Es ist unsere Version dieser Beziehung, die uns gegeben wurde und von der wir anscheinend nicht lassen können. Ich glaube nicht, dass er Dublin jemals verlassen wird, um dauerhaft in Roaring Bay zu leben, und ich kann mir nicht vorstellen, dass ich diese Insel wieder verlasse, jetzt, wo Saoirse wieder bei mir ist. Aber irgendwo dazwischen werden wir einen Ort für uns finden, denke ich, einen Ort, den wir selbst geschaffen haben.

Ich halte seine Hand, als ihr Sarg aus dem Blickfeld verschwindet und um uns herum die letzten Gebete gesprochen werden, als die provisorische Holzplatte mit all den Blumen, die von so vielen darauf niedergelegt wurden, über das klaffende Loch geschoben wird, das sie aufgenommen hat, und ich will Hugh nie mehr loslassen. Aber wir werden voneinander getrennt, als er und ich in die Umarmungen der Trauernden gezogen werden. Und ich muss regelrecht kämpfen, um ihn noch einmal zu erreichen, um seine Lippen zu küssen und zu sagen, wie leid mir all das tut, was wir durchgemacht haben, wie leid es mir tut, dass ich mich über so viele Jahre von ihm entfernt habe, wie leid mir die Male tun, die ich ihm nicht die Hand gehalten und ihn getröstet habe, wie ich es hätte tun sollen, wie leid mir dieser Verlust tut, den wir für immer und ewig ertragen müssen.

DANKSAGUNGEN

INSELLEBEN

Die in diesem Buch dargestellte Insel ist ein Produkt meiner Fantasie. Alle Charaktere und Ereignisse sind fiktiv. Für die Unterstützung bei der Erschaffung dieser Welt bin ich den folgenden Personen zu Dank verpflichtet: Muintir Chléire – das mich aufgenommen hat, als meine Schriftstellerkarriere 2013 begann, und wo man mich seither Sommer für Sommer wieder willkommen heißt – für ihre herzliche Gastfreundschaft, Fürsorge und Zeit vor allem: Bríd, Séamus, Aodh, Shane und Fay sowie Maura und Seán Cadogan.

Schriften, die mich inspiriert haben, was das Inselleben anbelangt, sind:

Island Stories: Tales and Legends from the West (O'Brien Press, 1977).

The Island of the White Cow, Deborah Tall (Atheneum, 1986).

Seven Year Island, Jerome Kiely (Geoffrey Chapman Ltd., 1969).

Ó Charraig Aonair go Droichead Dóinneach, *Poems by John K. Cotter,* hg. von Éamon Lankford (Celium Publishing, Lankford Books, 2016).

The Natural History of Cape Clear 1959–2019, Steve Wing (Steve Wing, 2020).

Wing it with Steve, A Bird Guide for Cape Clear, Steve Wing (Steve Wing, 2021).

FÄHRSCHIFFE

Ich bin Niamh Ní Dhrisceoil, einer der Skipperinnen von Cape Clear Ferries, zutiefst dankbar, die sich zwei Sommer hintereinander Zeit genommen hat, mir beizubringen, was es heißt, Skipperin zu sein. Ihre Weisheit und Professionalität sind inspirierend.

Außerdem Séamus Ó Drisceoil und Karen Cottrell von Cape Clear Ferries. Ich bin beiden für ihre Korrekturen und ihren Zuspruch zu Dank verpflichtet.

Schließlich der Crew von Cape Clear Ferries, die besonders in den Sommermonaten, in denen wir Besucher die Inseln überschwemmen, so hart gearbeitet hat. Ihnen bei der Arbeit zuzusehen, während ich mit einer Tasse Tee in der Hand im Hafen saß, hat mir geholfen, dieses Buch zu schreiben.

DIE VERSCHWUNDENEN IRLANDS

Ich bin den Familien aller Vermissten in Irland dankbar, die mir Zeitungs- und Zeitschriftenartikel zur Verfügung gestellt haben. Ich kann für mich nicht in Anspruch nehmen, auch nur einen Bruchteil dessen erfahren zu haben, was sie fühlen, was sie jeden Tag erleiden. Ihre Tapferkeit wurde ihnen durch die Grausamkeit eines Schicksals aufgezwungen, das sich keiner von uns wünschen möchte.

Außerdem bin ich dem Journalisten Fintan Lambe zu Dank verpflichtet, der mit mir über Verschwundene in Wexford gesprochen hat.

Drei Bücher haben beim Bau dieser fiktiven Welt geholfen:

Missing: The Unsolved Cases of Ireland's Vanished Women and Children, Barry Cummins (Gill Books,2003).

Searching: The Story of Ireland's Missing People, Valerie Cox (Blackwater Press, 2003).

Beyond The Tape, Dr Marie Cassidy (Hachette Books Ireland, 2021).

FÜR ALLES ANDERE

Für ihre Unterstützung, ihren Zuspruch und ihr Wissen, das sie mit mir teilten, schulde ich diesen Menschen meinen Dank:

Helen Flood, Louise Court, Elaine Egan, Jim Binchy, Breda Purdue, Marie Garbutt-Lucero, Ruth Stern, Siobhán Tierney, Kim Nyanhomdera, Catherine Worsley, Drew Hunt, Kate Brunt, Matilda Ayris, César Castañeda Gámez und Meredith Ford.

Lily Cooper und Carole Welch – es vergeht kein Tag, ohne dass ich merke, was für ein Glück ich habe, diese beiden begabten, aufmerksamen und professionellen Frauen als Lektorinnen zu haben.

Sue Armstrong, die unglaublich engagiert, aufbauend und klug ist, eine brillante Agentin, die immer für mich einsteht.

Und schließlich James und Adam, die mir die Zeit und den Raum lassen und die Liebe schenken, die ich für mein Schreiben brauche.